我的天鹅

小红杏 著

上册

青岛出版集团 | 青岛出版社

图书在版编目（CIP）数据

我的天鹅/小红杏著. —青岛：青岛出版社，2024.3
ISBN 978-7-5736-1860-3

Ⅰ.①我… Ⅱ.①小… Ⅲ.①言情小说－中国－当代 Ⅳ.①I247.5

中国国家版本馆CIP数据核字（2024）第036899号

WO DE TIAN'E

书　　名	我的天鹅
作　　者	小红杏
出版发行	青岛出版社（青岛市崂山区海尔路182号）
本社网址	http://www.qdpub.com
邮购电话	18613853563
责任编辑	郭红霞
特约编辑	徐晓辰
校　　对	商芷宁
装帧设计	殷　舍　蒋　晴
照　　排	梁　霞
印　　刷	三河市良远印务有限公司
出版日期	2024年3月第1版　2024年3月第1次印刷
开　　本	16开（640mm×920mm）
印　　张	38
字　　数	642千
书　　号	ISBN 978-7-5736-1860-3
定　　价	69.80元（全2册）

编校印装质量、盗版监督服务电话　4006532017　0532-68068050

目 录

序　藏月亮　　　　　　1

第一个愿望　　　　　　7

第二个愿望　　　　　　107

第三个愿望　　　　　　204

上册

目录

第四个愿望　　　　　　299

第五个愿望　　　　　　425

番外一
生命中平凡无奇的某一天　　512

番外二
宇宙时间　　　　　　536

番外三
如果那年　　　　　　542

下册

序 藏月亮

"早上好！Kerry。"

"Kerry，早！"

余葵迈入电梯时，轿厢里已经挤满同事。

替她留门的是两个女孩子，她们注意到余葵右肩挂着通勤包，抬手够不到工作证的读磁区域，便立刻帮忙接过工作证贴上去。

"嘀"声过后，二十四层的按钮应声亮起。

余葵收回工牌致谢，总觉得对方看向自己的眼神过于炽热兴奋，又实在记不起在哪儿见过这两张陌生的面孔，抬头扫了一眼她们俩胸前的工作证才恍然大悟："我们部门的实习生？"

"对的，对的！"其中一位女孩儿显得受宠若惊。

另一位女孩儿也笑道："Kerry 您还是我参加校招时的面试官，当时在所有考官里，您给我打了最高分。"

余葵上周去总部开会，错过了新人报到，听完对方的提醒，仍旧印象模糊。在去年秋招环节，首次作为考官出席的她评分宽松，给很多人打了高分。

她虽然什么都不记得，但还是镇定自若地点头示意鼓励新人："工作加油！"

电梯稳步上行，余葵低头处理着短信。

女孩子们借着电梯内的反光镜面偷偷打量着这位上司——短发，白毛衣塞进长裙，球鞋，右肩挎包，左手臂弯里搭了件大衣，浑身没有任何装点，清爽朴素，给人一种温和沉静的感觉。

工作了一周，她们头一回见到这位传奇人物——公司最年轻的主美。

虽然秋招时遥遥见过，但再见面，她们仍忍不住感慨Kerry年轻得惊人。

电梯抵达二十四楼，余葵疾步走出电梯，进入会议室。

周一例会，下属已经聚齐。

她把通勤包随手扔在长桌的一端，点击墙面上的会议触摸大屏，打开了文件，直接进入主题。

"时间来不及了，就简单说几点。第一，大家都知道运营那边上周给出反馈，不满意目前的技能玩法包装，例会结束后建模组长留下来，我们沟通一下修改方向；第二，雪神立绘大的方向已经敲定了，但角色特质还有待细化；第三，距离新模式更新只剩十五个小时，目前交上来的宣传图我是没办法接受的，游戏更新之前，我希望B组拿出能够打动玩家的作品。"

周一清早迎面暴击，余葵的发言语气平和，但内容尖锐，被点到的员工们只觉得头疼。

余葵自己也很头疼，会议结束后又和市场部的同事商量具体事宜，等回到办公室，一上午已经过去了。累到精疲力竭，她连午饭也懒得吃。门一关，她就把大衣扔到桌面上，肩膀下垂、弯着背脊，气质从沉着干练到松弛懒散，一秒钟无缝衔接，直接瘫在办公椅上刷起了手机。

微博热榜十条里有六条在庆祝祖国的航天事业蓬勃发展，运载火箭又一次圆满地发射成功。

这是好消息，但和她没什么直接关系。

正在她兴致缺缺、百无聊赖地往下滑动页面时，易冰的越洋电话打了进来。

易冰是她的高一同桌，目前在国外读硕士。两个人平时都很忙，已经好几周没空聊天儿了。电话刚接通，对面的人就着急忙慌地问她："余葵，看热搜了没？"

"正看呢！我追更了两年的漫画'烂尾'了，工作室在评论区和读者打架，哈哈哈……"

电话那边，易冰半信半疑地确认道："你真的都不在意了吗？亏我还担心你，第一时间就给你打电话。"

余葵很感动："冰冰，你真是我的好朋友！对啊！我现在心情差得午饭都吃不下，工作烦也就算了，那个漫画工作室真的太过分了！我省吃俭用地从买房首付基金里挪用了起码三千块钱打赏他们，他们却用'烂尾'辜负我！"

易冰终于放下心："我以为你再看到时景的消息，多少会有点儿难受呢！你没事就好。"

谁的消息？

电光石火间，余葵有一瞬间大脑死机，后知后觉地意识到两人聊的内容从开始就不在一个频道上。她打开免提，把手机扔到一边，快速打开电脑，点开微博，从"吃瓜"用的小号切换成大号。

网络爆卡，延迟了好久，界面才刷新出来。右上角鲜红的未读消息数直接把她当场镇住。

余葵偶尔在微博上传一些稿件和随手涂鸦，大学四年攒了四十多万粉丝，互关列表里除了同学就是朋友，几乎没有同行。入职后她因为工作太忙，不常更新作品，这种粉丝暴涨的阵仗已经好久没见过了。

小泡泡泡："太太，男神身边站的是你吗？是你吗？还有没有其他照片？求求了，交出来给大伙儿看看，好人一生平安！"

Coco家的天真晴："破案了，小葵能跟这样的神仙兵哥出现在同一本招生宣传册上，应该也是学霸，不愧是我关注的大师！"

苏苏心糖麻花："纯城附中！痛哭！怪我当年考试成绩差1分，没能跟传奇帅哥成为校友，是我不配拥有幸福。"

…………

是的，二十五岁的时景，国科大本硕毕业，因为在读博期间跟随导师团队参与了卫星发射项目，在今天的晨间新闻里露脸了几秒钟。时隔多年，他出众的容貌不减半分，以至网友们仅在直播的群采镜头中一瞥，就不惜掘地三尺也要把他的过往经历挖出来。

热搜词条的首条微博里，不知道是哪位早起的附中校友贡献了自己从QQ空间里保存的男神旧照，还顺手@了她。余葵的信息栏里的大多数未读消息，就是这群迷妹顺着链接摸过来发的。

这张照片是她和时景唯一的合影，当年为纯城附中招生宣传册拍摄的内页。

那会儿他们刚升高三，因为原定的女生去参加省里的竞赛了，余葵才蹭到跟校草在中心位合照的机会。

余葵没有想到，一张她曾经以为只有自己记得的幸运合照竟同时被别人珍藏着，并且时隔七年被上传到互联网上，还能引发网友热议。

"我忽然觉得，时景的人生简直是偶像剧级别的走向，那么多次同学聚会邀请他，他从不参加。结果他一出场，直接让老同学在晨间新闻里见到。"

听着易冰叹气，余葵也想感慨人类参差。

她从未怀疑，像时景这样的人，是无法低调的。旁的不论，就说他当年刚转学到附中，迷妹们短短两周就成立了线上后援团。

在用户群体复杂到可以用于研究人类多样性的微博里，此刻这个词条里却是清一色的赞誉评价，安静和谐到余葵看了都叹为观止的地步。她险些要以为自己梦回 2013 年时景的个人贴吧。

她用指尖轻触屏幕里的照片。

校友发出来的照片是翻拍的印刷内页，早年的手机像素有限，角度也有问题。照片稍一被放大，女孩儿的脸立刻畸变得不忍直视，缩小再瞧，整个人又冒着股羞涩腼腆的傻气。

余葵眼前一黑，恨不能把当年问易冰借的新款索尼 2430 万像素相机拍的那张正面高清电子版照片拿来替换流传的这张。她右滑图片，直到看清旁边那张脸，来势汹汹的羞恼才又憋屈地熄了火。

唉！怪不了相机，还是人的问题，千言万语最后只剩一声叹息。

二十五岁的余葵，还是无车无房的"京漂"上班族，最近经济不景气，游戏行业也经历着前所未有的寒冬。她兢兢业业过着"996"式的生活，熬夜又脱发，只为给房子首付添砖加瓦。

和时景的超脱相比，她仍然被困于追求物质的层面中。

她辛苦挣扎的终点，仅仅是他的起点。

助理从公司食堂回来，给赶工的团队成员带了盒饭。余葵掰开筷子随便扒拉两口饭后，便去了茶水间泡咖啡。

大家正趁吃饭的空闲放松笑闹，不知他们聊到什么八卦消息，组里的资深美术指导突然回头："Kerry，其实有个问题我一直好想问你。"

"你说。"余葵低头接着热水，整个人显得有些心不在焉。

"小宋总追你那么久，你就一点儿感觉也没有吗？"

余葵："你也看到了，咱们公司的加班频率哪里准人恋爱？"

"时间就是海绵里的水，工作再忙，挤挤总是有的呀！别的部门的人跟我打听你，我说你是'母单（指从出生开始就单身）'，他们都不信。"

"啥？"有人不禁咋舌。

"Kerry，你这种大美女'母单'，开玩笑的吧？"

"上学的时候——初中、高中，还有清华那么多男人，就没有过看得上的？"

余葵想了想："还真有过一个暗恋几年的男生。"

"后来呢？"

"我为他考了清华，结果他去了别的学校。"

大伙儿来了精神："你表白没？"

"没，他甚至不知道我喜欢过他。"

"为什么啊？"众人不解地叹气，捶胸顿足的模样活像他们自己错过了初恋。

游戏公司就这点好，团队人员年轻，把余葵都逗笑了："因为那时候我成绩差、内向、自卑，一点儿也不讨喜。"

"那你现在完全配得上他，可以去扑他了呀！"大家七嘴八舌地给她建议。

余葵曾经也这样行动过——

大学时她去找过时景，从北京到长沙，千里迢迢地坐了十几个小时火车。

那时的她前所未有地自信，一度觉得时景应该也喜欢她。只是后来事实证明，感觉暗恋的人碰巧喜欢你，是人生最大的错觉。

对面高楼的玻璃反射过来的日光晒得人发烫。

女人垂眸看着手机，素白生宣般的侧脸，在午间耀眼的光影描摹晕染下，让下属们看不清她的眼睛，但他们莫名其妙地觉得这个平日在他们的领域光芒万丈的主美正在发怔。

画面平静无波，却又有种说不清道不明的意味。

余葵的手机屏幕暗了又亮，在众人捕捉不到的视角下，她浏览的微博评论停在这个页面上——

八千里路："@葵葵葵花油，女才郎貌！本后援会会长宣布，承认你们为'官配'，两位在现实中要不要考虑下在一起呀？"

小鱼海塘："实名反对！楼上不要随意拉郎配，贴吧铁粉现身说法，时景在高中时期有其他'官配'！"

时景……时景……她只在心里无声默念，却像不慎解开了什么可怕的封禁。

那些曾经被她刻意遗落在时光罅隙中的兵荒马乱、窃喜狂欢的情感如潮水般回涌。十七岁每个心跳与胆怯交织、希望和失落反复跳跃的瞬间飞快地从她的眼前掠过。余葵内心焦灼得像一锅浓稠到搅不动的麦芽糖浆,不甘地冒泡翻腾着。

多少年过去,直到这个陌生的时刻降临,她才迟钝地发觉,自己仍然为旁人随口提到的这个名字心潮起伏。

关于青春的其他记忆大多随着时间的推移慢慢褪色,除了关于他的一切——

那个夏天,球鞋、白卫衣、他曾仰头喝下的紫色葡萄味芬达汽水,像在昨天出现的一般,崭新得不能更崭新。

第一个愿望

2013年,秋。

余葵做了一个很长的梦,梦见被火车追赶,沿着铁道夺命狂奔,忽然一脚踩空,从高处下坠。

从前听外婆说,梦见踩空是身体在长个儿,余葵正傻乐,下一秒,小腿抽筋了,尖锐的火车鸣笛声把人拽回了现实。

她从扑面的热浪中醒来,沙丁鱼罐头般的绿皮车厢闷得不透一丝风,空气混浊,身上汗液黏稠。

火车即将靠站,狭长的空间内嘈杂声渐涨,气氛躁动。列车员在走道间往返,扯着嗓子喊着:"旅客朋友们,本次列车即将到达终点站成都北站,麻烦各位收拾好行李物品……"

她咬牙,抻直小腿,摘下耳机低头看表——慢车晚点了近五个小时。

幸好,她还来得及。

在重重的刹车声中,一天一夜的车程结束,余葵跟着客流被挤下了车。

9月1号是开学的日子,但她揣着学费加存钱罐里的积蓄来成都,不是为了上学,而是为见她三年未谋面的老父亲。

上回和父亲见面,她才初二。余母吝啬地给了父女俩十分钟会面的时间,她仅在机场匆匆一瞥,程建国就再次被派往东南亚援建水利工程。座机的跨国漫游费很贵,多年来,两人所有的交流仅限于周末她从外公那儿借到手机聊的一小会儿。

余葵想爸爸了,尤其在一周前,床底藏的漫画被发现,被所有人冤枉偷了继父的皮夹里的五百块钱之后，就更加思念了。

她乘坐出租车抵达双流机场的时候，手一直在抖，不知道是饿得低血糖，还是紧张。

她借了司机的手机，删删减减，艰难地编辑出一条短信："爸爸，我是余葵，我来双流机场接你了。"

这趟旅程是她十六岁人生中迄今为止最大胆的豪赌，如果运气不好……余葵甩头，不愿多想，点击发送消息。

余葵蹲了一下午，直到傍晚时分，机场大屏上才刷出程建国航班落地的信息。

人群熙攘，余葵生怕自己认不出爸爸，聪明地雇了个接机服务。

壮汉礼宾员把余葵给的两百块钱揣兜里后，强势地挤进了接机口前排。浑圆的膀子高高举起简陋的接机牌，那人的身形比旁边的接机人群高出半个头，而牌子上是她歪歪扭扭手写的一行字——热烈欢迎程建国归国！

程建国才出通道，一旁的同事便用手肘撞了他一下，调侃道："老程，你瞧那块举得最高的接机牌，那人跟你重名呢！"

程建国没接茬，盯着开机后收到的陌生号码的短信皱眉。

再走近一些，那同事大惊："真的！底下还真贴着你年轻时候的照片！怎么回事？咱们单位有接机服务？"

电光石火的瞬间，程建国一激灵，快步上前，问道："师傅，是谁雇你来接我的机？"

壮汉狐疑地打量着对方："这是你的照片？"

"当然！"

壮汉有点儿不信，跟隔壁的人嘀咕："那个妹儿不是讲她老汉儿是个美男子吗？"

东南亚的阳光太毒，人只是被晒黑了。但此刻程建国顾不上解释："谁雇你接的机？是个小姑娘吗？"

这回，壮汉迟疑了两秒钟，总算回头呼叫："幺妹儿，来认下你爹！"

程建国完全怔住了，震惊地朝他喊话的方向移动视线。

乌泱泱的人群外头，女孩儿抱着书包坐在墙根下的盆栽边上，身形单薄，胳膊纤细，面色苍白得好似大病初愈。她左手捏着纸擦汗，右手用本子扇风，精致的眉眼半垂，一副病恹恹、生无可恋、快要不久于人世的模样，气息细若游丝，像极了上岸后脱水的鱼。

两个人四目相对。

"余葵？"

余葵扇风的手定住了，她"唰"地起身，任由书包滚掉在地上，呆呆地看着男人丢开行李，绕过护栏朝她跑来。

见到父亲之前，余葵其实还有点儿未知的恐慌感。她怕他像其他大人那样，不分青红皂白只想让她听话，但当"爸爸"这个词不再是手机上的来电显示，而是真切的、生动的人站在她眼前时，她脑子里只剩一片空白，喉咙发紧。

余葵动了动喉咙，半响只干巴巴地挤出一句："爸爸，你好黑呀！"

千言万语都在听见女儿的声音后，从嗓子里咽下肚，程建国问："等多久了？"

"发短信的时候到的。"

那就是很久了。他站在原地，动作略显生硬笨拙："长得真快啊，我的女儿。"

程建国想摸摸她的头，却又因为动作过于生疏而半道儿缩回了手。

余葵主动把脑袋送到了他的掌心底下。

"爸爸手脏，刚搬过行李。"

看到程建国缩回去的手掌，余葵失落地点头。

"你一个人怎么来的？"

这个问题余葵会答，来的路上她就组织好语言了。

省略事情的来龙去脉，她麻利地叙述了自己怎么从外公的电话里偷听到他今天回成都述职的消息，开学当天改道去了火车站，买票来成都的全过程。

程建国做梦也没料到，自己体弱多病的女儿有那么大的胆子。奈何人已经在跟前，即便听得心惊胆战，他也只得暂时收起忧虑，像所有父亲那样关心孩子饿不饿。

余葵当然饿了——她晕车，从早上到现在只吃了一个苹果。

程建国心疼又难受，拎起女儿的书包："走，爸爸带你去吃饭。"

孩子前脚迈出去后，他跟在后头弯腰捡起她刚刚当扇子和坐垫用的两本练习册。

这个丢三落四的傻孩子。

老父亲满腔爱意地第一次给孩子整理书包，感慨她不知学习得多努力，包才能沉成这样。然而他一拉开拉链，只见包里装着一沓整齐的《知音漫客》和一堆苹果，那两本孤零零的暑假作业显得格外多余。

当晚，建院在旗下酒店为一行归国工程师安排接待宴席，余葵跟着蹭吃蹭喝。

她是穿着校服出门的，来时为掩人耳目，一路再热都没敢脱校服，就怕别人看见衬衫上绣的校名猜出她逃学，在火车上差点儿被闷到中暑。

余葵吃饱后洗了澡，程建国带她在商场买了几套换洗衣物。她穿上新买的荷叶边白裙，浑身热出的红疹才算有了消退的迹象。那双在火车站被人踩得全是大脚印子的帆布鞋也换了新的，旧的直接被程建国扔掉了。

见她盯着垃圾桶，程建国安慰道："别怕，旧的不去新的不来。"

余葵乖巧地点头——她才不心疼，那双鞋本来是她妈买给继女谭雅匀的，被谭雅匀嫌土，她妈才拿来给她。

刚洗干净的发尾在夜风中飞扬，少女随手把头发别到耳后，偏头便见街边的橱窗映出少女的身形。纯白的裙摆伏贴地垂到膝盖上，短白袜包裹着细瘦的脚踝。在五光十色的夜幕里，她精致得有些陌生，衣裙的触感柔软得像一场梦。

余葵喜欢做梦，夜里却翻来覆去不敢合眼，天才亮就挣扎着起床下楼，争分夺秒地加深父女感情。毕竟程建国这次回国只是例行汇报工作，待两天还是要走的。

余葵举手正要叩门，刚好听到里面的人在讲电话，便偷听了一会儿。两三分钟后，少女脸上的笑容逐渐消失。

果然！程建国还是和她妈通电话了，甚至订了她今天回昆明的机票。

最后的幻想破灭，焦虑和绝望让她心里烧起一股四处冲撞的无名怒火。

初中班主任曾经评价她胸无大志，是其执教生涯中见过的最甘于平庸的学生。只有余葵自己明白，她并非真的对什么都不上心，只是失望惯了，觉得反正结局都不会太乐观，干脆装作无所谓，用放弃一切的态度来消解将要面对的困难。

她孤注一掷地跑到成都，已经让她的勇气告罄了。

9点，程建国推掉工作送她去机场。

打上车起，余葵周身就散发出一股丧气，从头到脚写满抗拒之意。等在柜台值机办完托运后，像天塌了一般，世界没了颜色，她彻底变成了一具失魂落魄的行尸走肉。

程建国问："饿吗？"

她沉默地摇头。

"汉堡、鸡翅、薯条……什么也不想吃？"

余葵抬起眼皮看了他一眼，又无精打采地耷拉下去。

程建国叹气："小葵，你就这么不想回昆明？"

余葵盯着脚尖，没答话。

男人在她面前蹲下，轻声劝道："但你还是个学生，总得回去上学吧？"

程建国的语气好像在跟她商量，余葵不想听，眼神却还是不由自主地朝人飘去。

程建国的脸被晒黑了，但那双丹凤眼尤其明亮。别人都说余葵完全继承了她爸爸年轻时的美貌。昨天见面的时候，她还有点儿怀疑，但距离这么近地去凝视他的时候，她信了。

尽管岁月给了他的眼角一些褶皱，但他还是迷人的。他上学的时候是十里八乡第一个大学生，而作为他的女儿，余葵上次期末考的成绩是全班倒数第一名。

她知道自己该放弃不切实际的幻想，可到安检口时，还是不受控地抓住了男人的衣角，用尽全部力气开口恳求："爸爸，带我走吧！去你援建的国家，我到那儿上学也行。"

程建国诧异地说："那边很热，每天都像今天的成都一样热，还有沙包那么大的蚊子……"

"我不怕！"

怕女儿想象不到那种艰苦的环境，他加深描述："你会被晒得像我一样黑，黑得跟煤球一样，连亲妈都认不出来。"

余葵斩钉截铁地说："没关系！"

现实不像孩子想象中那样简单，但他看着余葵炽热的眼神，没再往下说。他现在唯一能确定的就是孩子受了委屈，天大的委屈。

这时广播传来提示登机的声音，他从兜里掏出登机牌："咱们先过安检。"

咱们？余葵傻眼："你买了两张票？！"

"我当然要送你回去。"

希望没有完全被断绝，余葵长舒了一口气，冰冷沉重的躯体逐渐开始回暖。虽然心里仍旧惴惴不安，但起码她有力气拆汉堡盒子了。

夜里没睡好，吃饱喝足登机后，余葵努力撑着上眼皮，最终难抵困意的侵袭，脑袋开始小鸡啄米一般上下晃动。直到座位前排的安全出口有乘客落座，聊天儿的声音传来，她才打起精神瞥了一眼。

那是两个身量高大的北方少年，身形颀长挺拔，像两棵白杨。他们替空乘放行李时都不必抬高胳膊，手轻轻一推就放稳了。两个人说话也字正腔圆，是余葵的外婆最喜欢的电视剧《大宅门》里那种标准的北京话。

"姑父真霸道！他调任还把你带着。你都高二了，边陲省份的师资和教育条件他不清楚？两个地方高考根本不是一个难度，成绩再好也禁不住这么糟蹋的，太不把你的学习当回事儿了！要是在我家，一人一票得把人骂得头都抬不起来。唉！我就想不明白，他怎么工作上凡事都讲民主，在家里却搞'一言堂'？姑姑就没拦他？"

"拦了，没用。"少年回答的声音更低沉平缓，带着一些漫不经心，"无所谓了，纯城附中也还行，没你想的那么差。"

纯城附中！

余葵昏昏欲睡的脑袋瞬间清醒。

她万万没想到，这所自己压力大得都快混不下去、只差以头抢地的学校，在别人那儿，也不过一句"还行"的评价。

"合着您自己都没意见，就我一人给你抱不平。行！你乐意上哪儿上哪儿，咱们打小儿十几年一块儿上学的情分没啦！等这趟飞机落了地，把你送到地方，咱们就此别过。"

透过座位缝隙，她瞧见靠窗那人摊开杂志翻了几页，偏头叹气，露出侧脸和那优越的下颌线，声音稍显无奈："哥，你这抱不平都一路了，差不多消停点儿。就一两年时间，大学我还回北京。"

"别啊！你在云南上两年，清华稳不稳还不一定。旁的不说，你转去的那所破学校，怎么跟四中比？"

破学校？哪怕余葵对纯城附中没有什么归属感，这一刻都想捏紧拳头站起来反驳他：我们纯附去年清华、北大上了二十来个呢！

遗憾的是，她不仅厌，还"社恐"，最终只能默默地拿出 MP4，塞上耳机，拒绝再听此人口出狂言。

下午 2 点，飞机落地长水机场，外面下着小雨。

余葵睡眼惺忪地被程建国唤醒，迷迷瞪瞪地跟着父亲下飞机，出廊桥。

接机司机打来电话，程建国站在行李转盘处接听。车已经候在机场外边，只等他们取完行李就走。

远远地瞧见传送带上出现自己的黑色双肩包，余葵急忙抬手示意，程建国手疾眼快地帮她拎了下来，又跟电话那端的人沟通两句，挂断后才问道："我怎么觉得你这书包好像变轻了？"

　　"是吗？"余葵就着他的手掂了两下重量，"可能是因为苹果都让叔叔们吃了吧！"她离家时从茶几上顺走了一堆苹果当口粮，昨晚一人一个被程建国的同事分完了。

　　余葵扯起托运标签扫了一眼，都是一堆英文数字和条形码，挂着累赘，干脆撕下来扔进了路边的垃圾桶里。

　　父女俩才上车，滂沱大雨便倾盆而下。

　　长水机场的选址因频发极端天气，运营一年多饱受诟病。此刻暴雨更是砸着风挡玻璃，让人连前面的路都看不清，车堵成长龙，喇叭声此起彼伏，司机拍着方向盘烦躁得直骂娘。

　　父女俩报给司机的目的地是塘子巷——那是余葵两天前刚刚逃离的地方。

　　樊笼近在咫尺，她的情绪不可避免地重归低落。少女塞好耳机趴在窗边，用袖子擦拭干净车玻璃上的雾气，最后一次看着眼前崭新气派的机场由清晰变得模糊。

　　雨中，有人拎着行李箱，撑着伞，疾步朝马路边走去。余葵看着对方走近的身形似是在哪儿见过——球鞋，黑色连帽卫衣的敞口处露出半截圆领T恤，白颈修长。

　　他的伞沿上移，下一秒，余葵屏住了呼吸。

　　少年背后就是氤氲的雨幕，机场橘色的霓虹灯灯光绵延晕染开，把模糊的天际拉成长线。

　　他眉目俊美，令人惊心动魄，轮廓在柔和与立体间找到了完美平衡，身上带着独一无二的疏离感。

　　余葵不是个肤浅的人，但这一瞬间，人类DNA里对美的追求本能好像被唤醒了。她的脑袋"嗡嗡"轰鸣，细究却又是空白一片。

　　她下意识地扯下耳机，重新与世界联结，然而密闭的车厢隔绝了窗外滂沱的大雨，耳边只余温柔的电台播报声。

　　"今天是2013年9月2日，农历七月二十七，欢迎回到《春城音乐之声》。一首刚下映的小成本零差评影片《青春派》的主题曲——《我的天空》送给大家，活力四射的摇滚，正如我们每个人都曾经历过，也许还正在经历的，如风百态的青春时光……"

十五岁前，余葵见过的最帅的男人，是表姐从街上的影像店里租来的《公主小妹》碟片中的男主角——南风瑾。

到城里上学后，她才晓得世上当红的偶像组合原来不只有一个解散的飞轮海，还有大堆每天仅靠吃饭、睡觉就能养活几本娱乐杂志的明星。

可惜那些令人眼花缭乱的明星，没有一个人带给她像刚刚那一瞬间来势汹汹的惊艳和震慑感。少年如白天鹅一般，无须毫厘脂粉装饰，便拥有叫平凡人自惭形秽的气质。

她甚至都有点儿开始理解为什么有人愿意买偶像的周边了——那样的人要是肯出道，她也要省下买漫画的钱买套写真贴在床头。

余葵是去年才回到省城的。

父母离婚那会儿，她才上小学，稀里糊涂地被扔到了小镇，直到中考结束。乡镇中学没有高中部，外公外婆年纪也大了，只能把她送回来跟亲妈一起生活。

她刚到城里，余月如还算上心，张罗她进最好的高中，跟继女谭雅匀一块儿上学。

可惜，余葵第一次月考就在全班排名倒数第一名。

在意识到亲生女儿是个扶不起的阿斗之后，余月如便没了管教的心情。

余月如奉行功利主义，当初程建国被外派东南亚，她跟着去了两周，便头也不回地提着箱子离开了那片穷山恶水，回国后就给程建国邮寄了离婚协议书，下半年火速改嫁现任丈夫谭石——她对上一任丈夫没耐性，对女儿也差不多。

余葵能清晰地感觉到自己在这个家日渐多余的尴尬处境。

父女俩到了地方，是钟点工给他们开的门。

客厅的沙发上，余月如面色铁青，显然已经等候多时。

余葵叫了声"妈"，却换来一声冷哼。

"你不用叫我，我知道你眼里没有我这个妈。真是翅膀硬了！早知道你敢带着学费逃学，我费什么劲接你来城里？就该让你随便上个县高中，以后考个三流本科或者大专，平庸一辈子！"

余葵沉默地垂下眼，没有多辩驳。她从裤兜里掏出十二张钞票，一千两百块钱，整齐地放到了女人面前的茶几上。

"学费都在这儿了，我没花。"

"没花？你吃的、穿的、偷拿的，哪样不是我的？有本事都还给我！你知道吗？我这辈子最后悔的事，就是生了你这么个不争气的孩子！做什么都差劲，还不学好，只知道顶嘴。你为什么就不能像雅匀一样？哪怕你学到她的一星半点儿……"

女人讥讽失望的目光让余葵觉得喉头发哽，耳朵里传来尖锐的耳鸣声，胸口就像有一团乱麻越绞越紧，一层层缚得她稚嫩的心脏无法喘息。

尽管已经被生下来十几年了，但余葵仍然没能学会怎样好好跟妈妈相处。她好像永远也无法满足妈妈的期待，和谭雅匀相比，她鲁钝、颓靡且不知上进，是被妈妈视为人生瑕疵的累赘。

她没有偷钱！

大人的偏见就像世界上最牢不可破的屏障，事实被解释无数遍，但还是从他们的耳边悉数绕开。她甚至觉得自己在这座城市就是一叶孤舟，只能无根无锚地颠沛漂流。

但这次不一样，爸爸在她身后，她再累也得讲清楚。

余葵闭了闭眼，再睁开，最后一次为自己辩护："我没有拿，漫画是我用攒下来的早饭钱买的。"

余母听完余葵的话更加气愤："你的意思是我冤枉你了？你来之前，这个家就没丢过钱！都什么时候了，你还不认错，还在狡辩……"

程建国一直眉头紧皱，听到这句话时，终究没有忍住，打断了女人的责问："孩子说她没拿。"

他抬手轻拍女儿僵硬紧绷的背脊："小葵，你上楼去把行李拿下来，我跟你妈谈点儿事。"

余葵难以置信地抬头——拿行李，是她想的那个意思吗？

程建国："刚下飞机的时候收到单位批准休假的邮件了，爸爸想接你去住一阵子。"

愿望成真，余葵差点儿飙出泪。她强压住内心的雀跃之情，却还是难掩脚步轻快，转过客厅的拐角便飞跑起来，直奔自己二楼角落里的房间打包行李。

虽说余葵在谭家住了一整年，但其实她的个人物品很少，除去洗漱用品，就是校服和五六套换洗的衣物，还有课本作业和一些文具。像是早已做好离开的准备，她只花了几分钟便将所有家当塞进了行李箱里。

拍拍手上的灰尘，她擦掉额头上冒出的汗珠，一边喘息一边环顾四周，房间彻底安静下来。也是这时，她终于听见楼下传来的争吵和摔砸东西的声音，不知道是从什么时候开始的。

余葵小心翼翼地把耳朵贴上门板,想要听得更清楚些。几秒钟后,门外传来走近的脚步声,程建国的声音在门口响起:"小葵,要我进去帮你收拾吗?"

看来他们谈妥了。余葵直起身,拧动门把手,让爸爸进来拿箱子,自己拎剩下的行李。

余月如冷眼看着父女俩下楼,环臂嘲讽。

"白眼儿狼!养你十几年抵不过你爸带你两天,我瞧你能在那边住半年还是一年。瞧着吧,搬那么多东西去,等他撒手一走,你还得搬回来。"

余葵顿了顿,但还是没有回头。

程建国的工作单位隶属央企,单位很早就分配了婚房,外派这些年里空置的房子只能请隔壁邻居帮忙照看。

邻居向仲学和程建国是大学同窗,毕业后又做了多年同事,连儿女都是同年出生,现又都在纯附读书,四舍五入,两家孩子算得上青梅竹马。

人生同步到这个程度,他们的关系不可谓不亲密了。

当晚,哥儿俩才见面就红着眼干了几杯酒。

程家的房子空置太久,来不及大扫除,父女俩搬进去也还需添置些家居用品。向阳妈干脆拾掇出自家客房和沙发,给他们将就一晚。

"向阳还在学校上晚自习,等他知道你搬回来的消息不知道多高兴呢!小葵,枕头不够的话柜子里还有,嫌热的话,毯子我也放这儿了……"

向阳妈利落地铺完床,便催促余葵休息。两天两夜没睡好觉,余葵确实很困,脑子里像熬了一锅搅不动的浓稠糯糊。她一头栽进床铺,把被子拉到头顶上,然后沉沉睡去。

床很软,舒服又安逸,不知睡了多久,余葵恍惚间觉得自己好像忘了什么重要的事。

她忘了什么呢?

此时,大脑里贴心地闪过几个关键词:晚自习、开学、高二、返校。

老天爷!余葵垂死梦中惊坐起——暑假作业还没写完!

她彻底被这惊天噩耗吓醒,冒出了一头的冷汗。

余葵平时再疲懒,也不至于忘了写作业,可偏偏暑假结束前一周,她赶作业进度的那几天碰上谭雅匀的奶奶过寿。

余月如负责操持寿宴,在酒店订了餐。但寿宴还没开始,余葵就被谭雅匀的堂妹的京巴犬咬破了小腿。

从小就怕狗的她被那只京巴犬追了一路，害她跌进了门口的喷泉池，谭家的那群孩子站在边上哈哈大笑，而她当晚就开始高烧不退。

这还不是最惨的，在余葵住院那两天，原本被她藏在床底下的大批漫画书被打扫卫生的钟点工翻了出来。

余月如发现后怒不可遏，突然想起前段时间老公的皮夹里丢的五百块钱，当下断定是余葵偷了这笔钱。

余葵刚出院回家，余月如就"三堂会审"，向她发难。当晚，余月如一页一页地撕毁了她珍藏多年的漫画书，撕累了还逼着她亲手撕。

积攒多年的"命根子"一朝化为乌有，余葵彻底崩溃了。她当夜就筹谋着去成都找程建国，都打定主意不去学校了，作业自然也没心情赶，剩下两本没完成的练习册就这样被她顺手塞进了书包里。

她按亮床头的台灯。时间是11点整，客厅隐隐还能听见大人的说话声。她现在开始抄参考答案的话，补到下半夜还来得及。

余葵拖着沉重的躯体从床上起身，打开床头的双肩包，然而不知道为什么，这包里竟没有一样属于她的东西！

余葵有些发蒙，咽了口唾沫，跪在床边，手忙脚乱地拎起包"哗啦啦"地往下倒，直到抖搂出里面所有的物品。

可雪白的床单上，除了一台去年10月发售的iPad（平板电脑）、一副耳机、几本天文和物理类的读物、封面抽象的外语杂志，还有一个印着航天工程研究院标识的水杯，再无其他物品。

作业呢？她傻了眼，一整天的回忆在脑海中闪现。

这书包是党支部发给余葵外公的四十年党龄纪念品，背带上还绣着纪念章，余葵背它从没和人撞过款。如今唯一的解释，只能是她在转盘取行李时没辨认姓名，拿错了别人的四十周年纪念包，甚至还手贱地把人家的托运标签撕掉扔了！

余葵腿软地从床上滑坐到地板上，台灯的光照亮了她乱糟糟的短发和灰败惶恐的脸蛋儿。此刻，她的脑门儿上只挂着三个字——她完了！

凌晨，一场阵雨后，校园林荫道上还残存着潮湿的落叶和水洼，朝阳在东方泛起金芒，将东侧的纯白色教学楼染亮。

高二年级的走廊上，余葵背着手，低眉顺眼地听着班主任老雷训话。

"前两天你生病，开学班会也没有参加。分科的事情，你回去跟家人好好商量，等周四摸底考试结束，把志愿表交回我这里……另外，你的物理作业和生物作业是怎么回事，怎么没交？"

预料中的一刻终于来临，余葵本就忐忑的心开始狂跳起来。

要是以前，她会直接承认自己没有写完。可是，老程才回国第二天，要是因为这件事被请到学校……

余葵下意识地害怕爸爸对自己失望——大人对孩子的偏爱有时并不是无条件的，就像余月如每回给她开完家长会，回家都要大发雷霆，看她像看仇人一样。

但她连作业本现在在哪儿都不知道，只得硬着头皮回答："这两本暑假练习册被我弄丢了。"

老雷："我以为我的学生不会用这么蹩脚的理由。"

余葵不擅长撒谎，指甲盖都快被她抠掉了。她咬牙，强装镇定地抬起头："老师，我的书包在下飞机的时候和别人拿错了，背到家后我才发现。但是书包里有失主的iPad，所以他肯定会联系我的，等包一换回来，我就交作业。"

她选择性地讲了部分事实，大不了在把书包换回来的当晚通宵写完作业。

老雷盯了她两三秒钟，似乎在判断事情的真假。大概鉴于余葵没有撒谎的前科，他最终大手一挥，放过了她："进去自习吧！"

余葵回到教室，发现（9）班的同学已经来齐了，教室里坐得满满当当。

因为要摸底考试，讲台上没有老师值守，而是学生自主复习。

余葵径直走向倒数第二排的座位，拉开椅子后落座。看着抽屉里胡乱堆放着这两天在她缺席时发下来的新课本，她随手翻了两下后，看向隔壁："冰冰！"

易冰闻声，条件反射般坐得板正，瞳孔聚焦，在教室内外搜寻一圈后才松懈下来，捶了余葵一拳："天哪！你吓死我了！老雷说你妈给你请了病假，我还以为你在家补作业呢！你这两天去哪儿了？"

余葵把新课本摞到桌面上，制造了一个和隔壁桌上如出一辙的书堆堡垒，又拿出文具，把它们整齐地放在桌面上。整理完这些东西后，她又摊开英语必修词汇本，直到和谐地融入教室氛围后，才低声开口道："我去找我爸了。"

"你爸不是被外派好多年了吗？"易冰反应过来，"你逃学啊？"

余葵用食指抵唇，示意对方小点儿声，然后快速地讲了一遍自己去成都的事。

易冰诧异地盯了她好几秒钟，一把搂住她："可以啊！余葵！你长那么乖，胆子大起来跟我有的拼，总算支棱一回。你要是在谭雅匀跟前也拿出这气魄，也不至于被谭家的狗撵到跳水。"

易冰的个子已经长到了一米七，长胳膊长腿的。余葵被她勒得不禁干咳，双手扒拉下她的胳膊，维护自己的尊严："我是怕狗，又不是怕谭雅匀。对了，你作业写完了没？"

女孩儿脸上的笑容逐渐消失。

余葵继续追问："摸底考呢？有没有复习？"

易冰叹气。

余葵在她的肩头拍了两下："什么都别说了，难姐难妹！"

易冰家里本是搞工程的，近些年转行住宿餐饮业，经营本地一家老牌挂星酒店。家里祖上八代也没出过大学生，她被她爸按着头塞进附中——她的父母期待着孩子能光宗耀祖。

可惜在这所学霸云集、一本上线率高达96%的超级中学里，从末流中学转进来的易冰和从乡镇中学转来的余葵水平差不多——初中知识的"地基"就没打牢，她们再怎么努力跟老师的进度，也云里雾里如听天书一般。久而久之，她们选择"躺平"，轮流霸占（9）班倒数第一名的位置。

首科语文考试结束后，已经是上午9点半了。

身穿清一色的蓝白校服的学生从教学楼里鱼贯而出，来到楼下站队做课间操。

他们从高一升到高二，原本的班级站位也换了。余葵从考场里出来，像只无头苍蝇在操场上转了好一会儿，才在人群中搜索到自己班同学熟悉的身影。

广播体操音乐响起，她赶紧小跑过去站在队伍末尾。

易冰正比画预备动作，见余葵来了，主动退到了她的后面："你怎么跑到高一那队去了？"

余葵跑得上气不接下气："操场太大，没找着。这也太难找了！"

"我们收卷早，下来的时候你们考场都还没开门，不然我就等你一起下来了。"

附中大小考试都按成绩排考场，易冰上学期期末考试成绩比余葵多一分，才卡着末位被分到第十九考场，跟余葵隔了一堵墙。

此时，学生会成员别着红袖章刚好检查到（9）班，两人都噤了声。

待人走远，易冰才继续说道："我刚才看到谭雅匀在升旗台上调试麦克风，今天又是她上台讲话。"

倒数第三排的女生耳尖，听到谭雅匀的名字也加入了她们的话题。

"也不知道她一天都怎么安排的，钢琴十级，又是学生会干部。不仅要查勤，还要演讲，什么竞赛和活动她都参与。注意力这么分散，她还能留在（1）班，真羡慕她的脑子，太好使了吧！"

余葵以往听到这些话根本没感觉，今天不知道为什么特别想告诉她们真相。

家里从初一起，常年请着两位以上的家教给谭雅匀补习薄弱科目。谭雅匀在学校宣称自己回家不学习，其实经常学到后半夜，尤其在考前，有时余葵凌晨起床上厕所，都还能看到谭雅匀的房间亮着灯。

假期谭雅匀在空间相册里发的旅行风景照，其实全是从她的表哥那儿转载的——因为她根本没空！

她从六岁开始学钢琴，十级考了四次都没过，去年终于考过了，但考官是余月如在音乐学院的同事。拿证以后，她再也没碰过客厅里的钢琴。

天资聪颖、对什么都游刃有余的校园女神人设是她刻意营造的，真实的她对人、对事都十分功利，一点儿也不真诚。

广播体操的音乐结束后，谭雅匀拿着稿子登上升旗台，高马尾辫在风中摇晃，蓝白校服穿在她身上，显得她身形修长。

余葵暗骂了她一大堆话，但远远注视着那张脸，最终什么也没说出口。

余葵不想成为跟谭雅匀一样的人，但很难评价谭雅匀这样是好是坏。毕竟比起自己这样内向笨拙，考班级倒数的废材，大多数家长还是更想拥有像谭雅匀那样优秀的孩子。

余葵开学时缺席了全班大扫除，放学后，劳动委员便安排她值日。

附中学习竞争太大，余葵待得很压抑，但在劳动时除外。等教学楼的学生都走光了，她才收起漫画，戴着耳机一边听歌，一边拖地，这是她的解压方式。

起码比扫地，她可比这群城里学生扫得更加干净！

她拖完一遍地便洗一次拖把，再回到楼道里，正好撞见谭雅匀下楼。

谭雅匀估计刚从教师办公室里出来，心情不知怎的看起来很不妙，面无表情地疾步与余葵擦肩而过，连个眼神也没给她，走到转角处还撞翻了地上的水桶。

眼看着辛辛苦苦才拖干净的地面又淌了一地脏水，而谭雅匀就要走远了，余葵皱眉扯下耳机喊道："你踹翻别人的桶，弄脏别人拖的地，连句道歉都没有吗？"

谭雅匀闻声回头，看清是余葵，张口便不客气地说："平常没有眼色也就算了，今天还来触霉头。因为你乱摆乱放，我的裤脚被弄脏了，我还没让你道歉呢！"

余葵觉得不可思议："我拜托你讲点儿道理行不行？"

"滚远点儿，别烦我！"谭雅匀抬腿要走。

余葵立刻上前拦人："道歉！"

谭雅匀："我让你闪开！"

这口气余葵已经憋很多天了，此刻她被谭雅匀这副不知悔改的模样刺激到了，直接问道："你爸那五百块钱是你偷的吧？"

谭雅匀立刻炸了："你疯了吗？逮谁咬谁？"

余葵冷静道："那天家里除了我只有你。你偷钱做什么？你问家里要，他们不可能不给你。"

谭雅匀的眼神沉了下来："你最好别让我听到你在学校里胡说八道，你吃在我家、住在我家，既然都搬出去了就安分点儿，我可不想让别人知道我认识你这种小偷儿。"

"我爸每年付那么多抚养费，我不吃不住难道留给你用？谁是小偷儿谁知道，我才劝你安分点儿，你这个演员。现在我搬出来了，以后可就没人给你背锅了！"

余葵说罢，闷头拖地朝前走着，脏水飞溅，甩得谭雅匀连退几步，校裤上又落了一串水迹。

"胆子见长嘛，余葵。"少女的声音开始发冷。

"我有什么不敢的？你还先踹我的桶了呢！不想让我到处宣扬你偷钱的事，最好给我道歉！"

被余葵今天豁出去的气势弄得一愣，直到听见楼上传来脚步声，谭雅匀才回神。她环顾周边，看四下无人，便压低声音，似笑非笑地勾起唇角："你大可以试试，看在这个学校里有谁会信你。"

等谭雅匀离开的背影消失在拐角处，余葵便扶着拖把蹲了下来。第一次强撑气势和谭雅匀对峙，使得她颈后汗毛倒竖，小腿都紧张到有点儿发抖。

钱果然是谭雅匀偷的！倘若她真的没拿，只会不屑地冷哼。

在谭家人心里，余葵大概跟乡下来打秋风的穷亲戚差不多，毕业以后只配去工厂的流水线上拧螺丝。学校里鲜少有同学知道两人是同一个重组家庭的孩子，谭雅匀本不准余葵外传，可刚刚竟然都气急败坏到把这件事拿出来威胁余葵了。

终于找到了真凶，这么多天来，余葵总算甩掉了盘桓在心里最大的包袱。

她换了个干净的拖把，戴上耳机干劲十足地在地板上划拉，跟着MP4里的音乐小声哼起一部动漫里净化坏蛋时播放的BGM（背景音乐）。正在她计划着怎么洗清冤屈时，她怎么也没想到楼上有人已经全程旁观了这场大戏，并正激情澎湃地讨论着。

"真没瞧出来，谭雅匀平时装得那么温柔，私底下竟然偷家里的钱，还甩锅。她这么凶，心眼儿长成筛子了。还校园女神呢！你们男生是不是就吃这套？"

"哪儿有？我吃的明明是你这套。"

"哼！算你机灵，你拍到了没？拍到了赶紧传一份给我。"

"就拍了一半。"

女生训斥道："你怎么这么没用？画面还抖成这样！"

男生有些委屈："等我听出来是谁，手机探出去拍摄的时候就已经吵到一半了。我这还算反应快的，能录个结尾就不错了……"

一直静默地立在旁侧的第三者此时终于耐性告罄，打断了他们的对话："聊完了吗？聊完就松手，我要下楼了。"少年声音低沉，显得冷漠疏离。

男生偏头，视线落在时景的脸上时显然怔了一下，随后下意识地松开时景的袖子，让出一条道："不好意思啊，大帅哥，耽误你下楼了。"

转学到附中的第一天，时景刚办完转学手续，出门就撞上两个女生吵架。

路边这两个观众生怕被他打断看戏，还硬拽着他一起在楼梯口旁听了几分钟。

时景转过楼梯拐角，发现刚才争执的两方已相继离场，只剩楼梯间的满地狼藉。值日的女生提着脏水桶，往走廊另一端的洗手间走去。他远远地瞧着她的背影——个子小小的，穿着白色的校服T恤，短发。

少年穿着白球鞋，高冷地绕过地面上横七竖八的洒扫工具，又听见身后的两个人在嘀嘀咕咕地议论："咱们学校有这号人吗？这哥们儿长这样，我不可能没印象。"

"我也没见过,估计是转学生。你怎么乱拽人家的胳膊?早知道不听了,为了听个八卦消息弄得我们俩跟变态似的!"

晚自习放学后,余葵一溜烟地跑到校门口,向阳已经等了好一会儿了。他踢开自行车的支架,单手拎过她的包,跟自己的校服一起挂在车把上:"你睡觉可真沉,我今早敲了那么多遍门,你是不是一遍也没听到?"

"没听见。"余葵老实地跳上自行车后座,"你妈说你6点10分就出门了,你们(1)班的人都起这么早吗?不然咱们以后还是分开上学吧,反正我都是踩点进教室。"

向阳没办法:"今早学生会执勤,以后我6点半叫你,6点50分到教室,这样你总能起得来了吧?"

余葵思索了两秒钟——似乎这少睡的十几分钟是真能影响她人生的大事——还是不太情愿地点了点头:"那我自己设个闹钟,等我爸爸买的自行车送到,就不用你每天费力载我了。"

向阳嘀咕:"行了,你细胳膊细腿的,身上这几两肉能有什么重量?"

夏日的夜风从耳边掠过,他踩起踏板,速度飞快地前进。十几岁的少年身形颀长,袖子撸到肩膀上,为了散热卷起了校裤的裤腿,四肢上有着均匀的肌肉,浑身都是使不完的力气。

余葵在后座上摆弄着向阳的手机,登录自己的QQ号——她得先把暑假作业拿回来。

她早上没找到登机牌,不能给航空公司打电话,但是说不定失主着急用iPad,会通过账号查找她。她的书包里有她的日记本,第一页就用小漫画写清楚了她的联系方式。

果然,这个决定非常明智。余葵一上线,就看见列表里静静地躺着一条好友申请,时间在昨天深夜,验证信息精短,直击主题——拿包。

深夜,城市另一角的冷色光台灯下。

时景把擦头发的毛巾丢进脏衣收纳筐,拿起手机时,发现消息栏里已经多了一个好友。

小葵花生油:"非常对不起,现在才看到您的好友申请!是我在转盘处认错了行李,我没想到会有人跟我背一模一样的包。我该怎么把书包还给您?"

时景先把托运条拍照发了过去，标签左上角打印着失主的姓名全拼"CHENGJIANGUO"。

返景入深林："是你的包吗？"

小葵花生油："对的！里面还有我的日记、漫画和两本暑假作业。我那天没仔细看就把您的行李标签撕了，这个包里有iPad、杂志和水杯，您看对不对？您什么时候有空？如果还在昆明的话，我们明天就可以换回来。"

返景入深林："是我的，但我最近都没空。"

余葵猝不及防："嗯？"这个人把这么贵的平板电脑放在她这里，竟然都不担心？

她用指尖"噼里啪啦"地敲击九键："不好意思，虽然包里都没什么值钱的东西，但老师等着我交暑假作业，您方便的话能不能抽个时间……"

时景很想问问这位名叫"成建国"的同龄人：你作业一半都没写完，要怎么交？

昨夜发现背包拿错，致电航空公司没得到有用的回复后，他花时间把包里的东西翻了一遍，除去一堆花花绿绿的漫画杂志，就是两本暑假作业——高一的生物和物理作业，答案写得牛头不对马嘴，一团糟，题目底下写了一个"解"字后，就只剩大片荒芜得足以填满世界的空白。

他盯着对方的《七龙珠》头像沉默半响，终于说服了自己。看在这人挺有才华的分儿上，他做出了让步。

返景入深林："这周日下午三点，西昌路弥勒寺公交站台，你可以吗？"那儿离他现在住的家属院很近，步行就能到。再远的地方，时景还没去过，也不认识。

小葵花生油秒回："当然可以！我会准时到的，谢谢您！您真是个大好人！"

结束对话，少年将视线移到桌面上。

那里摊开放着一本16开大小的画册，本子稍厚，有些旧，由于过度使用，丰富的内容已经让纸张纤维有些膨胀，像只发酵的小面包。

本子的主人在绘画上天赋异禀，用漫画的形式手绘日记，记录了自己在小镇学习生活的日常和趣闻，色彩清新，独树一帜。对在首都长大的时景来说，那是他从未体验过的生活。

日记开篇在2009年9月3号，这意味着迄今为止，本子的主人已经坚持画了四年。

漫画主人公是条沮丧的短发"咸鱼"，初中开学第一天，她塌着肩膀，生无可恋地走进教室,和一个叫四饼的麻将脸长发女孩儿成了同桌,并交换了刚申请的 QQ 号。

时景也就是靠着对话框里的这个账号,聪明地先于航空公司联系上了失主本人。

上学第一天就考了四个科目,暑假作业也交不上,余葵愁得当晚就做了噩梦。

起床时她还精神萎靡,头上翘着一撮呆毛,眼皮耷拉着,边吃早饭边打瞌睡。

程建国把最后一道菜端上桌后,将手在围裙上擦了擦,给她倒了杯牛奶,总觉得这孩子的脑袋下一秒就会栽进碗里。想到余葵平时清早上课可能就是这个状态,老父亲一时不知道该担忧还是该感慨。

"小葵,你睁开眼睛看看爸爸,你现在吃的是你最爱吃的多宝鱼。"

啊?余葵停下咀嚼的动作,感受了一下鲜嫩的肉质,用力抬起眼皮,视线终于渐渐明晰。

东边的天还黑着,过堂风吹过,窗外的树叶"沙沙"响,客厅玻璃映出轻晃的灯影,从天花板上垂下来的吊灯正在摇曳。

八十来平方米的老单元屋干净且空荡,但并不缺生气——静音风扇和洗衣机在背景中默默运行,刚炒完菜未清洗的锅和铲子被放在厨房水槽里,楼上传来拖拽板凳和走动的声响,楼道里有早起的大爷在清喉咳嗽。

一切与之前截然不同,她怔了怔,彻底清醒了。

楼下的自行车铃响过两遍,向阳大声喊着她的名字。程建国匆匆催促她多扒拉了几口菜后,便提着书包送她到楼下。

"柠檬水留着考试的时候喝,有点儿酸,爸爸少放了蜂蜜,困了就喝点儿,在学校好好学习啊!"

余葵跳上自行车后座,接过水杯和书包,这种照顾让她多少有点儿不适应。

作为一个从未被精心照料过的人,就为了那句"好好学习",早上考物理的时候,她强行撑着眼皮,提醒自己不要打瞌睡。

坐在她隔壁的是个穿着限量版球鞋的公子哥儿。最后半个小时,他环视考场一圈,约莫觉得余葵的座位号和精神面貌比别人靠谱儿些,一个劲地给她使眼色,探头想抄她的答案。

余葵本来还困得不行,见状赶紧捂紧答题卡,生怕自己害了人家。

男生生气了，考试一结束就在人流中逮住要去厕所的余葵："同学，你怎么回事啊？不就看一眼你的答题卡，都没抄上，你怎么就捂起来了？看看能少块肉吗？跟防间谍似的！大家都是最后一个考场的，怎么还没点儿互帮互助的意识呢？"

余葵的个子只到人家的肩膀，出于安全考虑，她停下脚步注视着对方的眼睛，神色尴尬中带着点儿诚恳："我上学期期末物理只考了43分。"

男生听得一怔，憋了两秒钟，盯着她"扑哧"一声笑了出来："对不起！谢谢您没让我抄。"

余葵点头表示谅解，继续朝前走。

男生又追上她："我上次考了56分，是我们班倒数第一名，我原本以为我已经是咱们年级物理最差的了。"

他真是哪壶不开提哪壶，余葵在心里翻了个白眼，加快脚步。她几乎要跑起来了，少年却仍自来熟地跟在她身畔："我是（15）班的谢梦行，你是几班的？哦！不重要，反正马上要分班了，你叫什么？"

"余葵。"

"中午考完试，我请你吃食堂吧。你选文科还是理科？说不定咱们还能被分到一个班呢！"

余葵有点儿无语了："你钱很多吗？请不认识的人吃饭？"

谢梦行："咱们在一个考场考试，而且都交换名字了，怎么还不算认识呢？"

余葵不擅长拒绝别人跟自己套近乎，苦思冥想编出了一个拒绝的理由："我还要打扫卫生呢。"

中午，余葵的乌鸦嘴就成真了——她没能吃成午饭，因为劳动委员又一次安排了她跟轮值的同学打扫卫生。

"怎么还是我？"

"你昨天打扫的楼道害我们班被扣分了。"

余葵解释："怎么会？我拖了很久，地板很干净的。"

劳动委员皱眉："分是学生会打的，又不是我打的，本来规则就是被扣分的人要继续打扫，找我说有什么用？"

跟劳动委员交好的两个女孩儿叽叽喳喳地在一旁帮腔。

易冰不在，余葵势单力薄。好汉不吃眼前亏，她拿起打扫工具走出了教室，百思不得其解——她昨天明明把地板拖得锃光瓦亮的。

余葵打定主意要找卫生部的同学问清楚,也不去食堂了,扫完就坐在楼梯口,一直等到午休预备铃响,才听见楼下传来脚步声。本以为是卫生部的同学,余葵连忙起身,从楼梯缝里探头看去,未承想竟是去而复返的劳动委员陈钦怡。

陈钦怡走到二楼,从校服口袋里掏出饭卡,同时装作不经意地从口袋里掉出一串瓜子壳。扔完垃圾,她又踩着铃声急忙转身,匆匆往楼下跑去。

余葵抓紧楼梯扶手,怒气都快顶到天灵盖了。

她少有吵架的经验,嘴巴动了好几下,声音才从喉咙里涌出来——

"你站住!"声音意外地大。

陈钦怡完全没料到这个时间点楼梯间里会有学生,还是余葵本人,吓得肩膀一抖,愣在原地不敢转身,脸上的绯红蔓延到了脖颈上。

人就是这样,偷偷做坏事没人知道的时候还心安理得,被抓现行才会懊恼、羞愧难当。

余葵心情复杂,深吸了一口气,放平语调:"我得罪你了吗?你为什么要这么做?"

陈钦怡这样的优等生大抵很少有做坏事被抓包的经历,结结巴巴半天没解释出一句话。

余葵低头看向地上的瓜子壳,神情有点儿受伤:"就因为我成绩差,拉低了班级平均分,影响到其他的同学了?"

女生终于摆手:"不是的。"她尴尬得手足无措,干脆闭眼低头,"不管你相不相信,我没有那么讨厌你,是姜莱……姜莱让我这么做的,我没办法,不敢得罪姜莱。"

陈钦怡说罢,两手胡乱地把地上的瓜子壳扒拉成一堆,重新塞进口袋,逃也似的离开了"作案现场"。

余葵无语地对着地面上剩下的零星残屑——她和生物课代表姜莱也无冤无仇,哪里又得罪了人家?

第二天,周五,下了早自习,老天爷很快就让余葵知道了为什么。

"分班以后,班长选理,余葵肯定学文,姜莱你就别杞人忧天了,到时候他们俩连面都见不上。再说,余葵的成绩都差成什么样了,她能上个二本都算不错了,他们俩根本没有一丁点儿发展的可能。"

"这怎么讲得清楚?我哥说,不管多聪明的男人都肤浅,都喜欢长得漂亮的女生。就算那个土妞病恹恹的,回回考倒数第一名,班长还不是自习课回头跟她讲小话、借她作业抄、替她打掩护？咱班里传成那样了，也没人出来澄清，啧啧啧……"

班里传成哪样？余葵有点儿好奇，在厕所隔间里腿都蹲麻了，扶着隔板起身，原地活动。

说话的两个人就是昨天帮衬陈钦怡的女孩儿，都是姜莱的小团体的成员。后者话音才落，就被姜莱一口否认："不可能，宋定初说过他中学不谈恋爱的，是余葵偏要缠着他讲话，烦死了！自己不学也不让别人学，一颗老鼠屎搞坏一锅粥，半点儿自知之明都没有！不要脸！"

我才不是呢！余葵在心里疯狂反驳。

"可能没你们想的那么严重，我感觉他们就是正常的前后桌，余葵除了成绩差点儿，也没做错什么，上课就自己看漫画，没影响别人。"

姜莱惊诧道："钦怡，你吃错药了，替那个差生说话？她成绩那么烂还待在咱们学校里，本身就错得离谱儿！"

余葵也很惊诧——陈钦怡竟然帮她。

但陈钦怡确实说对了一点：漫画看多了的余葵只喜欢"纸片人"。

附中地处西南高原，紫外线强烈，虽是省会，但常年混迹篮球场的帅哥大多还是健康的小麦色皮肤——包括向阳，比余葵整整健康了两个色号。五官端正的男孩儿有不少，可是比起"纸片人"还是差得太远了。

隔间都快长出蘑菇了，余葵才终于等到她们的厕所茶话会结束。

余葵洗完手，一口气跑出门，深吸了好几口新鲜空气后才放慢脚步，正准备回教室，忽然发现今天年级走廊里的女生好像格外多一些。

她又走了两步，趴在走廊栏杆上的女生们突然开始兴奋地低声叫喊，她甚至能清晰地听到人群中有喉咙溢出的吸气声和惊叹声。

（9）班走廊外，易冰挤在前排，回头一看她来了连忙招手，把人拖到身边："快看帅哥！"

那人长什么模样，能惹得这群眼高于顶的优等生沸腾到这个地步？余葵礼貌性地探头凑凑热闹，只往下瞥了一眼，便下意识地扶上栏杆。

阳光穿透繁茂的白玉兰的绿枝间隙，她在林荫道尽头细碎浮动的光斑里，西装革履的教务主任身后，看见了自己的漫画男主角。

"这气质甩了小谢十条街啊！真是人比人气死人，这下咱们校草榜要大换血了！"

"还排啥？他第二，咱们学校有谁敢称第一的呢？"

"这榜可以直接撤了，就这样吧！大帅哥，帅死我算了！"

"关键是附中那么土的校服,他都能穿出QQ秀的感觉,个子又高,往哪里一站,哪里就是电影画面,自带氛围特效,天哪!简直违规!"

……

趴在栏杆上的女生你一言我一语,句句说出了余葵的心声。

在一众开始长粉刺、青春痘的中学男生间,少年的出现简直是在现实中插入了一段偶像剧。

把人目送进了教务处后,众人才暂时从沉浸式的欣赏中抽离出来,七嘴八舌地交流起获得的情报:

"是转学生吧?高一军训都结束了,之前都没见过。"

"转到哪个班?"

有人抢答:"他刚才上的是左边楼梯,挨着高二年级教务处,我猜应该就是转到咱们高二。还是熊主任亲自领进去的,老熊笑得跟朵花一样,这说明他要么成绩很棒,要么很厉害。"

熊主任是纯附的教务主任,学生们票选的附中最严厉教师榜单中的第一名。

他老婆是余月如在音乐学院的同事,去年招生季,余月如偶然从她那儿探听到教育局临时强调优质高中应该向乡镇初中分配指标的问题,纯附招生工作原本都结束了,为响应号召,又临时增加了两个乡镇学生名额。学校盛名在外,地州的600分的学生根本没人敢填报,家里人让余葵大着胆子填志愿,余葵就这样捡漏儿进了纯附。

听着旁人反复回味那惊艳绝伦的一幕,余葵明知看不见,但还是下意识地又往教务楼的方向看了一眼。

离开机场后,余葵根本没想过还能见这个男生第二次。

明明是微不足道的交集,但此时置身人群中,她又能感觉到自己正在因这份交集而跟别人区别开。现在,她有点儿懵懂而又盲目的窃喜感。

连下午的分班都没能影响这份雀跃的心情。

"高二理科(15)班,余葵,语文121分,数学86分,英语61分,历史69分,地理64分,政治62分,物理43分,生物58分,化学73分。"

易冰翻来覆去地看着余葵的摸底考试成绩单:"史、地、政起码都及格了,去理科班你是怎么想的?余葵,你上学期不是还想学文科吗?"

老师还在讲台上面开班会,余葵赶紧示意易冰放小音量。

不知是不是因为昨天被人堵在厕所里受到刺激了,余葵小声认错:"对不起,冰冰,我爸看了一下我的成绩单,说让我喜欢什么就选什么。"

"说什么对不起？又不是不在一个班就做不成朋友了。"易冰勉强压下情绪，又问道，"你真的喜欢理科吗？"

余葵茫然地说："说不上来，要说喜欢……那我当然喜欢看漫画，不喜欢学习。"

程建国也是理工男，昨晚像煞有介事地将她的大小考试成绩列表分析一番，得出结论——余葵不偏科，她的每门副科在年级的排位都差得均衡，选文选理区别不大。

他们谈了一晚，余葵听出来了，程建国对她的成绩很宽容。这大概和她自小体弱多病有关，当时她在医院待的时间比在学校还长，小学转回镇上后，外公外婆更是随她躲在家里看小人儿书、动画片。

初中时代，余葵沉迷于校门口的漫画店。当时她的成绩不算好，每个科目都在及格线上下徘徊，但也没差到请家长的地步。中考前两周，大约意识到再不上进就没书读了，她终于悬梁刺股地冲刺了一把，低空擦过市一级高中的录取线，奇迹般地被补录进了纯附。

大抵也因此，程建国对她的人生有种不管现状再糟糕，但女儿总能力挽狂澜的谜之信心。

班会结束后，同学们互相道了别，被分走的同学开始往返搬运个人物品。

余葵被分到的理科（15）班在三楼。她想少搬两趟，但装书的储物箱足有十几斤。余葵咬牙把东西搬到二楼，用力过猛差点儿缺氧，赶紧往地上一扔，扶着栏杆歇了三四秒钟，眼前的黑影才逐渐消失。

"真行！余葵，搬个箱子能要你半条命，你中考体育都怎么及格的？"

身后传来一阵嘲笑声，她抬起眼皮瞥了一眼，来人果然是向阳。

"走吧！"男生把篮球扔给她，端起地上的储物箱，"你帮我把球放到教室门口，我给你搬上去，剩下的还要几趟？"

"再收拾一趟应该就没了。"

余葵的肌肉传来一阵发力后的酸痛，跟了两步后，她忽然反应过来："你们（1）班没换教室？"

向阳："没，我们班就六七个人去了文科班，这会儿老班正开家长会呢！真不知道她哪里来那么多精力，整天告状。"

这幢楼每层八间教室，理科（1）班在四楼，理科（15）班在三楼，两个班都刚好在左侧，共用楼梯。

这意味着她以后和向阳在学校里碰到的频率大大增加了，跟谭雅匀也是。

想到这里，余葵有点儿烦。她擦掉额上的汗，爬上四楼把球放到（1）班门口，离开时，视线在教室里一扫而过。室内窗明几净，她妈妈余月如正端坐在前排，纯色套裙衬得余月如气质优雅，眉眼温柔。

每学期起码有两三次家长会，她的妈妈可能会缺席她的家长会，却从未缺席过谭雅匀的。

余葵的眼睛被刺得生疼，她默不作声地看了两秒钟后，转身朝楼下走去。

向阳见她下来后脸色不太好，问道："你怎么了？哪儿不舒服？"

余葵没说话，向阳估摸着她可能是心里不舒服，回头朝楼梯上看了一眼，试探着劝道："谭雅匀她爸在体制内上班，确实不好请假，你也别生你妈的气了，后妈不好当嘛！之前不也都是这样，她来给谭雅匀开家长会你都不生气的，今天怎么反应这么大？"

走到没人的楼梯口，余葵停下脚步："我问你，你是我的朋友，还是谭雅匀的朋友？"

向阳："我当然是你的朋友，但她毕竟也是我的同班同学。谭雅匀没有亲妈照顾，其实也挺可怜的。"

"对啊，就她可怜。"余葵很想笑，"我虽然有亲妈，但我妈从没给我开过家长会，同学们都觉得我是没爸没妈的孩子。你呢？你要不认识我，你也觉得她们俩才是亲母女吧？"

他没法儿否认——（1）班的同学甚至都不知道谭雅匀是重组家庭的孩子。

"小葵。"向阳小声唤她，又不知该怎么说，只能讪讪地拍了拍她的肩膀示好，"你爸不是回来了吗？都会好的，你别想那么多了，开心一点儿。"

他不提这个还好，提了余葵更生气了："你应该还不知道我爸为什么回来。"

不等对方说话，余葵平静地阐述："因为谭雅匀偷拿了她爸的五百块钱，让我背了锅。他们家的人觉得我是小偷儿，我妈把我的漫画全撕了。我逃学去成都找我爸，求他把我也带去东南亚，他觉得孩子不读书不行，所以才请假带我回昆明。"

信息量太大，向阳半响才反应过来："你开学时请病假，是逃学去成都了？"

"我还有其他办法吗？"余葵反问，"他们没一个人相信我，也从没认真听过我说一句话。我可以接受他们区别对待我跟谭雅匀,这怪我成绩差,可是我接受不了被贴上小偷儿的标签。一想到以后他们再丢东西,还能把责任推给我、冤枉我,我就在那个家里一分钟都待不下去了。"

向阳尝试做和事佬,小心翼翼地试探着问:"会不会中间有什么误会?"

余葵听完这句话,差点儿没背过气去,心情复杂地看了他一眼,长叹一声,彻底放弃解释:"算了,我能指望你什么呢?你愿意相信有误会,那就是有误会吧。"

向阳:"我不是这个意思。"

难怪谭雅匀敢放出那种威胁的话,连认识十几年的朋友都说这种话,别人又怎么会信真相?

她一开始就不应该跟他讲这些的,白费力气。余葵在肚子里骂了一万遍向阳这个重色轻友的混账东西,听着他一句比一句令人不顺耳的安抚话,直接冷冷地打断:"你清楚自己在拉偏架吗?但凡你还记得我们是朋友,往后请别再跟我提起这个人!"

说罢,她加快脚步,径自下到二楼,迎面正巧撞上一大帮理科(1)班的学生。

个子高的那几个跟向阳打了招呼,还约他放学一起打球。多事的人还吹口哨打趣道:"向阳,又给你的小青梅搬课本呢?"

"一边去!"

向阳心情糟透了,正要穿过人群去追余葵,忽然被一个轻柔的女声唤住:"向阳。"

下楼的两个人都不自觉地脚步一滞。

余葵偏头望去,谭雅匀正好走到她左侧,和她就隔了几厘米,身高足比她高半个头。仿佛根本没注意到余葵的存在,谭雅匀继续道:"你在这儿啊,班主任到处找你,让你带男生们去领新教材。"

向阳喉咙滑动,下意识地看了余葵一眼:"我的课本还没搬完。"

谭雅匀:"没事,同学们也没搬完呢,等会儿领完教材再搬呗,再晚去,教务处都下班关门啦!"

说话间,放学铃声响起。

她微皱眉头,显得有些为难:"还是你有什么比领教材更重要的事情?实在走不开的话也没关系,我替你跟班主任说一声。"

更重要的事?向阳朋友多,好事的人纷纷起哄,又朝余葵看过去,笑闹声渐大。

此时放学铃声响过第二遍，学生和家长们从教室里鱼贯而出。停驻的学生堵住了上下楼的通道，不过顷刻间，楼梯就变得狭窄。余葵不想再听，错开身下楼，刚迈步，脚背就不知被什么东西绊了一下。来不及反应的余葵一脚踩空，整个人被惯性带着踉跄地俯冲下去。

她惊恐得瞳孔瞬间放大，差点儿急出眼泪，心里狂骂：谭雅匀这个天底下最能装的塑料袋，又来阴的！

摔成这么个大马趴，她轻则在全年级同学面前丢脸，重则鼻青脸肿、断胳膊断腿。

谭雅匀在示威，在为了那天的争吵而报复！

余葵几乎绝望地闭上了眼，准备正面迎接地板的冲击。

千钧一发之际，旁边忽然有人伸出了手——

那人四肢修长，只不过随意地拦了一下，便彻底截断她下坠的冲势。

可惜余葵是个平衡能力为零的人，惊险地扶着对方的胳膊，又不争气地因反作用力屁股朝地后仰，眼看还得摔一跤。混乱间，她胡乱一抓，不知拽到了谁的包带。

"扑通"一声，布包落在地面上，发出一声撞击的闷响声，借到力的身形终于稍缓，她被正后方赶来的向阳稳稳地接住了。

一场楼梯间发生的意外事故消弭于无形，整个过程不过两三秒钟。

余葵惊魂未定地站直，抬头扫了一眼，后知后觉地发现，眼前帮自己免于丢脸、救苦救难的大英雄，竟然是课间一群女生趴在栏杆上欣赏过的男生！

那英俊的脸蛋儿近在咫尺，皮肤比她的还白净！

她干了什么？她刚刚抓到了漫画男主角的手和胳膊！

余葵咽了咽口水，心脏"怦怦"地狂跳起来，眼神乱飞，不敢再看他，仓促地低头向对方道谢。

少年眼眸半掩，微微点头算是回应。

他长得太高了，从余葵的角度看，只能看到对方收回手臂，并很快地转动腕部，然后一言不发地把手插回校服裤兜，冷淡地顺着人潮与她擦肩而过。

余葵沮丧地垂下肩膀，回神望向地面。

谭雅匀的书本撒了一楼梯，那处传来东西撞击声的台阶上，已经淌了一大摊米白色稀泥质地的液体。

谁能想到余葵竟然阴错阳差地拽掉了始作俑者的帆布包，这算不算现世报了？

有人的校裤被液体溅到，那人还弯腰扒拉了几下，查看了瓶子的碎片："这是粉底液啊！还是迪奥的呢！我说怎么搓不掉。"

到底是摔坏了东西，余葵本来还下意识地不安，闻言后蓦地抬头："同学，你认识这种粉底液？多少钱一瓶？"

男生以为她害怕赔钱，挠头嘟囔道："我也是看我妈用的，好像是五百来块钱吧！"

话音刚落，他瞧着余葵身形发颤，以为她被吓到了，又赶紧补充道："不过也可能是我记得不太准。"

余葵没有被吓到。事实上，她激动得都哆嗦了。

中学生化妆这件事在谭家是被明令禁止的。去年，谭雅匀有段时间下晚自习在家练习会演的舞蹈节目，涂了继母的梳妆台上的口红，被她爸下班回家时撞见，她爸立马勒令她去洗脸。

这么昂贵的化妆品只能是谭雅匀偷偷买的。

谭雅匀的零花钱从不会有结余，钱是从哪儿来的？

这碎的不是粉底液，而是能证明自己清白的铁证啊！余葵现在就得去楼上找她妈下来看看，让他们以后不敢随便冤枉人。

余葵刚转身，肩膀便猝不及防地被撞开。她反应过来时，谭雅匀已经越过她，一声不吭地开始捡拾台阶上被粉底液染脏的笔记本和课本。

谭雅匀在学校的知名度很高，余葵能隐约听见周边有人讲闲话。

"你说谭雅匀现在脸上擦没擦粉底液？她平时在学校是不是也带妆？"

"这么近距离看，脸好像是比脖子白一点儿。"

"哇！学校这么早上课，她还化妆，这得几点起啊？我听说带妆时间长很伤皮肤的。"

"我早怀疑了！上次英语比赛演讲的时候，谭雅匀不是号称每天一定要睡满八个小时吗？还吹牛说自己晚上10点就睡。她这个人偶像包袱真的好重，作息是假的，连皮肤白也是早起抹的……"

对这些议论声，谭雅匀置若罔闻。她的鬓发垂落到下巴处，双唇紧抿，神情显得格外孤傲，但用力到发白的指节昭示着她此刻的心情并不平静，这种狼狈场面对高高在上的校园女神来说已经算是奇耻大辱了。

偷鸡不成蚀把米！余葵都懒得评价她是不是活该了。

关键时刻，向阳英雄救美："别看热闹了，有什么好看的？楼梯间都堵了。"

他扬声压下了骚乱，催促故意放慢步子的学生们加速离场，几个和谭雅匀熟识的男同学也纷纷留下帮忙，还有人拿来了打扫工具清理地板。

各班下课，理科（1）班的家长会也已经散会。

眼见楼梯间一片混乱，班主任姚老师在人群中随手揪了个学生，询问底下发生了什么事。她还兼任年级组长，才开口问话，前面的学生就主动让出一条缝，几个嘴快的学生竹筒倒豆子般七嘴八舌地拼凑出事情经过。

"老师，主要是那个粉底液弄在地板上根本拖不干净，拖把肯定也废了，洗都洗不掉。"

"好倒霉！我的裤脚也被溅到了，刚洗过的校裤。"

…………

在听清下面摔碎的贵重物品是谭雅匀的粉底液时，姚老师皱了皱眉头。

陪在老师身边下楼的余月如闻言，连忙解释："姚老师，实在抱歉，今天出门忘记带手包，就把粉底液随手塞进孩子的包里了，没想到还搞出这种事故。雅匀这孩子就是太老实，实话实说不就行了？她连面霜和防晒霜都分不清呢，哪里就会化妆了？这事怪我，我来给孩子们出干洗费。"

四下喧嚷嘈杂，恰巧这句话不偏不倚地钻进了余葵的耳朵。

她在攒动的校裤缝隙间见到了一双熟悉的香奈儿拼色高跟鞋，视线上移，余月如温声笑语，立在姚老师身侧，正不惜撒谎，替自己乖巧的女儿找补形象。

楼梯间即将被打扫干净，余月如招手叫谭雅匀到她身边去，视线扫过楼下时，只在余葵身上短暂地停了一瞬，便仓促地错开视线，然后亲热地揽着继女的肩膀，与班主任说话、道别。

余葵上一秒还在想找妈妈来主持公道，也许妈妈在知道真相后会觉得对她有所亏欠——毕竟自己的亲生女儿被冤枉得那么惨。

两人四目相对的瞬间，余葵的幻想破灭了。

那人的眼神里没有歉疚，没有悔意，只有闪避——余葵看得分明。和许多庸俗的大人一样，也许余月如并不认为父母需要为自己的错误道歉，女儿跟父亲离开是对她的背叛，她在用冷漠的姿态等待余葵再次向她低头服软。

不知谁在轻声嘀咕："谭雅匀跟她妈妈长得好像，她们俩都好自律，好精致啊！"

她早该习惯的，没有期待就不会有伤害。余葵面无表情地转身，疾步融入四散的蓝白色人海。

周五下午是这座城市最拥堵的时段。

等红灯时，司机和后座上的孩子搭话："今天要不是你手疾眼快，那小姑娘怕是要摔惨了。小景，是不是你们喜欢打篮球的孩子都这么身手矫健？"

司机半晌没听见回应，在踩油门前的最后一秒钟抽空往后视镜里看了一眼。

6点半的晚霞景色艳丽，余晖滚烫。窗外街景飞驰，晚风灌进车窗，吹得少年额前的黑发微扬。

"小景？"

时景总算回神，抬眸看了过去："会有影响，打球能锻炼四肢的协调能力。"

"叔叔的话是不是有点儿多？"周成问完，自己"哈哈"一笑，"我家姑娘就整天嫌我话痨。不过，小景啊，下次再遇到这种情况，帮忙前还得保障自己的安全，刚才楼梯间人太多，你伸手一拦，把我都吓傻了！要是那姑娘不小心把你的胳膊抻折，或者你被踩踏伤到哪儿，我跟领导都交不了差。"

时景应下，想了想又解释道："那个女生是被人绊倒的，所以我才搭手。"

周成讶然："有人故意绊她？"

时景："是。"当时他只是觉得前面的人说话的声音很耳熟，抬头又正好看见有个高个儿女生伸出了腿。

周成："天哪！现在的孩子的心眼儿真复杂，多大点儿岁数就给别人使绊子？叔叔今天回去得给你爸说一说，以后可不能讲你做人冷漠，没烟火气了。咱们小景只是长了一张不爱管闲事的脸，实际挺热心肠的，刚转学就见义勇为。"

时景低头看表，漫不经心地道："他从不关心这些小事。"

"关心啊！怎么不关心？你对你爸的误解有点儿深啊。你从北京坐飞机过来那天，因为天气迫降双流机场，他开会中途问了我好几回航班信息。后来你改签到2号，从成都飞过来。他看天气预报说要下暴雨，让我留在昆明接机，自己下乡时搭别人的车过去……"

时景适时地岔开话题："周叔叔，这些天辛苦你了。"

"这有什么？为领导分忧，让他专心工作，这是我的工作嘛！"

车子稳稳地停在小楼的车库里。

周成率先下车，打开后备厢替少年拿包。

时景婉拒道："我自己来。"

周成笑道："你一个人拿有点儿重，两个人省力，我刚才看你好像扭到手腕了。"

时景摇头："没事，我爸看见又要说我娇生惯养。"

周成这才不再坚持，跟在后面送他上楼，突然又想起什么，开口叮咛："小景，附中的住校生不多的，你坚持要住宿舍，条件上可能要吃点儿苦头。周日晚上我来送你去学校，这两天你好好跟你爸相处，别闹别扭，亲父子有什么过不去的坎儿？"

水电建设家属院三楼，雨后爬山虎长得飞快，红褐色的根须和嫩叶小心地探到了卧室的窗棂上。

书桌旁，余葵正盯着眼前摊开的物理书。

新班级的物理老师通知课代表给学生们布置了预习题。当然，预习是好听的说法，题册上不乏超纲的内容。有条件的同学，暑假时要么找家教，要么找小班补课，选修内容早都学得差不多了。人家做题不叫预习，只能叫巩固。像余葵这种懒散又老实的学渣，歇了一个暑假回来只能对着题册发呆。

也不知道她爸会做几道题，余葵咬着笔头想。

程建国这几天不知忙什么，每天做完饭就匆匆出门，都没时间跟她多说几句话。

向阳肯定会，但余葵想起这根墙头草就来气。

小时候，向阳看《火力少年王》入戏太深，在院子里耍溜溜球，技艺不精，给她的后脑勺儿开了瓢，当时鲜血汩汩地往下淌。被大人团团包围的余葵愣是经住了"拷问"，缝了两针，到最后都没供出罪魁祸首。

那天，向阳哭惨了，说要跟余葵做一辈子的好朋友。如今，她后脑勺儿上的针痕犹在，这家伙却已经忘了自己的"海誓山盟"，在谭雅匀的迷惑和与她的友谊之间摇摆不定。

当然，余葵也不想把原因全部归结到向阳身上。两人阔别多年，成绩差距那么大，共同话题那么少，当然是相似的人才能做朋友。道理她明白，但她仍然感觉很失落——就算两人的关系依然还算亲厚，但儿时的美好记忆终究不再是原来的滋味了。

余葵磕磕绊绊地对照着课本做了一半，脑仁"突突"地疼。

她刚被分到新班级，同学们互不认识，作业都没地方参考，她把笔头都快咬烂了，最后索性撂笔，跑到客厅，扯着电脑桌上的摄像头，对着最难的几道拓展大题"咔嚓咔嚓"地拍照，上传到说说寻找场外援助。

小葵花生油："物理真的太虐了！一点儿也不简单，朋友们救命！"

遗憾的是，学渣的场外朋友还是学渣。

好闺密四饼点赞，秒回："葵，冯绍峰演的那个新剧《兰陵王》你看了没？好好看啊！对了，这是物理还是数学题？是我理解能力不行吗？字都认识，怎么连一块儿就读不懂了呢？它的问题是啥呀？"

余葵用"一指禅"和"厌世脸"进行批阅。

小葵花生油："没看呢！饼，我最近连《飒漫画》都没时间看了，又考倒数。"

余葵在县一中上学时的初中学习委员也感慨："厉害了！你们附中的题都那么超纲吗？我们班这周也开始学必修三的电荷守恒和库仑定律了，但老师说麦克斯韦方程组是大学课程，想学懂麦克斯韦方程需要有微积分的知识储备，所以只教了课本上的内容，让我们打牢基础就行。纯附真的不一样，咱们的差距越拉越大了啊！"

小葵花生油："我的基础太差了，四舍五入相当于没有，比你差远了。我以为你了解我的，伤心了，学委。"

她没有纠正，附中开学第一周忙着摸底考、分班，压根儿没开始学，老师上来就把超纲题甩到学生的脸上。

她一暑假没发动态，小伙伴们兴致勃勃地逮着到省城读书的老同学问东问西。

余葵回消息回到眼眶都发涩了，疲懒地打了个哈欠，逐渐在和困意的斗争中落入下风。题目边上张牙舞爪的铅笔拦路虎还没涂完，她便一头栽倒在了桌面上。

半个小时后，余葵是被蚊子吵醒的。

窗外天都黑了，她肚子有点儿饿，短裤下面的大腿还被咬出两个包，挠了两下还是痒。她擦了点儿药膏，然后踩着拖鞋去冰箱里找东西吃，给自己倒了一杯橘子汽水。

等余葵再回到电脑前，空间里刷新出一堆未读提示，其中一句尤为显眼。

返景入深林:"很简单的推导题,你认真理解一下公式。"

很简单?他胡说八道!这是认真理解就能解出来的题吗?

只有努力过的人才知道天赋有多么重要,余葵气鼓鼓地关掉了网页。

然而下一秒——

待她点开闪烁的对话框,刚萌芽的挫败和羞恼全被巨大的惊喜和感激替代——返景入深林直接给她发来了手写的答案,简直是新时代"活雷锋"!

对待萍水相逢需要帮助的陌生人,对方也能如此友善地尽心教导,高冷的言语下有一颗善良的心,余葵真实地被感动到了。

她的人缘儿严格来说不能算差,但在学习上,她除了跟易冰抱团取暖,也就只有班长愿意抽空给俩人讲题。附中的学霸有学霸的傲气,很难心甘情愿地为学渣单方面付出时间。无论出于善意也好,恶意也罢,在众人看来,余葵的确不属于这所学校,她的基础差得太多,尽早转学离开对所有人都好。

白色A4稿纸上是硬朗的钢笔字,涉及的知识点都被列在一旁,解题过程没有涂改,条理简洁清晰。

余葵合理怀疑照抄答案很容易被老师识破,这不是她的水平。

她想要自己进行知识转化,但解题步骤丰富,又实在理解不全,到最后也只能懵懵懂懂地照搬完,然后诚惶诚恐地编辑感谢的话。

小葵花生油:"太感谢了!大神受累,浪费您不少时间吧……"

"一指禅"的效率太慢,剩下的段落还未发送,对方已经率先回复。

返景入深林:"花了十分钟。"

余葵哽住,把打到一半的小作文"哐哐"删掉,想着大神的背包里那几本天文物理类读物,绞尽脑汁地往对话框输入新的赞美之词用来破冰。

小葵花生油:"您是物理老师吗?这么难的题都能做出来,速度还那么快,比我们老师还厉害!"

估计对方觉得她的赞美无聊且千篇一律,没再回复。

余葵盯着资料框里的头像失落发怔,盯了久了才发现,那个看上去乌漆麻黑的头像竟是一片瑰丽而巨大的盘状结构旋涡星云。她本来只打算放大随便看看,谁料退出时不慎手滑,点进了对方的QQ空间。

心里"咯噔"一下,余葵连拍自己不听话的右手。

她都没钱买黄钻贵族,贸然进入空间留下访问记录多讨厌。不过网页都加载出来了,她不看好像又有点儿不划算,而且——

她发现自己好像多虑了。

返景入深林的空间数据非常奇怪。日志、相册所有动态加起来不到二十几条，留言却多得惊人，访客更是达到了惊人的六位数。

以这个量级的访客数来看，不管谁在背地里窥屏，主人压根儿不可能在意得过来。

这么荒芜的空间，连块菜地都没开垦，空间装饰还用着默认主题，那么多人每天到底都来看什么？来开荒吗？

好奇心被勾了上来，余葵也顾不得冒犯不冒犯了，移动着鼠标往下滑。

空间里的最后几条动态停在两三年前。

相册中的图分别有北京市中学生航模大赛金牌、某国数学联赛金牌、全国中学生机器人大赛获得的铂金奖杯，再往前……如出一辙的高大上的比赛环境、明亮的聚光灯、大同小异的荣誉展示，只是缺少了主人公。

它像是某人的战绩陈列橱柜，没有情绪，冰冷地向他人展示着这个孩子的全能。

动态在某一天戛然而止，像是已经厌倦一般，他没有再发布过任何内容。余葵能看到的留言里，全是好友在催更。

余葵被震撼到了，照片里的一切离她太远，是她这辈子从未触摸过的世界。

那人获得这些奖牌的时候，她在干什么——她大概还穿着拖鞋在村外的田埂上疯跑，抓蚱蜢、捞泥鳅，对在镇上赶集时淘到的漫画书能炼油渣一般入迷地反复看好几个星期，直到每一页都被翻皱、打卷。

对方是同龄人吗？她忍不住猜想，又或者，他是个孩子和她差不多大的物理老师？

思绪纷飞半晌，再返回对话框，她晕乎乎地鼓起勇气和人搭讪。

小葵花生油："大神，我以后再遇到不会的题目还能找您帮忙吗？不是白嫖答案，就是……就是放假的时候遇到很难的题，能不能问您一下？"

她解释了，又好像没解释。

余葵语无伦次，咬着指甲忐忑不安地继续补充道："麻烦的话就算了。不瞒您说，其实我很笨的，经常考全班倒数第一名，上课很少能听懂，同学们学习都很紧张，也没有余力帮助我，于是我只能抄了一学年作业。您是我遇到的第一个能把解题步骤写得那么清晰的人，真羡慕您有颗聪明的脑袋，能把物理学得那么厉害……"

吸取了前面的教训，这次她打完一句发一句。

也许是素未谋面又隔着网线的缘故，余葵前所未有地胆大，几乎把和人家的对话框当作她碎碎念的树洞。

另一端，时景正在刷往年物理竞赛的复赛卷子。

手机振个不停，他皱眉放下笔，怕这姑娘后面还有一整篇小作文，干脆打断她。

返景入深林："我很忙，有不会的题你直接发，有空我教你，没回就是没空。"

他这就算答应了？馅儿饼来得太突然，余葵有点儿发蒙，反应过来时，指尖已经连点出去好几个兴奋、道谢、献上膝盖的表情包。

返景入深林："可以了，差不多就行了。"

余葵的笑容僵在脸上，她正反思自己的连环信息是不是轰炸到了人家，消息框又一次弹来回复消息。

返景入深林："用不着羡慕任何人，所有人进入不擅长的领域一开始都很笨拙，想学会不擅长的东西，势必要付出更多的精力。高中物理还远远不到比拼天赋的地步，但凡能把基础打牢，不聪明的人也能学得好。"

他这是在开导她刚才的那些抱怨吗？

不知道是不是盯电脑久了，余葵的眼睛有点儿酸。

她开智晚，小时候的事大多记不清了，但她还记得三年级期末，班主任跟外公的谈话。

"余葵这孩子可能不适合读书，不来学校也就罢了，来了后坐在教室里一堂课能听前五分钟都算认真的，剩下的时间她不是盯着人家的辫子晃，就是在课本上涂小人儿，你说这怎么教？"

从那时起，她身上"绣花枕头"的标签就没摘下来过，大家大概都默认了她是个笨姑娘，她哪回考高分，都要被怀疑是不是抄了别人的卷子。连老两口儿都嘀咕——会不会是余葵小时候总发高烧，药水输多了，对智商有影响？

返景入深林是第一个这样告诉她的人。

余葵忽然不再觉得拿错包是件糟糕的事了，丢了暑假作业和漫画书又怎样呢？像她这种敏感、自卑、消极又脆弱的女生，如果不是阴错阳差地拿了人家的包，估计一辈子也没办法在任何人面前坦陈自己，哪怕隔着网线。

周日，为赴约交还书包，余葵午觉没睡好就起床洗澡。

出发前，她捏着老程给的五十元美发基金在附近修剪头发。

老街区物美价廉，剪头发只要八块钱，大爷收了钱还意犹未尽："姑娘，你那头帘儿真不修吗？眼睛都被挡上了，我给你剪掉半寸，再修修眉，保准你跟那个娜塔莉·波特曼一样。"

"大爷您还认识外国人呢？真厉害！"

余葵誓死捍卫自己的安全刘海儿，脚步悄悄往外挪，只等一找完钱就溜。

等老头拿到称手的剪刀再瞧，门口已没了人影。他摇头嘟囔："现在的孩子什么审美？父母把模样生得那么好，非要拨片头发下来遮上。"

隔壁美娟水果店的老板娘记忆力惊人，时隔多年，见余葵一进门，就把她认了出来。

余葵本来只打算用剩下的钱买袋苹果送给网友，出来时，怀里又多了几个免费的葡萄柚和一大把红枣。她抱着超负荷的塑料袋踏上公交车，满头大汗地提前抵达了西昌路公交车站等待。

她这一等，就是三个多小时。

她起先还能淡定地躲在公交站牌的阴影里翻漫画书，但下午的天气越来越闷、越来越热。余葵先是摘掉书包，后来又脱掉校服，直到整个人都像一条被烘干的咸鱼时，一场突如其来的大雨猝不及防地落下。

学校晚自习的时间是7点，此时已经接近6点钟了。

余葵上学从没磨蹭到这么晚过。她有点儿慌，想先回学校，但又怕网友到了白跑一趟，可再不上车，晚自习就要迟到了！

偏偏她还没有手机，联系不上对方。余葵不清楚出了什么状况，只能来回踱步，急得像热锅上的蚂蚁。

手表转到6点20分时，眼见时间彻底来不及了，她终于一咬牙，踏上了迎面驶来的公交车。

余葵出门没带伞，害怕打湿了人家的书包。在公交车快到站台时，她直接把书包抱在怀里护住，左手拎着水果，使出吃奶的劲和跑八百米的速度，一口气穿过马路，终于在预备铃响起的瞬间飞奔进了教学楼。

楼梯间已经没有学生了，刚剪的短发"滴答"着往下滴水，袜子也湿透了，余葵现在活像只落汤鸡。她上气不接下气，用残存的意志力支撑着身体往楼上爬，心里拼命祈祷着新班主任还没进教室。

差生本来就惹人嫌，她总是迟到违纪会让老师和同学们更瞧不顺眼。

人就是怕什么来什么。

路上她跑得太急，水果店老板娘给套的塑料袋本就轻薄，承重一下午终于不堪重负，在她换手时突然断开。余葵来不及反应，一回头，水果和红枣已经骨碌碌地撒落一地。

雨天的楼道湿滑脏乱，都是学生踩过的脚印，苹果滚两圈就沾上了污水。

余葵闭眼两秒钟后，深呼出一口气，把书包背回身上，认命地往回走，蹲下身将地上脏了的水果将就地拾回破烂的塑料袋里。

水滴顺着眉骨滑进眼眶，不知是雨还是汗，蛰得她眼睛生疼，水果从指间溜了出去。她仓促地抬起胳膊肘，用校服胡乱地蹭了几下，眼前的地砖纹路总算变得清晰，那颗没被抓稳的葡萄柚越滚越慢，最终停在对面的白色球鞋前。

球鞋的主人退了半步，球鞋移开，留下一粒被踩扁的红枣。

"抱歉。"

从余葵的角度看去，那人左手拎着滴水的校服外套，身上大片水迹，显然也被这座城市阴晴不定的天气害得不轻。她刚想说"没关系"，目光上移——

少年被大雨冲刷过的黑发和眉眼毫无征兆地撞进了余葵的视野里——是那位转学生！

余葵的心脏几乎瞬间被挤到了嗓子眼儿，脑子里只剩下一片空白，她低头找回自己的声音："没事，怪我把东西撒得满地都是。"

男生没有直接离开，而是弯腰捡起脚边的葡萄柚并递了过去。

他的手太漂亮，细腻修长，肌肤被雨水浸洗得发白，如玉般润泽。

余葵这才察觉到满地的狼藉碍了人家的路，忙起身伸手去接葡萄柚，岂料就是这个动作，让怀里打结后勉强能用的袋子又一次破裂。

刚捡上来的水果重重砸在地板和余葵的脚背上，而原本饱满通红的苹果有的已经被磕到变色。

这些水果是她买给返景入深林的礼物，是她在水果店里精心地一颗颗挑选出来的。

余葵在公交车站等待了三个多小时，最后还是被人放了鸽子，在回来的路上只顾着上课的时间，但此时心头突然后知后觉地涌入一股无名火。隐约中，潜意识里的那种"就应该如此啊"的卑微想法又把她的负面情绪压了下去——她不是已经习惯了吗？她总是被忽视、被辜负，这一次又有什么特别的？

塑料袋彻底不能用了，余葵的衣裳里外也都湿透了，她怕走光而不敢脱外套，只好拉起校服下摆，把捡起来的水果放在衣摆拢成的兜里——起码先把路清开，别挡到人家上晚自习。

　　其实乡下人到山地田野里摘果子、豆荚有时忘记拿袋子，也像她这么做。

　　但这回不知哪里出了错，余葵一边装，这些滑溜溜的苹果一边漏，手越急掉得越快……有那么一刻，余葵甚至都想扔下这些该死的坏果子逃离楼梯间，可她移不动脚。

　　因为这堆东西花了她四十块钱。

　　广播里传来晚自习开始的铃声，旋律在校园里回荡，宣判着两人已经迟到了。

　　从衣摆砸下去的苹果已经裂开，红皮白瓤沾上了污水，余葵的耳朵"嗡嗡"作响，她能清晰地听到脑子里那根绷到极致的弦"砰"的一声断了。之前极力抑下的负面情绪在铃声反复的催化下疯狂地卷土重来，汹涌地淹没了一切。

　　就没有一件事情是顺利的，所有事都在脱轨失控。

　　不要哭！余葵，不准你更丢脸了！

　　她鼻子酸涩，试图控制意念，将泪意收回，但还是有些不听话的烦人的泪珠从她的眼眶里涌出。

　　时景想着自己毕竟踩烂了人家的东西，反正都迟到了，索性蹲下帮她一起捡东西。

　　女生的眼泪没有预兆地砸中他的虎口，若不是还带着温度，他险些要以为那是从对方的发梢上滴落的水珠。

　　她被雨水淋透的短发安静地垂着，尖尖的下巴埋在胸口，怀里兜着一堆无处安放的苹果，捡东西的动作机械又笨拙。

　　看不清对方的神情，时景不能确定她是不是真的在哭。

　　犹豫两秒钟后，他拧干手里滴水的新校服，递了过去："用这个装吧，第一节自习课下课后，拿到四楼理科（1）班还我。"

　　反正校服已经脏了。

　　余葵最担心的事情没有发生，老师还没到教室。刚认识的同学们交头接耳，没有班委维持纪律。

　　但更糟糕的事情发生了，教室第一排坐着姜莱。余葵抬头看了一眼班牌,是高二理科(15)班。问题在于,以姜莱的成绩,她压根儿不该出现在这儿。

姜莱正忙着和新同学聊天儿——她从前就是(9)班小圈子的头领,很擅长搞好人际关系。察觉到门口的脚步声,她回头斜扫了余葵一眼后,很快就转过了头。

不知道是不是在厕所偷听的后遗症,余葵现在一见到她,就怀疑她又跟别人说自己的坏话了。

果然,余葵刚走上前几步,上一秒还在跟姜莱笑盈盈说话的几个陌生同学齐刷刷地看了过去。

被那些目光审视着,余葵感觉自己身上像被 X 光扫描似的,被看得一清二楚。她焦躁地环视四周寻找空位,后排忽然有人抬手——

"嘿!这儿还有位子!"

说话的人是开学考试时坐她旁边的公子哥儿。少年使劲地挥动着胳膊,生怕余葵没看见。

他前桌正在涂指甲油的鬈发女孩儿嘲笑道:"谢梦行,你怎么回事啊?刚才还说自己要独坐一排,新同学一来就变了,双子座都没你变得快!"

"陶桃,你管得还挺宽,我就是双子座,怎么着?你不服打我。"

男生顺手拉开身边的椅子,笑容洋溢的脸此时看起来有点儿欠扁。余葵不想跟太好动的人当同桌,奈何四周实在没有空位,只得抱着苹果和书包落座。

谢梦行挤对完人,回头好奇地打量着余葵:"小葵花,你去哪儿把自己淋成这样?"

余葵疑惑道:"小葵花是什么东西?"

他咧嘴一笑:"我给你起的名字呀!可爱不?"

余葵:"我有名字的,我叫余葵。"

"哦,你要是不喜欢,那我叫你葵葵吧。"

"不要!我叫余葵。"

谢梦行觉得她有点儿不知足了:"葵葵多好听啊!你还不满意,我可想不出别的名字来了。不过,你打算穿湿衣服上几个小时的晚自习吗?冷不冷?不然我把外套借你?"

他当下就要脱外套,余葵生无可恋地摆手,彻底放弃了纠正他花里胡哨的叫法,把书包塞进抽屉里:"谢谢你的好意,我暂时不是很需要。"

解开怀里男式校服的袖子,她用纸巾把苹果表面的污水擦干净,然后整齐地摆在桌洞剩余的空间里。把校服翻过来整理时,她才发现胸口处还别着校服主人的团徽和学生名牌——透明玻璃片里的校徽右侧缀着两个方正的宋体。

"这是谁的校服啊?还是男款的。"谢梦行在一旁问道。

余葵不着痕迹地用掌心捂住了名牌,含糊地敷衍道:"不认识的校友借我的,下了自习就要拿去还给人家。"

"你眼睛那么红,造型跟电视剧里的依萍去要钱被人打了一顿赶出来似的,你不会是被人欺负才哭了吧?"

余葵解释烦了:"我成绩那么差,还是用乡镇中学指标被特招进来的,你觉得在这个学校谁愿意理我呢?"

这个年纪的少男少女多多少少会有点儿包袱。余葵不想背包袱,一开始就把自己摆在附中这些学生里的最低等级上,这样除了她自己,就没人能攻击到她。

男生被她的坦率镇住了,隔了几秒钟才小声安慰道:"你别这么说自己,我的成绩不是比你的还差吗?况且,仔细看的话,你长得还行,这也算优点吧……"

他说了许多,余葵没仔细听,悄悄松开攥在掌心里的名牌,指间漏了一丝缝隙,她又忍不住看了一眼。

时景。

她笨拙无声地把这两个字练习了好几遍,才算找到了正确的后鼻音,发声时,气流在舌尖萦绕,好像无端就生出了些缱绻之意。

年轻的女班主任周龄在十几分钟后终于风风火火地赶到了教室。

"抱歉啊,同学们,教研组有事耽误了。这样吧,还剩半个小时,我大方点儿,英语课就不上了,剩下的时间留给大家自我介绍。大家既然组成了新的班级,彼此都重新认识一下。"

教室里顿时爆发一阵欢呼声。

第一位同学才踏上讲台,谢梦行就立即举手。

周老师手中拿着遥控器不断地在调试多媒体,不停地换角度,想无视这个刺儿头。但刺儿头依旧不放弃,不断换姿势,高举胳膊。直到PPT(幻灯片)播放完,周龄脸上岁月静好的笑容终于维系不住了,她垮下了脸。

"谢梦行,你又有什么意见?"

"老师,我的新同桌被雨淋了,一直在哆嗦,我觉得您要不让她去换个衣服?"

余葵闻言，原本被窗口的风吹得还在上下磕碰的牙齿立刻恢复正常，她觉得如坐针毡。

周龄这才注意到坐在窗边的那个细瘦的女生。这孩子低着头时，完美地融入了教室中，成了背景板。看她发紫的唇色和惨白的面容，周龄也为自己的失察而感到抱歉，连忙关切地问道："同学，都被淋成这样了，怎么不早点儿跟老师说呢？有没有衣服换？没有我让住校的同学借你一套。"

余葵在厕所换上了借来的衣服。

这套备用校服类似正装，是春秋季的。余葵平时穿M号，但这套衣服的尺码大了一号，她只好把衬衫袖子挽到手肘处，针织马甲垂到臀下，百褶裙也松松垮垮的，但总归比穿湿衣服舒服。

好不容易熬到自习课下课，她把时景的湿校服抱在怀里，一口气跑到了四楼（1）班门口，眼尖地逮住一个认识的人喊道："陈钦怡！"

女生不确定余葵是不是在唤自己，犹豫着走近："余葵，你找我有什么事吗？"

"能不能麻烦你帮我叫时景出来一下？"

"你们认识？"

余葵："不认识，就是有点儿事找他，你能不能帮我……"

陈钦怡咬唇四下看了一眼，把她拉到一边，压低声劝道："刚下自习人就出去了。余葵，不是我不想帮你，主要我也刚被分到（1）班，跟他没交情。时景很冷淡的，我听我的同桌讲，从他上周转来到现在，每天教室门口都有组团来看他的女生。被他拒绝过的搭讪女生名单都快被我们班好事的人整理成花名册了，我怕你尴尬。"

余葵大窘，摆手刚想解释，背后传来少年的声音——

"等很久了吗？我刚才回宿舍换衣服了。"

陈钦怡闻声看向余葵身后，嘴巴缓慢地张成了"O"形。

不必回头，余葵已经明白是谁在说话了。北方人清晰又标准的咬字在这所南方学校里太有辨识度了，尤其他的声音带着些天生的冷淡，每个音节都在不自知地撩拨人的心弦。

从那个方向吹过来的风除了带有雨水的潮气，还有少年身上洗发露的香味。

余葵几乎要屏住呼吸才能克制住这种来自心脏的震颤，镇定地转身，见男生的球鞋已经停在眼前。

"校服给我吧。"他开口道。

时景身上换的也是春秋季常服，白衬衫外搭深蓝色针织马甲，外加板型挺括的黑色长裤。在所有人还穿着夏季运动常服时，两人的正装像极了情侣装。

可惜两人却显得不那么登对——她的身高只到男生的肩膀。

余葵把怀里被卷成一卷的校服递给他。

"对不起，衣服上都是泥印，我本来想洗干净再还给你，但你说让我第一节自习课下课后就拿过来。"

重点是学生会在每周日会巡查各班仪表风纪，学生没有佩戴名牌和团徽会被扣班级总分，她怕时景在不知道的情况下被批评。

"给你之前就是脏的。"时景并不在意。

他接过校服就要往班里走，余光瞥见女生踌躇的样子，犹豫了一瞬："还有什么事？"

"就是……"余葵鼓起勇气，却又不知怎么开口，破罐子破摔地从兜里掏出一个鲜红的苹果递了过去，"吃苹果吗？其他的都磕坏了，这是唯一一个好的，我洗了好几遍，谢谢你刚才帮忙。"

"上一次也很感谢。"也许时景早忘了，但她还是补充道。

特殊的家庭背景使然，时景从来不收同学的礼物，反正带回家都会被大人勒令退还。后来上了中学，异性同学送东西的目的性太强，他就更不可能收了。

此刻，女孩儿的眼睛已经看不出哭过的痕迹，但红皮苹果仍衬出她紧张的指甲盖有些泛白。

女孩儿瘦弱细白的胳膊悬在时景面前，有些晃。时景判断她大概从未做过这样的事。

过了两秒钟，他破天荒地伸手接下了苹果。

少年径直朝里走去，擦肩而过的瞬间，压低的声音清晰地传入她的耳中："不用谢，收了你的苹果，我们现在两清了。"

余葵心领神会——他大概在划清界限，避免麻烦，告诉她交集就在这里打住。

对异性的追逐习以为常的人，连将女生幻想的机会扼杀在摇篮中的方法也同样简单明快。

再回到座位时，时景被淹没在了周边的起哄和打趣声里，一群男生趴在后门走廊的窗边看热闹，早就心痒难耐了。

"时景你不对劲，你有情况！校服怎么在人家妹子那儿？快从实招来!"

"上周,高年级学姐们来送饼干、奶茶我以为已经够夸张了,今天又来个送苹果的。不过,时景,上周五那学姐不是长得更好看吗?你怎么还区别对待啊?是不是喜欢人……?"

"我只是喜欢苹果。"时景打断男生的话,"胳膊麻烦挪一下,压到我的卷子了。"

时景对陌生人有意或无意的羡慕和调侃习以为常。

少年的人生趣味很早就脱离了同龄男生的话题范畴,熟悉的人到最后甚至会觉得跟他当面开这类玩笑本身就是一种冒犯行为。可惜现在,他坐在(1)班的教室里不过几天,在敬畏他和靠近他之间,新同学们选择了后者,爆发出更大的起哄声。

"哦——喜欢苹果!"

"你们俩是之前就认识吗?不过我怎么感觉那妹子长得有点儿眼熟?"

"我知道!就是那个……那个,向阳的小青梅!向阳不是老去(9)班找她来着?"终于有人想起来了。

一群人四下搜寻,却见被提到的男主人公此时正好跨进教室的大门,模样愣怔。

余葵刚上四楼不久,向阳就发现了。她几乎从不主动来(1)班,以为有什么要紧的事,他赶紧起身,走到一半,身形却突然停住了,亲眼瞧着余葵给新来的转学生塞了个大苹果。

向阳顿了一下再追出去时,人都已经走远了。

"小葵!"他追到楼梯口把人唤住,"发生什么事了?你的脸色怎么那么差?"

"从公交车站过来时淋了雨。"

少女穿着松垮的针织马甲和百褶裙套装,整个人显得更瘦了,立在台阶上回头望向他。虽然她回答了他的问题,但两个人遥相对望,莫名其妙地多了种无形的隔阂。

在为谭雅匀的问题一而再,再而三地争执过后,他们之间的关系终究无可挽回地变远了。向阳当下思考不到这一点,只感觉气氛哪里不对,有种说不出的难受。

他本还想问问她时景的事,但最终没问,只像以往一样说:"我把我的外套给你吧,别被冻着了,回去又发烧……"

"不用!"余葵头也不回地拒绝了,"你整天穿着去打球,那件校服臭烘烘的。"

自习课的铃声响过，哄闹的（1）班教室很快安静下来。

向阳的前桌瞧他在发呆，轻拍他的肩膀安慰道："大兄弟你长点儿心吧！别再跟人家闹别扭了，再闹下去，你的妹妹就要被时景追到手了。"

解释过无数次，向阳这次格外觉得不对劲："什么我的妹妹？我们就是发小儿，而且她跟时景又有什么关系？谁闹别扭了？我们的关系好着呢！"

男生挂着一副"别强撑，我都懂"的表情转回身去，气得向阳踢了他的凳子一脚。

两人的动静有点儿大，谭雅匀停顿笔尖，出声点名维持纪律。

教室重归安静，她心不在焉地在卷子一侧解着题，听着同桌小声咕哝，为她抱不平："当帅哥也太幸福了，才转来一个星期，什么都没干呢，这群花痴就前仆后继。时景也真是，既有如此美貌，又何必有如此智慧？老师们一见他，心都偏到天上去了，要不是人家不想当班委，我看老姚都想跳过投票环节把班长的空位直接指给他了。雅匀你给班里干了那么多活，班主任都不念旧情，也就是你心宽。"

谭雅匀的目光从远处男生紧致英俊的侧脸上扫过，然后她低头面无表情地把反复的验证步骤画掉了。

锋利的笔尖划破卷子，笔尖的主人的声音却柔软而又漫不经心："当不当班长我无所谓，空出来时间正好做点儿别的事。"

余葵下晚自习回家后把书包往床上一扔，就去按电脑的开机键。她憋了一肚子话，上线后才惊觉大神竟然在中午就给她发过消息——

"我这边出了点儿意外，抱歉！如果你着急取回作业，这周可以更改时间再约，地点你定。"

余葵原本的怒气如同一触即破的气球，但在看到这条消息后顷刻漏得干瘪。

她能怪谁？人家倒是提前几个小时通知她了，可惜那时她已经开开心心地出门剪头去了。

小葵花生油："意外严重吗？"

指尖悬在键盘上两分钟，没等到回复，她决定放飞自我，在对话框里喋喋不休地输入——

"虽然知道您肯定不是故意的，但我今天真的等了好久。我没有手机，怕您到了站台找不着人，晚自习快迟到了才上的公交车。在回学校的路上被暴雨浇透了，还在一个男同学面前丢了超级大的脸……"

返景入深林："我的 iPad 密码：19420108。"

小葵花生油："嗯？发错了吗？"

返景入深林："你下次可以直接用它和我联系。"

小葵花生油："啊！我说我没有手机，不是为了要 iPad 密码，我就随便说说，您下次别再放我鸽子就好了……"

返景入深林："就当爽约的补偿，书包换回来之前，你可以使用它。"

想了想，他往对话框里又多敲了两句话："中午我父亲突然晕倒了，陪父亲去医院做了身体检查，下一次我会准时过去。"

最后的芥蒂也烟消云散，余葵反倒替人忧心："你爸爸他没事吧？"

返景入深林："他没事。"

下晚自习前，周秘书就用短信通知了时景医院的检查结果："就是劳累过度导致的，领导的身体没问题，养几天就好了。"

从他爸晕倒的消息走漏后，一整个下午，周秘书在医院走廊里接待了不知多少探病的人。医生、护士们紧张地守在床侧，时景这个儿子反而成了病房里最无关紧要的存在。

时景至今想不明白，他爸把他从北京带到这里的目的和意义——他们的关系是如此冷硬生疏。

在这座陌生的边陲城市里，此时能和他说上话的，也仅剩下网络另一端素未谋面的同龄女孩儿了。

少年把手机倒扣，搁在窗边。

熄灯后的宿舍楼很安静，只剩行道上几盏照明的路灯，树顶的飞虫在昏黄晦暗的光线里挣扎振翅，让他想起压在枕头底下那本漫画日记。

乡镇蚊子很多，尤其在树林和田野间，女主角每次喷完大量的花露水，就跷着二郎腿往田埂上一躺，以天地为被席，享受星空和蛙鸣的伴奏。

飞舞的蚊子被她的绘笔精致地处理成一只只小仙鹤，在草丛中低空飞行——那正是时景小时候翻沈复的《浮生六记》，每每想象起来都要发笑的场面。

她大抵真是个有童趣、纯真又快乐的人吧，和他截然相反。

她发烧了躺在医院里，被她画成一篇星际主题的漫画；睡在病床上打吊瓶，被画作躺在能量舱里输入能量液；养了两天的螳螂死了，她在花坛里用雪糕棒给它立个碑，题"爱虫小绿翅之墓"；把抓到的泥鳅和小马鱼交给外婆做汤，下锅前不忍地给它们写了篇悼文，但丝毫不影响开饭后喝下两大碗汤。

窗沿上的手机再次传来振动声。

小葵花生油:"没事就好!"

小葵花生油:"我的暑假作业没关系啦,反正也没写几页。其实今天路过卖辅导资料的书店时,我用处理价买了两本新的,参考答案都还在呢。嘿嘿!我们学校平时下晚自习太晚了,如果你工作日忙,咱们就还约在周末还书包吧。"

返景入深林:"你打算抄答案?"

网线另一端,余葵后背一凉,挠了挠头——莫非这句话挑衅到了大神为人师表的底线?她小心翼翼地打字:"参考答案嘛,我就参考参考。"

返景入深林:"别抄了。如果你想学,我可以指导你把这两本作业写完。"

时景发完就后悔了。他从不没事找事,今天大概是把人扔在公交车站淋了雨,心怀愧疚。两本暑假作业加起来八十来页纸,他自己写倒还快,想把一个学渣教会用时就长了。要知道,他平日对自己作息时间的控制几乎是精准到分秒的。

余葵也很上道:"还是算了吧,多麻烦你呀!我基础真的很差很差,初中物理都没怎么学,特别不好意思说,其实你那天教的题,步骤都写得那么清楚了,我到最后还是一知半解,真是笨得没救了!"

返景入深林:"哪个步骤一知半解?你用笔圈出来,我重新讲。"

余葵无论如何没想到,自己随口一句抱怨的话,激起了大神的斗志,导致她被迫听课到凌晨1点。

原本平常一下晚自习就回家躺平的她,现在却只能和附中的其他学生一样,抱着iPad摊开作业听讲,写完答案还要拍照发给对方审阅。

用大神的话讲——两本不多,也就你每天回家写两套卷子的量,十来天就能交上。

"这里同轴意味着 $\omega A = \omega B$,既然 $\omega = 2\pi/T$,TA 是多少?"

"连公式也记不清楚吗?"

"我刚才不是给你讲过一个圆周里的速算技巧?在 B 点的时候,公式你是怎么代的?"

…………

随着对面的人一次次发问,余葵的喘气声越来越虚弱,她连咬笔头的劲都没了。

她从未建立过自己的知识体系，当初中考擦边上线，靠的完全是考前两周疯狂刷题，还有几分小机灵。

短发被手掌抓得蓬乱，她在对方的一次次提问中，疯狂地翻找着《物理直通车》小册子上总结的定义应对。

太难了……太难了！自己找的课外辅导，撑着眼皮也要听完。天知道，她平时上课都没流过这么多汗！

周一早读课。

余葵和她的新同桌几乎是同时踩着点进教室的，两人翻出英语课本跟着大环境"哇啦哇啦"地背了几声，就开始滥竽充数。

谢梦行将胳膊肘搭在椅背上，开启聊天儿模式："葵葵，你昨晚做贼去啦？眼圈都青了！"

余葵："看不出来吗？我这是熬夜学习学的。"

"你还挺会开玩笑。"谢梦行"嘿嘿"一乐，"要不是昨天刚跟你们（9）班的同学聊过，我差点儿都信了！"

"你们聊我什么？"

"大伙都夸你不是学习的料，适合当艺术家。上学期生物老师在多媒体上投影展示你的课本涂鸦，把他们都震惊到了，你以后是要考三大美院吗？"

余葵撑着下巴看窗外的鸟雀："我从来没学过画画，都是瞎画着玩的。"

生物老师也并非为了夸奖她有天赋，只是公开处刑一个不务正业的学生罢了。

"什么涂鸦，也借我看看呗？"前排的鬈发美女陶桃正往脸上拍散粉，加入闲聊。

"现在看不到了，当时生物老师通知家长把我领回去，我妈罚我把课本擦干净了才准回学校上课。"

"这些大人真没劲，应试教育净教出些笨蛋！"美女皱鼻吐槽，熟练地从化妆包里挑出笔，继续对着小镜子描眉。没描几下，她盯住镜中余葵的脸，停下手上动作："等等！我瞅你怎么有点儿面熟？"

谢梦行："都在最后一个考场，你们俩肯定见过！"

"不可能！我有朴素恐惧症，不爱打扮的女孩子，我向来过眼即忘的。"陶桃一口否决，回头跟余葵道："要不你再讲两句话，我听听声儿？"

余葵摸不着头脑，问道："讲什么？"

· 53 ·

话音落下，陶桃一拍脑门儿："你认识谭雅匀吧！"她这句话不是疑问句，是肯定句。

余葵不确定她怎么知道的，谨慎地闭口不言，女生却古灵精怪地眨了眨眼："我和谭雅匀都在音乐社，不过你别紧张，我保证不跟这么讨厌的人站一边。"

若说新班级和从前有什么区别，那一定是氛围。大家讨论的话题变了：吃喝玩乐、旅游追星……

余葵真真切切地感受到自己来到了富人的世界。班里六十几个学生，三分之二计划着出国留学，考雅思、托福，剩下的也都瞄准了国内知名的美院或影视院校。比如她前桌的陶桃，家里从这学期开始就已经请了艺考老师，在课余时间对她进行表演辅导。

然而，余葵上学期连蒙带猜地刚能听懂一些的英语课，现在又让她全然蒙了。

周龄的语速比（9）班的英语老师快了起码1.5倍，在几乎是全英文授课的状态下，老师所讲的内容在余葵的脑子里直接化作一团乱麻。

第三节课，班主任拿出两个月前刚考完的全国一卷给大家做测验，然后随堂评讲。

谢梦行的试卷的第一段完形填空拿了30分满分，而余葵仅得了12分。

余葵愁容惨淡地盯着黑板上的参考答案，忽地被旁边的胳膊肘撞了一下："低头！老周要找人朗读翻译短文了。她就喜欢点像你这种睁着大眼睛，有求知欲的学生。"

果然，下一秒，台上的周龄便热情邀请道："Who can help me？（谁能帮帮我？）"

这句余葵能听懂，她应声低头，把脑袋埋到了书堆后。

但有人偏不想让她躲，众人清晰地听到教室前排的姜莱扬声推荐——

"余葵！"

教室里的学生们最爱起哄，听人一喊，不管认不认识这个名字的主人，都跟着喊了起来。

周龄微笑道："余葵，don't be shy（不要害羞）。"

被点到大名的余葵这下不能再装死了。她硬着头皮起身，看着教室前方的投影屏幕，结结巴巴地朗读出第一句："I went to a group activity, 'Sensitivity Sunday', which was to make us more（我参加了一个'感性星期日'的团体活动,它使得我们更加)……"

一开始还有同学在硬憋,后面几乎都忍不住了,跟下水的鸭子一样"扑哧扑哧"地笑了起来。

余葵跟她的初中老师学了十成的发音,在场的学生们估计从来没听过那么标准的中式英语,前边还有男生笑到捂着肚子回头问谢梦行:"小谢,你哪儿找来那么活宝的同桌?太绝了!"

谢梦行用口型吐出一个"滚"字,然后低头将拳头掩在唇畔,小声地提醒余葵她不会的单词。

大约五分钟后,教室里的笑声才逐渐停止。

余葵落座时,周龄还用一句英文谚语鼓励她以后多练习英语发音。

其实翻译到一半,余葵就已经完全放平心态了。说实话,这次比她预想中的好一些。她到附中后的英文水平,进步速度已经超出了自己的预料。

从前在乡镇中学,老师连英文课本上的单元标题都恨不得翻译一下,才能让所有学生听懂。初中三年,有的人连一百个英文单词都记不全,而她现在竟然都能朗读、翻译高考短文了——尽管不太流利。回家她把这件事讲给外公外婆听,估计他们都要为自己感到自豪吧!

大家的起点不一样,别人想让她丢脸,她偏偏开心得很。她只是奇怪,姜莱竟然自甘堕落来到年级里的"吊车尾"班级,难道是特意为了针对她?

余葵的好奇心只持续到下午,陈钦怡就说出了内幕。

理科(1)班和理科(15)班的最后一堂课都是体育课。休息时间,远处的男生们在烈日下的球场上奔跑,而女生们则三三两两地聚在树荫下聊天儿。

陈钦怡和余葵并排坐在田径场尽头的一处偏僻安静的水池边。

"姜莱太想去(1)班,摸底考试作弊了。本来她要被记警告处分的,后来不知道为什么,学校没有通报这件事,改成作弊科目分数清零,她就被发配到你们班了。"女生低头玩着手里的胶带球,说了整件事情的始末。

余葵不解:"这种事,她应该不会跟别人说的吧?你怎么知道得这么清楚?"

"因为就是我举报的。"

余葵霍地睁大了眼。

陈钦怡笑了一下:"别这么看着我,余葵,我也不想做个讨厌的人。

"她们霸凌别人只需要借口,不需要理由。我也是地州上来的学生,又土又好欺负。刚入学的时候，只因为姜莱不喜欢我身上的味道，我差点儿就和你现在一样，被她的姐妹团针对。她们这些城里人根本不懂，我来学校只是想安安静静地学习罢了。如果这次姜莱靠作弊被分到（1）班，我恐怕还得继续活在她的阴影下，被迫做那些我不想做的事。

"我想了好久，还是为之前针对你的事而感到羞愧，我想再认真地跟你道一次歉。其实你挺可爱的，如果没有发生这些事，说不定我们能做朋友呢。"

余葵正在水池边上晃悠的小腿突然顿住："朋友现在也能做吧，等下次轮到我值日，你来替我打扫一次卫生。"

陈钦怡愣了几秒钟才又笑起来："你果然很可爱啊！行，本劳动委员保证不会让你被扣分。"

余葵这次没接话，抬手"嘘"了一声。

陈钦怡偏过头，顺着她的目光朝下看去，呼吸也顷刻变慢。

水池下方的水龙头不知道什么时候开了，刚打完球过来的时景正在冲头发。

她们从高处往下望，他如玉版生宣一样的皮肤被阳光晒得发亮，水流顺着他背部纤薄均匀的肌肉淌进了松垮的球服里。

两个女孩儿的喉咙都不约而同地动了动。

余葵把身形悄悄后挪。

就在她的小腿即将收回去之际，底下的人忽然抬头，视线顺着余葵的帆布鞋、白色短袜往上移，最后落在她的脸上："同学，你知道你刚才把水池上的砂石蹭下来了吗？"

余葵顿住身形，仔细看，时景的眼睛果然是进了东西。

眼周被他冲洗过，揉出一片绯红痕迹，左边瞳孔有些失焦，大抵是沙子还没被弄出来。

"对……对不起，要用纸擦一下吗？"

"我看不清，你拿下来。"

余葵摸完兜，声音陡然弱下去半截："我说我没有纸的话，你不会生气吧？"

"你倒是去借啊……"少年把垂在额前的黑发向后撩，眼睛有些红，无奈的样子有种动人的破碎感。

借！别说是借纸，就是借钱，她都要尽全力借过来给时景用！

余葵就近问一旁的陈钦怡，可惜陈钦怡也没有。

于是，余葵干脆一骨碌爬起身跳下水池，往女生堆里跑去。她极力地掩饰着自己的情绪，但仍控制不住内心涌动的快乐。

她变了，不再是过去的余葵，不能再对漫画里的"纸片人"心无旁骛了。作为一个运动废材，她甚至要开始喜欢体育课了！

"余葵，干吗去？跑那么快？"看到余葵从篮球场边跑过，向阳把球传给别人后，叫住了她。

"不关你的事！"

去（15）班女生聚集的地方需要穿过整个操场，余葵"呼哧呼哧"地跑着，问了一圈，好不容易借到了一包没开封的面纸，体育老师却开始吹哨，集合队伍。

他们下课前还要报数！

余葵脚下踌躇，左右为难。

隔着重重人群，她望了一眼操场尽头的时景，又瞧了瞧站在田径场中间的体育老师，最终收回迈出去的步子，垂头丧气地往班级的队伍走去。

几分钟后，她总算等来了下课铃。

等到（1）班的队伍解散后，余葵再赶到时，时景已经被班里的女生团团包围着担忧地问道："要不要紧啊？去医务室看看吧。"

"不怕，我这儿有帕子，干净的。"

"我也有可湿水面巾纸，用我的吧！"

…………

余葵个头儿小，踮着脚也只能看到他们班女生的后脑勺儿。这时候她再往前凑，就是自讨没趣了。

受欢迎的帅哥，人生大概就是这样吧。这阵仗，知道的是他眼睛进了沙子，不知道的还以为他快瞎了。

转身没走两步，余葵便听到身后站在人群正中央的时景跟周围的同学说："抱歉，借过。"那与生俱来的礼仪仿佛刻在了他的骨子里，偏偏声音又难掩拒人于千里之外的疏离冷漠。

"不用了，多谢。我得过去，麻烦让一下。"

他拨开层层阻碍，穿越人群朝余葵走近："你往哪儿去？我的纸呢？"

余葵根本没想过时景会拒绝那么多人的帮助，向她径直走来，竟然只是为了向她这个罪魁祸首讨债！

"没借到？"半干翘起的发梢显得他有点儿耐性不足。

"借到了！对不起，刚刚老师吹了集合哨。"

余葵快速拆开包装，把面纸放进他的掌心里。

男生接过纸后低头擦着眼睛，背脊像一株挺拔的白杨，个子足比她高了一头。

从余葵的角度平视，她正好能清晰地看见他性感的喉结。她的视线再悄悄上移，连他被水光浸透翘起的睫毛也清晰可辨，那眼周皮肤薄透，鼻骨窄细挺拔，面部线条平直而舒展，不愧是撕开漫画走出来的美少年！

"时景，食堂吃饭！"远处走来一群男生，为首那个抱着篮球的男生呼喊道。

时景应了一声，而后，突然没有征兆地伸手朝她探去。

这一秒钟变得极慢——

扑面而来的是少年运动后强烈的气息，争先恐后地涌进她的鼻腔里。余葵呼吸停滞，吓得怔在原地一动都不敢动，眼睁睁地看着那只胳膊越过她的耳畔，拂过她的发梢，最后抽下篮球架上的校服外套，搭在他的肩头。

"谢谢你的纸，走了。"

离开前，他偏过头，下颌克制地点了一下。

余葵的脸颊被太阳晒得发烫。

她能清晰地感受到对面的女生们投来的艳羡和探究的眼神。

"谁啊？还让时景专门追过去。"

"不认识，外班的。"

"长得也不是特别好看吧……"

…………

余葵强作镇定地转身，每一步都几乎像踩在棉花上，带着一种强烈的不真实感走进教学楼。

一次、两次、三次……余葵也曾试图克制，背靠着卫生间的门板，使劲捂住胸口，但仍然控制不住耳边喧嚣的心跳声。

她的胸腔里像是有一粒从未颤动过的种子，终于和阳光、雨露相逢，开始饱胀地破土、萌芽，蓬勃野蛮地生长。

余葵拍了几下面颊，试图让其降温，但脸颊反倒烧得更厉害了。

她只能把脸凑到水龙头底下，冲到皮肤凉得没有知觉才走出厕所。

余葵经历了自幼儿园起的十三年学生生涯里最困的一周。

从前课间她很少出教室，下课专注补眠。现在铃声一响，她就控制不住自己往外走的腿。

她或上下楼梯，或在操场上晃悠……余葵哪怕处心积虑地远远看那个人的后脑勺儿一眼，然后若无其事地转开视线，心里也能立刻被快乐塞满，幸福雀跃。

晚上回家她也不能立刻躺下休息，还得补暑假作业到凌晨1点——这当然不是余葵的初衷。天知道她最初只是想找个聪明的网友问一问作业答案而已！

这种情况发展到后面几天，每晚回家的路上，她都使劲给自己打气：今天就跟大神讲清楚！

既然她志不在此，干吗要拼命学习呢？

反正成绩也不会立刻提高，半个小时就能抄完的作业，她为什么要牺牲青少年宝贵的睡眠时间？成绩再往前几名，她的人生也不会变得更好，睡眠时长不够，她没机会再长高倒是真的。

可惜每次一打开和网友的对话框，看着人家闪闪发光的个人空间，余葵又泄了气。

像他那样璀璨骄傲的人，根本不可能理解她这些没出息的想法，也看不起她这种糊不上墙的烂泥吧？她说出实话，别人可能都会嫌弃到不想跟她做网友。

那……她就再坚持几天？

等把书包换回来，等把这两本暑假作业写完，一切就回到正轨了，到时候，她还是那个躺平的余葵！

她做完心理建设，再往对话框里打字时，心情已经平复许多。

小葵花生油："这个单元好像特别简单，今天晚上有机会在12点前睡觉了！"

返景入深林："我要是你，就多写一个单元，早点儿交作业。"

大神的自律真是没话说！

余葵把刚写完的解题过程拍照发送后，撑着眼皮开始闲聊。

小葵花生油："景神，你每天这么晚睡，白天会不会困？"

返景入深林："你哪儿学来的称呼？"

小葵花生油："你的空间里，我看那些人都这么叫你。你是他们的老师吗？"

返景入深林："我不是谁的老师。如果不是辅导你写作业，我本来是每天12点准时睡觉的。另外，你的答案从第五行起，概率总和就加错了。"

余葵后颈一紧，低头又是一顿猛擦。

她吹干净桌上的橡皮残屑,重新打完草稿,拍照发出去的时候,时间已经又过去了五分钟。

　　等待对方批阅的空隙,余葵又不禁好奇:"你每天等我写作业的时候都在干吗呢?"

　　"玩游戏。"

　　"真的?我还以为你们这些学神对学习之外的事情都不感兴趣。你都玩什么游戏呀?"

　　"什么都玩。"

　　"解题反应都这么快,你打游戏应该更厉害吧!"余葵羡慕地道,"我只有一个'剑三'账号,还是我发小儿为了打团,强制让我注册的,我陪他打辅助才学会的。不过他最近做了一件让我特别寒心的事,我以后应该都不会再陪他打游戏了……"

　　时景适时打断她:"如果你今晚把这本物理作业写完,明晚我带你玩。"

　　不知道女孩子哪里来的那么多奇奇怪怪的烦恼,他只想赶紧解决自己脑门儿一热揽下的麻烦,结束这段加班加点当家庭教师的日子。

　　网线另一端,余葵也是突然精神一振。她直起腰杆,往后翻页,数了两遍,还剩十三页。

　　她应该可以写完的吧?

　　她也该让向阳看看,世界上不是只有他一个搭档。离开他,她照样能找到更有耐心、更厉害的队友一起做任务!

　　周五放学,余葵眼巴巴地等着回家打游戏。但在课堂最后两分钟,周龄公布了新换的座位表。

　　余葵被调到了前排,新座位跟姜莱一排。

　　谢梦行当即举手表示反对:"老师,我要跟余葵做同桌!"

　　周龄:"你想跟谁坐就跟谁坐啊?要不班主任你来当?"

　　"我还小,当不了。"谢梦行使上撒娇大法,"老师,我这么孤僻的学生,好不容易跟同桌相处融洽,你舍得分开我们吗?"

　　全班同学哄堂大笑,周龄拿他没办法:"你舍得离开你的最后一排?"

　　教室后方没了声响,刺儿头总算安静了,周龄继续安排调整座位的事。

　　两分钟后,教室里传来凳子"刺啦"拖地的刺耳声。

　　谢梦行一手倒拽着自己的椅子,一手抱着课本,走到二组过道边缘,跟余葵的新同桌商量:"兄弟,要不你重新找个喜欢的座位,我替你搬东西呗。"

余葵被他吓了一跳。

新同桌倒是没觉得被冒犯，反而揶揄道："小谢，放弃了扎根生长的地方，您这牺牲可够大的。"

"那没办法，我也想好好学习啊，周老师不理解我的心情。"

周龄听到有人叫自己，回头一看，当即火冒三丈："谢梦行！"

奈何男生已经坐了下来，挺直腰板辩解道："老师，您上次不是还鼓励余葵好好学习英语吗？我觉得我跟余葵可以互帮互助，她替我补语文，我教她英语。"

任凭老师怎么黑脸，他都打定了主意不起来，逼得周龄只能使出撒手锏："以后每逢月考调一次座，想坐哪儿按成绩排名自己选。两个星期以后，我看你还怎么耍赖！"然后她宣布放学，抱着课本气冲冲地出了门。

余葵被热得头昏脑涨，有气无力地趴在桌子上劝道："你快搬回去吧，不然周老师还以为咱俩有什么非坐一起不可的理由呢。再说，咱俩一起坐在前排走神儿、打瞌睡，目标太大，你不怕被请家长，我很怕的，我妈真的会骂我。"

男生初时还吊儿郎当地开玩笑，见余葵生气了，才解释："你别多想啊！我幼儿园那次，为了跟班里扎小红花头绳的女生一起坐，屁股还差点儿让我爷爷打烂了呢。放心吧，不会连累你，以后你睡觉的时候，我尽量撑着给你放风。"

后半句话怕人听见，他凑近余葵，压低嗓音说："放心吧！周老师是我二姨，我们俩在家可好了。"

这人原来是个"衙内"！余葵恍然大悟。

恰逢前排姜莱回头，视线落在两人凑近的身形上。余葵说不清那一眼夹杂着什么——不屑、嘲弄，还是嫌恶？

她是焚烧炉里待处理的垃圾吗？姜莱干吗这么看她？

余葵昨天补作业到半夜，此刻困热交加，恶向胆边生，抱着收拾好的书包抬起眼皮瞪了回去，瞪完就一溜烟地在老师后面出了教室。

余葵放学回家后，提前十五分钟登录了游戏账号。

程建国刷完碗，在她身后站了一会儿，看女儿操纵的苗装短腿小姑娘在花花绿绿的地图上溜达。

"小葵啊，玩游戏呢？"

余葵顿住,用余光偷瞥她爸的神情:"我就玩一会儿,等一下就写作业。"

"作业明天再写吧!记得喝点儿果汁,也别伤到眼睛,爸爸下去打会儿羽毛球。"程建国叮嘱完,落寞地转身,孤零零地背着球拍出门了。

余葵后知后觉——男人刚刚可能是想邀请她下楼进行亲子活动。

她还没来得及愧疚,游戏窗口突然弹出好友申请,复杂的心理活动瞬间被她抛诸脑后——

"小葵花生油?我转完服了,你的日常是什么?先带你做日常。"

余葵度过了进入这个游戏以来最快乐的夜晚——

大神带她跑商,中途蹦出一个五人队劫镖。余葵的血条猝不及防地掉得只剩半管,大神一个圆形技能落在她身上,她的生命值立马回稳。

返景入深林:"自己按技能,哪个亮了按哪个。"

白衣剑客挡在战局前方输出,控制走位精准无缺,游刃有余。

余葵被安排躲在边上,时不时胡乱地点了两下,抬高自己的血线。

那眼花缭乱的操作看得她的眼睛直冒星星,真正的"一剑霜寒十四州"也不过如此吧!

对面一伙人约莫怪自己轻敌了,不信邪,被灭队后卷土重来。他们足足截了三次镖,也足足在余葵面前倒了三次。

为首的明教恼羞成怒,终于忍不住在地图里狂喷。

虾仁猪心:"返景入深林你还是个人吗?带个小号钓鱼,虐菜有意思?"

返景入深林:"没意思,你们别送就行,让我家孩子安静跑个商。"

我家孩子?屏幕前的余葵安全感爆棚,自信得连胸脯都挺直起来一些。

我头发呢:"接英雄救美单!扮演反派五人劫镖,被老板乱杀,保证演技逼真,保证老板在小白妹妹面前赚足面子!现在下单获得独家剧情!更有氛围!"

围观的群众复制了十几条消息刷屏。

虽然看不大懂,但余葵很喜欢这种热闹愉快的氛围,看得不亦乐乎,又收到密聊。

返景入深林:"刚才这队人不太会,我们还能打,但你装备不行,等下去竞技场,给你换装备。"

余葵哪里有异议,竞技场一开,剑客梅开二度。

返景入深林:"等下躲在柱子后面给自己加血,什么技能亮了按什么。"

余葵兢兢业业地执行。

果然，每次不等人碰她，"胜利"的字样就已经弹了出来。打斗中途，景神还时不时给她讲解一下操作要点，连胜十把，她俨然已经彻底忘却前尘的苦痛，开始飘飘然了——游戏什么的，根本一点儿难度也没有嘛！

时间过了0点。

装备打得差不多了，时景打字："刚才那个明教找我打万金战，你自己玩会儿，我等一下回来。"

小葵花生油："什么叫万金战？危险不？我去帮你！"

返景入深林："一对一，不用，你想看可以过来。"

游戏界面随即弹出"返景入深林请求收你为亲传徒弟"的字样。

余葵想也不想地点了同意，被召到了枫华谷山顶。

对面除了刚才劫镖的明教萝莉，还有一个很有江湖气的丐帮红发男。

四人对望。

虾仁猪心："垃圾气纯，你不是很嚣张吗？我把我最厉害的兄弟找来给我报仇了！"

虾仁不眨眼："万金战，一把定胜负！"

返景入深林："来！"

虾仁猪心："大哥小心，他有镇山河！"

虾仁不眨眼："不要慌，区区橙武气纯，又不是剑纯，大哥帮你报仇！"

余葵紧张了，连忙私聊："怎么办？怎么办？这个人是不是很厉害？"

时景淡定地回："小问题。"

说话间，白衣剑客切换心法，换了身装备。

虾仁猪心瞬间炸了："什么？你开挂吧？！怎么还有剑纯大橙武？！我两年都没见过一块玄晶，你一个人就有两把橙武！"

被召唤来帮忙的丐帮男迅速倒戈。

虾仁不眨眼："虾仁猪心你放肆！怎么跟大哥说话呢？识相点儿，劝你麻利地离开，别惹我大哥发火！"

虾仁猪心："你还是人吗？以后还想抄我的作业？"

虾仁不眨眼："哥，小孩子不懂事，我已经教育过他了，正所谓不打不相识，以后咱们就是兄弟了。哈哈哈，大哥入帮吗？我们有浩气号，你们两个连帮会都还没有，难怪孩子跑商被劫镖。"

游戏界面"哐哐"地弹出来几条消息，余葵连忙请示大神："他们加我好友啊，要加吗？"

返景入深林："随你高兴。"

列表里多了两个朋友，余葵压下兴奋的情绪，终于问出了自己想问很久的问题："你们俩的头发怎么都是红的呀？"

虾仁猪心："你说红发？四周年限量新出的外观，点开商城就能看见。"

余葵马上去商城溜达了一圈，看完价钱又灰溜溜地回来了。

两个新朋友已经下线了，地图上只剩他们俩，白衣剑客衣袂翻飞，与苗疆萝莉并肩伫立在山顶上。

枫华谷红叶连天，在夕阳下泛着金芒。

和网友们相处得太愉快，不知不觉就又到了深夜，余葵揉着酸涩的眼睛，迟迟舍不得退出游戏界面，打起精神聊天儿。

小葵花生油："景神，你本来就对每个人都这么好吗？"

返景入深林："你觉得呢？"

他的视线落在桌边。倒扣的手机里的社交列表，他无论往下滑几页，都是满屏的未读信息，认识的或是不认识的，以前又或现在……太多人想了解他的近况，关心他的日常。

时景并不会对谁都好，也并非每条消息都看，大多时候甚至连回应都懒。

他也不清楚自己为什么总在纵容这个冒失笨拙的网友，也许仅仅是羡慕她日记里不必背负他人的期待，不紧迫、不焦虑，自由且简单的人生。

小葵花生油："我觉得……我猜不出来。你有梦想吗？"

前言不搭后语，是对方困的典型症状。教对方写了几天作业，他已然摸清规律，但思索后还是认真作答："我希望未来有机会从事物理前沿科学的研究。"

小葵花生油："我的梦想就很接地气了——我想回镇上陪我外公外婆养老，接手初中校门口的书店卖书。漫画店的爷爷跟我约好了，等我毕业，就把他的店低价转给我继承，我替他养门口的翠鸟，喂水池里的乌龟。"

时景这辈子没见过这么"有志气"的人。他在键盘上敲字："你不想做漫画家？"

小葵花生油："哈哈哈，如果我能出漫画集，出版社会赔惨了吧？"

返景入深林："我发现你总是把自己形容得过分糟糕，我看过你的漫画，你很有绘画天赋。学习也一样，你不笨，甚至有点儿聪明，只是没有概念。很多初中定义对你而言像新知识，一旦接受了，你理解运用的速度其实比很多普通人更快……"

后半段没看完,余葵就一头栽倒在桌面上睡着了。趴到凌晨,还是她自己觉得腰痛,梦游似的拔了电脑插座,躺回了床上。

周六早晨,余葵睡醒时已经接近 11 点。

桌子上摆放着用纱罩盖着的、早已冷却的早餐,客厅的座机上有两通她妈余月如的未接来电。

犹豫了两秒钟,她选择遵从内心,假装没看见来电记录,啃着苹果打开电脑,才登录游戏账号,她就吓得苹果从手里滑掉了。

等手忙脚乱地捡起苹果再抬头时,她看到游戏里的萝莉角色还是顶着一头红发。

怎么回事?这个限量皮肤她昨晚刚看过,价值不菲呢!

大神简直"壕"无人性,刚交换了账号、密码,就转手给她送礼物。

看着好友列表里的灰色 ID(用户名),余葵感动得快哭了,切到了 QQ 账号。

小葵花生油:"景神!是你给我买了头发吗?那么贵的头发,我该怎么还你?"

对面的人不久回复:"为了鼓励你下周把生物作业补完,不用还。"

小葵花生油:"那怎么行?这些钱都能买件运动服了!明天还书包的时候,我把攒的零花钱一起还给你。"

返景入深林:"你是不是想拖延?就剩一本了,还想写几周?"

余葵百口莫辩:"不是的,我没有!"

返景入深林:"我要吃饭了,你那点儿钱自己留着吧,有空多把暑假作业掏出来看看。"

余葵盯了两分钟屏幕上的红发萝莉,默默地掏出作业本摊开,专注地写了一下午作业。她忍耐到晚上睡觉前,等解锁电脑后,才发现电脑右下角的 QQ 弹窗闪烁不停——小小的理科(15)班班级群,未读信息刷了三百多条!

他们这么能聊?

余葵翻开消息记录,瞬间后悔自己看晚了——

班里竟然有人抄来了时景的 QQ 号!

游曾媛:"同学们,新任校草时景本人的账号,不用谢,我是'雷锋'。"

宁舒:"天哪!你怎么搞到手的?你的社交圈也太给力了吧,小媛。"

汤晓珺："抄了，现在就加！"

卢雨霏："要能加上时景，注册QQ也算回本了。"

游曾媛："（1）班有我的线人，保证真实！现在你们起码领先于年级百分之八十的女生，谁能跟帅哥交上朋友，就各凭本事了，冒险者加油！"

…………

几个男生不屑。

徐天皓："咱们（15）班的女生是没见过帅哥吗？有点儿出息好不好？"

柯文："就是！@谢梦行，小谢现身说法，帅哥是不会喜欢花痴的。"

女生当即群起反驳。

"普通人这辈子能有多少见到现象级帅哥的机会？见一眼少一眼，让你在现实中偶遇阿佳妮、莫妮卡·贝鲁奇，你比我们还疯狂。"

"酸兮兮的，有本事去时景的个人贴吧，跟他的附中后援团对线。"

…………

傍晚的空气发闷，客厅还没开灯，也没开窗户。

余葵能清晰地听到自己的呼吸声，像做贼一般红着脸，飞也似的存下了账号截图。

她对照着图片，在搜索栏里一一输入十位数字，敲下回车键的瞬间，心脏跳得快要蹦出来。

她倒不是想跟别人一样加好友——没那么大的胆子。而且她有种奇怪的直觉，少年既然那么注重与人的距离感，这样性格的人大概率不会通过陌生人的好友申请。

她只是想看看，无论是头像还是资料简介……哪怕有能更了解他一点儿的蛛丝马迹，这种甜头也足够她回味的。

秋老虎热得人昏昏沉沉的，余葵脸颊烫手，握鼠标的手心直流汗。

连她都不清楚自己为何紧张，一切分明不会有人发现。

网络短暂的延迟结束，余葵盯着检索结果页，显示屏映出了她呆滞的脸。

页面上并没有弹出新的用户头像，只在搜索框下面蹦出一行字——"返景入深林（2220813633）已添加"。

怎么回事？不可能！她绝对输错账号了！

余葵重新保存群里的图片，对照着图片上的那串数字输入，如此几遍后，大脑终于彻底死机。

她一会儿在床上蹬腿，一会儿在客厅里来回踱步，又一趟趟地跑去卫生间用冷水冲脸，脑子晕乎乎地在现实和幻想间穿梭。

这边，理智告诉她这是不可能的，她从未被幸运之神青睐，从未被命运眷顾过，绝对是同学抄来了错误的号码。

另一边，大脑偏偏又分泌多巴胺哄骗她：万一呢？万一和她拿错书包的人就是时景，一切就解释得通了。她第一次见他，确实是在长水机场，再往前推，成都到昆明的航行途中，前排那个声音、容貌都已经在记忆中模糊的北京学生兴许就是时景本人，他们的缘分可追溯的时间也许比她想象中还要早一些。

"小葵！你在吗？"

门板被敲得"哐哐"响，门外的喊声打断了余葵的思绪。她顶着蓬乱的头发，一脸纠结地去开门，说话也没好气："干吗？！"

向阳穿着拖鞋、背心和裤衩，嘴角咧到耳根："我妈让我来给你送瓜。"

余葵："天都黑了……"她吃什么瓜？

"好吧，是我自己要来的。"他立即改口，抱着半个冰镇西瓜挤进门，拖长尾音抱怨，"都快两个星期了，你还没消气呢？明明我们就住在一个院子里，早晚偏要分开走，在学校遇见了你也不理人，连昨晚打游戏都不叫我。小葵，我已经不是你最好的朋友了吗？"

"都没有信任基础了，还怎么做好朋友？没绝交都算我大度。"她不着痕迹地关掉电脑显示器，"还有，我在游戏里已经有新搭档了，以后不能跟你组队了。"

"什么？"向阳差点儿没抱稳怀里的瓜，"我们俩十几年交情，要做到这个地步吗？"

"要是交情没那么深，指不定我还能跟你说点儿好听的话。"余葵懒懒地后仰，靠着沙发，"说真的，你觉得谭雅匀好在哪里？"

余葵问得太直接，男生一时没反应过来，尴尬地愣在原地，摸了两下鼻子："我也不知道。我们做了一年的同学，我觉得她对小动物很有爱心，善良温柔，对人也很礼貌。其实我在想，会不会是家庭的关系注定了你们对彼此有偏见和误会。换个身份，你们俩兴许还能做朋友呢！"

"你是笨蛋吗？"余葵被他的异想天开逗笑了，起身赶人，"真希望你永远保持你的天真，永远别发现现实和想象之间的落差。回去吧，我要睡了。"

"哎，你别推我走啊！"向阳赶紧从卫衣的口袋里掏出对折的暑假练习册，"我真是来道歉的，你这段时间不是在补生物作业吗？我帮你抄好了，够意思吧?"

余葵接过翻开——果然,练习册上每页都被填得满满当当的。

她狐疑地问道:"从哪儿抄的?你们班的暑假作业跟我们(9)班的又不一样。"

"宋定初,之前是你们的班长,现在是我们(1)班的班长了。他带我在校门口的书店半价买的练习册,又从年级办公室里给我捎了两本别人的作业当参考。"

"偷啊?"

"嘿!读书人的事,怎么能叫偷呢?"向阳纠正,"老师估计都没空检查,就在那儿撂了那么一堆,要不是你死心眼儿,这作业其实不交都成,反正你现在也不在(9)班了。"

"班长人真好啊,你帮我谢谢他。"余葵感慨。

向阳不服气:"我就不好吗?这还是我一笔一画地模仿你的字迹抄的呢。"

低头翻完整本生物练习册,余葵一时没出声。

按理说她糊弄了那么多年,早就不缺这一回,有现成的抄好了的作业,以后就不用连累大神熬夜,她也可以睡个心心念念的安稳觉了。但不知道为什么,她现在总觉得怅然若失、良心不安。

门被关上的前一秒钟,她突然想起什么,蓦地拉住向阳的袖子:"喂!你们班有班级群吧?你加了没?"

"我当然加了。"

余葵忽地神情不自在起来,别扭地松开手。

"那个……那个你能不能把你的手机借我看一眼?我确认一个事情。"

"确认什么?怎么跟我还神神秘秘的。"

"你就说借不借?"

"借!"向阳当下就把手机掏出来,边解锁边偷瞥余葵,"咱们这就算和好了吧?"

"嗯,和好了。"余葵敷衍地应下,接了手机,忽略对面的人探究的目光,特地把屏幕偏向他看不见的角度,飞快点开(1)班群成员列表往下滑。

一秒钟、两秒钟……五秒钟……

她的指尖顿住,悬在那个广袤的星云头像上方。

向阳在旁边小心地试探:"哎,那个……小葵,上周末晚自习,就你来

· 68 ·

我们班的那回,来找时景干吗呀?你跟他很熟吗?"

余葵没答,递还锁屏的手机:"你跟他熟?"

"不算。不过这哥们儿挺牛的,从北京转来之前就已经拿了29届物理竞赛的全省第一名。都不知道他的家里人怎么想的,他转来我们这边,又不是竞赛强省强校,没那个氛围,四舍五入基本相当于放弃竞赛保送了。我倒挺想跟他搞好关系的,可惜他那边一下课都是女生在晃悠。哦,对了,宋定初跟他熟,他们俩现在是同桌。"

"他有这么受欢迎吗?"余葵接茬儿。

余葵好不容易跟他多说几句话,这可激起了向阳的倾诉欲。

"我还没讲更夸张的呢!我们班有一个同学拉了个大群,给其他班的女生倒卖他的实时动态,像去食堂啊,回宿舍啊,去操场什么的,反正最后被班主任逮个正着,就一星期,缴获非法牟利五百块钱。更别提天天早上有人给他送面包,送牛奶……"

余葵:"还有人送东西?"

向阳:"可不?人多着呢!不过时景说,他喜欢成绩比他好的人。就这一句话,把所有人都拒了,咱们学校有几个人能跟他比成绩?但凡有点儿希望的种子选手,都在本班吧。"

余葵心里的小人"扑通"一下突然倒地,世界黑屏了,埋藏在深处的窃喜被打击破碎,脑海中谱写的宿命论刚冒头就消逝得无影无踪。

余葵有气无力地摆摆手:"不听了,你走吧。好累啊,我真的要睡了。"

这一晚,她破天荒地没再登录QQ,忐忑地辗转了大半夜才昏昏沉沉地睡去,还做了个物理卷子只拿了9分的噩梦。

梦里,时景不知为何也坐在(15)班的讲台下。众目睽睽下,老师挨个儿念出学生分数,大家轮流上去领试卷。轮到余葵,老师直接把卷子扔到地上痛骂:"这卷子猪来考都考得比你好!"

余葵早上起床,镜子照出了脸上的一片憔悴之色。

她含着牙刷在马桶上坐下,唉声叹气,离还包的时间越近,她就越慌张,心跳明显过促。

"葵啊,怎么大清早就叹气?遇到什么困难可以跟爸爸聊聊,别憋在心里。"程建国的声音从客厅传来。

老房子的隔音效果真是令人着急。余葵噤声,这下换成了脚跟开始抖个不停。

爸爸能帮她什么呢?他能穿越回去把她和时景约好的见面时间、地点改掉吗？

她现在整个人处于一个跟男神在现实中见面前自厌自卑、自暴自弃、时而忐忑时而癫狂的状态。她好后悔这些天口无遮拦地爆了自己那么多的料，后悔把交还书包的地点定在学校门口的公交车站。

余葵艰难地挨到下午3点，换上干净的校服，找了个旧书包，把拿错的包塞进里面，然后乘公交车提前抵达了学校，埋伏在公交车站对面的奶茶店里。

奶茶店的门面有整扇落地窗，她坐在窗边，视野便清晰地覆盖了整条马路。

法国梧桐繁茂交叉的枝叶遮天蔽日，炽热细碎的光影漏在柏油路上，车流从眼前驶过。三三两两的附中学生结伴拥进校门，也有人驻足街边小商贩的摊子前挑选商品。

他们约的时间是4点半。

表针转到4点25分时，一辆黑色小轿车在路边停靠。车子在短暂地停驻后很快开走，公交车站的广告牌前多了道颀长醒目的身影。

少年颈上挂着白色的耳机，他单肩背包，左手插在校服裤兜里，正在低头按手机。

隔着车流，他就那样站着，和广告画报融为一体。路过的行人都忍不住偷偷看他，有的甚至走远了还频频回头。

余葵的大脑里如飓风过境，乱作一团。她眼看着男生收起手机，下一秒，她怀里刚连上Wi-Fi的平板电脑亮屏，新消息提示响起——

返景入深林："我到了，在站牌前等你。"

余葵此刻心脏跳得极快，颤抖着手，被吓得想哭。

和她拿错包的男网友是时景，在深夜听她吐槽心事、教她写作业、带她打游戏，还送她四周年限定红发皮肤的人竟然真的是时景——她暗恋的时景。

玻璃依稀映出她此刻的身影——灰扑扑的校服，勉强长到一米六二的个头儿，唯一或许值得称道的精致五官此刻却被刘海儿遮挡了大半，她耷拉着眼皮，没有半点儿精气神。

余葵从未觉得这条人行道的距离有那么远，明明他们之间只隔了一条马路，却犹如隔着天堑。

她在乡镇上学那会儿，还有人小打小闹地给她评过校花，但现在……

城里孩子营养充足，个子高挑，谈吐从容，穿搭精致。就比如她前桌的美女陶桃，每周被家里人带去美容院做两次护肤。他们身上哪怕是一根手链、校服裤脚露出的半截袜子，也有时尚品牌加持。而余葵，成绩倒数，衣着普通，精神面貌是扔进这群被精致富养的附中学生中间就很难再找出来的程度。

暗恋一个人大抵就是这样吧，整个人无端地低到尘埃里，更别提她暗恋的是时景——比海上月还要高不可攀的时景。

像她这般平庸的女孩儿，哪怕只在操场上隔着一米的距离跟他讲句话，后背都差点儿被同学们不可思议的眼神灼伤，哪里来的勇气走到他眼前去呢？

把网友小葵和现实里的余葵对上号后，时景还会继续教她写作业，和她聊天儿吗？他们估计连网友的关系也很难再维系。

他大概会和还校服那天一样，说一句"我们现在两清了"，斩断他们人生中的所有交集。

时间一分一秒地过去。余葵心中天人交战，悬在键盘上的指尖一直打战。对话框里编辑的内容改了又删，删了又改。

等她再偏头时，她突然发现马路对面的时景抬眸朝奶茶店的方向看过来，视线与她撞个正着。

冷静！

明明知道奶茶店的玻璃是单向的，时景不可能看到她，但余葵还是不可避免地慌了神，指尖快速地在键盘上输入——

"对不起景神，我突然有事去不了了。你的书包……给我地址，我发快递还你。也麻烦你帮忙把我的包寄回来，费用我出，还有头发……"

字还没打完，她就发现余光中的时景正沿着人行道径直地走过来。人行道信号灯跳到红灯的那一秒，他正好跨上台阶边缘。

余葵只能匆匆忙忙地把打完的字发出去，并把准备好的红发皮肤和快递包裹的钱一并转过去。做完一切后，她快速地将平板电脑塞回书包，拉上拉链，抓起杯壁上满是水珠的沙冰饮料，逃也似的往店门口冲去。

"丁零——"店门口的风铃摇晃。

夏末发烫的风携着少年身上干净的香气，与店内的冷气交会碰撞，温度带着有实质的触感般迎面洒在余葵的皮肤上，冰雪消融。

店里的人都朝门口看去，少年习惯被注视了，依旧漫不经心地单手在手机屏幕上打着字。他轻垂眼睑，未曾给周边施舍余光。

店门口有点儿窄，两人一高一矮的身形微侧错身。他们擦肩而过的瞬间，她包里的 iPad 突兀地响了一声消息提示音。

余葵天灵盖一紧，后颈的汗毛都竖了起来。她能清晰地感觉到少年偏过头，目光从高处投过来，轻飘飘地落在了她的身上——

余葵此刻感到每一根神经都张皇失措，每一个毛孔都无所遁形。

余葵跑了。

她拎着书包走出几步，背过身便开始夺命狂奔。作为一个大名鼎鼎的运动废材，她都不知道自己竟然能有一口气跑一千米的潜力！

五分钟后，余葵跑进教学楼，扶着架空层的柱子，头晕得眼前直冒星星。

四肢传来发力后的剧烈酸痛，她擦掉脸上的汗，一步步艰难地移步到教室外的走廊上，终于没忍住把书包扔在地上，对着墙柜蹲下来，脑袋"哐哐"地撞着柜门。

没出息！她跑什么啊？

不就是平板电脑响了一声吗？时景根本就不认识她！

余葵想打开书包看看平板电脑上发来的消息，可惜教室里没有 Wi-Fi。她只能瘫坐在原地喘息，任由满腔情绪在胸口横冲直撞——

在她这样乏善可陈的人生中也终于有了秘密，一个说出来能让附中女生们尖叫的秘密。

晚自习前十五分钟，物理课代表跑上讲台宣布："张老师等会儿来讲随堂练习，咱们班没做的抓紧时间补一下。"

教室里哀鸿遍野：

"怎么现在才说？"

"什么时候布置的？完全没印象！"

"你写了没？借我抄一下。"

"全空着呢，（14）班应该刚讲完吧，去（14）班弄一本。"

…………

同桌一周，两个差生培养出了基本的默契。谢梦行分工："就十五分钟，你解决前面的选择题，我从后边开始写，完了咱俩交换。"

余葵点头，收起她的涂鸦笔和日记本，从书堆里抽出物理随堂练习。

题量不大，也就一页半。不知道是不是突击了一段时间电磁学的原因，她大致扫了一遍题目，竟然觉得也不是很难。

晚自习打铃，抄作业的学生慌张地归位。

张老师在后门外观察了一会儿，气势汹汹地夹着讲义进了门。

"我看你们班这个风气急需整顿！上周抄了，这周还抄，都不把我这门物理当回事！全年级理科班就你们班的平均分最低，还好意思抄？！有几个做完的，举手我看看！"

在张老师的"鹰眼"巡视下，余葵从桌底悄悄地把谢梦行的练习册归还了。

台下鸦雀无声。

"张飞"把讲义往多媒体讲台上一扔。

"行！既然你们都没做，这课也没必要讲了。我一题一题点人上来做。我管你们抄了多少，写不出来的，这周晚自习都来办公室见我，我教你做！"

"张飞"本名叫张宁，只因长相粗犷，比体育老师更像教体育的，才被学生起了这个外号。平时还好，今天他突然发起火来，相貌的威力发挥到百分百，着实吓人，在教室里放个气压阀，刻度估计能直接爆表。

接下来的二十分钟，学生一茬茬地被点上台，错漏百出。每轮评讲结束，张飞的脸色就更难看一些。

总算轮到最后一道大题，他拿起花名册开始挑选。

全班同学的脑袋都恨不得埋在抽屉里。余葵也随大溜地低头，心中嘀咕着：前面都逃过一劫了，总不至于最后一题还这么倒霉……

"余葵！"张老师无情地打破了她的幻想。

她慢吞吞地起身，腿软得可以捏面条了。

谢梦行手疾眼快地把自己的练习册从桌底塞了过去，可惜没帮上忙。余葵没走两步，张飞盯着她手里的练习册问："刚才问不是没人举手吗？你做完了？"

姜莱抢答："是抄来的吧！"

"把书扔那儿，直接上来。"

"张飞"视线前移："姜莱，我记得开学摸底考，你的物理是 92 分，考得不错，你也上来。"

两个女生一左一右地占据黑板两端，被中间显示题目的电子白板隔开。

余葵悬着胳膊，眼睫半垂，心道：流年不利。这道压轴题下面的三个小问是谢梦行负责的，她压根儿没来得及看。白板上的题目长达六行，还附带示意图，她读起来都困难，更别提解答计算。

放在一周前，余葵想都不用想，只能硬着头皮给姜莱做对照组，运气好点儿熬到评讲时间，被老师训斥一顿然后被赶下讲台。

手心出汗，她换了只手拿粉笔，偏头看题时正好撞上姜莱的目光。

对方投来一个鄙夷的眼神，率先在黑板上开始"唰唰"地书写。

压力到了余葵这边。她硬着头皮，静心把题目默读了一遍，读着读着，忽地觉得对这道题目好像有点儿印象，再睁大眼一看那示意图，心跳猛然加快——

这不是时景上周刚教过的题型吗？

余葵当时拿着参考答案都想不明白，还是时景拆开步骤，讲清楚了多数学生容易混淆的点。眼前这道压轴题细节稍有变化，但万变不离其宗。她大喜过望，理清头绪，当即开始动笔。

"咔"的一声，粉笔太脆，余葵刚写一个"解"字，粉笔便断了。

下面就有人开始起哄："余葵，解不出来就早点儿下来吧，在上面待着也没意思。"

"没的抄就解不出来了呗，还写个'解'字糊弄谁呢？"

说话的两人是姜莱到（15）班以后交的朋友——汤晓珺和卢雨霏，现在的"三人帮"同仇敌忾。

"我再说一遍，安静！""张飞"从不惯着学生，"这么活跃要不你替她上去？"

余葵身后总算没了杂声。

她捏着剩余的半截粉笔往下写，直到白花花地写满一片才结束。

"张飞"神情莫测，挥手让她站到一边："等我评讲。"

余葵偷窥着老师的脸色，怀疑自己是不是哪个步骤写错了，等她回头检查才发现姜莱还没做完。两人用的不是同一个公式，姜莱的计算过程更长，字也越写越挤。

时间一长，讲台下又窸窸窣窣地泛起声浪。

"她们俩的过程怎么不一样？哪个对啊？"

"姜莱喽！老张刚才还夸她摸底考考了92分呢，班里应该就她分最高。"

"可是余葵先解完的，而且过程写得好像挺干净的。"

"说你笨你还真是……光靠干净能得分？没听说余葵是地州捡漏儿招进来的吗？她中考才500多分，咱班最后一名都比她强……"

终于，姜莱结束板书。两人的答案从步骤到结果截然不同，但姜莱胜券在握，仰着头退到旁侧。

余葵看姜莱那么自信的样子，刚放下的心又提了起来。

教室重归安静。

"张飞"从粉笔盒子里抽了支红粉笔，负手踱到黑板左边，然后在上面使劲画了个叉。顶着台下学生们难以置信的目光，他清了清嗓子："这道题有难度。在这里，我要表扬余葵，全班那么多人，只有她认真对待，写完了我布置的作业，吸收了我所教的知识，真正做到了学有进益。"

余葵亏心地咽了口唾沫，然后便见张老师转头："你来给大家讲讲这道题，告诉他们姜莱错在哪里。"

什么？余葵此生第一次以上进生的身份被老师委派讲题任务，常年半敛的眼皮都抬了起来，一瞬间有些呆滞。

"应该是在运动学加速度的部分开始错了。"她小声讲道，"我们假设绳子的拉力大小为T，按照牛顿第二定律……因此进入磁场时初速度应为……之后根据动生电动势……再根据安培力……线圈受力不变，保持匀速直线运动脱离磁场，所以穿过磁场的时间应为……"

余葵初时还有些结巴，后面便顺畅起来，毕竟时景整理的思路太清晰了。

话音刚落，张老师第一个带头鼓掌。

"同学们，学如逆水行舟，我希望今晚的事能给大家一个教训。也奉劝某些同学，不要骄傲自满，从前的成绩不代表现在和将来，最好能把给别人添堵的心思放在学习上。各位已经高二了，我不管你们将来要出国还是去哪儿，我不带差班，谁停止学习，谁就被淘汰！"

在全班同学的注视下，劫后余生的学渣回到了座位上。

分班一周，余葵在（15）班几乎属于隐身状态。但此刻在众人眼中，女孩儿挂着一张和平日别无二致的厌世脸，身形荏弱，却神情淡漠，奇异的反差碰撞出一种不显山露水的大佬气质，像极了电影里别着双枪、从不回头看爆炸的"肃杀萝莉"。

如果余葵能窥探别人的想法，估计会看到人家在心里狂刷弹幕：大神！

总算憋到小组讨论的谢梦行熟稔地把胳膊肘搭在她的椅子上："可以啊，葵葵，你之前说晚上熬夜学习，我以为你哄我玩儿呢。"

刚放完大招，余葵体虚疲软，张口就戳破自己的光环："太可怕了！我当时真哄你呢，就稍微补了一下上学期遗留的暑假作业，竟然走运碰到做过的题型，老天保佑。"

小组成员："……"

谢梦行被噎了一下，重新找到切入点赞美她："运气也是实力的一部分，幸好刚才'张飞'没让你带书，我的答案也错了。"

陶桃擦完唇膏接话："你是没看刚才姜莱下来时那脸色，跟一个星期没上厕所似的，明眼人都能听出来老张在说她。不过我是真没想到，这道题难到她都做不出来的地步，我听说她从前在（9）班是稳定的班级前十名来着，是吧，小葵？"

余葵正趴在书上乱画，慢半拍地点头回应陶桃。

"不过你们俩到底有什么过节儿，她怎么老给你找不痛快？上回也是，要不是你突然奋起，今天就又要和她一块儿丢脸了。"

余葵："可能她把我当成了假想敌吧。"

陶桃："假想敌？她看上谁了？那个男生对待你很特别吗？"

谢梦行："你脑子里怎么就只有这些？"

陶桃耸肩，直言不讳："小葵的成绩、家境都没什么值得忌妒的，也就是长得还算可人。是吧，小葵？"

余葵：我谢谢你夸我。

"大致是这个意思，但她在意的男生和我只是前后桌，人家有暗恋的人了，不是我。"

谢梦行："就为这？"

余葵努力回想："可能还有别的？比如我成绩差、是乡下来的、她看不惯之类的理由。话说回来，她可真难缠啊！我现在上课都不敢溜号了。"

"你的成绩在我们班根本不算好吗？要是走艺考生的路子，说不定你也能考进哪所知名美院。"

陶桃从抽屉里掏出一张被扯破的成绩单。余葵拼起来一看，有点儿意外——班里五十八名同学，除去文科成绩，她这次摸底考居然排在第二十九名。

她有那么厉害？余葵有些恍惚，依稀记得刚进附中的时候自己还是倒数第一名。她没上过一天补习班，老师们讲的都是她闻所未闻的概念，她一知半解、稀里糊涂地听下来，成绩排名竟然不知不觉地往前了？

这样下去按照附中往年的上线率，她应该勉强能够到二本吧。她毕业的那所乡镇中学的高中每届也就那么几个人考上二本，外公外婆应该很欣慰啦。

余葵心满意足地把成绩单往背面一翻，顿时笑不出来了。

附中把前一百名的优秀学生的成绩印在各班成绩单背后表彰，而时景高居本次理科考试第一。

怎么回事？这可是纯城附中啊！

竟然真让飞机上那个男生说中了，时景来这边确实是降维打击。更重要的是，他喜欢成绩比他好的人，以两人300多的分差，她在他一辈子不可能喜欢的区间里！

余葵连续好几天缓不过神，连QQ都减少了登录频率。她没用抽屉里向阳替她补好的生物作业，每天晚上依旧坚持自己完成作业。

自从知道网线对面的人是谁后，余葵再也不能像以往一样放开自己，坦诚聊天儿。每次往对话框里输入消息，她都不禁琢磨遣词，改了又改。

时景没收她的转账，只说等下次有时间在附中门口直接把书包换回来。

余葵当时就急了："为什么你默认我是附中的学生？万一我一直没时间呢？"

时景："那就一直等到你有空，反正包里也没什么重要的东西。"

她下意识地反驳："怎么没有？你的东西那么贵，万一被我弄丢、弄坏了怎么办？"

时景："我并不觉得你的日记不珍贵，一件东西的价值该是由它对主人的意义评断的。你在生气什么，我们不是朋友吗？"

朋友——有那么一瞬间，余葵幸福到眩晕。

她之前那么努力地没话找话，就是想跟大神做朋友。只是，等她真的如愿地从对方那里得到这个词，更大的自卑感也席卷而至。

不抱期待就不会失望，余葵从小就明白这个道理，正确的做法是降低欲望，这样就能避开竞争，躲过焦虑和麻烦。

脑袋稍微冷却后，她开始试图像往常一样压抑自己的需求，刻意纠正往教室外面跑的习惯，一下课就待在教室里睡觉、涂鸦。有时连在校园里多偷看人几眼，她都觉得这种行为是在放纵自己做白日梦。

反正都得不到，她干吗要关心那么多呢？她是要回到小镇开书店、养乌龟的。

周三，化学老师拖堂。余葵和陶桃赶到食堂时，大厅里已经人山人海。

陶桃咬牙切齿："化学老师是老天派来制裁我的吧？上辈子欠他的。"

余葵仰头看今日菜单："没事，我去一号窗排干锅牛肉，你去三号窗排铁板土豆。"

"那还有玉米排骨汤怎么办？"

余葵眼前一亮："有办法啦！"

"钦怡！"她扬声唤住前面的女生。

三个人通力合作，总算打齐了菜单上的招牌菜，落座，满头大汗地享用起胜利果实。

得知陈钦怡是（1）班的学霸，社交达人陶桃充分发挥她的能动性，三两句话就和人亲如姐妹，听了不少风云人物的内部八卦消息。

陈钦怡也竭尽所能地满足她的求知欲："还好吧，我们班原班长是谭雅匀，这学期姚老师直接任命了宋定初。"

"姜莱暗恋的那个宋定初？"

"这事连你都知道啦？不过这不是重点，大家私下传姚老师偏心男生。但我听小道消息，好像是因为谭雅匀和上届的学长写信，被老姚发现了苗头，老姚这才换班长的。"

余葵诧异地问道："她和学长写信？"

陶桃更关心别的："和谁？"

陈钦怡努力回想，说了个名字。

陶桃："嚯！这人我知道，家里搞连锁百货商场的，市中心有栋大楼就是他家的产业。看不出来，谭雅匀在这方面的品位很庸俗嘛！"

陈钦怡好奇地问："人帅吗？"

美女发条式地摇头："超一般的。"

陈钦怡点头："我想也是，不然我怎么会没印象？不过这两个人估计已经断联了。开学那周，我还觉得她挺白、挺好看的。最近她好像受了伤，脸色也很憔悴的样子。"

不，也可能是因为迪奥粉底液碎了……余葵正心虚，忽地听陈钦怡招手喊人："班长，这儿有空位！"

余葵抬头看去，是宋定初碰巧打完饭出来。

男生瘦高个儿，五官俊美，鼻梁上架的金边眼镜很好地中和了异域混血感，看上去就是斯文学霸的气质。

他身后半米的范围内跟了一道余葵熟悉的身形，熟到仅凭半个后脑勺儿，余葵就能把人认出来的地步。真是怕什么就来什么，她险些心跳停滞，仓促地压低声阻止——

"别，别，别，求你了钦怡，别喊！"

陶桃看热闹不嫌事大，嘟嘴撒娇："为什么不？我也想和姜莱暗恋的帅哥一起吃饭。"

陈钦怡举起的手顿在半空中，她显然也才意识到自己的拼桌邀请还附带了什么惊喜，可惜已经来不及了。

宋定初回身与同行的男生沟通了几句，然后那人便转头，从人群中径直看了过去。

熙攘的食堂瞬间静音。

余葵能感觉到身边的两个女生倏地绷直了背，顺刘海儿的顺刘海儿，捋鬓角的捋鬓角。她也好不到哪儿去，机械地用筷子插起一块土豆，表面风平浪静，内里已经被吓傻了。

人越走越近。

连陶桃这种从没正形的人都拘谨起来，抓紧时间抖了个机灵："哈哈，这么刺激的吗？托你们俩的福，我这么快就和校草同桌吃上饭了。"

陈钦怡嗓音发紧："真对不起，我刚才没注意，他们俩怎么就在一块儿了？从时景转到我们班，我就没敢跟他说过话，要是让他的后援团知道这事，估计又有的编排了。"

日光灯下，余葵低头默不作声。直到对面有暗影投下来，覆盖了她的身形。

宋定初放下餐盘，和她寒暄："在理科班适应得还好吗，余葵？"

时景就坐在她的正对面，余葵连怎么呼吸都忘了。

她控制住微不可察地颤抖的筷子，如常开口："学习压力比从前（9）班小多啦，同学们也很和善。"

宋定初笑起来："就我们（9）班不和善是吧？"

"没有！"她误吞了块小米辣，来不及喝水，着急地解释，"就是班级氛围不一样，（15）班的同学们对成绩没有太强的胜负欲，大家每天聊一些学习之外的事情，待在教室里比较轻松。"

少女的睫毛浓密乌黑，她平常半敛眉目，总给人一种漫不经心的懒散和厌世感。但今天不太一样，她错落的短发别在耳后，刘海儿因为出汗被带到一边，脸颊被辣到白里透红，连眼皮褶皱都被晕红，杏眼圆睁，亮晶晶的，闪着泪光。

看得出来她确实很喜欢（15）班了，宋定初收回目光："你很擅长记忆理解，我还以为你会选文科呢。不过读理科也挺好的，人应该在适合自己的环境里学习。"

余葵听傻了："原来我擅长记忆理解吗？"

"不是吗？"宋定初回忆，"高一的时候学《兰亭集序》，班里就是你第一个背完的，我记得早自习你只读了十五分钟就流利地背下来，去老师的办公室了。"

"那是因为——"余葵反驳到一半，余光瞥到对面，声音倏地低了下来，加速带过，"因为早自习打瞌睡被老雷逮到，我求生欲爆发才背完的，平常没那么快，不能算数。"

"唉，我们小葵净会谦虚。"陶桃可算逮到自己能聊的话题，跟几人炫耀，"她前几天在物理课上，还做出了你们（9）班的姜莱都不会的压轴题呢！"

关公面前耍大刀，余葵羞恼到快要无地自容了。

宋定初倒是认真听完才评价："余葵现在这么厉害了啊，是把基础补上来了吗？我从前就一直觉得你挺聪明的，就是不爱学，只要你用心，进步肯定很快。"

余葵恍惚，觉得最近好像是第二次被夸聪明了，上一次是什么时候？来不及细想，她一抬头，就发现时景的视线落在她的手边。

她的餐盘一侧放着饭卡，卡套表层夹了张附中校园的风景速涂，水性笔勾线，水粉上色，绿树白墙，隐约还夹了砖红色的食堂的一角，色彩清新，是她的得意之作。怕对面的人觉得画风眼熟，她故作不经意地用胳膊遮住饭卡，将其偷偷揣回了口袋。

一直安静进餐的时景，问出了落座后的第一句话："你叫余葵？是哪两个字？"

余葵差点儿被噎住，仓促地嚼完嘴巴里的菜才答："多余的余，向日的葵。"

喔，校草竟然主动和余葵说话！陶桃和陈钦怡隔空对看了一眼，心中不约而同地尖叫——有情况！连宋定初都倍感意外，他们做了两周同桌，他很清楚时景的性格有多高傲冷淡，所以落座后才没给几个人介绍。

然而时景的问题还不止于此，他继续问道："饭卡上的水粉彩绘很漂亮，是你画的？"

余葵摇头："不是。"

她表面淡定，心中警铃大作——她的 QQ 名是小葵花生油，名字都带了"葵"字。

怎么办？他会认出她来吗？

陶桃好奇地搜寻："什么画？在哪儿？我怎么没注意？"

余葵一咬牙："没什么特别的，就是在校门口的小摊上买的卡贴，如果你喜欢，可以周日下午在校门口买。"

时景收回视线，低头，算是解释了一句："画风和我的一个朋友很像。"

他继续用餐。失去交谈欲,少年便重新变回了天上冷冷的月亮。

在他的磁场内,似乎永远找不出比他更瞩目的存在,这种触不可及的距离给周边一种强烈的等级压制,叫人忍不住时刻注意分寸感。

剩下的时间,余葵抑住"怦怦"狂跳的心,不敢偷看他,闷头吃饭。有高壮的男生端来两杯饮料,大大咧咧地在边上挤着坐了下来;"这食堂排队比我在篮球场都热,宋妹,给你可乐。景神啊,那个,刚才本来给你要芬达,阿姨按错汽水机打成雪碧了,要不你喝我的盐汽水吧?不行我叫里面的人给你带一杯?"

"不用了,麻烦。"时景致谢,端着餐盘起身时,偏头朝余葵看过来:"喝雪碧吗?"

"我?"本来就紧绷的大脑死机了,余葵左右张望,不确定这句话是不是冲自己说的。

男生干脆直接把饮料推到她跟前,声音冷淡:"送你喝,别再噎到了,余葵。"

余葵觉得自己在做梦。

冰块碰撞,发出脆响,透明杯盖下,插了吸管的白色碳酸饮料还在"咕嘟咕嘟"地冒着气泡。

他为什么只给她?他一向都把别人的名字叫得那么好听吗?

余葵的大脑已经"交通瘫痪"了,她僵着上身,半响没动,此刻脑海里只剩一个念头——完蛋!功亏一篑了。

人一走,她就被左右的人无情地卡住了脖子。

陶桃:"说,你对时景做了什么?他怎么会知道你的名字?还送你汽水喝?你也太能憋了,这种大事你都能忍住不炫耀,跟姐妹也一个字都不透露,你究竟还藏了多少秘密?!"

"你们刚才聊天儿提了多少回我的名字,人家也是长耳朵的呀!"余葵求饶,试图从时景的立场解释,"可能他觉得刚才问话把我给噎住了,看我像个饿死鬼,自己不喝雪碧,我又正好坐在他的正对面,干脆送我,省得浪费……"

陈钦怡:"哪儿有那么多巧合?我也很想问,小葵,之前你来(1)班给时景送校服,还有体育课那次,时景跟你说话,我们班女生都可好奇你是谁了。你们俩是不是早就认识?"

"什么?"陶桃抓狂,像只在瓜田里上蹿下跳的猹,"我到底错过了几集?你们别自己说自己的,倒是展开讲啊!带我一个,我也想听!"

余葵："我说都是巧合你们信吗？"

两人都不出声地盯着她。

她一时也不知道从哪儿开口，又不想把自己的秘密说出来，干脆省略学校之外的部分，从楼梯间被绊倒那次的出手相助开始，把两人所有的交集如实讲了一通。

"所以他就是比较乐于助人吧，没你们想的那么复杂。"

"你猜我们信吗？"陶桃双手抓过来，"学校有那么多女生需要他帮助呢，他怎么不帮别人？"

陈钦怡："我做证！时景可没收过别人的苹果和纸巾，但凡礼物他都不接的，每天来上早自习第一件事就是清抽屉，我们班女生对这种'公平'都可满意了。"

"我真的都交代了。"余葵把空餐盘放在回收处，往自己身上一指，"看我，我和他哪里像会有交集的人？如果你们是画漫画的，你们觉得我们俩配出现在同一页纸上吗？画风都不一样。"

两人沉默了一下。

陈钦怡可能觉得事实残酷得有点儿过分，搂着余葵的肩膀："也不只是你，咱们学校又有谁跟他画风一致呢？他适合自己出个单行本。"

激情冷却，陶桃也很懊恼："哎呀，想那么多干吗？反正这种几十年难出一个的校草，能跟他混个脸熟，做个说得上话的朋友已经很好啦！兴许哪天他上街就被星探挖去娱乐圈了，到时候咱们都是跟大明星同桌吃过饭的同学！"

余葵嘴上拒绝，身体还是很诚实的。她用双手捧着饮料到生物实验教室，把杯子放在窗台上，直到冰块化了也没舍得喝一口。

临上课，几个男生满头大汗地从球场上跑过来，谢梦行扔下课本，就伸手来够杯子，被余葵"啪"的一下打了回去。

"上课！"

班长喊"起立"。

夹在人群中起身的谢梦行还挺委屈："干吗？你又不喝，气都跑光了。"

"这不能动，你要喝，我下课去小卖部顺路给你带一杯。"

"下毒了吗？"

"反正不能喝。"

生物老师精准地扔过来一截粉笔头，被谢梦行身手敏捷地闪开了，后面的倒霉蛋同学无辜地捂着脑袋。

老师忍无可忍:"谢梦行,我发现你现在是越来越目无师长了,还没坐下来就讲小话。"莫老师是一路重点保送北师大本硕的人才,年方二十七岁,课讲得很好,可惜生得一张娃娃脸,少了点儿威慑力。

谢梦行嬉皮笑脸:"老师,我借水喝,您看我这一头汗,得散热才能专心上课不是?"

"要喝水下课提前接,教室里的饮水机是摆设吗?"他话说到一半,转移了目标:"陶桃,把你的化妆品收起来,再这样我没收了。"

女生"啪"地合起粉饼盒,往桌洞里一塞:"老师,饶了我吧,要做明星的脸蛋儿得好好保养啊!"

莫老师开始讲课,在台上做示范实验。

外面天有点儿阴,风偶尔掀起窗帘,给沉闷的空间带来一丝新鲜气流。周边有人"唰唰"地写笔记,有人在打瞌睡。余葵困乏,但又不想睡,干脆偏头去看窗台上的白色饮料杯,一想到时景中午在食堂和她说话,总有种隐秘难言的快乐。

不行,她得持住!

余葵试图抑制蠢蠢欲动的神思,先是用手支着下巴,然后又把小臂交叉抱在一起,强行按在桌面上。憋了几分钟,最后手痒痒得实在忍不住,她从课本底下抽出新买的日记本,又飞快地从文具盒里挑了支好看的铅笔,借着前排同学的背脊掩护,开始勾线稿。

"你等会儿下课去小卖部干吗,买橡皮擦?"谢梦行好奇地问。

"今天不买橡皮擦,买笔。"

谢梦行:"……"

这就是所谓的差生文具多吧。余葵真题卷没写过几张,参考书没翻过几页,但是橡皮擦和各式各样的彩色铅笔、马克笔、蜡笔整整齐齐地码在盒子里,能塞小半个抽屉。

他将胳膊搭到她的椅子边缘:"跟你商量个事呗,葵葵。"

余葵忙着勾线,偶尔偷瞥老师两眼,头也没偏一下:"你说。"

"你送陶桃那个人像牌橡皮擦,能不能给我也画一个?你瞧我是不是挺帅的,做模特不比她差吧?"他顺手撩了一下额发。

余葵从百忙中抽空看了他一眼:"我没有合适的橡皮擦了。"

"怎么会没有?"谢梦行气鼓鼓地指着她文具袋里那块最大的白色半透明橡皮,"这不就是吗?"

"这是小白,我不能拿它刻牌。"

小谢退而求其次,换了块小一号的绿橡皮:"这个合适了吧?"

"这是小绿,得留着刻《七龙珠》里的比克大魔王,这个颜色我找了好久呢,和动画片里的浓度一模一样。"

小谢生气了,一下课就买了一整盒三十六块最大号的橡皮擦回教室,扔到桌面上:"你随便刻吧!"

余葵震惊道:"都给我用吗?"

谢梦行:"当然,废了也没关系,把我刻帅点儿!"

"剩下的都是我的?"

"不给你,我留着用到2023年吗?"

从古至今,从欧洲到东方,有几个画家能拒绝给"金主爸爸"画肖像呢?毕竟被砸钱是那么快乐!

余葵当即把赶工到一半的日记绘本搁置,花十五分钟照着人物特征给他画了一幅画,又花了十分钟赶工刻完。但一直等到中秋假期结束,周日补课的时候她才把它掏出来。

半个巴掌大的橡皮上刻了半身人像。小谢的皮相还是不错的,毕竟时景来之前,他是上一届校草候选人——当然,竞争者还有十来位就是了。

腕表、运动发带,重要元素一样没缺,翘起来的几缕刘海儿惟妙惟肖。

"你要好好珍惜啊,世上只有一块,刻得这么精致,要不是接了你的定制单,我都想自己收藏呢。"余葵一副好生心痛的模样,把橡皮交给他。

谢梦行小心翼翼地将橡皮接到手里,由衷地感慨:"真是艺术品啊!葵葵,要不还是你收藏吧,给我浪费了。我再买盒橡皮,你帮我随便刻一块差不多的就行。"

余葵:"……"

她用马克笔涂了一遍图章,然后在他的本子上印了一块:"和你像吧?"

"像!"

余葵:"我是个女孩子呢,收藏你的画像被我爸爸发现了,像什么话?"

说罢,她强行把橡皮塞回他的手里。

他们说话间,她的桌子被在过道上追逐的同学撞了一下,书"哗啦啦"地散了一地。余葵挪开凳子弯腰,正准备低头捡书,原本夹在课本中间,掉落在地上后摊开的日记已经被人率先拾了起来——是卢雨霏。

余葵摊手:"麻烦还给我。"

卢雨霏躲到一边："别啊，画得那么好，也给我看看嘛！"

这本日记余葵才画了一天，她是从在机场遇到时景的日期开始补的。

本子上少有文字，大多是图画，但她画得太好，没字也不影响旁人理解。十来页内容，大概就是校草和"咸鱼"女孩儿因缘际会成为网友，"咸鱼"在学校发现帅哥是校草后望而却步的剧情。

卢雨霏快速翻过，"啧啧"评论："你这少女漫画也太老掉牙了，人家都开始拍《欧若拉公主》了，你还在这儿搞老掉牙的灰姑娘和王子的戏码。"

这并不是虚构的戏码，但余葵此刻由衷地庆幸对方没看过她画了四年的日记上半部，只把它解读成一本虚假的少女漫画。

她再次伸手去拿，然而卢雨霏已经快一步，把日记扔给了五组的汤晓珺欣赏。

"嗯？这个男主角怎么还有点儿眼熟，你用了咱们校草做原型吗？"

汤晓珺歪打正着地说中了。其实人物没有那么像，余葵是刻意模糊了特征画的，最多只称得上是一个借鉴了帅哥优越眉眼的"纸片人"，只是时景的长相叫人见之难忘，大家又都把他的五官刻在脑子里，瞎猜罢了。

余葵绕到前排，再一次重复："还给我。"

汤晓珺置若罔闻，接着翻了几页日记，促狭道："余葵，你每天在学校不学习，就干这个啊？"

她用手肘戳了戳姜莱，把本子推过去："瞧，咱们小葵幻想的少女漫画！"

姜莱眼皮都没抬一下，直接将本子推了回去："懒得看。我说过了吧，她就这样，从前是我们班的宋定初，现在是谢梦行。昨天托宋定初的福，在食堂同桌吃了一顿饭，她又开始妄想时景。"

三人在余葵眼前旁若无人地聊着天儿。

"既然是捡漏儿进来的，就应该低着头做人，老老实实、安分守己啊，人没有自知之明真可怕。"

"真以为稍微有两分姿色就可以为所欲为，癞蛤蟆想吃天鹅肉，我要是考那个成绩，我都要羞愧死了。"

…………

余葵是个平和且惰性极强的年轻人，大多时候懒得做无意义的争执，只觉得别人吵闹。但这一刻，也许对方确实戳中了她最卑微的地方，就连她开心了一整天的经历都因为自己蒙上了被窥探的阴影，余葵忽然不能平静了。

都说枪打出头鸟，可她从来到这所学校开始，已经尽量低调地把自己藏在人群中，成为班里的边缘人物，为什么还要遭受这样的对待？

她喜欢时景究竟犯了什么罪？她竭力克制自己，从未付诸行动，也从没想过得到他，凭什么要遭受她们无端的揣测和羞辱？

她的目光渐渐沉了下来，她在袖子下捏紧了拳头。在她爆发前的一秒钟——

谢梦行拎着卫衣的帽子拉开她，"刺啦"一声拉开两个女生跟前的桌子。

姜莱还在写字，面前突然就空了，笔尖猝不及防地在本子上画出了长长的一道痕迹。她抬头怒道："谢梦行，你属狗吗？这么会护主子，关你什么事？"

"怎么不关我的事？你刚才不是提我了？你也很清楚我是什么角色了吧，不坐实岂不是让你太失望？"他眉眼冷峻地往中间一站，"余葵说让你们把她的本子物归原主，喜欢装傻还是听不懂普通话？当聋子有意思吗？"

不同性别的人，自尊心也有高低之分，年轻男女对骂，羞耻程度有时根本不在一个量级。

汤晓珺的心理素质差一点儿，眼睛立刻红了，她把本子扔到他的怀里："给你就给你，有什么大不了的？你一个男生来找女生的麻烦，丢不丢人？"

"你们欺负人都不嫌丢人，他丢什么人？"陶桃刚从厕所回来，才搞清楚是什么情况，立刻加入战局。

谢梦行把本子还给余葵："检查一下，弄脏、弄破了，我让她们好看。"

陶桃在边上瞥了两眼漫画内容，继续帮腔："漫画里的帅哥不都长这样吗？两个眼睛一个鼻子，哪里就能看出来像了？这种级别的作品，有人怕是把手练废也画不出来，只能往别人身上泼脏水、扣帽子，恶不恶心啊？我还说你们跳脚什么呢，搞半天是忌妒人家和校草吃了顿饭，我也在现场呢，你们怎么不来找我的麻烦？"

两人一套组合拳打完，谢梦行来总结："我警告你们，以后要是再敢欺负人……"

姜莱猛地站起身，凳子在地上发出刺耳的声响。

"谢梦行，你少装了！谁不知道你打架已经被记过两次，再有一次就要被劝退？怎么样，你要打女生吗？还有你，陶桃，因为跟宣传部部长的事被叫家长，还这么嚣张。你觉得再被发现一次，学校会劝退你，还是……"

"他们都不会有事。"余葵扬声打断她的威胁，从两个朋友身后走了出来，"因为我不会再忍耐你了。"

就像刚才谢梦行把自己拎开一样,她把两个朋友拽到边上,走到了战场中央。

"我究竟对你做了什么?你作弊也要来到(15)班的原因就是整我吗?"不管四下震惊诧异的目光和议论声,余葵继续道,"一边假装不屑,一边又拼命在乎我,花那么多精力贬低我、拉圈子针对我。姜莱,原来我对你的威胁这么大啊!"

姜莱脸涨得通红:"你在瞎说什么?谁作弊?"

余葵没有纠缠作弊的事,抬起眼睑,直视姜莱的脸:"未来是什么样,谁也不知道。你有没有想过,刺激多了别人是会当真的?说不定你现在最引以为傲的成绩,有一天也会被我打败。"

余葵当天下午反常地没再涂鸦,上课也没打瞌睡,一言不发,偶尔盯着压在课本下方的那沓漫画和日记本发怔。

"你怎么了?"谢梦行被吓了一跳,"你可别把那些破事放在心上,艺术家就应该毫无负担地进行艺术创作。谁说你不行,那是他们眼瞎。我就觉得你特别好,宽容平和、才华横溢,还特别有趣。"

余葵面无表情地看了他一眼,又挪开视线。

下晚自习回家时,向阳把车蹬得飞起来都追不上她的速度:"你今天怎么了?要是不舒服你别骑那么快啊,等我一下!"

余葵猛地在转角处刹车,一个漂移,横停下来。秋风扬起她的发梢,路灯下,她此刻的神情显得有些杀气腾腾。

"你说我要是现在开始学习,高三重新分班的时候,有可能被分进你们(1)班吗?"

余葵过去十几年,可一天都没为上进的问题烦恼过。向阳被她的反常行为惊到了:"你不对,肯定受了刺激,是不是谁说你成绩差?"

"我成绩差还用谁说吗?我就问问有没有这个可能。"

余葵觉得烦躁。她根本不在乎被谁针对,真正使她难受的,是姜莱扯下了她蒙在头上的遮羞布——在大众眼中,像她这样平庸的人,是连把"喜欢时景"这件事宣之于口,都会被嘲笑不配的可怜虫。

她执着于要一个答案。

向阳看她不像开玩笑,才摇头答:"我都没把握下次还留在(1)班,咱们这届强人太多,竞争很大的。"

余葵换了个目标:"那你觉得我要是努力,明年能考到年级前三百名不?"去年附中的年级前三百名,差不多是考上厦大、同济、川大的水平。

向阳忧心忡忡:"小葵,现在才开始努力,是不是稍微有点儿晚?咱们别好高骛远,要不把战线再拉长点儿?"

余葵回家就把自己埋进被窝里蹬腿,鬼哭狼嚎。

怎么办?狠话都放出去了,她要是没超过姜莱,以后还有脸去上学吗?

她扒拉掉脸上微湿的发梢,从书包底下扒出上回从陶桃那儿顺来的成绩单拼凑在一处,借着台灯一看——

姜莱的摸底考成绩少计了作弊那科,即便化学按堪堪及格的60分算,加上这个分数后,也能立马跻身年级前三百名。

她累了,毁灭吧!她把成绩单一扔,脸朝下直愣愣地倒回床上,脸压着枕头,眼神呆滞绝望。

"怎么回事?床塌了?"程建国正在做夜宵,闻声拿着锅铲焦急地赶来。

余葵拖着疲惫的身躯回望:"爸爸,我成绩这么差,你会觉得丢脸吗?你是不是也很想生谭雅匀那种聪明的孩子?"

"胡说!你哪里不聪明?"程建国一口咬定,"我在你这么大的时候,去过最远的地方就是县城,和二舅走散了都摸不着汽车站。你敢一个人跑到成都找我,没被骗子拐走,这不挺机灵的?再说,如果人人都想考第一,那谁来做最后一名呢?爸爸觉得啊,你就是还没开窍……"

程建国说得声情并茂,余葵差点儿不忍心打断他:"爸,锅煳了。"

"哎呀!"男人一拍脑袋,又着急忙慌地赶回厨房。

余葵跟上,扒在厨房的窗框上小心试探:"爸,如果……我是说如果,如果我想去补习,家里的经济状况会有困扰吗?"

"补,肯定得补,只要你肯学。我这些年外派工作,不就是为了你有个好条件?咱家的经济状况还没到那种地步,你对爸爸也有点儿信心,挣钱是大人才该操心的事情。"

他把一碗热腾腾的番茄鸡蛋面摆在她的面前,这碗面除了稍微煳一点儿,难吃了一点儿,一切都很完美。虽然余葵吃到一半就撑了,但还是解开裤扣,强行吃得汤水不剩,然后去水槽边洗碗。

程建国:"放着我来!你上一天课也够苦了,消消食,玩会儿就睡吧！"

被无情地赶出厨房后，余葵坐在电脑桌前继续思考人生。

客厅的窗户敞着，绿化带里栽种的夜来香沁人心脾。拍死两只在手臂上栖息的蚊子后，她按下开机键。

列表里灰暗的头像显示时景并不在线。

上次的消息记录，还停留在他讲生物题的页面上，似乎感觉她的疏远，他这些天都没再发来消息。余葵深吸一口气，鼓起勇气把这周加班加点赶完的生物题一口气拍照上传，刻意放轻松语气。

小葵花生油："景神，我的暑假作业写完啦！"

她没料到对方秒回。

返景入深林："我以为你已经放弃了。"

余葵握着鼠标的手一抖："原来你在线啊！"

"隐身了，消息太烦。"

他觉得别人的消息烦，但回复了她。余葵心头一跳，又是感动又是愧疚，绞动衣角主动道歉："对不起啊，景神。我这段时间也有点儿心烦，就没上线，想把整本作业写完再给你检查。"

大致浏览了一遍，时景用红圈画出错题，发回图片。

返景入深林："可以改了。"

停顿一秒钟后，他继续往对话框里输入："你心烦什么？"

我在烦为什么在意你，烦没有勇气出现在你眼前。

当然这句话只敢烂在肚子里，余葵选择了倾诉别的苦恼："我听到我爸打电话，那边的同事催他回去工作。所以等再过几天休假结束，我大概就要被送到我妈那里去了。现在起倒计时每少一天，我都觉得焦虑。"

这是她早起上厕所时偷听到的消息。

程建国当时正在做早餐，就把开了外放的手机放在旁边。电话那头传来的声音十分焦急："再有半年，半年就结束了，这边离不开你，你是副总工，这次工程竣工后，职称肯定要上调。"

"工程是做不完的。"程建国调小灶火，叹气，"你也知道，我女儿才到我的胸膛那么高的时候，我就扔下她去援建了，孩子受了那么多委屈，职称再高，挣再多的钱能有什么用呢？"

"多少年都待了，最后半年忍不下去？建国，九年啊，人生有多少个九年，你我一生能遇得上几次这种名载史册的工程？现在不来，之前的心血就全白费了！你再好好想想吧！"

余葵是情感表达困难户,但并不是什么都不在意。她是偷哭了一场才去上学的。

网线另一端的时景沉默了很久,不知道该怎样安慰她。他和余葵不一样,她极力想把爸爸留在身边,而他恨不得离父亲远一些。

所幸余葵很快自己想通:"也许每个人都有自己的难处吧。我们家这么穷,爸爸为了挣钱把我养大,已经很辛苦了,我不能再给他评职称的梦想拖后腿,跟妈妈住也没什么。"

人有时候应该自私一些,时景这样想,但没说出口,只往对话框里输入:"你不怕继姐继续欺负你?"

"反正去年都过来了,大不了我再忍她两年。"余葵安慰自己,"换个角度想,我妈虽然不公平,起码没让我挨饿受冻。我在老家有个好朋友,每天放学后还要在家里的早点摊上洗碗,初三没上完就被赶去念职中,还经常被打到一身伤。世上比我不幸的人那么多,可能我不该奢求太多。"

时景一秒钟猜中这位朋友的名字:"四饼?"

余葵的脸"唰"的一下烫了起来,指尖抓狂地把键盘敲得飞起:"啊啊啊!那本日记你到底看了多少?你不会全看完了吧?"

"那倒没有,就看到你外婆进入佛教委员会当选庙长那篇。"

他看不快的原因是他看得很仔细。

她真的太可爱了,他想。

漫画中,"咸鱼"小葵的外婆刚刚当选村里寺庙新一届的庙长。村子里初一、十五是斋日,家里没人开伙,女孩儿就去寺庙,混在一群人均七十岁的奶奶中间抢斋饭。

她把整个寺庙的结构、庙会盛况都记录了下来,寥寥几笔勾勒出的神殿上的菩萨神目轻敛,唇角带笑又悲天悯人,水粉色调的搭配淡雅出彩,饱含呼之欲出的生命力,起码时景没在任何画家那里看过这样动人的笔触。

大家都许愿,外婆也让外孙女把愿望填进黄纸做的祈愿表,给菩萨上折子。

作为新晋"佛三代",小葵有着用不完的黄纸奏折,直达天听的机会唾手可得。她生怕愿望不够醒目,还用彩笔加粗填写——

"菩萨,信女求您保佑《知音漫客》下期能在5号之前到店。"

第一次许愿发现有用,小葵大喜过望,从此每月笔耕不辍地给菩萨烧去问候。

"送子观音娘娘,《×××》能赶紧出第八话吗?主角已经'难产'几个月了。

"地藏王菩萨大人，信女求您保佑《×××》男主的宠物千万要在第四册里复活。

"大慈大悲的观世音菩萨，《×××》第十三卷这月能到位不？"

…………

折子上多了，菩萨约莫觉得烦，就不管了。

"咸鱼"哭倒在佛堂的拜垫上："我错了菩萨，早该听外婆的话，别拿鸡毛蒜皮的小事消耗信仰值。我发誓，我以后再也不来烦您了，但您能答应我最后一个愿望吗？"

下一幕，经幡下。

十四岁的她咬着笔头，趴在供桌底下边填边想："这次是不是应该许个大的，让爸爸回来看我一次？困难的话，让《长歌行》单行本出到完结篇也行！"

回应她的是脑袋上敲来的木鱼槌。

外婆拎着她的后领把人赶出了寺庙："回去看你的小人儿书吧，以后除了饭点别再来了。整天浪费我的黄纸，纸不要钱啊？"

…………

时景从摊开的日记本上收回视线。

女孩儿把对亲人的期待放得很低，低到有一点点甜头就轻易满足。她有着大多数现代人缺乏的自洽和通透，不功利急躁，也不纠结拧巴。

时景隐约意识到，在和她聊天儿时，哪怕她抱怨也好，分享也罢，他的唇角始终是上扬的。她的心思赤忱、简单且直白，他也觉得心变得很柔软，忍不住哄她几句好听的话。

"你以后好好学习吧，我会帮你。等你成绩好了，兴许你妈妈就不会再那么偏心。"

"你真好啊！其实，我也正在思考这个问题。"余葵发了个小狗叹气的表情，"我今天对一个讨人厌的同学放了狠话，说以后考试一定超过她。但朋友们对我提升成绩这个事普遍持悲观态度。万一努力了没有进步，还浪费家里的钱补习，我可能会承受不了这个沉重的打击。"

"那就偷偷学，有一个动力强劲的阶段性目标，对进步会有很大帮助。"时景坦白自己的经历，"我父亲也更看重我哥。我哥的光环几乎笼罩我过去的人生。为了证明我比他强，我曾发誓要在他涉足的每个领域将他击溃。即便现在都无所谓了，但有一点很明确，追赶他的这些年，我的确因为这份好胜心受益匪浅。"

"还有这种事?"余葵震惊不已,"大家叫你景神,你已经是学神了,你哥竟然比你还厉害!那得逆天成什么样?你现在赶超他没?"

时景沉默了很久:"我不知道。"两人自始至终不在同一赛道上,人生维度也从未重合,他又该拿什么做评判标准?

结束聊天儿后下线,关灯,将双手放在后脑勺儿上,余葵感觉身体里充斥着一股前所未有的动力,搅得她翻来覆去、热血沸腾,下了大半夜的雨也浇不灭她的雄心壮志——她要学习!

躺平做了十六年垫底"咸鱼",余葵从未感觉自己对向上的渴望如此强烈,必须前进!起码……起码她不能再和时景做年级排行榜上的南北极。

翌日。

程建国骑着给女儿买的粉色自行车把人载到学校后,便跟班主任商量让余葵停上晚自习。附中高二的晚自习到10点钟,学校规定住校生必须上,走读生可自由选择。听上去走读好像轻松一些,实则不然,这些走读生,课外请了不止一位家教,上着不止一家辅导班……百忙之余,他们还得完成原本该在晚自习时写完的课后作业。

余葵即将成为其中一员。

走访咨询了一天,当晚,程建国又"吭哧吭哧"地骑着女儿的粉色自行车,把她载到了补习班的教室。

"我问过了,都是金牌补习教师,先补英语和数学这两门主科,他们会给你从六年级的课程开始查缺补漏。爸爸特意给你挑了两个看起来和颜悦色、不会骂人的老师。"

余葵:我谢谢您。

大人和前台的工作人员交涉时,余葵双手捧着纸杯抿了一口热水,在接待处的沙发上坐立不安,回头朝走廊深处望去——那里都是排列的透明教室,落地玻璃隔音很好,每个隔间里都坐着一到两位面容愁苦且疲惫的学生,日光灯把教室照得如同白昼,氛围肃穆紧张,她忍不住起身走动。

"每月缴一次费,和老师沟通以后,这边就会发送本月的排课表了。"前台的美女姐姐笑眯眯地把卡双手递还。

看着账上一下被划走九千多块钱,余葵心惊肉跳,后背渗汗,总算有了种开弓没有回头箭的真实感。

她决定开始学习,要做的第一件事是忍痛揭下卧室里花花绿绿的海报,连同所有的漫画、小说、杂志一起打包装箱，用胶带封存。看不见，她说不定就不会惦记续集了。

余葵的外婆很快从老家寄来一大箱余葵从前用过的课本。初中时，余葵还兴致勃勃地给课本包了牛皮纸，描上山水封面，这会儿拆了包装，书崭新得像从没翻开过一样。

大清早，向阳咬着萨其马下楼，被车棚里的黑影吓得往后蹦："谁啊？"

定睛一看，他惊道："小葵？你在那儿跟谁玩捉迷藏呢？"

她回头："捉什么迷藏，会不会说话？我开车锁。"

"开锁你怎么在那儿蹲半天？"

"腿麻了，赶紧扶我一把。"

向阳把书包扔进车筐里，麻溜地拽她起来："是不是又低血糖？要不我把面包给你，你别骑车了。"

余葵感受着脑袋的眩晕，振振有词："我这是学习学的，刚才蹲下开锁，声控灯'啪'地就熄了，我就想趁黑把刚看的单词都背一遍再走，你要再晚来一会儿，我就全背完了。正回忆呢，别打断我，blow 刮风，borrow 借用，break 打破……"

向阳想跟她聊会儿天儿都不好意思，快到校门口时才逮着机会问："你周末两天干吗去了？到处找不着人影。"

余葵："去补习班。"

"周末去补习班，6点起床背单词。葵啊，你来真的？"

"我一定要考进年级前三百名！"余葵握拳，回头想起叮嘱他，"你可别跟人说，万一我学半天，下次考试还倒退了，平白被人笑。"

这个"人"指的自然是"谭雅匀"。向阳面上有点儿挂不住："你能不能对我有点儿信任？我是那么八卦的人吗？"

"不好说，你看看李自成、吴三桂、陈圆圆一笑，他们什么都忘了，你现在在我这里有前科。"余葵撇下他，加快骑行速度冲进校园。

6点半的校门口没有虎视眈眈的教导主任，也没有拿着小本记迟到的学生会执勤人员，微风不急不缓，空气也清新，离上自习还早，她干脆顺路先摸到了年级办公室里。

"余葵？"（9）班班主任老雷放下保温杯，招呼她，"今天到校这么早啊，有什么事吗？"

"我来交暑假作业。"

姗姗来迟的物理和生物练习册被递到他的案头。老雷显然一愣，诧异地拿起练习册翻了几页，纸面上还有橡皮擦过的草稿痕迹："写得挺认真的，都是自己写的吗？"

往常她都是抄的，老师这么问也无可厚非。余葵羞窘地轻点了一下脑袋。

"老师还以为你不会交了呢。"老雷翻完一遍，把作业扔到桌角那个由几个班的作业摞起来的小山堆上——那个地方的作业显然不会再有人翻开看第二次。

余葵没来得及失落，又听声音传来："你来得正好，我正在写你们高一学年的素质评价手册，基于你诚实的表现，老师给你评个优。"

这就是好好写作业被奖励的感觉吗？初尝甜头，学渣小葵脚步轻忽地飘向了办公室门口。

她刚到门口，老雷忽然又唤住她："余葵。"

她错愕地回头。

"暑期开学前，我在老家街上遇到了高中最漂亮的同学——和你长得还有点儿像，眼睛大大的。"

余葵不明白老师怎么突然说这个。

"她当年立志毕业后要回镇上嫁个好人家，不能否认她的孩子很可爱，但我还是觉得特别可惜——她这辈子大半的时光要围着灶台打转，也许再没机会去看看世界有多大……"他放缓了声音，"余葵，高中是很好的时候，附中是很好的学校，机会太难得了，不要选择简单模式走完这段日子。你早晚会明白，年轻时幻想的未来，在真正降临的那一刻，人们不一定喜欢。你去了（15）班也要好好用功啊！"

他顿了顿，又说："还有，谢谢你今天来交作业，老师很欣慰。"

余葵回到教室，寥寥七八个早到的同学竟然都没在自己的座位上，叽叽喳喳地围成一团，簇拥在学委座位边上抢手机。

"借我看看！"

"不要小气啦，但凡他通过我的好友申请，我绝对不烦你！"

学委无奈道："我没撒谎，时景的空间都关闭了，你拿去也看不到什么，还要留下访问被挡的记录。"

"看看你们俩的消息记录、QQ签名……哪怕知道他用什么头像也好啊，我们就是好奇嘛……"

时景？

余葵课本翻到一半，耳朵敏锐捕捉到这个名字，赶紧竖直了。她听了好一会儿才弄明白,学委邵崇因为和时景在同一个竞赛教练手下训练,加到了时景的好友。

"我听他们班同学说,他刚转来那会儿空间还对所有好友可见呢,这两天谁都看不到了,估计大家点赞的通知烦到他了。"

哎?余葵蒙了,不是吧?

时景昨晚跟她聊完天儿,明明还在空间里发了一张从天文望远镜中拍的夜空图片呢,配文是"记住要仰望星空,别低头看脚下"。

余葵搜索后发现那是霍金的名句,还有后半句:"无论生活如何艰难,请保持一颗好奇心,你总会找到自己的路。"

觉得他可能在鼓励自己,她还兴奋地点了个赞。在这条动态之前,时景确实许多年没发过动态了。从前他也引用过霍金的其他句子,不过那时候发的可全是英文原句!

不怪余葵自作多情,这要不是他为她这个英语"战五渣"特意翻译的,很难合理解释吧!

她捂着发烫的耳朵,平静地背起课本上的短文,心潮却久久不能平静。多巴胺疯狂分泌,心尖发痒,她偏又不能挠,手动把嘴角往下按,脸颊却有自己的想法,自顾自地又扬起来。

她好开心!

原来时景的空间,全附中只有她一个人能看见!

10月国庆放假,月考取消,余葵过起了家和补习班两点一线的日子。

往返两处的路程需要十五分钟,沿公园环湖骑行很美,法国梧桐遮天蔽日,一些有年代感的古建筑和名人旧居在道路两侧保留至今,既有历史文化底蕴,也不缺热闹的烟火气。

她每分钟背一个单词,往返一趟就是三十个。

当天背完的单词和短句,她会默写出来贴在镜子上,在早晚洗漱时再次进行巩固——这种机械运动时的记忆效率高得出奇。

午休时间,余葵通常会在辅导班附近的图书馆里刷初中数学题。

金牌数学补习老师王老师教了一周才发觉,这个新收的学生对许多数学定义毫无概念。他一问才知道,她竟然仅凭中考前两周的刷题经验解决同类型问题,到了高中也还是这种模式,之前都被她糊弄过去了。

规划好的一个月过完初中的教学大纲也被迫搁浅,他挠着头发稀疏的脑袋发愁:"余葵,你这样都能考到普高分数线,真的要烧高香感谢父母给你生了个聪明脑瓜子。"

余葵震惊道:"我聪明吗?"

"人家苦学三年,你划水三年,就努力了两周还上了一样的学校,还不够聪明啊?"

余葵:"可我在附中上课,听得都稀里糊涂的。"

王老师:"你要能无障碍听懂,你那些同学都得被气哭。知道他们初中三年怎么过来的吗?奥赛、培优班、专业家教查缺补漏,有人甚至早就开始学大学知识。他们享受着省内最优质的教育资源,从数万考生里杀出重围才进入附中。你以这个基础条件,能跟他们在同一间教室里上课超过一年,已经是个奇迹了。"

这和余葵从小的认知相悖。

余葵觉得老师夸她聪明,很有可能是为了激励她学习。但该说不说,这个激励挺有用的,她猛补两周后,初中数学在她眼中确实前所未有地简单起来。

一对一辅导时,老师侧重给她讲解基本概念和方法、锻炼思维方式,这跟她从前稀里糊涂吞咽知识的感觉相比不要太舒服。

初尝甜头,余葵对这种不眠不休的用功上瘾了,仿佛每"通关"一题,她就真的离时景的排名更近了一些。

国庆节假期的第五天中午,她照例跑到了省图书馆的自习室。

自习期间,余葵去上洗手间,出门路过吸烟区时,手上的水还没甩干净,身形忽然顿住——

怎么回事,她好像看见时景了,难道是眼花?

不,这地方离他们第一次约见的西昌路公交车站不远,假如时景家住在这附近,她遇到他也很合理。

余葵的小白鞋定在原地,小腿竟然不争气地有点儿发颤。

她深呼一口气,倒退确认,一步、两步、三步……她停住步伐,余光往里偷瞥——没错,是他!

余葵激动地在心里给自己拉庆祝礼花。

练就一手在人海中捕捉时景的绝技,她真不知道该谢谢自己眼睛好使,还是感谢他总是如此出类拔萃,轻易就和周边人隔出一道墙。

不远的地方,有个穿衬衫和皮衣、叼着烟的男生正在与时景攀谈,年纪稍大,看上去已经工作了。

时景穿着白T恤，说话的模样漫不经心，懒散地往窗边一倚。然后，他似乎察觉到余葵的视线，抬眸望向门口。
　　身体快于大脑反应，余葵闪身躲在了墙后。
　　这跟她以往任何一次见他的形象都大相径庭，任在谁眼中，时景都是高高在上、品学兼优的学神，怎么会是现在这样呢？
　　她有种强烈的颠覆感——倒不是幻灭，换作别的优等生，比如宋定初、向阳，她绝对会不自觉地皱眉头，可无奈那个人是时景——他实在太帅了，就连这副模样也那么优雅迷人、落拓散漫，整个人都被蒙上了一层迷雾。
　　她窥破这一幕的瞬间，他的形象仿佛忽然有了暗面，和完美无瑕的漫画男主角相比更真实，也更遥远。
　　余葵第一次如此渴望探究一个人身后的故事。
　　直到心跳稍缓，她才故作镇定地穿过走廊，争分夺秒地往外偷瞥。
　　时景对面的男生还在说话。
　　窗外是公园里层层叠叠的繁茂枝叶，时景听得漫不经心，低下了头。
　　再回到桌前，余葵盯着习题试图集中注意力，可惜不到两分钟便以失败告终。
　　她回头在自习大厅里张望，试图揣测哪个空位属于她的心上人。
　　她巡视完一圈，又沮丧地趴在习题册上。也许时景只是来看书，而且一楼的自习室又不止一间，她这么找注定徒劳无功。
　　余葵强忍出去晃悠的冲动，凛然地扣上卫衣的帽子，拉紧系带并打结。她边写边咬牙提醒自己——成绩一天不上升，她就永远离他那么远，想也白想！
　　她好不容易发回狠，新出炉的誓言过了十分钟就被击得粉碎。
　　主要是桌对面备考公务员的小姐姐赶着回家吃饭，看见一个超级帅的弟弟进来找座位，顿时两眼放光，立马抬手招呼人来"继承"她的位子。事实上，大家赶着饭点离席，招呼时景的不只她一个，只是这桌在入口必经之路上，时景又瞥见了扣着帽子，趴在本子上生无可恋地写着草稿的熟人，干脆抬腿径直走了过去。
　　等余葵察觉的时候，一切已经来不及了。
　　少年颔首致谢，落座，从自己的单肩包里依次掏出课本、耳机、平板电脑、钢笔、橡皮擦，将课本和水杯整齐排列，线与线处处对齐，仿佛是一个完美主义的强迫症患者。
　　"字写得那么好看呢，弟弟，你今年多大呀？"让座的姐姐磨磨蹭蹭的,还没走。

时景垂眸换完一根笔芯,像是才听见声音一样抬头,诧异地道:"我需要回答吗?"

"嗯……我随便问问,你不想说也没事的。"小姐姐还想说点儿什么,被少年无情地打断:"抱歉,我要开始了——"他摊手,露出面前的练习册,用潜台词冷淡而不失客气地请人离开。头再摆正,他就见余葵顿着笔尖看着他。

时景塞上一边的耳机:"不做你的题吗?"

他拒绝人真的有一手,娴熟得像是已经练习过千百遍。哪怕人家刚给他让了座,他拒绝交谈时也分毫不留情面。偏偏旁人并不觉得被得罪,反而理所当然地替他开脱,仿佛就该如此,他就该是这样可望而不可即的人。

余葵东一榔头西一棒地想着,胡乱地在草稿纸上画出一个坐标轴。

写到 x 的取值范围时,她望向自己的字迹,猛然想起什么,心下大惊,当即整个身体前倾,趴下遮住草稿纸——时景之前每晚批改作业,认识她的字!

她紧绷心弦,用余光偷瞥着对面的人的动向。

见时景没注意,她悄悄地把草稿纸往下抽,翻了一页才重新放上桌面。再动笔时,她便刻意改变笔画,模仿她朋友四饼的狗爬字。

写了几行,她满意地坐直欣赏,不偏不倚又撞上时景的视线,一秒钟就收回了目光。

他看她干吗?她都写成这样了,他应该认不出来了吧?

时景:"你……"

"你"什么?余葵跟着他的停顿心一提,再然后,交谈猝不及防地被打断——

时景的那个朋友去而复返。

他从后门进来,在时景跟前放了瓶冰镇芬达,弯腰拍了拍时景的肩膀,笑道:"小景,刚才挨间儿找你,原来你跟朋友约好了坐这儿啊。我说呢,大学霸怎么周末还来图书馆。"

说话间,皮衣男朝余葵看去,眉毛不着痕迹地提了一下:"你是小景的同学还是个初中生啊?难得看他跟小姑娘往来,一会儿咱仨一块儿吃饭呗!我请客就当赔罪,不好意思了妹妹,刚才不知道你在,就买了一瓶。"

余葵猜他提眉那下,是在为时景的品位而惊诧。

她今天是来补习的,当然怎么方便怎么穿,上身是淡粉色的宽大卫衣,下身穿着白短裤，短发在后面扎了个小鬏鬏，刘海儿被发卡别到了一边，更显得人瘦小，尤其面前摆的还是初中课本。

余葵想解释自己并没有跟时景约好，也不是初中生。

哪料时景并不在乎旁人对自己的误解，已率先开口拒绝："我和她吃饭，加个大人算怎么回事？还有什么事你现在直接说就行。"

什么？余葵大惊，他们俩什么时候沟通过一起吃饭的事？

"就在这儿？"皮衣男显然失去了方才的自如样子。他一个成年人，环视四周，弯腰为难地恳求："小景，要不咱们到门口聊？"

时景将笔在指尖旋转一圈，"咔嗒"塞回笔套里，摊手，让他看清自己面前的卷子："季霖哥，我没有时间再听你讲半个小时了。"声音不轻不重，但不容辩驳。

正值饭点，自习大厅里稍微有点儿吵，桌子又靠近入口处，他们轻声说着话，并不显得突兀。

皮衣男咬牙，在旁边那个去厕所的男生的位子上坐了下来，压低声音："我车都开出去两千米了，想想实在没脸回去。小景，要不你就跟周秘书打个招呼，让调查组晚两天来，剩下的事我们家自己解决。"

时景眼睛黑沉，余葵看不出他在想什么，就听见他缓缓开口："咱们在一个院里住过几年，能帮的我可以帮你。但交情归交情，你也知道，我爸工作上的事，家里从来就没人能干涉得了。"

"你爸他肯定疼你啊，就你一个儿子。而且这点儿小事，怎么用得上惊动他老人家？你就在周秘书那儿稍微提一提，带个话，这对你而言是举手之劳，不碍什么事的。小景，咱俩小时候那么好，我带你玩打仗游戏，你还记得吗？还有那回，咱一块儿去游泳，是我捞你起来的，不然你早跟你哥一样……"

声音到这儿戛然而止。他大约意识到自己失言，转而求情："真的，求你了，小景。你帮了我，这份恩情我们家记一辈子。"

时景摇头："今天你别说是从大院门口追我到这儿，就算跟我十天半个月也没用，没有余地，我帮不了你，季霖哥。"

余葵就算是个傻子，这会儿也能听出，时景在用和她吃饭做托词拒绝人。情况和刚才不一样，这次是个交情不浅的熟人在托他办一件令他极其为难的事。

刚摆整齐没一会儿的课本和文具，在说话间重新被他收回了包里。他挎上单肩包站起身，朝对面的余葵看过去："走吗？"

她留在这儿说不准会被人缠住。

"啊?哦!"

余葵从没觉得自己反应这么快,拉开拉链,三两下把课本作业都装了起来。走出两步,她又想起什么,匆忙折返,把刚刚做题擦出来的满桌橡皮屑用胳膊聚作一堆,捏在手心里,小跑上前,跟驻足等她的时景说:"走吧。"

这次皮衣男没有再追上来,而时景才出图书馆,就拍了拍卫衣肩膀上并不存在的灰尘。

下到最后一级台阶,他主动对她对开口:"抱歉,连累你座位没了。"

"没事,你也帮了我很多次嘛!"

一回到这种单独相处的环境里,余葵就无法自控地口干舌燥,紧张得心跳加速,需要竭尽全力才能控制自己表现得像个正常人,而不是个花痴。

于是,从时景的角度看过去,她像是真的不大高兴。

他试着问:"你吃饭了吗?"

啊啊啊!难不成时景真的要跟她单独吃饭?!

余葵的心脏都快蹦出胸腔了,她脚下踩到地砖边缘,一个踉跄。幸亏时景手疾眼快,抓住了她的卫衣帽子,把她的重心拽正,她才没朝台阶下跌去。

香樟树绿影起伏,光点散落在少年的眉眼间,他眉头稍凝,显得意外:"和我吃饭很吓人?"

"不是,不是。"余葵连连摆手,差点儿被吓出颤音,"我在这边补习,一下课就吃过了。你不用管我,也不用觉得抱歉,我刚才还想自习室有点儿吵,现在正好去公园树底下的小桌子上学,那边挨着湖,凉快。"

听她一口气说完,时景点头:"那行,再见。"

他把耳机从颈间拿起来,颀长的身形越过她,三两步就走远了。偏偏余葵要走的也是这条路,只能远远地跟在他身后。她脑海中的小人儿凝视着他的背影,边流泪边唾弃自己——

余葵,你知不知道你错过了什么机会?一辈子可能都遇不上一次!你吃过又怎么样呢?再吃一顿能撑死你吗?!

另一个小人儿举着魔叉跟它打架——

你吃了一顿又能怎样?他就会喜欢你吗?不会!尝过甜头,你只会更想和他吃下一顿!

余葵正沉浸在自己颅内的世界大战中不可自拔,忽地听哪儿传来一声

· 100 ·

柔弱无力的猫叫声。

她四下环视，没找着，抬头一看，才发现一只狸花小奶猫在树上，扒着一根摇摇欲坠的树枝，探出半个脑袋有气无力地号叫着，声音嘶哑而惊恐。

"啊！小猫！"

余葵匆忙跑到树下，试图张开自己的双臂接它跳下来。

可惜公园附近的马路边都是参天大树，这根枝杈最矮，但也足有四五米。别说小狸花没勇气，余葵对自己的身手也不是很自信。她在学校球类项目里向来是垫底的，该接的排球接不着，不该接的篮球倒经常拿后脑勺碰上。

她试图向人求助，不过路过的都是行色匆匆的上班族，环湖跑道上偶尔有七八十岁的爷爷奶奶路过——她总不能让老人家去爬树吧！

跟路人搭讪对"社恐"的余葵来说向来是道地狱级难题。但猫命关天，好不容易鼓起勇气跟到一个看起来身形敏捷的叔叔身后，她组织好语言，期期艾艾了三十秒钟，人家已经拦下出租车，扬长远去。

时景就是这时候摘下耳机回头的。

粉衣女孩儿被汽车尾气喷得发蒙，焦急地退到行道树下张望，抬头喋喋地跟空气说上一会儿话后，又跑回马路旁，跟在不同的行人屁股后手足无措。又一次搭讪失败后，她垮着一张将哭未哭的焦急傻脸顿在原地。

距离那么远，时景不确定自己看到的这些细节究竟是自己眼睛真实捕捉到的，还是大脑自动为他补足的。

时景脚步稍顿，然后戴上耳机继续朝前走。只是没走两步，他又烦躁地摘下耳机，折身大步往回走去。

他不爱多管闲事，可从心理学的角度上讲，对一个人的帮助有时是会产生惯性的。

明明他最初只是被迫在楼梯间多听了几句女孩儿的境遇，接下来的每一次伸手却都是他的自主选择。这并不符合他既往的行为规律，时景试图究其原因，但他能解开一道高阶实变函数，却很难解释自己现在为什么折返，最后也只能模糊归结为——

她和一个人很像。

无论外貌特征还是行为动作，余葵都无限地与他脑海中的形象契合。

见少年越走越近，余葵一时都不知道先紧张还是先松口气，想了半晌，才傻乎乎地冒出一句："你怎么又回来了？"

"走反了。"时景没多言，顺着她刚才的视线方向抬头。

"我想找人帮忙来着。"余葵羞愧地为自己辩解，"但是这条路上的人都走得太快了。"

时景压着唇角："看得出来。"

他取下耳机和单肩包，摘掉手表，本要一股脑儿地扔在路边，大抵是人行道上的积灰让他产生疑虑，他转头交给了余葵："拿稳了。"

他退后几米，活动四肢，目测着树枝的高度。

老城区的林木长了几十年，主干低处多余的枝丫早被修理得干干净净，至少四米的高度没有借力点。

"你会爬树吗？"他毕竟是个城里孩子，余葵一见他的架势更急，"不然……不然你帮我看着，我去找个梯子……"

她说话间，他已经动了起来。

时景修长的四肢舒展开，像一只爆发力极强的原始猫科动物，他借着惯性迅捷且矫健地攀爬到差不多一层楼高的位置，左边的臂膀斜探出去，轻松地抓稳了因惊恐而瞬间松爪的小猫。

余葵的"吧"字才吐出口，少年已经将猫放在肩头，顺着大树的主干利落地滑了下来。

他们一手交猫，一手还包。

两人之间的距离很近，余葵能清晰地闻到他身上的洗衣液香味，松垮的卫衣领子在他倾身时露出半截清晰性感的锁骨。

这情景的杀伤力太大，且后劲绵长。她的脑子里奔流汹涌，"嗡嗡"作响，要不是还有一丝理智，眼神管理就要绷不住了，多亏小奶猫左一声右一声地把她喊回神。

它被饿得瘦骨嶙峋，在余葵的掌心里瑟瑟发抖。公园里有很多流浪大猫，游客会给它们投食，余葵本该把它放在安全的地方就此离开，但它紧紧依偎着她的虎口，扒着她的大拇指"喵喵"直叫。余葵突然想起包里还有半根吃剩的火腿肠，便回头从书包里扒拉出来，小块小块地掰碎。

时景走在前面，她就跟在后头，一边走一边把火腿肠放到掌心里喂猫。

等他们走出公园，少年回头，见她还抱着那只猫，诧异地问道："你想把它带回家？"

余葵下意识地摇头，顿了顿，又飞快地点了一下："它这么小，饿了这么久，如果把它放回去，可能活不了。"

她显得为难，像是害怕家长责备的孩子，走了几步又小声解释："我有一只猫,小时候被大人骂,我就抱着它躲起来,有一天它跑丢了,再也没找着。我只是觉得,它和我的猫很像。"

林荫道下,少年看着女孩儿,眼睫低垂,半响没说话。

"我也丢过一只猫。"他若有所思,声音放得很缓很低。

余葵没敢接话,不确定他究竟是在对她说话,还是自言自语。

但毫无疑问,这是她整个假期情绪起伏最大的一天,目送时景离开后,余葵立刻虚脱,瘫在路边的长椅上——全是紧张的!

余葵缓过神,擦去额头上的汗,抚摸猫头,心有余悸地回味着。

少年的声音干净清透到像夏天的风在洗耳朵,他还擅长运动,四肢都被均匀的肌肉覆盖,跳起来充满蓬勃的力量感。他高冷但善良,散漫却谦和。他有许多面,但仿佛每一面都烙在人心上。

和他相处的每一个瞬间,余葵都提心吊胆,但也心痒雀跃。

上课时间,余葵把猫暂时交给了补习班前台的姐姐代为照看。

傍晚回到小区门口,她才把小猫转移到书包里,用好心的学生提供的毛巾垫底,给它掏出一个呼吸口,推着自行车,蹑手蹑脚地偷偷回家。

桌上摆放着她爸留的饭菜,还是热的,她爸估计到院子里打羽毛球去了。余葵今天可没空吃饭,小狸花猫一个劲地抓书包,她迫不及待要回房间。

余葵走到门口,身后的座机铃声突然响了,一遍一遍,似乎不打通不罢休。她回头望了一眼客厅挂历上画圈的日期。

余葵艰难地挪动着脚步,确认过屏幕上的来电显示后,攥了攥手,擦掉汗迹,然后缓缓地拿起了座机的话筒。

"余葵,收拾行李,我叫司机去接你。"话筒那边传来她妈简短冰冷的命令。

电话挂断,余葵静坐了很久,直到听见楼道里传来"丁零哐啷"找钥匙的声音。

余葵在这儿住了一个月,已经可以敏锐地从楼道的脚步声中判断出哪一个属于她爸。程建国做事性子比较急,走起路来略快但是脚步声又轻轻的,他不爱打扰人,给邻居添麻烦,因为他穿皮鞋的时候较多,所以鞋子落地时的声音稍微闷一些。

余葵使劲眨眼,装作若无其事的样子。

她环视自己住了一个月的屋子——四周到处都是她的东西,墙上还有她爸裱起来显摆她画技的静物图……如果当初父母没有离婚,她会一直在这间单位房里住到长大,或许,家就该是眼前的样子。

愁绪在门开的前一刻收拢。

程建国挂起羽毛球拍,换鞋时随意地朝里瞅了一眼:"葵啊,你怎么不先吃饭?"

"我先洗手!"

从卫生间出来,余葵凝重地从兜里掏出两百块钱:"爸爸,这是我这两周剩下的零花钱,还给你一起交下个月的补习费吧。"

程建国刚喝的半口水差点儿喷出来,他放下茶缸:"我不是就给了你三百块钱,怎么剩这么多?"

余葵掰着指头算:"在学校吃食堂,开学充的饭卡还有余额,补习班外面的盒饭一份十块钱,水是从家里带的……"

除了吃喝,她一分钱都没花。

程建国十分头疼:"你年纪小小的,怎么能学抠门儿呢?"

余葵委屈道:"咱们家不是没钱吗?这不又刚交了补习费……"她就要搬回去了,两百块钱当然要补贴给贫困潦倒的爸爸。

父女俩就家庭财富的问题进行了讨论。

程建国试图掰正她的观念:"咱家虽然比不上你附中那些同学富裕,但爸爸好歹是个外派工程师,供你上大学、读研究生,付未来房子的首付都是没有问题的,你对家里怎么会有这么深的误解?"

什么?是这样吗?余葵觉得自己被骗了,外婆一直教导她:爸爸妈妈挣钱不容易,家里经济不宽裕,一分钱要掰成两半花。以至到城里后,余葵还经常为贪嘴买校门口两块钱一个的大包子心怀愧疚。

敢情她小时候兜里没零花钱,一个月才能舔一根五毛钱的冰棍儿、夜宵吃炒腊肉剩的油拌饭、一块钱的福满多喝得汤渣都不剩的苦日子……都是白受了吗?!

余葵不信,眼泪汪汪地说:"你别骗我,我知道你的工资一大半给我妈了。"

程建国叹气:"傻孩子,我还有奖金啊。工地项目组的奖金比工资高,这些年大大小小的奖金和年终奖都被我存在银行里了,以后给你买房、当嫁妆。所以你放开花,你这样的半大娃,爸爸还养得起。"

他用指尖摸了摸盘子的温度:"这炒腰花冷了腥味重,我再去给你热热,先吃饭,吃完爸爸跟你商量个事。"

他是要商量回东南亚的事,余葵心知肚明。她味同嚼蜡,吃完又在卧室里磨蹭半晌,把眼泪都擦干了才出来。

余葵已经做了很久的心理建设,也下了好几天决心。这次不等程建国说话,她就闭上眼,抢在她爸之前大义凛然地一口气说道:"爸,你放心去吧!你走了我也会好好学习,绝不浪费你在补习班交的学费。以后我尽量不会离家出走了——除非他们再冤枉我一次,不过走之前我会打电话通知你。你在那边不用记挂我,自己好好的就行!"

她的语气好像是在病危的老父亲病床前含泪许诺一般。

程建国没来得及消化,余葵又从背后掏出来一张金黄色的奖状:"临别礼物,这段日子,我很开心。"

余葵的童年孤独到有点儿自闭,现在大了,她也不能像别的孩子一样无障碍地扑进父母怀里撒娇,连一句发自内心的赞美的话都要再三鼓励自己才能说出口,干脆给爸爸画了幅她小时候最渴望得到的奖状——

程建国同志:

在1997—2013的十六年间,您起早贪黑,在苦心挣钱、和蔼慈爱、厨艺精湛等诸多方面齐头发展,被评为"余葵的好爸爸"。

特发此状,以资鼓励!

乖巧的余葵
2013年10月5日

男人浑身僵住。

他缺席的那些时光,孩子也一天不差,宽容大度地计入了她的好爸爸表彰范畴里。作为一个离家几十年,自父亲离世那会儿起就没哭过的大男人,程建国哭了。他不是一个称职的父亲,尽管如此,孩子也悄悄地、温柔善良地长大了。

他卷起奖状,背过身飞快地抹掉眼泪,但藏不住微红的眼眶。

程建国转回身道:"余葵,爸爸今天想跟你商量的事情是,如果我不去东南亚了,你愿意跟我一起生活吗?如果你同意,我想跟你妈妈商量移交抚养权的问题。当然,爸爸也许不能把你照顾得很好,但会努力让你以后过得幸福一点儿。"

这是余葵没有预料到的发展了。她怔了好久才想到:"妈妈会同意吗?"

"我会想办法让她同意。"

"那你的工作呢?"

"我前段时间就是在忙这件事,申请的调令已经下来了,今后就回到昆明局里上班,你不用担心,大人都会解决好的。"

余葵兴奋得恨不得原地蹦起来。

大喜大悲也不过如此了,她几分钟前还沉浸在痛苦中,担忧回到谭家后怎么生活,自己考虑不周带回来的小猫该怎么安置。就这么一会儿的工夫,峰回路转,她以后的人生全然改变了。

好消息当然得第一时间分享给网络另一端的朋友。

小葵花生油:"景神!你读过《麦琪的礼物》吗?"妻子为给丈夫买表链而卖掉了秀发,丈夫为给妻子买发饰,卖掉了珍爱的手表。两人不约而同地做出了替对方着想的选择,就像今晚的她和她爸爸。

快乐是会传染的,时景发自内心地翘起唇角,敲打键盘:"恭喜你啊,愿望成真了。"

他打开台灯,灯光照亮了床头柜上摊开的日记本。

花花绿绿的页面中,在一个不起眼的角落里,贴着小葵初二上学期在菩萨、佛祖那里许愿无果后,找遍了整片田野才寻到的一小片四叶草标本——

这是四饼告诉她的方法。

她用彩铅画了男人的剪影,然后在旁边记录下了一行小字——

"唉,我不想告诉大家,漫画看够了其实也挺没意思的,如果爸爸能早点儿回来就好了。"

女孩儿其实每次许愿都给了菩萨选项,前一个选项是让爸爸回来,后一个则是任意的内容,只是命运弄人,菩萨每次都选择后者。

所幸这一回,她终于得偿所愿。

第二个愿望

国庆假期结束,新的一天清晨。

余葵穿好校服路过镜子,走出两步又退了回来。

下午最后一节是体育课,她又能看到时景了,要不……做了三十秒钟心理建设后,她心一横,从盒子里挑了个白桃形状的发卡,捋了两下把刘海儿顺到一边,露出饱满光洁的额头。

迈出第一步,后面就没么难了,她甚至还从彩笔桶里扒拉出来去年冬天买的唇膏,也不知道过没过期,狐疑地拧出半截,胡乱抹了两下,嘴巴就泛起了果冻一样亮晶晶的光泽。

"小葵!吃早点!"

"哦!"

女儿的学习时长增加后,程建国也不得不提前二十分钟起床。尽管余葵提议可以在外面解决早餐,不过"好爸爸"称号获得者正是干劲十足的时候,哪里能随随便便地答应。

余葵拉开书包,趴在地上探头往床底看,在黑漆漆的空间里和一双绿眼睛对上。

而后小奶猫便从床底蹿出来,熟门熟路地跃进她的包里,换了个舒服的姿势。

余葵怕她爸不让她养宠物,所以这两天只敢把猫养在自己的房间里,白天上课时就托付给小区门卫室整天听广播的荣大爷——荣大爷很喜欢这个小猫崽。余葵打算等小猫身上长点儿肉,再去公园看看能不能帮它找到妈妈。

又到了周一，早自习的（15）班教室里充满了令人困倦昏沉的磁场。

坐在门口的柯文昨晚打游戏到12点才开始补作业，6点就被家里送到了学校，眼皮像被压了块大石头，下巴从掌心滑落数次又支棱起来。迷蒙间，他察觉有人进门，身上携着秋天雨水的凉意。

他强打起精神，含混地读了几句课文，抬头想看看是不是巡查老师，哪料眼皮一抬，睡意顷刻间没了。

他眼睛发直地盯着人走过去，半响，后知后觉地吐出一句："天哪！"然后他用手肘撞了同桌两下："徐天浩，死耗子……别睡了，徐天浩！"

"干吗？"高个儿男生偏头，眼睛掀开条缝。

柯文："那是咱班的余葵吧？你有没有发觉，余葵长得有点儿好看……不，是真的好好看！"

"疯了吧！你就为这个吵醒我？"徐天浩从趴着的桌上直起身来，烦躁地眯起眼回头，"哪儿呢？"

话音落下，余葵落座。她抬起眼睫看课代表在黑板上布置的背诵任务，又偏头从书堆里找课本。

少女的鹅蛋脸窄小又饱满，从后脑勺儿到下巴的弧度浑然天成，流畅且自然，胶原蛋白赋予了她近乎无敌的少女气，杏眼的双眼皮褶皱很薄，睫毛长长的，鼻尖窄而挺翘，头发乌黑，唇红齿白，像极了他妹妹的橱柜里精致美丽的洋娃娃。

惊鸿一瞥，徐天浩也有点儿怔神，心脏"扑通扑通"直跳，回头议论："这不科学啊！余葵长这样，从前怎么可能没注意到呢？这么一看，她才是咱们年级最好看的妹子啊！"

柯文："难怪小谢非要跟她坐一桌，这个心机狗肯定早就发现了！"

徐天浩："余葵也是低调，我要是长这样，这个高中起码要谈十次八次恋爱才够本，她就每天安安静静地躲那儿坐着，都不知道在干吗。"

柯文："滚！你还代入上了！老子叫你起来不是听你说这个。"

"那你想听啥？"

"你说，我要是去……"

"得先和小谢打一架吧。"徐天浩秒接下半句话，"唉，你也知道小谢在班里虽然表现得跟个'二哈'似的，校外还是有几个哥哥的。你掂量掂量啊，老班想分开他们的座位都吃瘪了呢。"

"那算了。"柯文轻咳了两声,"我倒不是怕他,就是觉得余葵这么好看,多少得找个专情的。"

余葵能明显感觉到,这一天下来跟她说话的人特别多,男女同学都有。平时课代表们都到各组组长那儿催收作业,今天有两个特意绕到她这边问她做没做完,要不要交。

许多视线落在她身上,又在她看过去时匆忙转开,有时走远了,她还会听到身后有压低的议论声隐约传来,也许是在夸她长得漂亮,也许……余葵也不知道。

她的五官更像爸爸,又结合了余月如细白的皮肤和窄瘦的身形,总之除去身高,都是挑优点长的。听说她出生那晚,附一院妇产科的小护士都跑过来围观——和别的宝宝不一样,她那时的眉眼就已经能初窥小美女的雏形了。

但第一个标签打上去以后,大家越来越随意地给她打标签,比如"单亲孩子""城里来的""病多可怜""课间操扣分源""倒数第一名""孤僻不合群"……人越受瞩目时,要承受的声音也越多,这是她早就明白的道理。

到了下午,班里几个同学甚至在体育课休息时一起过来找她刻橡皮章。

"小谢那家伙天天炫耀,陶桃的也好好看。小葵,要是我们一人买盒橡皮擦,你能不能也给我们每人刻一个?"

"我们不用特别复杂的,好看就行!"

"拜托了小葵,我也想拥有专属橡皮章,盖在作业本的封皮上。"

…………

余葵万万想不到,影响她的学习大业的,竟然是要给大家刻橡皮章。

来附中一年多,余葵几乎没有这样被同学簇拥的时候。女孩儿们摇得她乱晃,左右胸脯亲昵地挤着她的胳膊,她一时晕头转向,只能红着脸含泪答应。

"橡皮不用买一盒,一块就够了。但我一天只能刻一块,可能等得有点儿久……"她弱弱地做了最后的挣扎。

其实她二十多分钟就能搞定一块,但架不住人多,还有两周就月考了,她还得留出时间学习,只能在课间抽空刻。

大家哪里有不同意的。

人群一散,余葵就找了棵没人的小树旁坐下,偷看远处的篮球场。他们班今天和(1)班集合的地方在操场东西两端,距离那么远,只能看到一团模糊的身形了，但余葵还是能分辨出穿蓝白球衣的那一个是他。

原因无他——每当女生们尖叫的声浪传来时，就是校草又进球了，换了别人，她们才懒得喊。

余葵没来得及为自己的小聪明多开心会儿，班里一个叫安冉的女生就急匆匆地找来："江湖救急余葵，你带'小面包'没？"

"啊？"

"李婧秋在厕所里，忽然来'大姨妈'了，让我问问你，她今早看见你书包里揣了。"

余葵刚好也在经期，点点头："我带了，但放在教室里没拿下来。"

"谢天谢地！"安冉拍了拍胸口，"问了一圈，就你一个人带了，要不你给她送一下吧，我不好翻你的包。她就在离操场最近的1栋架空层的楼上，右边厕所。"

余葵认识，那边有几间体育用品保管室。在她的印象里，李婧秋是个个子高、酷酷的女生，平时总冷着脸，很有大佬气场。大佬管她借卫生巾，虽然有点儿违和，但她肯定要跑快点儿。

学校太大就这点不好，她从教室返回赶到1栋，时间已经过去八分钟，余葵气喘吁吁地爬着楼。在老家镇上，这个时间她可以绕初中一圈了，大佬一定腿都蹲麻了吧。想到这儿，她又小跑两步："李婧秋，李婧秋，你在吗？"

走廊四周静悄悄的，她听不到人声。

楼层的厕所门半掩着，兴许是对方没听见，余葵靠近，又喊了一声。在她推开门的同时，一桶水猝不及防地从天而降。

这边僻静，余葵心里本就一直绷着根弦，水桶从上面掉下来的瞬间，强烈的第六感使她抬头，她拿出了此生最快的反应速度连退几步，终于避开了被浇个透心凉的下场。

尽管如此，她的衣袖和鞋还是有一部分被水打湿了，空桶在地面上"哐哐"地弹跳。

余葵抬起被沾湿的眼睫，便看见不对付三人组朝她合围逼近——

为首的"恶霸"是姜莱，左右护法是面色不善的汤晓珺和卢雨霏。

她被人骗了，这里根本没人需要帮助。她们特意找了个安静的厕所，想把她堵在里头，要干什么已经不言而喻。

余葵后退："你们想做什么？！"

既往的经验告诉她，寡不敌众时，三十六计跑为上策，她那么瘦弱，当然得溜快点儿。可惜体育天赋被限制，她折身刚跑出几步，便被姜莱扯到头发往后拉。

余葵只来得及吃痛闷哼一声，便被扯回了卫生间。

"砰"的一下，厕所门不知被谁摔上了。封闭的空间，洗手间的下水道里反出来的味道夹杂着消毒水味充斥着余葵的鼻腔。

姜莱得意扬扬的声音传来："上次不是很硬气吗？你再嘴硬啊！你说，宋定初过生日是不是邀请你了？"

余葵从小到大，挨了不少骂，也被罚跪过，就是没挨过打。她折身时，眼里的火光已经燃了起来。

兔子被逼急了还会咬人，何况她的脾气早在下定决心逃学那天，就已经触底反弹！她从前一味地退后、忍让并没有换来相安无事，反让排挤她的人变本加厉，所以，她选择同样的方法伸手薅住姜莱的头发！

"他没叫你吧？"余葵直击要害，"我本来没空去，既然你这么在意，我偏要去！"

"你还敢还手！"姜莱头皮生疼发麻，咬牙切齿地朝余葵的胸腹招呼拳头，"你这么欠，从前就没人教过你吗？老鼠就应该待在阴沟里啊！打扮得那么高调出来是给谁看？之前遮遮掩掩，实际上你很享受被关注、被议论吧！"

"我想怎样就怎样，关你屁事！"余葵使出吃奶的力气还击，姜莱力气很大，又高她半头，她竭力一顿战术输出，专往要害处乱咬乱掐，手肘、膝盖并用地重重还击。分泌的肾上腺素让她爆发出超乎寻常的战斗力，脑子里残留的理智让她还知道不能打显眼的地方，不然爸爸来学校不好收场。

姜莱根本没预料到看着跟个病秧子似的余葵，打起架来竟然还有几分力气，着急地朝旁边干吼："愣着干什么？还不来帮忙？！"

卢雨霏犹豫了两秒钟，弱弱地往前走了两步。

她以为三个人顶多就是把余葵堵在厕所里恐吓一番，姜莱再录个勒索道歉视频顶天了，哪料余葵不服，事情发展到了斗殴的地步。她根本没打过架，要怎么帮忙？

人往前凑，余葵只感觉后背一痛，百忙中腾出一只手，连卢雨霏的头发一块儿薅上了，三人战作一团。

横的怕不要命的，本来就慌的汤晓珺这下拿着拖把站在边上，彻底没了主意，不帮又怕事后被朋友指责不讲义气，帮了又怕打不准。

一阵"丁零当啷"过后，厕所门被一脚踹开——

· 111 ·

踹门的是李婧秋，陶桃带着哭腔喊了一嗓子，冲了上去："小葵啊！你怎么被打成这样？"

余葵闻声大喜——大家来得可真是太及时了，这声喊得也太好了，陶桃真是她的大福星！

门口众人上来看到的就是这一幕：仨高个儿女生——其中一个还举着拖把——合力将细胳膊细腿、身形荏弱的余葵按在角落里单方面施暴，受害者的头发都被挠成了鸡窝，嘴角破了一小块，小臂上都是抓痕。

"全部都给我分开！"年级组长大吼一声，疾声痛斥，"你们几个敢在附中打人，影响实在太恶劣了，马上叫你们的家长来学校！"

卢雨霏站起身还不服气："老师，她也打我们了。"

姚老师火气更盛："你自己看看，你的狡辩像话吗？"

三个人非常憋屈，明明重拳输出老半天的余葵直到门开前一秒才被压倒，反倒是一直落下风挨打的姜莱和卢雨霏表面看上去仿佛毫发无损，实际上腰腹部分却都是伤痕。最重要的是，说出来有谁会信余葵那个小矮子能把她们压着打呢？

事实证明，陶桃果然是余葵的福星。跟在老师身后去年级办公室的路上，陶桃小声道出自己找来的经过："你走之前说要去送'姨妈巾'，结果我去水池洗脸时就碰见李婧秋了，她说她根本没让你送。我一看她们仨不在，就知道坏了，干脆拉着李婧秋一块儿来，又在楼底下碰见了姚老师。"

下课铃响起。

一行人在去年级办公室的路上和（1）班解散去食堂的同学狭路相逢——说是"狭路"倒也没那么贴切，这条校园行道起码八米宽。

时景单手抱着篮球，外套随意地搭在肩膀上，美貌和气质令他在一群男生中间闪闪发光。

至于与他错身而过、灰头土脸地跟在年级主任后面的余葵都恨不得把脸埋进兜里，当然恨不得路再宽一些。偏偏向阳这个笨蛋还大惊小怪地追上来呼喊："小葵，怎么回事？你怎么受伤了？"

在他说话的一瞬间，几个男生齐刷刷地看了过去。

就你眼尖！余葵在心中暗骂。

向阳这一声不知提醒了什么，姚老师也回头看向人群，出声招呼人："时景、宋定初，你们俩等会儿再吃饭，先来我的办公室一趟，有几个表格需要你们填，今天下午就要交了。"

余葵绝望了，姜莱也面露菜色。

中午休息，偌大的年级办公室里只剩几个老师，姚玟从抽屉里拿出表格，先吩咐自己的得意门生："你们俩到那边的桌子填，注意按格式填，表上不能有错别字和涂改，知道吗？"

宋定初将担忧的目光从余葵身上移回来，点头应下，接过表格分给时景。

姚老师一转身，威压陡然落了下来："我打电话给你们的班主任了，你们的家长也在来学校的路上。现在说说吧，怎么回事，为什么打人？"

这辈子不会有比现在更丢脸的时候了，余葵想，她宁愿再写十本暑假作业，也不愿意被时景看到自己因挨打或斗殴身陷这样的窘境。

很显然，姜莱跟她的想法一样。在宋定初面前被年级组长拷问，姜莱显得比任何时候都难堪，但仍昂首硬邦邦地答道："她碍我的眼了。"

"我看你这学是不想上了！"姚玟一拍桌子，目光移向姜莱身边的两个小跟班："你们俩说，到底为什么？"

汤晓珺气弱，手都有点儿发颤，小声为自己辩解："老师，我没有打人。"

卢雨霏也不服气："老师，我和姜莱挨的打也不少，这顶多算互殴。"

陶桃生气了："你怎么睁着眼睛说瞎话？怎么能算互殴？人是你们骗去厕所的，余葵在班里从来不惹是生非，你们利用她的善心也就罢了。三个人一起上，现在还倒打一耙，你看看给我们小葵伤的，你敢做倒是敢当呀！"

"我——"卢雨霏气急，可这里还有两个男生，还有其他男性老师，她又不能直接把衣服掀起来给大家观赏，只得一跺脚，忍下这口闷气。

（15）班的班主任周龄是扔下饭碗急匆匆赶来的，后头还跟了教务处主任。

见她进门，姚玟就对她说："周老师，你班这个风纪不整顿不行啊，学生太冥顽不灵了，我在这儿问着话，她们还跟我顶嘴，问为什么打人，她们也抵死不说。"

"是我没管好她们，从今以后我一定好好抓纪律！"周龄赔着笑，回头压低声音问："怎么回事，上午不是还好好的吗？怎么这么一会儿你们就闹那么大乱子？李婧秋，你说。"

李婧秋耸肩："老师，不关我的事，她们以我的名义把余葵骗到厕所，害得我背了这口锅，我还找不着出气的地方呢。"

周老师的目光又落到姜莱身上："姜莱，你成绩很好，按道理不该被分到我们（15）班，老师们都很看重你。你究竟为什么要做这样的事情？这是校园霸凌你知道吗？上一次的警告处分没有记成，是看在你初次犯错的分上，这次再不交代清楚，谁也没办法保你了。"

这番一半怀柔一半威胁的敲打并没有让姜莱低头，她定定地盯着一处，一言不发。

周龄决定从弱处击破，朝身后开火："汤晓珺、卢雨霏，你们俩跟着凑什么热闹？说不清今天就让家长把你们挨个儿领回去！"

汤晓珺当场被吓哭了，抽噎起来："老师，我真的没有参与打人，我就是跟在边上凑数的。是姜莱说余葵抢了她喜欢的人，让我们给她出气，我不知道她们会打起来，我以为只是吓唬吓唬余葵，让余葵给她道个歉……"

"汤晓珺！"姜莱的眼神就差冒刀子了。

见汤晓珺往后躲，周龄怒道："你也太无法无天了，你当这是哪儿？当着我的面都敢威胁人。"

学生家长陆续赶来。

附中的学生家长大多不平庸，姜莱的父母也是衣着光鲜的成功人士。只是人前脚进门，余葵后脚就发现姜莱的身体不由自主地瑟缩了一下。

果然，看似气质沉稳儒雅的姜父上去先给了女儿一耳光："好样的姜莱，让你好好学习，不到一个月，又给我惹麻烦。"

姜莱的脸被打得偏向一边，留下一个鲜红的掌印。整个办公室的人都被这声脆响惊呆了，气氛为之一滞。

姜莱沉默地低着头，攥袖子的手背发白，肩膀微颤。

周老师连忙劝架："姜莱爸爸，以暴制暴解决不了问题，找你们来是一起商量怎么教育孩子，怎么处理这个事情。姜莱这次犯的错误性质非常恶劣，如果她还是这个态度，可能要面临退学的处理。"

姜父转过身："周老师，我的女儿我清楚，她绝不可能无故打人。"

"喀。"周老师轻咳了两声，"确实不是无缘无故，孩子们刚才已经供述了，姜莱认为余葵抢了她喜欢的男生，这是不是事实有待商榷，但如果是真的，为了感情问题霸凌同学，事情就更严重了。"

卢雨霏的妈妈悄悄附耳，不知跟姜莱的母亲说了什么，那个养尊处优的女人接话："周老师，是不是单方面殴打，要找校医鉴定过才知道，根据双方的伤情评定，您说是吧，主任？"

她问的是一直站在边上观望的教务处主任，男人摸了摸鼻子，抱臂点头:"学生的伤情确实是重要参考。"

周老师皱眉:"姜妈妈、李主任,事情的经过已经很清楚了。余葵还手,那也顶多算是防卫,这怎么能定性为互殴?"

没等她话音落下,姜莱的母亲直接把女儿的校服掀到了胸下,给众人看姜莱前腹、后背上的青紫痕迹。

在场的人都被她突如其来的反应惊得目瞪口呆。

要知道,办公室里有那么多异性,老的少的,她的动作几乎是把孩子的自尊和羞耻心扔到了地板上,只为了在辩论中占上风,哪怕一会儿校医也可以替她证明。

"大家看清楚了吧?我女儿被伤成这样,作为父母,我也想追究这位女同学的责任。一个巴掌拍不响,她能下这样的黑手,可见平时也不是什么良善之辈。她的成绩足以证明,这个孩子平时心思压根儿没有放在学习上,只知道谈情说爱,仗着自己漂亮撩拨男生,给人使绊子。我的女儿我了解,她冲动莽撞,没有心机,说不准还是着了这位女同学的道。"

这番话太让人无语了!

余葵耳鸣尖锐,欲言又止,一时竟不知该从何处开始辩驳,一切仿佛又回到从前。

而周老师此时心中也只剩一个念头:有这样的一双父母,也难怪姜莱会被教育成这样偏执的性格。

女人却没有停下来的打算:"附中是名校,也正是因为信任这里的校纪校风,我才把孩子送来上学。可我刚才听说,这位余葵同学是走特招名额进来的,中考分数才500分出头,这种资质的学生,有什么资格跟我的孩子同堂上课?假如因为她影响了别人学习,又该由谁……?"

"老师!"时景骤然开口打断她的话。

办公室安静了片刻,目光朝他聚集,他却似乎完全没有感受到周遭令人窒息的氛围,径直走来。少年的疏离感与整间办公室格格不入,他仿佛来自另一个世界,带着目空一切的冷淡姿态。

"刚才太吵,我写错字了,麻烦您重新给我拿一张,附表三。"很显然,他并不在乎这话得罪了满屋子的大人。

姚老师也不生气,低头翻找后,轻声说道:"附表三没了,时景,你坐那边等一下,我重新给你打印一份。"

节奏被打断,姜莱的母亲嘴角不悦地下沉,她稍做休整后组织着语言,准备老调重弹。

眼见她要重新开口，余葵掐紧指腹。她再怎样也只是个孩子，在强词夺理、咄咄逼人的成年人面前显得尤为弱小无助。她感激时景的及时打断，但想到这一幕还将当着他的面继续上演，难堪感瞬间又从七十分放大到了两百分。

幸而此时，程建国终于赶来。他在门外听到了几句，人未进门先接话："您这话说得没道理。给乡镇中学留出招生比例是教育局的规定，我家余葵是正常补录进的附中，如果有异议，您大可往上投诉举报，几十岁的人了，这样在孩子面前耍威风，是欺负我家孩子没有父母吗？再者，学校按成绩排班，您怕自家孩子受影响，恐怕得给她单独申请一间隔离教室才能解决这个问题。"

男人风尘仆仆地拎着公文包，皮夹克上还有块灰。他阔步走到余葵身边，先问她："哪里受伤了？有没有哪里疼？爸爸看看。"

余葵摇头，抿唇往他宽大的身形后面缩。

检查完孩子身上的擦碰伤确实都不算严重，程建国才回头继续说："男孩子眼睛要是没瞎，喜欢我家小葵也正常。父母把她生得这么好看，初中的时候信就收了几抽屉，她要是有那根弦，要谈恋爱早谈了，哪里轮得到别的女同学跟她抢？"

"爸……"虽然很感动，但余葵害怕爸爸的厚脸皮被人取笑。

果然这话一出，好几个同学差点儿不合时宜地憋不住笑出声来。

程建国理直气壮，一通铺垫结束后扔出下半句话："这样吧，那位男同学是谁？咱们把他叫过来对质，余葵究竟做没做错事，一问就知道了。如果事实不是对方家长臆测的那样，我要求她给我家孩子道歉，同时对施暴的同学做严肃处理。"

姜莱猛然抬头："我说过了，我没有什么喜欢的男生，就是单纯看她不顺眼！"

周老师看向汤晓珺。

这次不用威胁，软柿子自己就在父母的注视下哭哭啼啼地缓慢抬起手指，指向办公室的另一个角落："是宋定初，他们原来（9）班的班长。"

搞了半天，"蓝颜祸水"就在现场。

见牵扯到自己班的学生，姚老师坐不住了，脸色不善地传唤自己的学生："你不要怕，有什么说什么，照实讲就行。"

爷爷奶奶是纯大教授，父母是最早一批从体制内辞职下海的民营企业主，作为含着金汤匙出生的小公子，宋定初有着同龄人缺乏的聪颖沉稳。

他走过来,把填完的表格放在老师的案头,平心静气地开口:"老师,这件事是我的错。

"姜莱同学之前确实对我表达过好感,但我拒绝了。国庆节放假那天放学,不知道为什么,她在校门口又跟我重新提起这件事,问我余葵哪里好、哪里比得上她,我回答'起码余葵做人比你有同理心'。我很后悔让余葵遭受了今天的无妄之灾,余葵非常无辜,我希望不会因此让余葵留下心理阴影。"

进门后便一直硬气的姜莱,在宋定初走过来后,胆怯得都不敢抬头看他。

男生的话音落下,她的眼泪终于没忍住,砸到了地板上。强撑的气势垮塌后,老师再问什么,她也都面无表情地承认了。

事情明了,责任划分很明确了,校医鉴定也作罢,后续就是几家家长在办公室跟校领导沟通处罚问题。

由于程建国据理力争,卢雨霏被记严重警告一次,汤晓珺因为没有动手,被记警告处分,两人需要在明天清早当着全班同学的面念检讨,并向余葵道歉。

而姜莱……不知道她用了什么方法,原本的留校察看变成记大过一次,回家反省两周。看起来她受的处罚只比从犯略重一等,但对一个成绩不错的学生来说,失去评选和保送的机会,也算是非常严厉的处罚了。

她下一次再和姜莱见面就是月考,这场架打得值!走出办公室后,余葵神清气爽,真心感慨:"你真好啊,爸爸!"

她感谢他毫无理由地偏袒维护她,她妈就不会这样,只会对外人宽容,却总有道理训斥自己生的孩子。

程建国则懊恼不已:"我真后悔打了辆慢的士,那个师傅开车跟爬似的,搞得我差点儿跟他换着开了。我要是再早点儿来就好了。你们班姜莱同学她妈,真像琼瑶剧里的九姨太,太毒太凶了,我早点儿赶到,也不至于让她把你吓得跟个小鹌鹑似的。"

"我才没有被吓到呢。"余葵转移话题,伸手替他拍打衣服,"你身上怎么那么一大片灰啊?"

"下车的时候被车门蹭了一下,听你们老师说你受伤了,我以为很严重呢。"说到此处程建国又满意地说,"真不愧是我女儿,矮是矮了点儿,战斗力也不容小觑嘛,有我年轻时候的风采。"

父女俩对望,不约而同地笑了笑,在空中击了一掌。

走到架空层，余葵才发现宋定初还站在楼梯角落，不远处长廊绿化带旁，是手插兜里在等朋友的时景。

见人下来，宋定初面带愧色："叔叔，我能跟余葵道个歉吗？"

程建国对这个害女儿挨打的臭小子当然不会有什么好印象，但自诩民主，不能干预孩子交友，只能往前走一段路，假模假样地看表，回头提醒宋定初："余葵还没吃饭，等一下还得赶去补习班，有什么事尽量长话短说。"

看得出来，宋定初真的非常内疚了。他把买的一整袋药水、棉签和创可贴递到余葵手里，诚恳道歉后，解释起放假那天的事情："我……当时……当时听她提起来，也不知道怎么想的，没过脑子，反应过来才发现已经说出去了。"

"不是什么大问题，我们在那之前就吵过架。"余葵宽容地挥着受伤的手臂，"我也不会误会的，你暗恋的人是高三学生会的学姐嘛，抄作业的时候见过，你的本子里还夹着她的照片呢！而且班长你也没说错啊，哪里错了？我也觉得我比姜莱有同理心。"

宋定初怔了一瞬后，笑了起来。他最终忍回了原本想说的话，只是希冀道："那周末我过生日，你还来吗？"

见余葵犹豫，他又补充："我整理了过去几年用过的一些参考书，对你现阶段应该会有帮助。如果我家里人知道，肯定也支持我好好对你补偿、道歉。"

余葵本来想月考前好好冲刺一下的，听老班长话都说到这份儿上了，干脆点了点头答应，反正就去一下午，她早点儿回家把进度赶完就行。

她再往前走，肩膀不可控地微塌了一些，心里只剩沮丧和紧张。原因无他，她去程建国那边，还要经过时景所在的长廊。

她刚刚丢了大脸，身上又是"战损"造型，如果今天是端午，余葵愿意就此把自己包在粽子里，让爸爸拎出校园，但一切只是她的幻想——

三步、两步……她煎熬着越走越近，和时景错身而过的瞬间，少年主动叫住了她："余葵，你没事吧？"

啊啊啊！他记得她的名字！

余葵的心"怦怦"狂跳，但表面还要假装镇定地摇头，她举起两条小细胳膊给他看："我没事，她们就会扯头发、挠人，就是一些擦碰伤，养两天就好了。"

"猫还好吗？"

118

啊啊啊！他还挂心她的小猫！

这就说来话长了，余葵偷看一眼不远处的老父亲，压低声音说："我爸没养过小动物，我怕他不答应，现在白天都放在门卫室的大爷那儿，晚上才能接回家。"

说话间，他忽然递过一张纸来，她下意识地接过，然后才见时景指了指她的耳垂到脖颈的一块皮肤。

"脏了。"

指腹摸下来一把灰，大概是她被人按在墙上擦到的。

余葵后知后觉，脸"噌"的一下就热了，刚才自己就是一直以这个造型在时景面前说话吗？她本来就有够狼狈了，现在还是脏的！

她恨不得立马遁走，偏偏时景看她垂头丧气，含羞带愤，只以为她还没从刚才的事情中缓过神来。

略微思索，少年最后一次开口，用他并不擅长的技巧鼓励道："你已经做得很好了，我有一个朋友，曾经遭遇过和你今天相同的事情，那时她太小，没有勇气反击，只能在放学回家的路上边走边哭。"

"后来呢？"余葵忍不住追问。

"我希望……她现在像你一样勇敢。"

朋友？是漂亮的女孩子吗？跟爸爸去吃饭的路上，余葵一直苦苦思索时景的话。

纯附食堂。

宋定初夹了一筷子苦瓜，状似无意地提起："你和余葵的关系看起来不错啊。"

"她和我的一个朋友很像。"时景没有否认。

宋定初不着痕迹地松了口气："就是你刚才说和余葵有过相同经历的那个人？"

恰巧结束用餐，时景起身离席，没有再答。

他想起了女孩儿的日记本——她总是用轻松搞笑的笔触描绘苦难，但并不妨碍时景大致勾勒她曾经的处境。

从城市转学到小镇的姑娘，有着和当地不契合的肤色、气质、口音。在思想僵化、观念固执、风气一成不变的小镇环境中，她的美丽、内向和鲁钝是原罪。女孩儿经历过三姑六婆的议论，村里群童编调子哄笑她，同学妒忌排挤她……她收到过几乎和善意均等的恶意与误解。

119

这其实是时景昨晚睡前才看到的地方。

学校里有两个初三的男生为女孩儿打了一架,老师逼迫她去水龙头旁洗脸卸妆,洗掉脸上的粉底和口红。然而,皮肤和嘴巴的颜色是天生的,女孩儿甚至连斗殴双方的姓名都说不出,却只能被迫用打湿的纸巾,屈辱地在老师和同学面前使劲地擦脸自证清白。

她在日记里注入了太多饱满浓烈的情感,以至于哪怕隔着空间、时间、境遇和人生的壁垒,十六岁的时景还是与十四岁的女孩儿深深共情。

那一瞬间,他恍惚觉得身处风暴旋涡正中的余葵,眼里闪烁的委屈和不甘,与漫画主角隔着时空交叠。

他听不下去那位女同学的母亲与小镇上的三姑六婆如出一辙的、因果倒置且蛮横无理的指责,所以在落笔的瞬间,重重地在表格姓名栏"景"字的部首中,添了多余的第二横。

"这是我妈从单位拿回来的疤痕药,听说去印子特别快,你早晚搽一搽就行。"向阳当晚赖在她的房间里,越想越生气,"(15)班都是些什么妖魔鬼怪,对你这风一吹就倒的模样都忍心动手?她们都叫什么名字?下次放学我给你报仇!"

余葵斜眼,难以置信:"你怎么还打女生呀?"

向阳满脸写着"狗咬吕洞宾":"你有点儿良心好吗,余葵?这儿替你生气呢,我不打女生,就吓吓她们,谁让她们欺负你……"

"还是算了,反正她们也受罚了。"余葵埋头执笔写作业,"再说,我也是(15)班的人,今天也多亏了班里的朋友帮忙,你以后别再班级歧视了。我们有个女同学,你知道她有多酷吗?她一脚把厕所的双层门踹开了,我要是能有她的力量,今天一拳一个不在话下!"

眼见她写着作业,眼睛越来越亮,向阳转头揉猫,心说自己这心是白操了。半晌,他回头,愤愤道:"你这心也够大的,我还担心你留下心理阴影,晚上偷偷哭呢。"

余葵的笔尖顿了顿。

要说这事完全没有影响,倒也不太可能。

她回家就把发卡扔回抽屉里,不想戴了,大抵是下意识地觉得,就因为自己今天别了这枚过于漂亮醒目的发卡,才让陌生人看一眼就把她划分到"心思没放在学习上""只知谈情说爱""仗着自己漂亮撩拨男生"的类型里。

余葵是个不太愿意把负面情绪留在心里的人，但偶尔做梦，还是会不可控地梦到曾因愚笨和长相备受同学非议、师长批评的那段日子。无论以第三视角旁观自己，还是灵魂重历同样的处境，她到最后都不免汗津津地被惊醒。

今天和从前的区别，大概在于她反击了，而且在后续的过程中，朋友挺身而出，爸爸及时赶到保护，施暴者被处分，她甚至还收到了男神的安慰。

这一天虽然过得有些糟糕，但加起来又仿佛没那么糟。

月考只剩一周，宋定初的生日在周六，余葵在出门的时候才知道，向阳这位同班同学也在受邀之列。正好，晚上两人一起坐公交车回家，程建国就不用担心了。

从前抄过人家不少作业，现在人家过生日，余葵还是很上心的。她抱着小猪储蓄罐倒腾好久，掏出一百多块钱巨资买了副索尼耳机当作生日礼物。

连向阳看了都流泪："小葵，你这心偏到天上了，人家过生日你送索尼耳机，我过生日你就买支冰棍儿糊弄我！"

余葵不留情面："彼此彼此，我过生日你还就送两包辣条呢。"

宋定初家有点儿远，余葵一路背着单词，跟向阳倒了两趟公交车。两人好不容易进了小区后，又步行了很长一段路才找到宋定初家的门牌号。

虽然听易冰提过这里是有名的"富人区"，但在等门禁电话响铃时，余葵环顾四周，还是忍不住感慨：这独栋别墅真是漂亮又大气啊，门两侧是被修剪整齐的草坪和灌木，以后画画又有素材了……不行，她使劲晃了晃脑袋，她是要专心学习的人，少去想画画的事！

宋定初亲自跑到院子里接人，见余葵后面还跟着向阳，迟疑地问："你们俩怎么一起来了？"

"我们现在是邻居。"余葵笑眯眯地把贴了贺卡的生日礼物送上，"生日快乐啊，班长，你家可真大！"

宋定初被她的直白逗得笑起来："你喜欢可以常过来玩，我家书房里搜集了很多漂亮的画册，我奶奶也很喜欢作画。"

"唉，可惜咱们不是邻居！"余葵遗憾地叹了口气，"还是算了，你家实在太远了。"

"什么意思，小葵？"向阳揪住她的外衫的帽子，"你对我这个邻居有什么不满？"

"没有，没有！"余葵拍开他的手，"别把我的帽子扯皱了，我是为没住过这么漂亮的房子不满意，行了吧？"

因为是十六岁生日，家里给宋定初的生日宴会办得很隆重。余葵和向阳来得晚，大客厅里已经很热闹了，男女生都有，一半是（9）班的熟面孔，剩下的估计都是（1）班的。

有人在打游戏，看他们玩的是 PS3（PlayStation 3，索尼旗下的游戏机第三代），向阳立刻加入："PS4 下个月就在加拿大和美国首发，香港地区得等12月份，内地也不知道什么时候能玩上了。班长你什么时候拿到货，缺人记得摇我啊，兄弟我就算把自行车轮子踩破，也会及时赶到的。"

众人哄堂大笑。

落地窗边，易冰大小姐拉着余葵倒苦水："你都不知道文科班有多无聊，整天背背背。班里有什么体力活，男生跑得一个比一个快。体育课跟别的班打球，从来就没赢过，早知道我也跟你去理科班了……哦，对了，谭雅匀今天也来了，你知道吗？"

"什么？"余葵一惊，"她在哪儿？"

"跟几个女生在楼上的影音室里唱歌，估计等会儿切蛋糕才下来。班长干吗请她？算了，怪他好像有点儿没道理，你们俩的事，别人又不知道。"易冰忽地想起来，"对了，她上次偷钱让你背锅，你妈后来也没跟你道歉吗？"

余葵摇头："不知道，前段时间我妈主动打电话说接我回去，可能在她看来这就是道歉吧。"

易冰为余葵鸣不平："你妈真是脑子不清醒，又不是亲生的，她对谭雅匀那么好，老了难不成人家会孝敬她？这人可是没良心到连亲妈都不愿意认呢。"

谭雅匀的亲妈在20世纪90年代是昆明饭店的迎宾小姐，那一度曾是本省国际化程度最高的老牌饭店，接待过不少重要外宾。可惜到了21世纪，饭店式微，她妈也老了，下岗后在菜市场开了个档口卖凉菜。

上次余葵见到那个阿姨等在谭雅匀上学的路上，给谭雅匀送了自己做的肉菜和糕点，谭雅匀嫌味道大，怕被同学嘲笑，在进校门前就随手扔进了垃圾桶。

快要切蛋糕时，最后一位客人姗姗来迟——是时景！

少年踏进门，闪耀的水晶灯照亮他颀长的身形，整个客厅都仿佛被衬得更亮了几分。

余葵刚吞了颗葡萄,果肉顺着食道滑下去,差点儿噎死她。易冰重重地给她拍了几下背,低声喜道:"不枉我来这一场,能近距离看看校草也不错呀,班长还是很会来事的嘛!"

楼上,有人也正因为时景的到来跟她们一样不淡定。

宋母问:"你确定?"

宋父点头:"那天探病的大人物太多,我连病房边都没挨着,光被护士拦在走廊里了。就周秘书出来的时候讲了几句话,他说忙着送领导的儿子回学校,那孩子跟在他身后。虽然只是匆匆瞅了一眼,不过我印象挺深的,这么俊朗的孩子,在我们这里本身也少见,我不可能记错。"

宋母喜上眉梢,拍手道:"那应该没错了,我之前就听小初提起,说他的新同桌是北京来的转学生。这真是咱们家儿子的运气,别人想求也求不来呢,儿子竟然阴错阳差跟人成了同桌。"

宋父点头:"回头你叮嘱他,可千万得跟这孩子把关系维护好,小事消磨情分,咱们不求人办事,哪怕有个面子情,就算替他未来累积人脉了。"

天黑切蛋糕前,宋定初的父母怕他们放不开,特意出门打牌去了,就连家里做饭的阿姨也牵着狗去找小姐妹散步,整栋别墅顿时成了一群中学生的天下。

切完蛋糕的下一个环节就是奶油混战,余葵提前躲上了二楼,拿出随身的小本背英语短文,背了十几分钟,隔壁房间突然传来惊喜的声音:"宋定初,你家竟然还有台球桌呢!"

"来,来,咱们打斯诺克!"

…………

一楼的大客厅一片狼藉,同学们闹够了,在洗手间清理后又都纷纷拥上二楼。余葵周边顿时又不清静了,几个女生和谭雅匀坐在她斜对面不远处的沙发上说笑、下飞行棋。

时景没参与任何活动,独自安静地靠在不远处窗边的单人沙发上玩掌机。

大抵因为他在场,女生们多少有点儿紧绷,有人环视二楼一圈后,终于找到话题:"小葵,来给人过生日还学习呢,平时不见你这么用功,这次英语打算考几分啊?"

余葵把小本子往口袋里一塞,睁大无辜的眼睛否认:"我没学,就随便看看。"

"我看你在这儿待得也挺无聊的,不如进去跟大家打台球呗。"

余葵正打算拒绝,只听谭雅匀那边传来一声嗤笑声,紧接着,谭雅匀边上一个女生也不怀好意地笑起来,拿余葵取乐:"余葵,你们乡下有没有台球桌啊?"

余葵点点头:"有的。"

"信号锅盖收得到斯诺克锦标赛的频道吗?"

余葵:"收得到的。"

易冰皱眉压低声说:"她一看就是找事啊,你别理她。"

那个女生却还不罢休,带着周边人笑得更大声了:"你看过斯诺克比赛,知道它在哪个台吗?就一口保证能收到。"

余葵也有点儿烦,她的短文还没背完,这帮人真吵,她皱眉告诉女生:"CCTV5,体育赛事不都在体育频道播吗?别的地方体育台只要买了版权也能转播,乡下又不是非洲,村子里也有人看斯诺克比赛、打台球的。"

女生在男神跟前被拂了面子,有点儿不高兴了:"你就吹吧,我又不是没去过乡下,村子里到处鸡呀狗的,台球桌支哪儿?有人能懂点儿国标九球都算不错,还看斯诺克……"

"真的有!"余葵固执地纠正,"我认识的一个老大爷就打得很厉害。"

女生得意地卖弄:"斯诺克赛事1999年登陆中国,2000年改名为公开赛,2005年才走入正轨,你要撒谎,也不挑个年轻的。"

话才出口余葵就后悔了,偷瞥了一眼边上的时景,见他似乎没注意到这边,才压低音量,耸肩:"你不相信,我也没办法。"

女生挑眉:"要我相信也行,你听起来这么懂,不然你进去打几局?"

余葵摆烂:"我不是很会。"

"什么不是很会,是压根儿不会,连杆儿都不知道怎么拿吧?"那边几个人被女生逗得哈哈大笑。谭雅匀也矜持地伸手捂嘴,掩不住眼中的笑意。

余葵心累地叹了口气:她们爱怎么理解怎么理解吧。

正好向阳过来拿吃的,好奇地问:"大家都笑什么呢?"

"我们让余葵去打台球,她说她不是很会。"女生答着,转头又装作好意地劝道:"怕什么呀,余葵?里头那么多会的人,随便逮个教教你,你学两手,对你以后社交也有帮助。"

易冰就快要按不住她的小暴脾气了,余葵赶紧拽住她的衣袖——这是人家的生日宴会,不好闹事。

向阳跟着起哄:"对啊,小葵,差点儿把你忘了,别害羞,快,露两手让这些人长长见识!"

余葵只来得及往窗边瞥一眼,便被向阳扯着往隔壁厅走去。

众人也看热闹不嫌事大地跟过来。女生赶在前面喊了一嗓子:"你们谁水平最高?教余葵两手,她说她不怎么会。"

幸好时景不爱看热闹,没跟过来。

余葵心里松了口气,放弃挣扎,开始挑杆,随口说道:"不用了,来个人一起打就行。"

她细胳膊细腿,看起来就不像有攻击性的样子,几个男生对了对眼神,派了个水平一般的出战。这人余葵不认识,估计也是(1)班的优等生,对方倒是很有风度地摆好球:"你开还是我开呀?"

余葵足矮他半个头,非常佛系:"随便,你来吧。"

对方不知道是放水还是手生,开出了自由球。

这就轮到余葵了。

她拿起挑的杆淡定上前,指挥向阳把对面球袋里的白球捡过来。

大户人家的黑檀球杆,比起老家四五十块钱的劣质花檀木公杆,果然入手就很舒服,密度高,弹性也很好。她试了试手感,活动了一下四肢,也不废话,俯身趴了下来。

"啪——"第一杆就是一记漂亮的击球。

"哟、姿势还挺标准的嘛!"有人夸奖道。

不过随着时间的推移,大家的笑声渐渐停了。

余葵从第一杆开始就打得很顺利,对力度和细节的把控入微,一杆接着一杆,上手后再也没有给对手机会。

实际上,很久没碰杆了,余葵不可避免地有点儿手生,好在她整体状态松弛,而且人家的装备实在顺手,力量足,尾速也很好,不像她在村口跟大爷玩时用的公杆,头都发干发硬了,也从来不换,连桌面的绿皮都被磨成了绒面,哪里比得上面前这张一看就很贵的球桌丝滑。她都不用考虑其他的,只要全神贯注地看眼前的球就行。

"我的天!看不出来,余葵真会啊……"

"还会加塞球!"

…………

余葵全然没注意听,不停换着位置测算角度、距离。四分钟后,台面被她清空了。

众人都看直了眼:"一杆清台!余葵,你这手漂亮呀!练多少年啦?"

余葵歪头:"也没几年,村口大爷找不着人陪打,天天来指导我写作业,我写完就去陪他玩。"

"厉害啊,葵姐!教我两手呗!"

她连连摆手,谦虚道:"这是我唯一还能拿得出手的体育项目,打着玩的,哪里够格教人?你们自己玩吧!"

说罢直起身,也不看挑事的那帮人的表情,她把杆扔回向阳手里,活动了一下颈椎,踱回客厅背书,背影深藏功与名。

余葵再回来时,时景的身影已然不在窗边,原地多了几个同学在尬聊——大概率是几人结伴过去找时景说话,他觉得吵闹,找借口挪地儿了。

果然,她没猜错——她才转过雕花隔断,便见那人倚在吧台边喝水。

那里没开灯,他的一半身形隐没在黑暗中,只露出一半精雕细琢的轮廓线条,流畅性感的喉结,真是怎么看怎么赏心悦目、百看不厌。

余葵不自觉地放慢脚步,放任眼睛沦陷在盛宴里几秒钟,时景却偏在这时放下水杯,抬眸朝她看过来。

"嗖——"余葵都能听到自己的视线转移得堪比音速。

她低着头,眼观鼻、鼻观心地试图绕道回到自己离开前的座位,不过没隔两秒钟就用余光瞥见,那长腿和白球鞋离她的座位越来越近。

他站定,然后一气呵成地坐了下来。

啊啊啊!时景难道没发现那是她刚才坐过的位子吗?

余葵的大脑陷入短路状态,过载的电流险些烧到她的神经末梢。只差五六步了,她还要不要过去?虽然那是张三人沙发,可他已经坐在那儿了呀!她怎么敢在离时景那么近的地方呼吸,会幸福过敏的!

余葵的脚步硬生生地转了方向,她正打算往隔壁走,却听身后传来少年低沉的唤声:"余葵,玩游戏吗?"

余葵连呼吸都停滞了一瞬。

事实上,不只是她,好多一直留意暗中观察时景的女生,说话都变得低缓或停了下来,就那么一瞬,她已经感觉远处的好几道视线在自己身上扫来扫去。

余葵紧绷的脖颈往后扭,然后,她就见时景灿烂地冲她笑了一下。

时景是不常笑的,对人总有种超龄的克制和疏离感。偷看他这么久,余葵这一秒才知道,原来一个男生笑起来竟然可以有如此致命的吸引力——眼睛温柔深情,牙齿光洁整齐,就连唇角的弧度也完美至极,看得人连心肝都颤了几颤。

她忽然理解他的ID为什么叫"返景入深林"了——日光穿透遮天蔽日的深林,落下林间万物生长需要的碎光。

余葵俨然已神志不清,只剩本能克制着自己往回走的步伐尽量不要同手同脚,然后一屁股坐在三人沙发的另一端。

时景已经将联机线插入两台掌机之间,调好双人模式,递了一台过来给她,在调试时垂眸随口说道:"线不长,看来你得坐近点儿。"

她听话,机械地把屁股往右移了一些。这次他们倒是能够到了,就是联机线在空中绷成了一条直线。

时景无奈,干脆自己坐过去。

感受到身边的沙发塌陷,余葵半边身子都僵住了,毛孔争先恐后地张开,接收空气中他的气息,鼻息呼出呼入,都是男生身上浅淡的沐浴露香味。

时景问她:"调好了吗?"

余葵:"我……"

见她没答出下半句话,他偏头,干脆腾出左手替她调试机器。

余葵完全没在看屏幕。不,应该说她心乱如麻,脑中一片空白,看不进去任何东西。

时景的胳膊就横在她的心脏前两寸的地方,这个距离,她完全能感受到男生体表的温度——比她稍烫一些,像篝火爆燃时飞散开了千百颗小火星,灼在她的皮肤上,留下独一无二的烙印,有种让人在剧烈的迷醉中窒息的刺激和雀跃感。

这款游戏是《谍对谍》的衍生游戏,背景在极地,主角是黑白两个敌对间谍,格斗方式是打雪球,余葵没玩过,时景便给她讲解玩法:"奔跑和回到冰屋可以恢复体温,找齐燃料罐、钥匙卡和陀螺仪,找到火箭发射井就可以离开极地。"

余葵心不在焉,加上不熟练,操作慢半拍,还需要时景时不时地提醒:"体温快到底了,余葵,你回冰屋。

"注意闪避,我的雪球过去了。

"集齐了就去找发射井。"

…………

明明他们俩是敌对方,最后时景却不仅要注意自己的血条,还要帮助她不要输得太快,余葵有点儿愧疚,都想直接扔下手柄了:"要不……我找个人来替我打吧，跟我玩游戏好像太没意思了。"

少年正叉着腿，身体前倾，胳膊肘搭在膝盖上全神贯注地看她的分屏，闻言抬起眼皮看过去："是我教得不好吗？"

"没有！"余葵的心跳到了嗓子眼儿，她连忙否认，"怪我太笨了，上手慢。"

"这只是第一局，余葵。"他想了想，轻启唇齿，"还是你不想跟我打游戏？"

"我没有。"余葵想流泪了，时景每次叫她的名字时，她根本不可能拒绝他任何事。

她觉得好愧疚，人家只是想找个对手好好打局游戏，她却在这边心猿意马，像什么话！她一边提醒自己不要多想，一边拼命克制游离的思绪，把视线集中在眼前的屏幕上。

余葵刚刚有了点儿手感，向阳就从台球室出来了，想起过来拍马屁。

"小葵，玩什么呢？"他过来凑热闹，无比自然地趴在余葵身后的沙发靠背上，顺手往她的嘴巴里塞了片苹果，"真厉害！"

时景抬眸看了他一眼。

向阳没注意，正埋头盯着余葵的掌机屏幕。不过即便他注意到了，估计也不会觉得有什么不对——毕竟他和余葵小时候用过同一块包袱布，穿过同一条开裆裤，这些都是小事了。

余葵的白间谍快死了，她刚要开口惊呼才想起嘴里的苹果，然后使劲地咀嚼了两下，把苹果咽下去。

今晚生日聚会的主角宋定初正好忙完过来，在这张三人沙发的最后一个位子上落座，羡慕地看着青梅竹马互动，开口问："向阳，你们俩从小关系一直都这么好吗？"

"当然！"

"没有啊！"

向阳和余葵同时作答。

两人对视一眼，向阳蔫巴着败下阵来："好吧，我们这学期开学才吵架，最近才冷战结束。"

余葵也解释："班长你也知道的，我小学转学回镇里，中间好几年没见着人，再见面他都不挂鼻涕虫了，被向阿姨揍也不号得让满大院的人听见了，没小时候可爱。"

向阳回击："我倒是觉得你现在比小时候机灵。你还记得你从前不想喝的汤药都端着上我家浇盆栽吗？我家那几年全是烂根兰草。你转走一学期，我从床头那个汤姆猫玩偶的鼻子缝里倒出来几十颗阿莫西林——难怪你一发烧就不见好。"

"扑哧——"几个人都笑起来。

余葵又死一局，脸都涨红了。

等重新抬起头，她才发觉周边似乎雄性过多——左边宋定初，右边时景，身后还趴了个向阳！

见整个大厅里的人的视线都时不时地落过来，她打算找个借口把手柄交给班长，起身去找易冰喘口气，诉说一下方才惊险又紧张的经历。远处，谭雅匀身侧有女生大声喊向阳的名字："那个PS3开机后怎么调呀？雅匀想下楼玩PS3，帮我们弄一下嘛！"

向阳屁颠屁颠地去了。

少了个调节氛围的人，余葵到嘴边的话又不知道怎么开口了，犹豫之际，班长心有灵犀地赶在她之前说："余葵，给你的课本和资料已经准备好了，你要不去挑挑看？有用的就带走。"

"那当然好，我们现在就去吧！"余葵迫不及待地站了起来。

在时景身边，她真的会心跳过速。时景好像完全意识不到自己的魅力，要是他等会儿再对她说点儿什么话、做点儿什么事，她心脏停搏都有可能！

余葵大胆猜测，时景对她之所以不设防，能把她当普通同学处，甚至给她几分面子，大概就是因为仅有的几次短暂交集里，她一直把距离和分寸感拿捏得让人很满意，不会没话找话、不挟恩图报、没有花痴表现、安静不烦人。

据她在网上和线下观察，时景最讨厌的类型刚好是这些品质的反面。

余葵沾沾自喜，非常感激命运安排他们拿错包，她现在清楚男神所有的"雷点"。他或许会对网上的朋友小葵格外宽容，但对现实里这些陌生的同学都是一视同仁的。线下相处多了，要是她哪次没控制好自己，让人发现了这段暗恋，时景估计也会像疏远别的女生一样疏远她吧。

记得初中时，班里有个微胖内向的男生喜欢学习委员。有天午休，学习委员偷偷对余葵倾诉，说明知道男生没做错什么，但她还是不可控制地厌恶对方，看到他就烦，站队都想换位置离他远些。

少男少女的感情转变是根本没道理可循的，尤其现在两人之间有着云泥之别，成绩的鸿沟犹如天堑。余葵不能冒险，不想被喜欢的人讨厌，只能摆正自己的位置,抛开那些患得患失,放平心态,好好学习。

人一走,时景便从掌机上移开视线,偏头凝视两人的背影,直至他们消失在转角后才敛眸。

世上有那么多巧合吗?

她们都被叫作"小葵",都在乡下上过学,村口篷子搭的台球店里,都有个缺人陪打的老大爷……

甚至在更早的时候,他在食堂里一瞥而过,贴在她的饭卡上的画风相似的校园风景速涂,还有曾被他忽略的奶茶店里的擦肩而过……

时景认为自己的感觉没有出错,但唯一不能理解的是——

余葵明知道他是谁,为什么不肯相认?交还书包那天,她甚至临阵逃脱,毁约提前离开了校门口。

她每次在他跟前不是沉默,就是冷脸,恨不得对他退避三舍,再多也只有一句"谢谢"。

她讨厌他吗?或者,她从始至终只把两人的关系定位在网友的层面,拒绝更多的现实延伸?

向阳正好调完 PS3 回二楼,在楼梯上听两人的声音往走廊去了,好奇地问道:"他们两个人单独干吗去?"

时景没答。

"不会是……?"想到某种可能,向阳震惊不已,之前姜莱不就是因为这个为难余葵吗?

他越想越觉得有道理,屁股刚落下又弹起来,自言自语:"这可不行!"

宋定初在老师眼里是上清华、北大的料子,余葵这么没心眼儿,待人又真诚,和宋定初谈,以后多半是要被重伤的。

旁边有个声音提醒向阳:"你要过去看看吗?"

"这样不好吧?"向阳迟疑地回头,才发觉说话的竟然是时景。

时景意兴阑珊地扔开掌机,从沙发上起身,散漫地把手插回裤袋里,偏过头,微微朝他们离去的方向轻点了一下:"走不走?我正好要回去了,找他说一声。"

少年的气质太过冷淡逼人,疏离却又不算有失礼貌。

向阳觉得好像什么地方不对,又说不出是哪里的问题,顺着自己的想法下意识地点头:"走!"

余葵自然不知道外面在发生什么，正在感慨：有钱人家的书房真大呀，比她家的客厅都大！

四周都是深木色落地书柜，她跪坐在底层的抽屉前，翻找着需要的书本。

学霸就是学霸，宋定初从中学时期开始，就将每份随堂练习、周测、月考等卷子全部按照时间顺序整理，订成本后贴条排放，课本上的笔记也整洁有序，一条条按大小写字母和数字排列分级，更别提其他的资料。

"班长！你以后不做图书馆馆长真是屈了才。"余葵由衷地感慨，想想宋定初又不只有这一个天赋，连忙改口，"不对，你光做图书馆馆长才是屈才了。"

宋定初也学她靠在柜子旁边，叉开腿往地上一坐，笑道："这算什么？你是没见过时景，他的完美强迫症才是到了令人发指的地步，所有物品都要按他看得顺眼的方向整齐排布，每颗纽扣、每双鞋、书本、手机、杯子都要对齐线缝。"

余葵也见识过，颇有同感地点点头，又好奇："你们还住一间宿舍吗？那跟大家住一起，他这毛病怎么办呢？"

宋定初："嗯，宿舍就住了我们两个人。人再多，他应该没办法忍受吧，不是所有人都能符合他的整齐美学。"

余葵感慨："难怪你们能做朋友啊……"她想想自己的狗窝，一阵自惭形秽。

余葵其实也不是不爱干净，就是喜欢乱中有序的感觉，方便找东西，到处都太整齐了看起来太孤独冷清，没有烟火气。

话到此处，宋定初紧张起来，移开话题，轻轻地唤了她一声："余葵。"

"嗯？"余葵正低头翻找书目，头也没抬地随意应声。

"谢谢你的生日礼物，我非常喜欢。"他顿了顿，"所以我也想送你一件礼物。"

"不用了吧。你生日，我来连吃带借也就算了，怎么还能让你送我礼物呢？"

"其实分班的时候就想给你的，开学那两天你生病了，后来就一直没找到合适的机会。"宋定初说着，拉开另一个柜子，给她拿出一个音乐水晶球——

水晶球里面是大片的山脉和田野，还有个短发小女孩儿，音乐一响，灯光亮起来，她就在田野间旋转奔跑。

"哇！"余葵看直了眼，"这个人竟然和我长得有点儿像呢！"

"是吧？"宋定初也很喜欢，"我在橱窗里看到它的时候，就觉得应该买来送给你。"

余葵抱起水晶球，羞赧道："这多不好意思呀……班长，你人这么好，以后有什么事尽管说，我能做就包在我身上！"

宋定初注视着她，摇了一下头："跟我用不着这么客气的。余葵，分班以后，我想了很久，今天邀请你，其实是想跟你说……"

他很想念高一上课，一回头就能看见余葵偷看漫画的侧脸，想念她偶尔趴在桌面上睡觉，睫毛低垂，鼻尖秀气的样子。

余葵睁大懵懂的眼睛，等着他的下半句话。

然而，宋定初铺垫半晌，还没等组织好最后的语言，声音停了下来，目光落在门口挤出来的半个脑袋上："向阳？"

余葵闻声也回头："你在那儿干吗呢？"

向阳还在奇怪自己怎么突然被挤到暴露身形，尴尬地看着两人，突然灵光一闪，抄袭了时景的借口："对不起啊，班长，我不是故意打断你们俩说话！主要我妈刚才打电话催我回家，时景也说他要回去了，我们就想上来跟你说一声。"说着，向阳把少年从身后拉出来挡枪。

"你要回去了吗？"余葵赶紧起身，"那你等等，我把参考书装上，也该回家了。"

宋定初一看时景也在，便信了向阳的借口，跟余葵说："我让我爸爸送你们俩吧。"

"没事，我们两家离学校不远，这个点还有公交车！"向阳连连摆手，谢绝宋定初的好意，"再说楼下那么多人，哪里能都麻烦叔叔送？"

他们争执间，一直在旁沉默的少年提议——

"搭我的车吧，就停在门口，顺路。"

秋风微凉，夜晚的草木香夹着几缕桂花香气。一辆黑色小轿车安静地隐没在院门外的夜色里，直到前灯亮起的瞬间才显出存在感。

余葵向易冰和班长挥手道别。

才爬上车，她就发觉这车后排是双人座，中间横着中控系统。

向阳本想跟她一块儿坐后面，奈何时景已经从另一侧打开门。见时景沉沉的目光瞥过来，他厌厌地往回缩刚要落下去的屁股，识趣地道："我坐前边吧。"

车子起步很稳。

时景开口叮嘱:"成叔叔,麻烦你先送他们回家,位置在——"

向阳赶紧报上地址,末了不忘顺口道谢。他想得很开,作为一个蹭车的客人,主动坐秘书座是礼貌——总不能让人家主人坐前排吧?他只不过担忧……留余葵一个人跟异性坐在后面好吗?

向阳忍不住回头看去。

相比时景靠在皮椅上的闲适松弛样子,余葵像个小学生一样,垂着短发,规规矩矩地端坐着,两手放在膝盖上,膝盖并拢——幼儿园小红花评选课都没见她态度这么端正过。

四目在黑暗中相对。

余葵用眼神斥责向阳凭什么随随便便替自己答应搭别人的车,向阳无辜地耸肩表示那种情况他也没有其他办法。

两人眼神交流结束,向阳彻底放下心,扭头跟司机搭讪。他本身性格大大咧咧,还是个自来熟的军事爱好者,一听这叔叔是退役转业的,那更有的聊了,车厢内的气氛很快活络起来。

可惜这样的轻松氛围没有蔓延到余葵周边。后排太安静了,车厢密闭,她的呼吸都被时景的气息包裹。

她生怕自己忍不住偷看时景,只敢把目光落在左手旁的窗边,反复默背今天的单词,以此排空杂念。

夜幕下,景色飞速后退,玻璃上闪动的灯影偶尔能捕捉到少年的轮廓。

背完两遍,余葵又在空荡荡的脑子里搜寻还有什么其他可背的东西,稍一放空,神经又重新变得忐忑紧绷,一下一下,手指在膝盖上焦急不安地画着圈。

"喝水吗?"少年突然打破沉默。

他从内饰板的储物格中取出了两瓶水,一瓶扔到前面,一瓶递过去,修长漂亮的手指捏着瓶子,像极了一件艺术品。

余葵也正急需喝水给自己色令智昏的脑袋降降温。不过,老天仿佛刻意要跟她作对——

她刚刚拧开瓶盖,前方路口传来一阵发动机的轰鸣声,此时交警已经下班,路口又没监控,一群闯红灯的飙车党踩着油门疾驰而过,为确保安全,司机紧急将方向盘右打,刹车闪避,车子重重地颠簸了一下。

整个过程发生在一瞬间。

余葵的身体惯性前倾,手里的矿泉水也晃出去大半瓶,时景下意识地伸手，挡住她往前座的车载电视上撞的脑袋，好巧不巧，大长腿接住了她泼出去的半瓶水。

呜呼！余葵连哭的力气都没有了，只想原地跳车！

她四肢僵硬，怔在原处，隔了两秒钟才按捺住声音中的颤抖，小声道歉："对不起，时景，我没拿好，真的，我……"

"没事。"时景从中控台抽出纸。

像是才反应过来，余葵拧紧瓶盖，赶紧颤着手帮忙，不停地扯纸给他递过去。夜色太深，他穿的是深色休闲长裤，她看不清具体泼到了哪一片，只知道是膝盖往上的位置。

他不舒服是肯定的，看他唇线抿直，她更瑟瑟发抖，仓皇地一起上手帮忙，每次把抽纸盖上去胡乱擦两下，有浸透的就收回来，大团大团的抽纸被她沾湿，捏在手里，直到时景移开她的手腕。

少年用低哑的声音告诉她："我自己来。"

她被讨厌了吗？所以他连帮忙也不让？

余葵崩溃了，努力了一整晚，到最后却还是没能给喜欢的人留下一个好印象，她现在就想回家跟她的枕头抱头痛哭。

"这群人真是无法无天，执法部门真应该好好管管！"飙车党离开后，司机重新打灯，回头跟他们道歉："不好意思了，小景，今晚车速稍微有点儿快。同学们没吓着吧？我等会儿开稳点儿。"

向阳说没事，余葵也摇头，只有时景默不作声，在擦拭结束后降下车窗通风。

夜风灌进车厢，冷冰冰地拍在脸上。余葵体内像是生着一炉无所适从的炭火，背上都是汗，车内温度一降，便是外冷内热。她捏着一团被浸透的废纸巾，颓丧而绝望地龟缩在自己的座位上。

许久后，她才敢抬眸偷瞟时景。

果然，少年目不斜视地看着窗外，侧脸冷峻。他不笑的时候，给人一种无法接近的距离感，余葵几乎要以为他们之间的关系又回到起点了。

她煎熬地数着每一秒，车子终于抵达小区楼下。余葵匆匆道了谢，然后连滚带爬，迫不及待地逃下车去。

"余葵，等等我！"向阳不解地喊道，"你跑那么急干吗？晚一秒钟你就能在路上睡着吗？"

然而走过单元楼转角后，他便见女孩儿停下脚步，扒着墙，偷偷地往小区栏杆外望。

光洁流畅的漆面勾勒出车型，那辆送他们回来的车在路灯下疾驰远去，她只能捕捉到一道被拉长的光影。

"你也好奇吧？"向阳以为余葵在想这个，化身柯南，支着下巴推测，"虽然车是普通牌子，但是时景他爸竟然有专职司机！咱们学校的门槛又不低，时景能在高二突然转来，成绩肯定不是主要原因……"

余葵左耳朵进右耳朵出。她根本不想这些，沉浸在自己的世界里，像是一条脱水的海带，攥着半瓶泼剩的矿泉水，游魂一般地飘荡回家。

过完最后一个红绿灯就要驶上高架桥，黑色小轿车在人行道前降速停住。

车厢内，时景面无表情地解锁手机，打开了他从未用过的 iPad 查找功能。

在等待搜索条转圈的十几秒中，他把目光移向窗外，也只有无意义地点了几次重复命令的食指，昭示着他此刻的内心并不平静。

再回头，他看到屏幕上已经弹出清晰的城市卫星地图——

他把地图局部放大，"返景入深林的 iPad"被圈在圆框里，位置是某水利建设局职工居民楼，白点定位甚至精确到了向阳刚才报地址时，未曾提到的楼栋号。

"呵。"时景发出短促的音节，连他自己也搞不清这声究竟是失望的叹息，还是生气的冷笑。但有一点可以确定，他现在的心情真的非常不妙，尤其在经历了回程时余葵的客气和疏远态度后就更糟了。他从来没想过，自己有一天上赶着想跟人当朋友的真心竟会被忽视，仿佛他是什么蛇鼠虫蚁、洪水猛兽。

不知又过了多久，手机在息屏之前，传来一声振动声——一条来自"小葵花生油"的新消息弹出。

怒气原本已经没过头顶，时景正准备扔开手机，消息进来的第一时间，指尖又下意识地一戳，切进了对话框。

小葵花生油："景神！"

小葵花生油："你今天心情怎么样呀？开不开心呢？"

她还在装不认识他。

返景入深林："不怎么样，可以说很糟。"

果然，她的感觉没出错！余葵腿一软，滑下座位，又艰难地爬上去，用网友小葵的身份继续打探："为什么呢？有人惹你生气了吗？"

· 135 ·

返景入深林："确实有那么一个人。"

余葵缩了缩脖子——应该不会是她吧？以她对时景的了解，她不小心泼了他半瓶水，最多应该只会令他不爽，但不至于到生气的地步，何况那瓶水还是他自己递过来的，不带这么迁怒的。所以，他那边肯定还发生别的什么事了！

她"噼里啪啦"地打字："有什么不开心的，你可以跟我说哟！从前总是你在听我唠叨，我还没机会开导你呢。"

返景入深林："咱们可以见面说。"

"扑通——"余葵彻底滑跪在电脑前。

"小葵，你今天怎么老摔？电脑椅坏了吗？"程建国正在洗脚，奇怪地从卫生间里探出了脑袋。

"我没事……"

她将手颤抖着搭上电脑桌，站起来，手足无措地想了半响借口，最后颤着手在对话框里组织语言："要不……要不，咱们还是在网上说吧。"

她闭着眼把信息发出去，然后继续打字："其实现实里的我是个很内向的人，从来没和任何人聊过那么多关于自己的事。你甚至看过我的日记，我总觉得自己在你面前一览无余，隔着网线还好，要是见了面，也许咱们就不能再维系这样的对话方式了，我会觉得很奇怪！"

时景想了想，觉得可以勉强接受这个解释。他不接受又能怎么办呢？他一开始就知道余葵是这样的性格。

少年长叹一口气，虽然还是失落，但生气的感觉已经平息了。起码他清楚了余葵逃跑、掩藏自己的网友身份，正是因为她同样认真地对待这段友情，不希望两人的关系出现变故。

返景入深林："我只是有点儿想家了。"

对啊，他从北京那样的国际大都市转学过来，家人和朋友都不在身边，今天又刚好参加完别人的生日宴会，热闹过后一定很孤独吧。想到这里，余葵有点儿愧疚——她都没好好关心过他的状态。

她忍不住问："你不喜欢这里吗？"

返景入深林："与其说喜不喜欢，不如说习不习惯，我还在适应。偶尔我觉得在这里空耗时间没有意义，但偶尔也会有让我觉得有意义的人和事情。"

小葵花生油："就是说，你现在的情绪像是一个天平，今晚往没意义的那边偏了，是吧？"她就说嘛，肯定不是她的原因。

返景入深林:"你说得对。"

返景入深林:"还有一种可能,我突然发现我的好朋友,有比跟我关系更亲近的朋友,还不止一个。"

宋定初吗?

余葵小心地提供解决方案:"要不,你也再找几个?"

返景入深林:"你当朋友是大白菜,还可以随便批发?"

这就头痛了……余葵对待这方面可谓宽容至极,她的朋友们也都不只有她一个朋友,这道题她解不了呀!

余葵抓耳挠腮地安慰时景半响后,感觉他的情绪总算开始好转,才精疲力竭地仰倒在椅子上,长呼一口气。

现实中发生什么没关系,只要网上的小葵和景神还是好朋友就行!

不过,哄男人可真难啊!

这漫长的一晚还没过去,余葵结束学习,临睡时又接到一通电话,是她乡下的好朋友四饼打来的。

四饼的爸妈因为倒闭的早点摊打架了,打完把她也给打了一顿。两个人去民政局离婚,分孩子的时候都想要男孩儿,然后四饼的妈妈就偷偷地把弟弟领走了,四饼的爸爸气急败坏,说让四饼自生自灭,以后的生活费也不给了。

职高读不下去,四饼干脆跟老师说了一声,这就算辍学了,现在拿着身份证来城里打工。

余葵大惊:"你现在在哪儿呢?"

四饼:"刚出西部客运站。"

余葵立刻从床上跳下来,踩着拖鞋就去拍她爸爸的门板:"爸!爸爸!"

余葵父女把人接到家时,已经过了0点。

四饼离家时穿的T恤和牛仔裤脏得不成样。她们俩身量差不多,余葵原本想把自己的衣服找给她,四饼咧嘴笑道:"没事,我都带了,是我奶说,出门在外穿脏点儿安全。"

程建国给她们俩一人热了一杯牛奶,还有一碟饼干。

四饼洗完澡出来,吃得狼吞虎咽。

好朋友发生了这么大的人生变故,余葵看着眼睛酸,四饼却并不觉得有什么，拍掉掌心的饼干碎屑，捶余葵的肩膀。

"你可别哭啊，葵，那个家我早不想待了。之前我是想着好歹把毕业证拿到手，现在既然读不了了，早点儿出来挣钱也挺好的。你看着吧，我肯定比我弟有出息，以后让他们俩把肠子都悔青。"

虽然家里是三室一厅，但没有多余的床，所以她们俩只能睡一间屋子，好在余葵的床虽不算大，但再挤下一个小姑娘还是绰绰有余。

"我给你看个秘密。"关上卧室门后，余葵便神秘兮兮地趴在床底叫唤："物理，出来！"

小狸花猫一溜烟地蹿进她的怀里。

余葵抚摸了物理两下，又递给四饼："我捡的，可爱吧！"

"可爱。"四饼用手指头把猫毛撸顺，说道，"小葵，你爸对你可真好。"

余葵："嘘！这事我爸还不知道呢，我瞒着他偷偷养的。"

四饼其实不是说这个。她觉得余葵的房间的摆设很温馨，有配套的衣柜和书桌，还有台灯，窗边插了鲜花，窗帘也洁白柔软，是她只有在都市剧里才会看见的女孩子的闺房——她在家里只能跟奶奶挤一间房。

想到这儿，她深深地感慨："还好你爸回来了。"

"谁说不是呢？如果我爸不回来，你今晚可能就没地方住了，我妈根本不可能答应我学习以外的任何要求。"余葵深以为然。

说到学习，四饼艳羡地将目光移到余葵书桌前被贴得密密麻麻的公式和待背单词上。

"小葵，你的变化真的好大啊。原来从前在乡下，你不务正业都是被我们这帮人带的，现在周边环境一换，你也变得爱学起来了。我就说嘛，我一直觉得你不是属于我们那里的人。"

堕落都是人自己的选择，哪里能怪在旁人头上？余葵连连摆手："才不是呢！我也是最近才开始努力的。"

四饼却坚信自己的理解："你现在都有点儿学霸气质了，一定要好好学习，考上名牌大学！苟富贵，勿相忘！"

名牌大学可能还有点儿远……余葵心虚，不过把话记在心里了。关灯后躺在床上，她不禁为好朋友的未来担忧："饼，你以后该怎么办啊？"

黑暗中，四饼安慰她："走一步是一步吧，你也不用为我操心，不是快月考了吗？你明天好好学习，我明天去找工作。我奶说，有手有脚，到哪里也不能饿死。"

城市另一端。

到家后的时景和书房里出来的周秘书碰个正着，周秘书的脸上带上了笑意："小景，从生日会回来了啊。人多不多？玩得开心吗？"

时景不得不停住脚步，跟他寒暄两句："挺多的，还行。"

"看你跟同学们相处得那么好，我也就放心了……"做秘书的就是心细如发，说着说着，他"哎"了一声，"你这裤子怎么回事，怎么淋湿那么大一块？"

时景耳朵微红，把书包往下挡了挡："成叔叔开车急刹，喝水洒的。"

"这个老成，平时开车不是挺稳的吗？我得好好说说他……"

"我去洗澡了。"怕周秘书再发现什么端倪，他随意找了个借口，加快脚步朝里走去。

也幸好他今天穿的是深色裤子，否则可能不只周秘书，连余葵都会发现，密闭的车厢里，他竟然起了一些少年人控制不了的反应。

四饼只在余葵家里待了两天，就找到一份理发店学徒的工作，直接搬到了发廊在居民楼里租的员工宿舍里。

人一走，余葵不需要按时关灯，学起来更加废寝忘食。

她内心有一种恐惧感，越往下学，越觉得自己缺漏得太多，越缺乏底气，尤其和附中的学生相比，她欠缺的还不只是课内知识，还有课外横向知识面的拓展延伸。

她渐渐明白差生为什么被歧视了。学习真的很难，需要持之以恒的专注力和耐力，需要不停地与外界诱惑做斗争，比如早上想赖床的时候，写作业想喝水、吃东西的时候，路过书摊移不动脚的时候，看着堆积如山的课本只想逃避的时候……每每这时，她就打开 QQ 列表，看看时景的旋涡星云头像。

她和少年之间的距离，就像地表到宇宙那样远，她已经落后于大家的平均起跑线，再不肯努力，月亮就永远只能是天上触不可及的月亮。

考试前一晚，程建国起夜，看见卧室的门缝里透出光亮，惊诧地敲开了她的房门："小葵，你怎么还没睡？"

余葵没抬头："生物还有两页知识点没背完，我背完马上就睡了。"

程建国严肃地把本子从她面前抽开："你知道现在几点了吗？"

余葵看表才发觉表针已经转过了凌晨 3 点，有些讷讷："我……我背起来就没注意。"

程建国看她的本子,是纯附整理的内部教学参考书,印发时间在前天。

他一页页从余葵背的地方往前翻,开口问:"前面你都背完了?"

余葵点头。

程建国讶然:"就两天,背了这么多?"

"我们老师说,生物难在背诵和理解,想拿高分首先得背,我就一边背,一边把课后练习做了。"

他还没从惊讶中回神:"一下子塞那么多东西,头不疼吗?"

余葵想了想,点头:"有点儿。"

程建国叹了口气,在床边坐下来,语重心长地劝她:"小葵,你这样学不行,一口吃不成个大胖子。一天学一点儿,不要给自己那么大压力,人的弦绷太紧,是会断的。"

"可是,从前就怪我把弦放得太松了,今天才会落后大家那么多。"

程建国:"只是一次月考,你在着急什么呢?你还有那么多考试证明自己。"

余葵无言以对,失落地塌下肩膀。

她在着急地球到月球的距离太远,多想再靠他近一些,哪怕能多往前冲一两名也好。

她在焦虑不能辜负爸爸的信任和付出,还有在全班面前对姜莱放的狠话。起码,她得有肉眼看得到的进步,才能证明自己没有无的放矢。

"如果今天晚上对你而言真的这么重要,那你就背吧。"程建国看她垂头丧气的样子,把书还给她,"但是下次不能再这样了,你得学会把任务平均分配到白天琐碎的时间里,留出晚上休息。你这样熬夜,不仅记忆力会下降,个子也会长不高的!"

最后一句话戳到了余葵的心窝子里。

"真的?"

"我还会骗你不成?"

余葵是一边灌牛奶、吃钙片,一边背完最后两页内容的。在4点躺上床之前,她还不忘往眼睛上敷了两片黄瓜片,聊作心理慰藉。

早自习。

余葵头回在考试前这么紧张,紧张到背书时竟然不知不觉地睡着了!

时隔两个星期,姜莱再到校上课,眼神中只剩漠然,不知在家经历了什么。

卢雨霏扔字条，示意姜莱欣赏余葵早自习睡觉的样子，姜莱看完直接提笔回："以后跟她相关的事情都别再跟我提，咸鱼就是咸鱼，永远翻不了身。之前给她点儿颜色，让她误以为自己有多厉害，只配读三流大学的货色罢了。不在一个层次的人没有关注的必要，我只想把时间放在学习上。"

余葵睡得太香了，整个人舒展地在桌面上趴着，用古诗词本盖严了脑袋。

班里几道视线在她身上扫来扫去，连谢梦行都感到了这股压力，实在不忍叫醒她，只能用口型威胁别人：看什么看，没看过人睡觉？

隔壁组的人小声议论着：

"看来余葵已经忘记她那天放的话了。"

"她还说要打败姜莱引以为傲的成绩，结果月考当天大清早在这儿睡大觉！唉，还想着看她逆袭呢。"

"本来也是不可能的事，姜莱要不是少计了一科，都不会来咱们班，人家从纯附初中开始，就是实验班的尖子生。"

"我估计她也知道难度，彻底放弃了，所以才躺得那么平吧。不过人各有所长，她脸长得那么精致，以后考影视学院，去娱乐圈吃那碗饭，我觉得行。"

"就凭她一米六的个子？"

"你别小看人好不好？上次姜莱做错的物理题她解出来了呢，起码她比你强一点儿。"

…………

余葵是不知道旁人背后议论她的，心无旁骛地睡到下早自习，收空抽屉，就拿着考场号和文具，跟陶桃直奔食堂的小卖部买早点和咖啡。

显然，这个时间段，和她们俩有一样想法的同学不少，售卖柜前人山人海。

余葵深吸一口新鲜空气，然后闷头扎进去，然而不到一分半钟就被挤到外围，白布鞋上还多了两个新鲜的大脚印子。只有陶桃一个人成功进去了。

余葵生气！个子矮又怎样？这个人堆她都不能挤进去，何谈征服今天的考试？！她豪迈地把刘海儿往后一撩，攥紧饭卡，全身肌肉蓄力，昂首正要再往里冲——

这次是谢梦行拽着她后背的校服，把她拉出了人群。

"你干吗呀？"余葵着急，"我就快买到了。"

"我看还差得远呢，怕你进去被人踩扁了。"谢梦行理理校服领子，"钱拿来，本帅哥替你代购。"

两分钟后，余葵感慨地摇头。

果然，平时被视作食堂大妈亲儿子的奶甜系帅哥，在早高峰的柜台前也只能被一视同仁啊。

她又等了三分钟，直到陶桃都出来了，才见小谢灰头土脸地拿着三明治和两罐咖啡往回走。

"你怎么就买了一个？"余葵奇怪地问，"你自己不吃呀？"

"卖完了。"

余葵想了想，把三明治递给他："那我不要了，你吃吧。"

谢梦行不接，陶桃说："小葵，他要谦让你就拿着吧，你吃饱了好好考试。"

"我爸今早给我煮了面条，我本来就是买了等考试结束吃的。"余葵把三明治塞进他的怀里，正要再往前走，脚步忽然缓了下来。

食堂门口，谭雅匀正笑着和时景说话，穿着同款校服，又都是学校的知名人物，俊男美女看起来非常养眼登对。

不少人频繁地偷看他们，就连擦肩而过时，余葵都能听到那边啃包子的两个男生议论的内容。

"如果时景高中剩下的两年想在咱们学校找女朋友，估计也就谭雅匀还有一战之力。"

"那肯定啊，年级榜上就她万绿丛中一点红。"

…………

陶桃愤怒地瞪着人远去的背影："哼！榜上的其他女学霸是被生吞了吗？这俩睁眼瞎，长得普通的人在他们那儿都不能算女生是吧？"

谢梦行："这话从你嘴里说出来怎么着么稀奇，你不是有朴素恐惧症吗？"

陶桃："我只恐惧朴素，又没开除人家的女籍。"

眼不见心不烦，余葵正打算加快脚步逃离食堂，后头突然传来平淡的唤声："余葵。"

只看周边人的眼神落到自己身上，余葵就知道这个叫她名字的人是谁了。她心一提，没出息地紧张起来。

他不是在和谭雅匀说话吗，怎么还能注意到她从旁边路过？难不成他还在记仇她在他的裤子上泼水的事？

她昨天刚熬了个大夜,黑眼圈不会很明显吧……眼角有没有分泌物?

陶桃以为她没听见,碰了她两下:"喂,校草叫你。"

余葵飞快地揉了揉眼睛,一回头,便见时景径直朝她走来。他似乎在找借口,迫不及待地要脱离后面女生的纠缠。

余葵忍不住想:这个人一定是习惯了成为人群焦点的,所以才能在方圆十米的目光注视下,步伐仍然从容淡定,自然舒展,永远有自己的节奏,想干什么干什么。

这对她来说,简直是种超能力。

谢梦行有点儿呆,压低声问道:"你们俩认识?他怎么把谭雅匀撂那儿就过来了?"

陶桃得意地科普:"什么撂不撂的,他们不就是同班同学吗?校草上次还给我们小葵买雪碧了呢!"

一来一往间,时景已经走到他们跟前。陶桃很有眼色地拽着谢梦行落后了几步。

少年的视线落在余葵的手上:"三明治卖完了吗?还是你就只喝这个?"

余葵有点儿反应不过来,还沉浸在上个夜晚的车厢内时景摆给她的臭脸中——他们怎么忽然又可以寒暄的程度了呢?重点是,他还注意到她在哪个柜台买东西了!

她用拇指不自然地反复摩挲着易拉罐的边角,垂眸盯着男生的球鞋鞋尖移动,用最镇定的声音回答:"等会儿要考试,我不饿。"

"余葵,我发现你说话的时候总是不看我,为什么?"时景的声音比平时略低,她总觉得有点儿委屈的意思。

余葵蓦地抬起头来,然后便看见一双漂亮漆黑的眼睛,就像他喜欢的星空一样,广袤且平和。

他像是真的不懂,所以才问她。

这简直是暴击!余葵的心肝都颤抖了,但她还是倔强地告诉自己不能低下头去,注视着他的眼睛,认真回答:"每个人性格都有差异,我的缺点就是说话的时候不喜欢看人,谢谢你跟我提出来,我以后尽量改。"

时景点头,表示知道了,然后递过去一个三明治:"买多了,这个给你。"他顿了顿,"就当为了周六晚上的事情道歉,当时我情绪不太好,感觉不太礼貌。"

余葵要哭了!她喜欢的人也太美好了吧,竟然会为自己的情绪影响到别人而道歉。

余葵胸口涌动的饱胀感几乎要抵达峰值,她停下脚步,认真地说:"这没什么值得道歉的,我都没看出来你生气了,你能让我们搭车回家,我已经很感激了!"

小骗子,明明她一回家就试探他。时景这么想着,但还是装作愧疚的样子:"我在这儿没几个朋友,看你下车的时候不太高兴,回家想了一下,可能我这个人看起来不够随和,吓到你了。"

时景这样的校园大明星,竟然还需要在意别人的感受?他也会有被孤立的烦恼吗?明明只可能是他主动孤立所有人啊!难道宋定初不只有一个朋友这件事,真的打击到他了?

余葵大惊,手足无措地安慰他:"怎么会?大家都想跟你做朋友,只是不敢接近,怕惹烦了你,让你生气。"

时景:"也包括你吗?"

"啊?"余葵的大脑一片空白。

时景耐心地重复:"想跟我做朋友的人,也包括你吗?"

"当然!"这句话根本不用过脑子。

"那我们现在是朋友了,小葵。"他伸出手,笑起来的瞬间,仿佛山间积雪消融,有种温柔纯粹又清朗的少年感。

这一声"小葵"的咬字太缱绻,太好听,余葵几乎要窒息了,晕乎乎地伸出手,指尖在他漂亮干净的手指上轻轻地、飞快地搭了一下。

不知道是熬了大夜还是太紧张的缘故,第一场语文考完,余葵有点儿低血糖。

午休回来后,她在等待数学考试打铃时,不可控地将魔爪伸向了校服兜里揣的三明治——

"啪!"她的左手抬起来拍了右手一下。这是学神给的,她瞻仰都来不及,怎么能吃?!

可是肚子"咕咕"叫,就冲学神今天给她的手指开了光,她必须考出好成绩才行……带着罪恶感,余葵不舍地颤着手撕开包装,狠狠地咬了一大口三明治。

隔着两排座位,谢梦行看着她复杂的肢体动作,都怀疑她是不是准备作弊了,谁料最后她就掏出一个三明治来。

他叹了口气,颇觉得这孩子没出息。

监考老师一边胳膊夹着卷子,另一边手里拎着不锈钢保温杯走进了门。

"大家把小抄、高科技玩具都收一收,桌子、板凳都摆正,人坐到中间。在我的眼皮子底下不准交头接耳,不要想着照抄……吃东西的同学饱了没有?擦擦手,咱们差不多该发卷子了啊。"

考场里的人哄笑。

余葵匆匆将没咀嚼完的半口三明治咽下,红着脸把包装袋胡乱塞回兜里,从文具袋里挑了支最顺眼的笔出来。

喝了罐咖啡后,余葵心跳有点儿快,但她现在的状态是清醒的,大脑甚至有点儿运作超速。

校方出卷和往常一样,即便只是针对这段时间所学的阶段性考试,仍有很多高难度题目。

比从前稍微好一些的地方在于,即便大题看上去还是很难,但她努力想想,好像也能解出几个步骤。这得益于她这段时间认真听课,白天跟老师学必修三,晚上跟补习班王老师学初中数学和必修一。

两个小时一闪而逝,收卷铃声响起。

监考老师从座位上起身。余葵还没来得及把最后一道题誊上去,答题卡已经被前排同学抽走。

笔尖不知所措地悬在半空中,余葵只觉得心好痛。

她从小考试就没体验过时间不够用的感觉,尤其考数学后半个小时,不是在草稿纸上涂鸦,就是支着下巴睡觉、发呆——原因很简单,会的她已经写上了,不会的就是没学过,看了也白看。此生第一次争分夺秒地做题,她竟然没誊完答案。

她垂头丧气地回到教室,同学大多忙着去食堂了。

班里前几名的同学在讲台附近对答案,眼见余葵捏着卷子回来,也想跟她对一对。

"哎——"余葵赶紧把卷子藏到身后,可惜还是被人抢过去。

柯文号道:"惨了,惨了,我这道题选了A啊,余葵你为什么选B啊?"

余葵正打算说出自己的解题思路,卷子又被一旁的徐天浩仗义地抢了扔回来。

"柯文,你别逗人家了行吗?她的名次你又不是不知道。小葵做错了什么?快放她去吃饭吧。"

卷子本来就没誊完,这答案对得余葵心里更慌了。她戴上耳机,心事重重地把卷子放回储物箱里,下楼时又忍不住在掌心里比画着算了一遍。

楼道哄闹，几个男生推搡追逐着从余葵身边过去。见人家精力充沛，她越发无精打采，咬着牛奶盒的吸管，心境凄凉地叹了一口气。

可她未承想此刻身后跟着群（1）班的学生。

她一叹气，后头的人都笑了起来。

女孩儿的短发因为考试被挠得蓬松，发旋翘起来一撮毛，她生无可恋地用细白的手臂撑着栏杆，借力一步一步地往下走，仿佛丧气已压垮了她稚嫩的肩膀。

走到一楼没人处，她才捏紧牛奶盒，愤愤地低声诅咒："考后对答案的人上学永远赶不上公交车！吃八宝粥没小勺！"

她起初还没意识到有人在笑她，直到宋定初轻咳两声，从后面拍了拍她的肩膀："余葵，考试发挥得怎么样啊？"

余葵猛地扯下耳机转回头，见那么多人跟在她身后，尤其时景还站在正中间，简直恨不得当场一个原地摔，滚出大家的视线。

她用右掌藏起被咬扁的牛奶盒吸管，强作淡定深沉地回答班长："不重要了，有些事，我早已看淡。"

"那你刚才怎么还愁眉苦脸的？"

听到宋定初刨根问底，余葵一秒破防："他们非要跟我对答案，结果刚对了第一题就说我是错的，烦死了！"

"哈哈哈……"一群人笑得更大声了。

时景迈开长腿上前，顺手用右手帮她捋了捋呆毛，随口问道："你第一题选的是什么？"

落后一步的宋定初见状，怔了怔。就连余葵也没反应过来——时景，刚才是摸她的脑袋了吗？

她慢半拍地看过去，可惜少年的手已经放回了自己的裤兜，一切仿佛只是她的幻觉。

余葵整理了一下乱糟糟的脑子，猜测是不是她的头发太乱，让大神的完美主义强迫症发作，他看不下去了才上手。想通后，她内心疯狂庆幸：幸好今早洗了头！

余葵强迫自己拉回思绪，抱怨般地答："我选B，他们都选A，我真笨，最简单的一道都错了。"

"不是笨不笨的问题，这道题虽然简单，但有个干扰条件。最重要的是——"时景微笑，"我也选B。"

余葵顿时来了精神："真的？"

"当然。"

学神的答案八九不离十就是参考答案，余葵还记得上次在年级大榜上见他的数学是 150 分满分。

女孩儿耷拉的眉眼瞬间飞扬，她衷心地感慨："谢谢你，时景，你让我又有了明天来上学的勇气！"

"小事。"他颇为大方，"后面还对吗？还有哪道题不确定，你可以一起问了。"

余葵："难不成你把答案全记下来了？"

少年不以为意："就一张卷子，刚考完，还不到忘的时候。"

余葵随机问了两道题，果然，时景不仅记得题号和答案，甚至连题目都能完整复述。学神果然有着她这种愚蠢的凡人可望而不可即的超能力！

最可惜的是，最后一道大题她做对了，可惜没誊上答题卡，最多得 3 分步骤分，一下子少了 9 分。

两人都没注意，身后一行人一片寂静，直到距离越拉越远，才有人忍不住率先开口："我有没有看错……时景刚刚摸了她的头？"

"可能单纯就是顺毛，时景不是有强迫症来着？连篮球队队友的号牌别歪了，他都要喊暂停的。"

这话一出口，立刻被人驳回："拜托，那是时景啊！你看他那张清贵高傲、冷淡自持的脸！他什么时候主动跟女生一块儿走过？这还不足以说明什么吗？"

"破案了！都还记得吧，上次他收的苹果也是这妹子给的。他当时解释说喜欢苹果，我听完就觉得有猫儿腻。看看，现在两个人谈笑风生的，他还摸人家的脑袋，我猜景神可能就好这口，喜欢笨蛋萌妹！"

有人抢答："那个……我今早也在食堂见他给这个妹子送三明治来着。"

"没错了，从前都只有女生给他送早点的份儿，你们什么时候见景神上赶着呀？"

"所以他们俩是在谈吗？"

"八九不离十！"

…………

三言两语，众人得出了一个和真相相悖甚远的结论。

有人叹道："唉！向阳可怜了，认识十几年的小青梅被时景横刀夺爱。夺妻之仇，不共戴天！"

宋定初原本和时景并行，只不过落后几步系鞋带，闻此暴言，实在没忍住给了男生的脑袋一下。

男生抱头:"班长,出人命了!"

宋定初:"你的脑袋能不能想点儿正常人类的东西,人家就不能只是好朋友吗?"

大概是他正直稳重的形象平日太过深入人心,众人偃旗息鼓,不再打算和他共享刚刚讨论出的情报。

月考结束,年级成绩单统计出来的当天,余葵上洗手间,听到隔板那边有几个女生聊天儿。

"听说没,校草有女朋友,是个清纯软妹!"

"有没有搞错?什么人能配得上他啊?哪个班的?叫什么名字?"

"他们班男生传出来的,贴吧里的人都讨论疯了,说是个笨蛋美女。"

"我现在就上贴吧,咱们学校这款还挺少的,是高一那个长得像《终极三国》里的小乔的那个吗?"

"那个叫蔡颐榛的?"

…………

一开始听到校草,余葵还抱有幻想:也许他们谈论的是上任校草。

可是几个人哭哭啼啼地打破了她的幻想。

"我现在有一种追星,偶像偷偷找素人谈恋爱的感觉,好生气啊!"

"真没想到,时景这种高冷型的白天鹅也喜欢软妹。他们俩在一起多久了?"

"宇宙的尽头是软妹啊……要不咱们举报拆散他们俩!"

"不然咱下星期来上学也扎个双马尾?"

…………

一阵冲水声过后,余葵脚步沉重,神情怏怏地回到教室,连刚发下来的198分的理综答题卡都没能令她重展笑颜。

谢梦行按着计算器:"葵葵,你对这个分数好像不是很满意,光理综你就整整进步了……"

"24分。"余葵浑身乏力,像是生病了,有出气没进气地趴在理综卷子上,"我想静静。"

"那这样,我改名叫静静得了。"谢梦行嬉皮笑脸地逗她开心,"本来学习就不是能'一那啥蹴'的事,你已经非常厉害了,等名次表下来你就知道,我们(15)班的人吃不了学习的苦,从来没出过你这样的黑马。"

"是一蹴而就。"余葵有气无力地纠正他后,把头转到安静的另一边。

再往后,她就一个字也没听进去了,脑海里反复回旋着在厕所里听到的那句话——时景有女朋友。

他有女朋友……

余葵此生第一次品尝到心如刀绞的滋味。这大概是一种类似成瘾又突然戒断的窒息反应,这段暗恋的日子,大脑犒赏了她太多的多巴胺,支撑着她学习前进。一个多月间,就连想到这个名字,她都能瞬间感觉到快乐。

余葵多想一直拥有这样极致的愉悦感,可是,她暗恋的月亮忽然就成了别人的男朋友。

尽管余葵从未见过对方,却忍不住想象,到底该有多优秀、多漂亮的人才能够拥有全部的时景呢?他们谈恋爱会像漫画里一样甜蜜吗?时景也会教她做物理题,给她买游戏皮肤,在深夜听她畅谈心事吗?他们会光明正大地在校园外的街道上牵手吗?

她忽然有一点点能理解姜莱为什么讨厌自己了,贪欲和妒忌是人类情绪中最可怕的,隔着皮肤一点点地啃噬着人的心脏,命运却让人永远求而不得。

放学前,班主任周龄带着成绩单走进教室,用教案拍了拍多媒体讲桌,示意全班同学安静下来,简短地开了个班会。

"这次考试,我们班英语是年级第五名。"底下的人还没来得及欢呼,她话锋一转,"不过,综合还是年级吊车尾。但是在这里,我仍然有要特别表扬的同学——

"姜莱!虽然这两个星期没有到校上课,但这次考试仍然是我们班唯一冲进年级前三百名的学生,全班第一名,大家掌声鼓励。"

姜莱并不意外,面无表情地上台领完笔记本,听老师继续表扬自己后面的两名同学,冷嗤了一声——

第二名和第三名连年级前五百名都没进。

前三名的表彰结束,周龄手里还剩一个笔记本。关键时刻,她的手机振动了一下,约莫收到了重要信息,她低头翻了一下群聊消息,便匆匆出门打电话去了。

望着多媒体讲台上仅剩的笔记本,台下的人议论纷纷。

"那是给第四名的吗?"

"估计是进步奖……"

听见"进步奖"这几个字,余葵总算打起一些精神,从抽屉里掏出试卷,加了一下自己这次的总分——

语文119分,比上次摸底考还少了两分,英语71分,数学102分,物理45分,生物79分,化学74分,总计490分,加起来进步了48分。

她每天早出晚归,可以说在英语这个科目上付出了最多的精力,背了一千多个新单词,每天练听力、背短文……却只进步了10分。

哪怕知道这已经是很好的结果,在许多人看来已经不可思议了,但余葵心里仍不可控地失望,心里塌陷了一小块——

她根本没有希望超过姜莱。

是啊,她抱着这次考试能一蹴而就的想法,本身就是异想天开。姜莱是年级前三百名,就算自己拿到了数学丢的9分,也不可能超过姜莱。

余葵唇色苍白,失魂落魄地靠在椅背上。

周龄再回来,看着乱哄哄的教室无奈道:"书包先别收,我还没颁完奖呢,你们急什么?"

下头的学生起哄:"老师,第一名都颁了,还有比这更重磅的吗?"

"谁说没有?"周龄瞪了那人一眼:"好了,让我们欢迎本次考试进步最大的余葵同学,请到讲台上来。"

教室里传来稀稀拉拉的掌声。

余葵下意识地害怕被关注,此刻见全班人的目光落在自己身上,有点儿窘迫。

周龄递过笔记本,微笑着恭喜她:"余葵,你知道自己进步了多少名吗?"

余葵没概念,便摇摇头。

周龄得意地宣布:"从全班第三十名进步到全班第六名。一个月时间,非常励志,这证明你来到(15)班之后,每天都是在认真学习的,老师为你感到骄傲。"

从理科全年级第九百七十名进步到第九百零四名……余葵抱着本子,努力笑了一下。

周龄在她这儿没能得到积极的反馈,只好把目标转移,面对全班同学提问:"大家猜猜看,今天让我决定把奖颁给余葵最重要的一个原因是什么?"

虽然台下有人惊愕于余葵是怎么涨了将近50分,但更多的学渣等着回家,都不是很想配合周龄。

周龄轻咳两声，宣布结果："余葵，是咱们班此次生物单科成绩第一名，让我们把掌声送给她！"

余葵生物 79 分，单科第一……这让生物课代表姜莱的脸往哪里搁？

这记重磅炸弹一扔，教室里突然热闹起来。有这样的热闹看，大家赶着放学的心思都淡了几分，许多道视线明目张胆地向姜莱的脸上投去，观察对方的表情。还有好事者直接问："姜莱，单科被打败算不算数啊？"

卢雨霏直接顶了回去："周颂，你烦不烦？总分差那么多，有什么可比的？再说了，某些人是不是作弊还不知道呢。"

"你在开玩笑吗？余葵所在的考场，她抄谁能考单科第一？"

余葵捏着笔记本，稀里糊涂地走下了讲台。

陶桃当即从垃圾桶里刨出考前给余葵准备的礼花筒拉开，结果"砰"的一声响过后，彩色亮片悉数落在了自己身上。

"不好意思，方向失误了。但是我的恭喜送到了啊！对了，小葵，快把你的手伸出来，'欧皇'体质借我蹭蹭。这次你能考这么好，肯定和那天早上学神传递给你的考运光环脱不了干系……"

余葵这么伤心都忍不住被逗笑了。想起那触碰瞬间的怦然心动，她藏起手，换了一只："蹭这个。"

值日生在后面暴怒："陶桃，你还有人性吗？座位周边自己扫！"

"我来就我来，凶什么凶？！"陶桃从后排拿来打扫工具。她大概没怎么做过家务，胡乱划拉了两下，亮片飘得更远了，余葵看不过去，伸手接过扫帚帮忙。

陶桃趴回椅背上，小心地打量着余葵的表情："你是不是这段时间学得太辛苦，生病了？"

余葵摇头："没有啊。"

"那你是错过了姜莱刚才超级精彩的表情吗？"

"没错过。"

陶桃不解："既然已经达到立下的目标，成绩也进步了，为什么我觉得你没有特别开心的样子呢？你……是不是失恋了啊，小葵？"

余葵刚把车推进车棚，买菜回家的向阳妈就告诉她："小葵，你外公外婆来了！"

"在我家？"

"对啊，你们等会儿要不都来我家吃……"

余葵话没听完，车都没锁，便拎着书包一口气爬上了四楼。她撑了撑膝盖，喘了几口气后立刻推开了家门。

玄关处堆着从乡下提来的大包小包，厨房门口摆着大筐新鲜蔬菜和土鸡蛋。

三个人挤在厨房里做饭，程建国最先看见她："小葵放学了，瞧谁来啦？赶紧洗洗手来帮忙。"

到昆明一年多，除去过年的时候，余葵再也没能跟外公外婆见上面。

老家到省城车程远，老两口儿年纪大了，在城里不认路，加上晕车厉害，已经很多年没来过省城了。这趟，他们连亲女儿那边都没去，肯定就是来看外孙女的。

余葵好几次做梦梦见他们，现在人在跟前，觉得感动又心酸，讷讷地说不出什么，只能抢着给外婆打下手，切豆腐丝和黄瓜拌凉菜。

"在村里喝个水都要我递到手边，来城里倒是变勤快了嘛！"外婆使唤她剥蒜，"我看你爸爸的手机，有学校发来的短信，说你这次月考进步了好多哟！"

"嗯。"余葵骄傲地点头，"补习了一个多月，进步50分，老师今天还奖励了我一个笔记本呢！"她现在突然觉得上个月的努力没有白费，起码可以让老人欣慰啊！

听到余葵亲口承认，老两口儿果然都很高兴。

余葵的外公从前是大队会计，老党员，退休前在乡政府当过一段时间干部，最尊重读书人，吃饭时庆幸道："就该来城里读书，纯附是咱们省最好的学校，阿葵你好好努力，高考不说考个'双一流'，就是考个普通一本，毕业再考个编制，不管乡里县里的，但凡能端上铁饭碗，我和你外婆就是躺棺材里都能合眼了。"

外婆不能更赞同："你继续跟着我们俩在老家，镇上那个教学环境，能考啥子大学？上村有个小姑娘，高中只去上了两年就辍学了。刚成年就被人把肚子搞大喽，她奶奶哭得可惨。她比你大一点儿嘛，你还记得她不？"

余葵回忆："是春节去老姨家做客，跟我们坐一桌那个吗？"

"就是她！"外婆很满意，聊八卦的时候，余葵永远是个忠实的捧哏，"你这个记性不错，遗传我。"

余葵当然记得。

那女孩儿初中时跟一帮坏男生玩，还曾坐在那帮人的摩托车后座上，一起堵在晚自习放学路上起过余葵的哄。后来是四饼去搬救兵，她奶奶放下摊子跑来,才驱散了人群。

明明余葵才离开那里一年多,一切听起来都很遥远了。

席间,程建国还为此次月考奖励了她一部崭新的手机:"向阳都有手机,我就想着给你买一部,下次联系我,就不用跟别人借了。"

余葵将信将疑,把包装盒拆开,将手机拿到手里摩挲,才敢相信自己真的有了向阳的同款手机。

程建国叮嘱她:"学习的时候可别带进教室,记得放到柜子里。不过爸爸相信你的自制力。"

"知道啦!"余葵哪里会不答应?她一直以为,自己起码得等到高中毕业才配拥有这种高科技电子产品。

当晚,老两口儿留宿,外婆跟余葵睡在一间卧室里。趁老人看电视的时候,余葵偷偷把小狸花猫揣在兜里,转移给向阳江湖救急。

"物理很乖的,不会乱叫!你就让它在你床底下待一晚。"

向阳倒是不介意,把它的水和猫粮布置好,才爬起来坐在床边,随口劝她:"反正你爸早晚会发现,他对你有求必应的,顶多挨顿骂罢了,你怕什么?"

余葵摇头:"你还记得小时候我家那只猫吗?后来它走丢了,我爸就说不再养小动物了,他这人一般不说这种话,说了就肯定不会养。我不想让他觉得我不听话。"

一切是有前车之鉴的,她当初刚来城里时,她妈脸还没那么臭,直到她身上的缺点越暴露越多,母女俩也越来越像仇人。

好不容易得到了父爱,余葵难免有点儿患得患失。

两人聊了会儿天儿,余葵不着痕迹地把话题带到了时景身上:"听说校草有女朋友了?"

余葵一边问,还一边偷瞥向阳的神情。

她不说这个还好,一说向阳就来气:"他的绯闻女友不就是你吗?"

"我?"余葵差点儿把大牙惊掉,慌张地从椅子上滑了下来,"关我什么事?!"

向阳看她的表情,稍微放心了一点儿,附和道:"就是啊,要不是正好住你家对门,那天又正好跟你们俩一块儿从宋定初家出来,我都信了!这群人造谣传谣都不看对象的。你们俩从头到脚,哪儿像一对?"

余葵:"……"

虽然这是大实话,但她听着怎么那么不顺耳?

总之，在知道了时景没谈恋爱后，心痛了半天的余葵总算被渡下一口生命泉水，满血复活。她兴致勃勃地试用着她的新手机，下载软件登录校园贴吧。

那个传谣的帖子果然还飘在首页上。

几天前，高二理（1）班的同学亲自用两人的姓名首字母编写了几段关于"送苹果""三明治""摸头杀""同学生日护送回家"的系列小故事，底下几十楼全是女生们在哀号，中途甚至还一度有人歪楼讨论起绯闻女主角。

76楼："时景身高最起码一米八以上吧，YK有一米六吗？有没有男生讨论一下，个子小的女生真的更让人有保护欲吗？"

胡说八道！余葵握拳，她明明一米六二！

79楼："都不说身高，成绩也是南北两端，YK在高二理（15）班，不用我说大家都知道那是什么班了吧。"

…………

82楼马上有疑似（15）班的人反驳："楼上，理（15）班是挖你家祖坟了吗？再差也是学校招的，你哪儿来的优越感？"

83楼："看楼上骂来骂去，没人骂她的脸的时候，我就有点儿好奇了，今早课间操遇到，特地盯着研究了一下，她确实长得挺好看，就是刘海儿太长，挡脸了。"

84楼："时景这么完美的人，哪里都好，就是品位差了一点儿。他从大城市来，我以为他在咱们这儿根本不可能有看得上的对象，就算要谈，起码也得是谭雅匀那个等级的吧，竟然找个（15）班的笨蛋。"

86楼："只有一种可能，YK家祖上烧高香了。跟顶级帅哥谈一次恋爱，这牛够吹一辈子。"

…………

一个帖子都没翻完，玻璃心破碎的余葵又以迅雷不及掩耳的速度卸载了这款邪恶的软件。

老人家睡得早，余葵晚上才学到11点，就早早关灯上了床。作息突然改回来，黑暗中，她轻手轻脚地翻身，默背了一遍短语，还是有点儿睡不着。

不料外婆也没睡，静静地躺了很久，忽然按亮床头那盏小灯，开口问余葵："阿葵，你爸爸突然回来，是不是因为你妈对你不好？"

这叫余葵怎么回答呢？

· 154 ·

尽管老两口儿与前女婿的关系一直非常和谐，但余月如毕竟是他们的亲女儿，他们内心肯定希望余葵跟妈妈的关系更好一些，余葵不忍告诉外婆事实，但是又实在憋不住委屈，最后只能挑了三两件小事讲。

外婆怒道："三岁看到老，你妈这个人，从小分糖就要抢那块最大的。读书也是，无利不起早，什么都只看眼前，猴子掰苞谷，掰一根扔一根……"

余葵沉默地听外婆骂完，又听外婆伤心地叹道："不过她是我生的，我知道，她没有坏心眼儿，就是性格太糟糕。阿葵，你要怪就怪外婆吧，不要记她的仇。她生你的时候不容易，吐得吃不下饭，怀了九个月，难产，人差点儿没了。可能那时候她受多了罪，心里总归有点儿不平衡。"

…………

这些话，在父母离婚后余葵听过很多遍。老一辈人对孩子都寡言，少有直白的情感互动，谈心时只能一遍遍追忆往事。

熟悉的配方，熟悉的味道，听外婆念着念着，余葵终于来了点儿睡意，脸蛋儿垫在手背上，香甜地进入了梦乡。

周六清早，余葵又要去上补习班了。

像往常一样，外婆从床头顺手找到梳子，要给她扎个马尾辫。白天版本的外婆又恢复了战斗力，被她无情拒绝后唠唠叨叨："你这么披头散发地去上课，怎么专心得了？你实在不想扎也行，过来，我给你那个头帘上来两剪子。"

余葵围着餐桌，跟外婆来了一段"秦王绕柱"，最后早点没吃完，抓起桌上的鸡蛋灌饼就跑了。

有了新手机后，唯一不大方便的地方，大概在于朋友们给她发消息，她不能再装作没看见，不像以前有空用电脑时才统一回复。

中午下课，余葵在图书馆门口的餐厅吃饭，易冰和四饼同时给她发消息，约她下午出去玩。

余葵复制粘贴，回复两人："补习班4点半才下课！"

易冰："没事，我家酒店周年庆，今天蒸桑拿六折，我带你进去蹭一晚，可好玩了。"

四饼："平时都上到10点半，正好，我今天也5点下班，到时候过去请你喝奶茶。"

唉，太受欢迎的人也有烦恼。余葵夹起餐盒里最后一瓣卤鸡蛋，刚塞进嘴巴里，就见一道熟悉的身形径直朝她过来——是时景！

他家果然住在图书馆附近吗？

余葵只来得及匆匆咀嚼两下，鸡蛋刚刚卡进嗓子眼儿时，时景已经带着餐盘和美貌，还有餐厅众人的注视，在她的对面落座。

"你是笨蛋吗？"少年皱眉坐下后，第一句话便问道。

余葵被骂得有点儿蒙，还没搞清楚什么状况，电光石火间——

少年钳着隔壁男人还没来得及收回去的手腕，从餐桌底下扭到桌上来，重重地扣进滚烫的鸡汤碗里。

"啊啊啊！你松手，疼……疼，我什么都没拍……我的手机！"

余葵从小到大第一次遇到变态，男人二十来岁，戴着眼镜，看起来文质彬彬的，根本不像这种人。

她迟疑了几秒钟，后知后觉地捡起一半被泡在汤碗中的手机。

手机还没浸液，屏幕显示正在照相机拍摄页面。

她颤着手点击左下角往前翻——果然是偷拍，画面糊了许多张，有两张拍到了她的腿，小腿肚被白色的短棉袜包裹着。

余葵今天穿的是蓝白海魂衫、灰白运动及膝短裤，都是再常见不过的、保守的学生款式。只是她坐下来吃饭时，裤子会被往上提一些，不知道怎么就招了那人的眼。

她头皮发麻，只觉得有种恶心的东西在胸口挥之不去，来不及细想，时景冷静的声音很快传来——

"你站远些，先报警。"

一听到"报警"两个字，男人剧烈地挣扎起来。他起初还试图伸手抢夺余葵在查看的手机，失败后又想夺路而逃，可惜时景年纪虽小，身量却已如成年人那样高大。时景蹙眉，用力拧着那人的胳膊往后一翻，胳膊上肌肉绷紧，便死死把人的脑袋按在了地面上，再干净利落地给了对方两拳，男人挣扎的动作幅度顿时小了一半。

桌椅板凳在打斗间被推到一边，此时，四周见义勇为的食客也终于拥上前帮忙。

余葵此生第一次拨打报警电话，颤着声刚讲了个开头，那边男人已经被制住。时景面无表情地走来，从她手中接过电话，三两句话讲清楚事由，并告诉了警方事发位置。

余葵下意识地想把对方手机上的照片删除，却被时景提醒："先留着，等会儿警察过来才有证据。"

· 156 ·

她又惊又惧，心脏"怦怦"狂跳，捧着这个肮脏的手机不知如何是好。

女孩儿的踌躇和嫌恶全写在脸上，时景干脆把手机抽过来，单独放在了一个透明的文件袋里并塞进了口袋，扫了她一眼，叮嘱道："不知道干吗就跟着我。"

少年的黑发垂落在额前，瞳孔漆黑，让人看不出情绪。

余葵看着他有条不紊地和餐厅工作人员商量调监控视频。那经理原本借口老板不在，要等警方到才行，不知听时景说了些什么，经理闪身让他们进了机房。

机房狭小的空间内燥热不堪，只剩"嗡嗡"的机箱运行声。

时景专注地盯着电脑屏幕，余葵站在边上，看着看着，忍不住把视线移到了少年漂亮锋锐的侧脸轮廓上。

大抵是刚活动过四肢热的，日光灯下，就连他修长脖颈上的喉结表面，都凝出一层薄薄的水光。

他太完美了，带着与生俱来的距离感。

和他接触得越多，余葵越能体会这种完美极具攻击性，就如刚刚那场打斗，对方来不及反抗已匆匆结束。他利索熟练的动作更让她明白，现实里的时景喜怒不定，根本算不上一个好脾气的高中生，和在网上极富耐性，会卸下防备安慰她的网友"返景入深林"相比，让人生出一种奇异的割裂感。

他们之间，或许也只有内心深处的善良和正义感有着共性。

余葵感受着胸口"怦怦"乱撞的心脏，十分清楚，它此时的狂乱，与几分钟前的缘由已截然不同。

餐厅在公园边上，接到电话的片儿警不到十分钟便抵达现场。

警车载着两个高中生和一个变态回了派出所。

警察本来还要打电话通知两位未成年人的监护人，只不过刚拨完时景家的电话，还没来得及给余葵她爸打，负责联系的片儿警便接到了电话。

余葵只听他严肃地应着"对对对""是是是"，电话没接完，车已经开进了派出所的院子。

一排车中间停了辆眼熟的黑色小轿车，余葵对着车牌左看右看，才发现这正是她搭过的那一辆。

玻璃门外站着位身穿白衬衫，斯文和善的清瘦中年男人，余葵正想着时景的爸爸怎么那么年轻，便听时景颔首叫了一声"周叔叔"。

男人笑起来如沐春风："你爸正好在华山西路加班开会，手机在我这儿，一接到电话我就赶过来了。"

"他知道了吗？"

"我没跟他提。这有什么不好意思的，小景？见义勇为，你爸知道了也只有夸你的份儿。"男人抬手拍了拍时景的肩膀，上下打量时景，"有没有哪里伤着？"

时景摇头："我没事，不用惊动他。"

这位周叔叔此时才朝余葵看过来，瞧清她的模样，诧异地一挑眉："是同学啊，你们俩今天约好了去图书馆吗？"

余葵赶紧摇头："就是在图书馆门口的饭店遇上的。您认识我？"

周成微笑道："有点儿面熟，可能是在学校见过吧。"他记得没错的话，时景刚转学那周，他去学校接人，时景那天顺手帮的也是眼前这个叫余葵的女孩儿。

周成压根儿不相信有校外巧遇这种事，但自己也是从这个年纪过来的人，对少男少女的事了然地没再往下问。

接下来的事情发展就很顺利了。

余葵几乎什么心都没操，只是在警察姐姐的温柔安慰中做完笔录，变态便被拘留处理。事情结束后知道余葵要回补习班上课，片儿警还顺路把他们俩送回了图书馆附近。

回程时，余葵又是单独跟时景坐在后排。她道完谢，便紧张地呆坐着，手不停地抚着运动短裤边缘的皱褶，不知该再说点儿什么。幸好此时手机振动，见易冰发来消息，余葵赶紧回了过去。

一知道校草现在正坐在她旁边，易冰直接把电话拨了过来——

"余葵啊，吓到没？我都不知道该说你是太倒霉还是太幸运了，贴吧那个帖子，现在想想倒也不完全算空穴来风。虽然谈恋爱是假的，但你和校草在偶遇方面真的有种莫名其妙的缘分……"

余葵生怕被旁边的人听见，慌张地把声音调小，直到需要耳朵紧紧贴在听筒上才能听到声音，这才放心开口："冰冰，我下午可能去不了了，我乡下的朋友四……张爱花今天5点以后休息，想请我喝奶茶。"

四饼这个绰号在时景那儿是备过案的，余葵紧急改成说大名，闭眼在心里跟四饼道歉。

"没事，你就带小花一起过来呗，或者等会儿我和司机过去接你们俩……哦，对了，把你的救命恩人也捎上，桑拿酒店厅里全是自助海鲜和水果，都不要钱……"

现在离上课还有十分钟，余葵到这时才猛然想起来，时景刚才为了帮她，连口饭都没吃上，汤汤水水洒了一地。

窗外灌进来的风吹得少年衬衫鼓动，黑发后扬。他正低着头，漫不经心地摆弄着手机。

余葵咽了咽口水，才壮着胆子唤道："时景。"

少年侧目。他原以为，以余葵跟猫一样大的胆量，下车前她是决计不可能再主动找他说话了。

"你饿吗？"余葵漆黑的大眼睛里写满了小心翼翼，她为自己的粗心大意感到愧疚极了。

少女的下巴还有一些未退的婴儿肥，眼睛是极其漂亮的杏眼，浓密的睫毛掀起来时，才让人发现她的瞳仁很大，像她的内心世界的窗口，明亮清澈，有一种叫人不忍辜负的率真烂漫。

时景别开眼，睫毛掩去目光，反问道："你觉得呢？"

电话那头的易冰对着话筒疯狂发声："葵啊，不要怂，实在不行把电话给他！我替你请！"

余葵心一横，把手机递了过去。

"对不起啊，害得你午饭都没吃上，我朋友说为了感谢你今天帮忙，想请你吃自助。"她说完又急匆匆地补充，"如果你有空的话。"

时景没接手机。

余葵收紧捏着手机的指尖，心跳悬停，就在她的手快开始发颤时，他总算大发慈悲，心不在焉地开口："你呢？"

余葵愣了一下才反应过来——时景是在问她去不去。

"我得等补习班下课才能过去。"

时景这才低头看了眼腕表："几点？"

"两节课，到4点半。"余葵像小学生抢答，答完又觉得这样显得自己太迫不及待，缓下声劝道，"虽然很快就能上完，但等到那时候你不是更饿吗？"

"我在图书馆，结束了给我打电话。"时景顺理成章地点开了拨号页面，松垮的背挺直了一些，微斜着脑袋看过去，"你的电话号码是多少？"

两人的视线在空中相接。

又来了……又是这种要命的心动瞬间！正午的阳光照在他偏过来的三分之二侧脸上，连空气中的灰尘都清晰可见，更显得他的皮肤纤尘不染。少年漆黑的瞳孔有种剔透的、摄人心魄的魔力，几乎能将人溺毙。

余葵都没办法思考,浑浑噩噩地吐出了一串刚背熟的电话号码。

下一秒,手机自带的铃声在车厢内响起。

她还没来得及在屏幕上滑动指尖,便听他说:"时景的电话号码,存起来。"他念自己的名字时,缓慢低沉的嗓音中带着点儿愉悦,像是在勾引人。

"喂!"前排的年轻男警察实在没忍住,回头打断他们的互动,"我说,你们两个小孩儿可别当着我的面谈恋爱,警察叔叔也是会抓早恋的!"

余葵的耳朵"唰"的一下红了。

她立刻移开视线,屁股往前移半截,和时景拉开距离,身体前倾,扶着副驾驶座的靠背提醒警察:"前面左转,下个路口就到了。"说完,她又忍不住补充道,"您误会了,警察叔叔,我们没有谈恋爱。"

她真乖啊!时景握拳撑着下巴,舌尖抵紧上颌,才忍住没有将笑意溢出唇角。

余葵回到补习班还惊魂未定,反复盯着手机上那串数字,直到熟练得都能背下来,才点开新建联系人,在备注里输入了一个月亮的表情符号。

这样,时景就躺在她的通讯列表的最后一位了。就像这段暗恋,也只有她自己知道。

余葵先发短信告诉爸爸,会和四饼在同学家的桑拿酒店里吃晚饭,并且9点半才能回家的事。程建国问清同学的姓名还有地址便答应了,只告诉余葵,外公外婆已经回老家了,晚上骑车回家要注意安全。

余葵怔了怔。

见王老师踩着点进门上课,她将手机调至静音,息屏后放到了一边。

余葵盯着黑板,闭上眼睛努力几秒钟后,才把那个面孔从脑海中挥除,摒弃杂念。

时间一晃就到了4点半。

余葵骑车到图书馆门口后,掏出手机刚要打电话,忽然意识到时景没有交通工具。

那么问题来了,她还得到四饼工作的店里去接四饼。本来两个人刚刚好,现在多了时景,她要怎么过去——总不能骑车载他吧?

余葵根本没办法想象校草坐在她的自行车后座上的画面。

一阵头脑风暴兼艰难取舍后,她撸起袖子,决定把自行车藏在图书馆的车棚里,等明天再偷偷过来骑。

怕别人磕到她的车子上的漆，余葵特意将自己的宝贝粉色自行车推到了车棚边上。

她把海魂衫的下摆掖进短裤里，俯身，伸长脖子，短发的小脑袋凑到前车轮旁"咔嗒"上锁时，突然听背后传来声音——

"余葵，你在锁车吗？"少年的声音不轻不重，懒洋洋地拖长调子，却如平地惊雷吓得余葵脚下一软。

不知道事情是怎么发生的，等余葵稀里糊涂地回神时，时景已经坐在她的自行车后座上了。

四饼一听她想打车过去接自己，忙说不用，坐公交车找得着路。

从图书馆骑车到酒店就十几分钟，现下余葵既然不用接人，藏车又被发现了，再去路上打出租车的话……按时景的话讲，多少有点儿不环保。

开锁前一秒，她颤抖地捏着钥匙回头确认："时景，我载你吗？"

"不然我载你？"少年肩上斜挎着单肩包，手插在裤兜里，漆黑的眼眸居高临下地看过来。

余葵立马低头开锁："好的。"

让身高一米八五的校草骑她的粉色女式自行车，画风实在太幻灭了，余葵不能容许这样的事情发生。而且时景一个外地人，都不认得路，何况他还没吃午饭——让一个没吃午饭的人载她有失人道。

4点半的太阳烤得皮肤发粉滚烫，余葵戴上帽子，重心前倾，心无旁骛地蹬着自行车。

余葵的脑子里只剩一个念头——

她身后坐的是纯附建校七十多年来的"颜值巅峰"，她千万不能让人家在自己的车上出交通事故，哪怕磕破一点儿皮，留下疤痕，她都是历史的罪人！

公园附近的环湖地段好骑一些，几分钟后，城市行道开始上坡，余葵用细瘦的小短腿费力地蹬着脚踏板，可惜踩得满头大汗，自行车还是移动缓慢，格外艰难。

眼看身边的电动车、小三轮车风驰电掣地掠过他们，余葵有点儿急了，咬着后槽牙使出吃奶的力气，谁料小腿一抽筋——"啪"的一下，自行车一下倒退好几米。

最后还是靠时景身手敏捷地跳车，又力挽狂澜地从旁拽住她的车头和车架，急速滚动的轮胎才在半坡上险险停稳。

她心有余悸地下来推车，忍着小腿抽筋的疼痛，和大神商量："要不，咱们就走几百米？过了这段就都是下坡路了……"

话音刚落，少年叹了口气，接过车头，长腿跨过车座支在地面上。

"上车。"

林荫道的绿枝繁茂，阳光穿透罅隙，光斑在柏油路面上晃动，凉风从耳边荡漾开，少年的衬衫猎猎鼓动，飞扬的衣摆偶尔触摸余葵的脸颊。

这一幕实在像极了青春电影。

余葵的心脏像要跳出嗓子眼儿，她几乎要掐着自己的手臂，才能确认身处此境的真实性。

坐在暗恋对象骑的自行车的后座上，她平时晚上做梦，都不敢这么大胆地想象。

车轮碾过井盖，车身颠簸了一下。她赶紧抓稳座位底下的栏杆，维持身形，然后便听到时景的声音从风中传来——

"我得跟你承认一件事，余葵。"

余葵还沉浸在梦境中，条件反射地问："什么？"

时景："我没怎么骑过自行车，上一次骑，还是十年前。"

余葵："什么？不会吧，我看你骑得有模有样……"

时景："因为只学了上坡。"

余葵来不及惊愕，下坡路段已经到了。

惯性袭来，她慌张地抓住面前的单肩包，仓皇地提问："时景，你知道可以用刹车减速吧？"

"你别怕，其实我平衡能力还行，必要的时候可以用脚刹车。"少年不知哪儿来的勇气和淡定。

接下来的时间，余葵反复在惊惧中闭眼又睁眼，感觉自己正坐在一辆没有车头的过山车上来回颠簸——还是没有安全带的那种！她极力克制自己喊叫的冲动，但偶尔还是忍不住惊恐地提醒。

"时景，你刹车啊，快刹车！"

"好。"

"腿……腿……腿放下来了吗？"

"我知道。"

"拜托！别撞别撞，往左——哎，不行！有个奶奶！"

"你抓稳就行。"

…………

待重新回到平稳地带，她惊魂未定地回过神，才发现自己的手不知道什么时候抓在了少年的腰肢上。

隔着一层薄薄的布料,他的腰瘦削又坚硬,并不柔软,但充满了温热的力量感。

她像做了错事,惊慌地松手,背到身后。

时景垂眸看了一眼,随口问道:"快到了吗?"

"这条路尽头就是了。"见他没发现,余葵长舒一口气,"我以为你会骑车。怎么会有人学车只学一半呢?"

"上一年级时候我爸教的,教了半个小时,我还没学完,他就赶着回去工作,说让别人来教我。我不高兴,就没有再学。"时景声音平静,像是在叙述别人的事。

余葵奇怪:"你爸很忙吗?小孩儿学车学一整晚不是很正常?"

时景沉默了两秒钟,才说:"他不知道别人学多久,但我哥二十分钟就学会了。"

这是余葵第二次听时景提他哥,他上一次提起,是在网友"小葵花生油"的面前。

当时国家实行独生子女政策,父亲是公职人员,时景百分百是独生子。但听时景的语气,这位令他耿耿于怀的完美哥哥,仿佛又不只是堂兄、表兄那么简单。

她本想再问一问,又怕自己脑子笨,说漏什么不该"余葵"知道的信息,只能乖巧地闭上嘴巴。

作为经营多年的本地老牌挂星酒店,易冰家的酒店的周年庆典非常有排面。

二十四小时桑拿券即便六折,算下来一人还是得近三百块钱,十三楼的洗浴大厅人来人往,大家都趁着这难得的打折机会合家前来享受。

余葵在酒店门口等到了四饼……哦,不,她扬声喊:"爱花,我在这儿!"

四饼本来在晕车,闻言怒气冲冲地回头,但视线落在余葵身边的时景身上后,神志立刻被震飞了,根本顾不得再计较什么称谓。

三人同行,四饼跟在余葵身边,大气都不敢出。

余葵给两人互相介绍:"这是我的初中同学,张爱花。这是我在学校的同级生,时景。他中午见义勇为,为了帮我没吃上饭,我就把他一起带过来了。"

时景矜持地颔首:"你好。"

四饼顿时更紧张了,连笑容都忘了挤出来,慌张地支吾着回点了一下头:"你……你好。"然后她的步伐就开始了机械地顺拐。

每当这时,余葵就感觉非常安慰,起码在所有见过时景的人里,自己的表现应该不算最没出息的。

出了电梯,三个人在前台等易冰。

服务人员给他们拿来拖鞋,四饼轻手轻脚地把余葵拉到旁边的沙发上,附耳小声问:"小葵,这个帅哥是不是在校上课的明星?以后要考影视学院的那种?"

余葵遗憾地摇头:"他不是,他在我们年级最好的班,还是年级第一名,以后上清华北大的那种。"

四饼的嘴巴开始呈"O"形,半晌没合拢,她又偷瞥少年一眼,然后飞快地移开了视线。

"我到现在还不敢相信,现实里真的有人长这样吗?我长这么大从来没见过,他怎么能完美得像个假人一样?"

余葵也想不通:"他是北京来的,可能大城市的人就这样吧,漂亮的基因比较多。"

四饼估计被说服了,总算不再纠结这个问题,转而问道:"你们俩怎么认识的?"

不等余葵答,她又问道:"他在学校肯定特别受欢迎吧,你现在真厉害啊,葵,连这种男明星都能请出来玩,我觉得你现在的光环特别像《流星花园》里的女主角杉菜!"

她说着就真伸手,仿佛要摸摸余葵头顶的光环。

余葵生怕被时景发现自己在嘀咕他,一爪子把四饼的手拍了回去,压低声音答:"哪有这种事!我就是因为和高一班长的关系,跟他接触了几次,才和他稍微熟起来一点儿。"

四饼:"那你喜欢他吗?"

不愧是四饼,余葵被击中要害,一阵爆咳。谢天谢地,易冰这时小跑出来了,分给他们每人一枚手牌。

"不好意思啊,作业没写,刚才被我妈逮住说了两句,她叫我好好招待朋友。里面有自助餐厅,等一下小花你就随便吃随便喝,不用客气!"

将手牌递到时景那边时,她就稍微拘谨了一些:"景神,让您挨饿了,不如我让人先带您去男宾区冲个澡?我保证,出来就能吃饭!"

164

四饼从没来过这样的酒店。路过明亮的落地玻璃,看到浴室和恒温泳池,她四处张望,感觉眼睛都开始不够用,惊讶地问易冰:"这都是你们家的吗?"

易冰答:"嗯……算是吧,不过我爸的两个弟弟也是股东,就是持股少了点儿。小花你注意脚下,这边深水区地有点儿滑,别摔池子里去了。"

大帅哥不在,四饼总算想起修改自己的称呼:"你叫我四饼就好,大家都这么叫我。"

易冰一听就指着四饼笑起来:"原来你就是四饼啊!我跟余葵之前坐一桌,她经常跟我提你。你是四饼,我是'一饼',咱俩可以凑个麻将牌,哈哈哈。"

四饼原本觉得余葵的同学们非富即贵,大概会瞧不起自己,直到此时才放松自在了一些,笑起来解释:"我妈怀孕发动的时候正在打麻将,摸了一张牌还没打就被送到医院了,接生完医生让起名,她松手一看,是张汗津津的四饼,所以就叫我四饼。张爱花是我爸起的大名,除了学校老师,一般没人这么叫我。"

两个人泡在池子里开始聊天儿。

不知道是不是水温太热,余葵有点儿头痛,正绞尽脑汁地想怎么说服好朋友再叫一晚张爱花这个名字。

另一边的男宾区,从浴室擦着头发出来的时景解锁手机,开始给他的网友小葵发消息。

返景入深林:"月考成绩出来了吗?考得怎么样?"

事实上,余葵的努力注定是无谓的,因为时景一打眼就把四饼认出来了。躺在休息区的沙发椅上,他甚至从书包里翻出日记本开始温习。

她的这位乡下朋友,跟她在日记里记录的一模一样——头发微黄稍卷,鼻子稍圆,扎个马尾辫子,眼神倔强,精力充沛。

这大概就是天赋吧,没有学过一天画画的余葵,却能精准地捕捉每个人的神态,并把对方活灵活现地表现在纸上。

如果她拿回日记本,又会把他画成什么样呢?时景很好奇。

几人蒸完桑拿又吃了自助餐,中间易冰的妈妈还来巡视了一趟。

见到时景,在得知附中高二年级第一名竟然就是眼前的英俊少年后,易冰妈妈根本顾不上评估易冰有没有早恋的风险,直接大手一挥,给他们分了间 VIP 休息室。

房间里有四张沙发椅、吃不完的冰激凌、水果、点心，还有电脑、电视，他们可以尽情地……写作业。

易冰自然不会乖乖听话，四饼也没有作业可写，结果就是她们俩开着电视机，在旁边玩扫雷游戏，时景和余葵放下各自的沙发椅上的小桌板，一起铺开了周末作业。

虽说他们同在高二，但（1）班和（15）班的作业内容少有重合，原因无他，水平差距太大了。

他们之间的椅子只隔了四五寸的距离，余葵写着写着，忍不住偷看时景的进度。

本子上是熟悉的字迹。少年刚被水洗过的黑发垂落在额前，大概因为不在学校，他在颈上戴了块用细黑绳子穿起来的小牌子，松散的浴衣领口露出了部分性感的肩胛和锁骨。

时景将左手肘抵在小桌板上，头微偏，用两根手指支撑额角，长睫低垂，右手专注地写出答案。

他仿佛生来就是打击人的。余葵从来没见过有人可以这么做题，她做一道选择题要在草稿纸上划拉半天，但时景几乎是保持快而均匀的速度往下推进着，整个过程中，他仿佛一台高端精准、运行无阻的机器。

他好厉害啊！怎么会有人可以连写作业的样子都精准地戳中她的审美取向的呢？

余葵心神恍惚，写了几行字后又忍不住看他一眼，少年却直到电视机开始播放本地新闻才蓦地抬头。

那边，四饼以为打扰到他们了，取了遥控器就要关电视。

时景制止她："谢谢，不用关。"

节目在播的是一起治理夜间飙车党的新闻——

"针对近期主城区部分路段夜间出现的机动车飙车情况，我市公安交警部门决定以人民为中心，加强情指联动、警种协作，在接下来为期两个月的专项整治活动中，对各类非法改装、噪声扰民、飙车等违法行为重拳出击整治……"

"那个成叔叔的嘴巴真是开过光啊！"余葵激动地偏头，"你还记得吗？上周日，我和向阳蹭你们家的车回去那晚，他才说执法部门该好好管管，这周就真管了。"

"我记得。"时景瞧她挺开心的样子，唇角也跟着勾了一下。

其实，在那晚周秘书问他怎么被泼了一裤子水，而他回答"成叔叔开车急刹"时，就曾料到后续的连锁反应。周秘书巨细无遗，后续问起这事来，司机肯定不会隐瞒缘由。他爸刚正严明，赴任的"三把火"还没烧完，正是什么毛病都看不惯的时候。

写完数学，余葵从包里抽英语作业，发现包底的手机不知怎的亮着屏。她点进QQ一看，返景入深林竟然在一个多小时前就给她发过消息！

余葵提心吊胆地戳开对话框，结果眼泪汪汪地看完。

她太感动了！时景连来桑拿酒店享受，都不忘关心网友小葵的成绩！

虽然正主就坐在她旁边，可就冲对方这份关心，她已读不回未免太不礼貌。

余葵魂不守舍地把手机调成静音，又磨磨蹭蹭地写了几行作文，查单词时往旁边偷瞥了一眼，才借着书包的遮挡，往输入框里打字。

"进步了一点点，虽然整体还是九百多名，不过生物考了我们班单科第一，我外公外婆超级开心，看来景神你教我写完那本暑假作业真的有用！"

"嗡——"时景收到消息，兜里的手机突然振动。

余葵秒速扔开手机，心虚地擦掉拼写错误的单词，用余光偷瞥，见他旁若无人地掏出手机打字，输入很久，不知道回复了些什么。

余葵抓心挠肝地想把手机掏出来看看，又怕动作过于明显，只能忍住好奇心，加快速度往下写作文。

一旁扫雷的易冰和四饼其实也不专心，暗中观察着他们俩。毕竟跟时景这样的男神共处一个空间，有几个人能真的没心没肺，投入地玩游戏呢？

眼见时景中断做题看手机，心情也还不错的样子，易冰终于出声盛情邀请："你们俩累不累？要不也来玩会儿吧，冰激凌快化了。"

"马上来！我把作文写完。"余葵应着。

她身侧那人忽然探过身来，修长的指尖在她拼写的单词上点了两下："错啦，不是symphony，是sympathy。"这是两个易混词，余葵把"支持"写成了"交响乐"。

他的睫毛和呼吸都近在咫尺，余葵几乎要窒息了，脑子里疯狂回想单词的拼写顺序，却无论如何记不起分毫。

时景直接替她拼："S-y-m-p-a-t-h-y。"

余葵机械地画掉错词，接着便听他接着念出了自己写的整个句子："Thank you for your sympathy. It's so awesome to have a friend like you."

167

少年的英文发音标准，带着胸腔的共鸣，有一种优雅的力量感，口音像余葵前两天骑行时听的那段演讲，但他念起她的小学生作文，懒洋洋地拖长的尾音又像极了一种无奈的纵容——

谢谢你的支持，有你这样的朋友真好。

等到时景念完，余葵才意识到，他顺口替她改了两处细节，更换了一个不容易拿分的简单词汇，顺便将复数改作单数，"你们"就变作了单指"你"。

有你这样的朋友真好……

这样的巧合让余葵怎么平静得了？即便这份快乐只有她一个人暗暗地明了，她的整颗心仍像被泡在了蜂蜜罐子里，甜蜜得就要飞起来。

从易冰的角度看过去，余葵的脑袋只比时景的肩膀略高一些，他的左手撑着余葵背后的椅子，两人凑近说话时就仿佛靠在了一起。

高大强健的校草，身边依偎着身形瘦弱的女孩儿——余葵被不着痕迹地圈在他臂膀的范围内，身形更显得纤细柔弱、不堪一折，画面形成一种强大的视觉冲击，张力拉得太满。有那么一刻，易冰生出种错觉——冷淡自持的少年好像真的被拉下了神坛。

怕控制不住自己的想象流鼻血，易冰强迫自己移开目光，心里疯狂地吐槽起学校贴吧里的那个帖子——

那些人根本都没看过两个人在一起的样子吧，否则怎么能轻易说出这两人不般配的话呢？

他们是有差异，但这种奇妙的差异促成了更强烈的化学反应。在这种磁场下，即便不亲密、不靠近，周围还有电灯泡在场，但只要是眼神触碰的瞬间，他们就有了千丝万缕的联系，像是已经认识了很久。

恋情是假的，但甜是真的！

写完作文，余葵总算吃上了快融化的柠檬味冰激凌。她心不在焉地靠在茶几上休息，正想着要怎么趁人不备去扒书包看手机，忽然听聊天儿的四饼和易冰说起自己初中时候的事。

四饼爆料："现在可能看不太出来，余葵小学、初中都是我们学校的校花呢，在镇上出名到她不想去上课。我们那边的人普遍黑一点儿，她就显得可白了，老师总怀疑她涂粉底液……"

余葵大惊——这是她在漫画里画过的内容，她恨不得飞扑上去捂死党的嘴。

幸好易冰闻言，侧目打量她，顺口提醒道："小葵，柠檬味这么难吃？

你的冰激凌都沾到鼻子上了。"

"有吗?"余葵赶紧用袖子胡乱抹了两下,"擦干净没?"

她问的不是时景,少年却转过头,对着她的面庞认真看了几秒钟:"干净了。"

他再盯,余葵的耳朵就要烧红了。

易冰在一旁及时发问:"景神,我看你的手机好像低电量提醒了,怎么还亮着屏,要不我叫工作人员给你拿个充电器?"

"没事,我自己去拿。"时景应了一句,然后就放下喝水的杯子往外走去。

易冰又好奇:"是在等谁的消息吗?"

"嗯。"时景低沉地笑起来,"等一个小笨蛋的消息。"

等人一走,易冰肃穆地摇头:"余葵,你完了,他跟那个小笨蛋肯定有戏。亏我刚才还想你们俩般配度还行,在这儿幻想偶像剧呢,搞半天人家都已经有了自己的小笨蛋,没劲!"

余葵捏着手机,一口气憋到嗓子眼儿处,偏又不能说实话。她总不能告诉易冰,自己就是那个努力半天考第九百多名的小笨蛋吧?

此"小笨蛋"就是字面意思,根本不是易冰想象中的爱称。

她戳开对话框,看到返景入深林十五分钟前给她分享了一张照片。

照片像是今晚拍的,从十三楼的酒店餐厅俯瞰霓虹灯闪烁的城市,高楼鳞次栉比,车辆川流不息。

余葵很少从这个角度观察城市,只觉得好美啊。她沉浸地欣赏了一会儿,再往下翻,就是他打了很久的那段话。

"拿错包那天,我第一次踏足这座城市。

"市中心下着暴雨,道路积水堵车,人声杂乱无序,我以为自己被迫来到了一个令人讨厌的地方,但事情似乎不是这样。昆明的秋天很美,草木仍然葱茏,静谧清幽,不冷不热,连窗户里灌进来的微风也叫人舒展惬意。

"这一切都要感谢你,小葵。

"我把今晚的城市分享给你,连同我的快乐一起。我想告诉你,哪怕只进步一丁点儿,你也在往好的方向走去。

"也许你今天没空,那么晚安。

"希望明天有足够多的幸运随你翻山越岭。"

手机息屏。

余葵只感觉到不知从何处而起的震颤,那是他最质朴平和的文字所带来的情感共鸣。她捂着胸口，只觉得心脏在胸腔内狂乱不堪地四处冲撞，然后化成了一摊水。

只在一瞬间，暗恋的情愫抵达了顶点。

世上怎么会有人那么温柔，那么讨人喜欢呢？如果这段对话在现实里发生，余葵多想用手指描摹他的轮廓、眉眼。

但她不能。

临回家时，四饼去洗手间，余葵只能和时景一起走，到电梯口等四饼。

他们出了休息室，走廊左边就是近千平方米的公共休息大厅，右边是成排的VIP休息室。时间刚过九点，躺满客人的厅内稍稍安静了一些，走廊里熄了几盏灯，路过的服务人员也放轻了手脚。

余葵刚戴上耳机，身后就驶来一辆清洁推车。

保洁阿姨蹲下擦踢脚线，推车大概没停稳，地面瓷砖刚用洗涤剂清洁过，湿滑未干，车轮便朝前滚去。

时景偏头，余光忽然瞥见有什么东西径直向他们冲过来——

顷刻间，他来不及思考便下意识地伸出胳膊，拦腰将人揽到边上。

余葵完全没防备，眼前天旋地转。她太轻了，还穿着酒店发的防滑拖鞋，这一动，脚丫子从鞋里滑脱。她踉跄着寻找新的重心，整个身形悬空，一头栽上了少年宽阔的胸膛，硬邦邦的，撞得她头晕眼花。

倏地，她感觉有什么东西从背后重重地擦着背包飞了过去。

她惊魂未定地朝前一看，才发觉那是推车边缘挂的一排清洁刷。

保洁阿姨吓得边追车边给他们俩道歉。

"撞到哪儿没？"时景收回视线，将人放到地面上。

"擦到了书包，我没事。"她答完才后知后觉地发现：自己踩的……是他的脚！她掉下来的拖鞋刚才卡在推车底部被带走了，时景竟将她放在了自己的鞋面上！

天哪……这个姿势过于暧昧，余葵的头脑瞬间被清空了，属于男性的呼吸和浓郁的气息近在咫尺，拼命撩拨冲撞着她的感官。

她从没与异性有过这样近距离的接触，彻底慌了神。更可怕的是，当她想退开几步时才发现，自己的短发和耳机线都被绞在了他的外套拉链上，她一退，头皮便钻心地痛。

她抬手试图将头发扯下来，却因为眼睛看不到被绞的地方，只能胡乱用力，扯掉了许多头发。时景连忙把她的手拿开，用低沉的声音劝她："我来。"

女孩儿发丝间的馨香充斥在他的呼吸中，柔软到让人不可避免地有几分意乱。他低头垂眸，手微颤了一下，将混乱缠绕的发丝拨开，解开耳机线。

"好了吗？"余葵感觉自己的声音几乎在发抖。

"快了。"时景也好不到哪里去。大概为了避免拉痛头皮，也或许为了避免更多的肢体接触，少女踮着脚，摇摇欲坠地立在他的脚面上，轻飘飘地、让人心痒难耐地轻扯着他的衣袖来稳住身形。她此刻像一叶浮舟，脆而易折。

两人气息交融，太痒了，脚背的肌肤相接处明明只有立锥般大小，微凉的温度却顺着血液上涌，酥麻带电地直抵年轻男人的大脑深层。

时景的心一下、一下地震颤。

灯光昏暗，走廊光线朦胧，仿佛刻意在纵容人心里的恶兽出笼。

他替余葵把耳机戴回去时，指腹不自觉地在她的耳垂上停顿了片刻。直到有弹性的皮肤触感传来，少年才意识到自己竟然放纵地摩挲了一下。

时景这辈子从没做过这样出格的事，如梦初醒，闪电般缩回手，耳朵绯红，呼吸急促，方觉得自己可怕。

余葵也瞬间一怔，极力平复呼吸，理智仓皇地反复告诫自己：不准胡思乱想，男神完全是不经意间触碰，仅仅在替自己解开耳机线，正确的做法是该立刻回神，谨慎退后，清醒地跟人道谢。

可惜她想得再好，软成面条的腿到底没立稳，脚跟落地，退后时便身形一晃，又快速地被时景单手扶住。

"我去给你拿鞋。"

不过，他还没来得及拔腿走出半步，便被推开门的少女一把拽进了右侧无人的VIP休息室里。

瞬间，四周变得安静。

"怎么……？"

他还没问完，余葵的食指就落在了他的唇畔。

"嘘，别说话！"黑暗中，余葵声带发颤，用气声悄悄地答道，"我看见我妈了。"

世界上还有这么倒霉的事吗？就在时景说要去给她拿鞋的那一秒，谭雅匀和余月如、谭父同时出现在走廊拐角处，聊着天儿往这个方向过来。周年庆六折，桑拿酒店来的客人大多是情侣或一家几口，但余葵没料到他们竟然也有时间过来。

整个公共休息大厅连通走廊，视野一览无余。三人从里面出来，身上穿着浴衣，显然已经泡完澡，不知道在厅里休息了多久……余葵甚至都不能确定自己和时景刚才在走廊里的动作有没有被他们尽收眼底。

时景的呼吸洒在她的食指上，她看不清时景的脸，触电般地收回了手。

VIP休息室和走廊中间只用了半磨砂玻璃隔开，幸而房间里没亮灯，外面的人看不到里边，里面的他们却能把外面看得清清楚楚。

那保洁阿姨捡起拖鞋，回头自言自语："奇怪，鞋都还在，人呢？"

与保洁阿姨擦肩而过的瞬间，余月如抬手拢了一下鬓角的头发。谭雅匀的表情像是有些困惑，她落后两步回头张望，又匆忙追上父母的步伐。

人再次消失在转角处。

余葵这下也没胆子再逗留了，趁他们掉头回来之前，一路小跑到前台交还手牌，换回自己的帆布鞋。她把四饼送上公交车后就匆匆忙忙地骑车回家，连时景提出送她也被她拒绝。

她有一种不祥的预感，脑海里闪过谭雅匀张望时那一瞬间的表情，回想越清晰，感觉越强烈。

9点半，她准时到家。

洗漱后，她把补习班留的作业在桌面上摊开，内心深处总算长舒一口气。

程建国拿着牙刷，满口泡泡地在门口劝她："小葵，累了一天，要不然歇一晚，明天周末再写吧。"

余葵拒绝："今日事，今日毕，今天规划的任务没完成，今天就不算有进步。"

程建国看着她的样子，不知怎么想起了自己年轻的时候，有几分怀念地回想："我当年读高中，也是你这个劲头，每周背着干粮走三十多千米去学校，边走边看书。有一次把鞋都走丢在路上了，到学校才知道，又折回去六七千米才找到。幸好一只破鞋没人捡，不然你爸就没鞋穿了。"

余葵捏笔听着他说完，再回头，努力眨了一下眼睛，心中更觉得充满了热血。

王老师一共留了二十道题目，余葵花一个小时写到第十三题时，突然听到楼下传来一声闷响。

不多时，楼下变得有些吵闹。

老小区的楼间距不算宽，两侧的车位上还停满了私家车，剩下的长巷就狭窄起来，大抵是出了剐擦事故。

余葵探身关上窗户。

楼下白色现代车的大灯照亮了被磕掉砖的花台边角，她觉得那车仿佛有些眼熟，走出两步又觉得不对劲，折返后发现——果然，那是谭雅匀她爸的车。谭雅匀她爸正扶着车头，皱眉跟保险公司打电话报损。

下一秒，余葵听见防盗门外传来了一阵重而凌乱的拍门声。

"程建国，你给我开门！"

余月如气势汹汹地杀进客厅，把手机扔到男人的怀里，眼神怒不可遏："你自己看看，你管的什么女儿！余葵，你给我滚出来！"

余葵才走到卧室门口，一顿质问就劈头盖脸地落到了她身上——

"我问你，你今天和男生在桑拿酒店里干什么？你是不是在谈恋爱？"

余葵定定地看着余月如暴怒的脸，摇头："我没有谈恋爱。"

女人身后还跟着个小尾巴谭雅匀，少女的脸上一副无措为难、悲天悯人的表情，不着痕迹上挑的眉角却暴露了她的内心——这是她看好戏时的典型表情。过去一年多时间，余月如每次对余葵发作，谭雅匀都是这样作壁上观的。

余月如见余葵还敢狡辩，又劈手把手机从程建国那儿夺了回来，举到余葵眼前："你自己看，这是什么？我这次没冤枉你吧？"

屏幕上是张抓拍的照片，看动作是一个多小时前，时景怕余葵被酒店清洁推车撞到，紧急把人揽到一边时被偷拍到的，高糊的画面看不清人脸的轮廓，一男一女的身形却没的辩驳。

"我确实去了桑拿酒店，那是我高一同学家里开的酒店，今天周年庆，同学叫我过去玩。除了这个男生，还有其他两个女生，你不信，我现在就可以打电话……"

"啪！"清脆的耳光声在空中响起，余葵的脸被重重地打到偏向一边。

程建国心下大震，连忙上前抓紧女人的手腕，急切地阻止道："你冷静点儿，事情都没问清楚，你干什么打孩子？这事余葵跟我报备过的，她确实是跟好朋友一起去的。"

余葵没说朋友里有男生，但怕余月如再打女儿，他下意识地掩过没提。

"既然她是跟同学一起去的，照片里为什么只有他们俩，其他人呢？照片把动作拍得那么清楚，你们父女俩还想合起伙来糊弄我？程建国，你给我闪开！"

余月如面皮涨紫，指着余葵怒骂："丢人现眼的东西，我原以为你只是不争气，没想到你能不自爱到这个地步。好啊，跟男生上酒店，早知你这么丢人现眼，我管你干吗？！我还不如就让你在县城里读书，一辈子没出息也好过干出这种丑事！"

余葵沉默地听着，直到此时，顶着掌痕的脸才终于偏回来。她含着泪的眼睛里只剩失望的冷光："你每一次、每一次、每一次都是这样！"她的声音里带着克制到不可察觉的哭腔，神情却冷然倔强，"既然你不相信我，把我想得那么坏，又来问我干吗呢？你以为我想到这里读书？你以为我想做你女儿？这些是我选择的吗？我选择得了吗？"

程建国自打回国，就没见余葵在自己面前哭过。

被冤枉，受了委屈一个人去成都找他的时候，她没哭；被同学霸凌，挠得浑身是血印子的时候，她没哭；以为他要收假回东南亚的时候，她没哭。可是现在她哭了，眼泪无声地顺着她苍白的脸滴在地板上。

男人终于生气了，指着门口怒道："月如，这是我的家，有什么请你好好跟余葵说，如果不能就请你出去，我相信我的孩子不会撒谎。"

"要你来这儿唱红脸，你才养了她几天？"余月如冷哧，"不心虚的话，她在酒店的时候躲我干吗？要不是回家路上雅匀告诉我，我还不知道要被她蒙在鼓里多久。死不承认是吧？行！雅匀，把你们学校贴吧那个帖子翻出来，给她爸看看，我一个人能冤枉她，学校成百上千号人，难不成眼睛都瞎了，个个儿都非要冤枉她谈恋爱不成？"

把手机递到程建国手里后，余月如继续数落余葵："父母让你去学校读书，你去学校混吃等死睡觉谈恋爱。雅匀考600多分，你考300多分，这书你读到狗肚子里去了！这个分数毕业你打算干吗？端盘子还是洗碗？"

"我再说一遍，孩子说没谈，就是没谈。你上次也冤枉孩子偷钱，结果呢？"程建国没有看，直接把手机还了回去，"余葵跟我住在一起，周一到周五早上6点钟从家里出发去上学，下午5点到补习班，晚上11点才回家，还要学到凌晨，哪儿来的时间谈恋爱？还有，她的分数不是300多，开学一个多月进步了50分，现在是490分。你如果不了解孩子，就不要对她妄下断论、横加指责。"

余月如冷笑："附中的学生有谁不是这么过来的？雅匀就不学到凌晨吗？铁证如山你还这样包庇她，我跟你无话可说。咱们法庭见，我明天就见律师，打官司收回抚养权，你这么纵容溺爱孩子，余葵再跟着你就废了！"

"你对好孩子和坏孩子的标准到底是什么？"程建国拦住往外走的女

人，无奈而愤怒，闭眼再睁开，才极力平静下来开口，"余葵心地善良、对人真诚、画画有天赋，哪里就废了？仅仅因为没听你的话，没往你期待的方向发展，没走你划出来的道，成绩不如你的意，是吗？"

"是！"余月如一口应下，"你自己就是从村子里考出来的，读书有多重要不用我告诉你了吧？别人为了学习连吃饭的时间都没有，她还有空跟男生谈情说爱……"

"我看孩子继续跟着你，她的心理状态才是完了。"程建国的目光彻底变冷了，"你从来没好好了解过她心里想什么、她需要什么，你只会一味强求她、苛责她。"

那天，他跟着余葵第一次跨进谭家，心情就跌到了谷底，这辈子他都过得很糙，唯独那时细心了一回——

玄关的鞋柜里塞满了女孩子的名牌鞋，不过都比余葵的尺码大两号。客厅里摆了架黑漆三角钢琴，墙上挂满各种奖状、家庭合影，富足、关怀、快乐等所有美好的词汇都属于另一个女孩儿，而余葵的所有行李被集中摆在二楼边角的那间小卧室里。那个家富丽堂皇，没有在物质上苛刻余葵，疏忽却无处不在。他们或许从未想过，在这个家庭里几乎被边缘化的孩子也是另一个父亲的掌上明珠。

"孩子被我父母带大的时候，你死哪儿去了？现在来教训我？"

余月如闻言浑身乱颤，就在她的怒火彻底爆发之前，余葵突然插话——

"是不是只要我考到谭雅匀的分数，你就不再跟我爸抢抚养权？"

"就凭你？"余月如似是被她的不自量力激到了，"别说 600 分，你哪怕考到附中的年级前三百名，能上个末流的'双一流'，我都不会再管你，不会再骂你一句。"

"这是你说的，你记清楚了。"余葵的声音有一种极端的冷静。

余月如不怒反笑："我都不知道上辈子造什么孽，生了你这么一个小冤家。行啊，你跟着你爸好好学，高三之前，只要你的分数能冲进理科班前三百名，我就承认从前是我教得不好，是我教错了。在那之前，校内校外，但凡你再跟那个男生有任何接触被我发现，被雅匀发现，我就直接去找他的父母，让他们好好管教自己的儿子。

"我言尽于此，你要是还听不进去，到那时候，我只能给你转学！"

房门被冷冷地摔上，余葵在原地站了很久才抬头："爸爸，我的物理也得补课，又得麻烦你替我交钱了。"

她黑沉的眼睛里，只剩执拗的冷漠。

时景已经整整一个月没在学校里偶遇余葵了。

她并非没来上课，因为向阳偶尔会拿着零食下楼，有时空手回来，有时换了盒牛奶。这证明余葵只是减少了出教室的频次，而他恰好错开了所有能见到她的机会。

少年坐在窗边执笔垂眸，定格般许久没动。在周边人眼里，这简直是唯美的校园电影镜头——窗棂切割天空与繁茂的绿枝，更衬得桌前沉思的男生芝兰玉树，气质无双。

课间休息，班里最调皮的男生推搡打闹，路过时景的磁场范围内都忍不住安静三分。

"时景，这道题你能帮我看看吗？"平时和异性轻松打成一片的风纪委员，几次鼓足勇气才上前，一张口，原本的萝莉音拔高了一个调，僵硬的嗓子发颤。她羞答答地递上课本："问了一圈大家都不会，要是做出来了，我请你吃糖。"女孩儿的眼神紧张中充满期待。

时景没抬头："圆锥曲线第二定义，课本上是没有，但老师提过。"

"啊？提过吗？"女生慌了神，"可我……"

少年像是已经厌倦般扶住额角，声音疲倦而冷淡："糖你请班长吃吧，这种难度的题，他能给你写出几种解法。"

"没事，你拿过来我看看。"宋定初在旁边打圆场。

直到把人送走，他才略带古怪地打量时景一眼，这位大神平时拒绝人也冷淡，但不会让别人觉得特别难堪——不像刚才，林诗雨都快哭出来了。

铃声响了，到了课间操时间，宋定初终于得出结论："你这几天，好像有点儿烦躁。"

大概吧……时景扔了笔站起来，把手插到校裤口袋里，颀长的背影冷淡而寂寥。

他怎么能不烦呢？那天从酒店回去之后，余葵的QQ就没上线过。一旦网络上最后的联系方式被单方面中断，他好像就没什么特别的借口再去找她说话了。

她生气了吗？时景不能确定。也许因为那天在酒店，他越过那条线冒犯到她了，所以她要和他保持距离？也或者，她已经有了喜欢的人，需要修剪人际关系上多余的枝叶？

他们在现实里没有那么多交集，尽管如此，时景也很清楚，余葵并不缺朋友——应该说，宽容善良的人到哪里都不缺朋友。

比如向阳，到（15）班门口一招手，就能光明正大地把人喊出来。还有陈钦怡，一放学就揣着饭卡等在楼梯口。就连宋定初，每隔几天都能从家里带几本自己用过的笔记，替换她看完的部分。

他们能做的事，时景却不行。

他仅仅是走到（15）班的门口，就会有人好奇地围上来，问他来找谁、要干吗？他离开后，势必又会有一堆人在背后议论揣测两人间的关系。他只是想和她相处，和她说话，不想给她带来多余的烦扰——就像她上次因为宋定初平白遭受的那些。

隔着屏幕，他们是可以亲密交谈的挚友，然而到了现实里，他就是余葵最普通的同级生，路上遇到都不会特别打招呼的那种。

这个认知令时景心烦意乱，胸腔就像真空袋子被堵了气口，缓慢地抽干空气，是种憋屈的、煎熬的、极不舒服的烦闷感。

课间操结束，少年往操场最远的另一端眺望，黑压压一片攒动的人头，他没有找到那道身影。

也许余葵压根儿没下来做操，就像前两周连续缺席了体育课。

"找谁呢，景神？"有巴掌在他面前晃了晃，来人揽上他的肩膀，时景失望地收回了视线。

几个男生往回班级的方向走，有人边走边叹："跟你做哥们儿走在路上挺有负担的，回头率简直百分百啊！你说这些人怎么就那么肤浅？迎面走来非要看到脖子扭不动了才肯转回去。"

附和声立刻响起："快别说了，上周在篮球场上，我跟景神隔得老远，女生还在喊'传球给十号''给十号传球'，这距离科比来传也得丢球啊。只要我不给他传，她们就骂我不会打球。可怜我'附中小飞侠'，万万没想到有一天在球场上被人丢矿泉水瓶竟然是因为队友的美色！"

"我也好想体验一下现象级校草的人生，根本不用追女生，找人家说两句话，就能自然而然地往下发展……"

时景面无表情地反驳："这是胡说八道。"他根本不止一次主动找余葵说过话。

那哥们儿诧异："不可能吧，哪句胡说？难道还有你一照面秒杀不了的女生？"

时景在心里冷嗤：余葵就是，她甚至不愿意在现实里和他相认。

他家境优越、成绩不错，对他来说，长相太好多数时候只给他带来多

177

余的烦恼——他的言谈举止都被人群捕捉、放大,他不能像普通同龄人有这样或那样的缺点,他们议论他每一个动作背后的情绪,挖掘他每一句话的深意。他少有隐私,和他有关的事情一发生就被传得沸沸扬扬,填在学校信息表里的座机号码时常接到匿名电话,烦扰到连好脾气的周秘书也时常哭笑不得。

许多对他的人生观、品性思想一无所知的人,第一次站到他面前就是倾吐爱意。他不理睬是目中无人,他拒绝太生硬被说脾气坏,他拒绝委婉些便被死缠烂打。

像余葵这样喜欢把自己藏在人群中的"社恐"女孩儿,对他大概真的是唯恐避之不及吧。只要不和他同行,不和他说话,她原本不需要被那些多余的视线评判和打量。

时景的胡思乱想有部分猜到了真相——余葵确实躲着他,但不是因为讨厌,而是太喜欢。

和时景有关的一切,稍有风吹草动便在学校里传得尽人皆知,哪怕她只是和他在路上偶遇,像所有普通同学那样一起走了一段路。

她害怕控制不了自己的悸动,抑制不住脸上害羞又雀跃的神情被人看出端倪,害怕又开始期待下一次见他。

她不敢冒险。

余月如对待别人和对待她自己一样狠,说过的事情一定会做到。谭雅匀再告一次状,学校贴吧里再多一个帖子,余月如真的会找到时景的家长。届时无论余月如跟对方说什么,这行为都足以令余葵颜面尽失、无地自容。

余葵从小就脸皮薄,勇气也有限,既不想破坏留在时景心里的印象,也不想转学,就这样远远地注视着他,想念时能在人群中见到他的身影已经很好了。

"葵啊,你要不歇会儿?爸爸看你这样,有点儿愁得慌。"程建国把牛奶端到她的书桌上。

"你放心吧,爸,我今晚肯定在12点前睡。"

台灯下,女孩儿下巴尖瘦,连婴儿肥的脸都清减了几分,显得更苍白。

余葵前两周夜里发烧,诱发轻度肺炎,白天去学校上课,晚自习边读书边打吊瓶,跟补习班的老师用视频补课。

医院一起打针的爷爷奶奶见了她,就没有一个不夸的,纷纷要给这个附中的大学霸拍照,用她做学习榜样,教育家里的孙子孙女。

程建国掩上门,在黑暗中担忧地叹了一口气。

有时候，孩子太听话乖巧也是一件令人难受的事。他努力到今天，就是想让高考不再是孩子唯一的出路。回来之前，他一直隐约想着，既然孩子这么有绘画天赋，给她报几个班，在艺考前去参加美术集训。

但一切还没发生，余葵已经在她妈妈面前自己切断了这条路。

不管孩子多聪明，考纯附的年级前三百名，从普通二本水平一年之内冲到"双一流"级别，哪里是么容易的事情呢？

这段时间，他甚至想，还是刚回来那会儿，余葵每天快快乐乐的状态更让人放心些，虽然只能考400分出头儿，但起码有正常孩子的休闲娱乐，不像现在——高压到连五分钟的吃饭时间，她都把公式贴在餐桌上默背。

程建国有天凌晨4点起床去卫生间，发现余葵做题累到靠着浴缸就睡着了。

房间里从前到处贴着她的漫画海报，现在全是密密麻麻的知识点，她熟悉一张，就盖上新的一张。

日程表上的每天待完成任务，多到程建国这个成年人看了都咋舌。

她没有在表格上给自己留出哪怕一分钟的空闲时间，学习时长超过十五个小时，在过去两周，哪怕反复发烧、不停咳嗽、吃了助眠的感冒药，她还是坚持下来了。

余葵最新的一次月考成绩是全班第三名，年级排名第六百三十二名，进步了20分。

老师在讲台上宣布成绩的瞬间，整个班的学渣都炸开了锅。

这一次，余葵领的不再是进步奖，而是属于前三名的优秀笔记本，她的生物再一次保持了全班单科第一名的成绩。

"太快了吧！跟坐火箭似的，她分班的时候分数还比我低几十分呢……"

"她到底怎么做到的？"

"补习班呗，你也不看她一上就上多少个，我要有她那么拼，考得比她还牛。"

"就吹吧，你不玩了？"

"对啊，所以我就是不想而已，出路那么多，没那个必要。"

…………

余葵在全班人的注视下平淡地走下讲台，迎面与姜莱对上了眼神。这一次，姜莱的眼神里不再是不屑和嘲弄，而是一种复杂的、类似质疑的焦灼，或许也有微不可察的慌乱和戒惧。

陶桃兴奋地回头拍桌子:"太棒了吧,小葵!这个月你肯定能拿到学校的进步之星奖学金,我不管,请我吃饭!"

余葵笑了笑:"嗯,我把饭卡给你,你自己挑。"

"什么啊?你又不跟我一块儿吃啊?"

余葵喝了瓶止咳合剂,把瓶子放进抽屉里:"反正去太早了排队也是浪费时间,午休前卡点去是一样的,中午摘抄一下错题集。"

"那时候还有什么好吃的啊……"漂亮的女孩儿努嘴,嘴巴快能挂油壶了。

谢梦行接水回来,递给余葵,往椅子上一靠:"葵葵,我觉得你现在跟刚来我们班的时候一点儿都不同了,连画都不画了。什么改变了你?不是才高二吗?都病成这样也不休息,好像有什么人拿着鞭子在后面赶你一样。"

余葵不知道该怎么答,沉默地垂眸看着手里的碳素笔。

怎么说呢?这是她从小到大,第一次感觉人生没有退路。

这段时间,她半夜常常忍不住被焦虑和腿部的抽筋惊醒。黑暗中,她盯着天花板,静静地感受着骨骼传来的生长痛,想着明天要做哪些事情。

前面就是沟壑,越过去,她还能跟爸爸一起生活,继续偷偷喜欢时景;要是失败了,她就只能再次回到那个令人压抑的环境中,跟栽赃她偷钱的陌生人生活在同一屋檐下,忍受妈妈的偏见和不公平对待。

成绩第一次能够真正左右她的情绪和命运。

周五放学,余葵带着成绩单回了家。

吃完晚饭,她却被程建国无情地告知——她的书包被没收了。

余葵先是发蒙,而后丧心病狂地连洗衣机和电冰箱里都翻找了一遍,回头抓狂道:"爸!你把我的书包藏哪里去了?快交出来,不要阻挠我上进!"

"你去找四饼玩吧,不管玩什么,出去玩一下午。"程建国只觉得自己这个老父亲为孩子的身心健康操碎了心,从衬衫的前兜里掏出钱,"零花钱给你,出去别让四饼花钱,知道吗?"

揣着两百块钱巨款,余葵无助地被赶出了家门,到门卫室荣大爷那儿撸了一会儿物理的猫毛,才闷闷不乐地骑车去找四饼吐槽。

四饼还不到下班的点,理发店里不算很忙,见好朋友一直说个不停,干脆在她的衣领上垫块毛巾,把人按到沙发椅上洗头、按摩:"手法怎么样?水温合适吗?"

余葵起初还抗拒,温水一冲进发旋,她活像被梳毛的猫,不知不觉就躺平了:"你好厉害,四饼,现在都干得有模有样了,真舒服!"

"这比你们读书简单,就是熟练活。对了,你这次月考成绩怎么样啊?"

"考了六百多名。"余葵不是很满意,"英语好难啊,我花最多的时间学英语,把三千五百个词都背完了,分就是上不去。"

"你的基础跟大家不一样嘛!"四饼冲了水,给她抹上护发素,"你信不信?积累到明年的这个时候,你肯定能上120分!"

"真的吗?我心里一点儿底都没有。"余葵期待地说,"饼,你奶奶过几天去庙里的时候,你让她顺带抽根签,帮我问问文殊菩萨,我什么时候英语能上120分,我让我外婆给菩萨烧几箱金元宝!"

四饼一口应了,又衷心羡慕道:"不过小葵,我是真的相信你能行。初三的时候,咱俩的成绩排名差不多,你最后冲刺了两周,就过了市里的普高线,平均到每科也就十来分,但这个鸿沟是我怎么努力都跨不过去的。你真的很聪明,像现在一样努力下去,我觉得你能考清华北大!"

余葵被夸得心花怒放,忙谦虚地摆手:"清华北大夸张了一点儿,考个重庆大学就差不多了。"

四饼:"那你的帅哥呢?你们都不在一个地方上学,怎么谈恋爱?"

对啊!余葵想起这个问题,当即掏出手机,搜索北京分数最低的"双一流"大学,网页弹出来之前,她忽地又觉得没有意义,按下息屏键,叹气:"北京那么大,我就算考到那边去,我们也不在一个学校,一个学期都见不上几次面。到时候他肯定更受欢迎了,大学里的漂亮女生都排着队想做他的女朋友,我算什么呢?走一步算一步,还是先到年级前三百名吧。"

四饼:"我很欣赏你这个务实的态度,但人有时候应该树立远大的理想。比方说我,虽然我现在在给你洗头,但在职中的计算机专业就读了一年,理想就是以后开家网吧,坐在门口玩电脑、收钱。"

"真是远大的理想呢!"余葵佩服地感慨,畅想了一番,决定邀请未来的老板娘提前找台电脑打游戏。

程建国说不玩到8点就不能进家门,余葵这几天有点儿累,觉得坐在电脑前面应该比逛街舒服。

于是,城市另一端,时景久违地发现余葵上线游戏了。

少年的呼吸迟滞了几秒钟,接着他立刻发送邀请,把小葵花生油拉进了团队里,怕慢一秒钟人又下线了。

几个男生正组排准备打云湖战场，突然发现队伍里多了个苗疆萝莉，还是时景拉进来的。屏幕上安静了几秒钟后，众人立刻炸窝了。

拨你鸽毛："妹子？"

剑气同笼："想得美，也不看谁拉来的。我押五十块钱，百分百是景神在新学校的同班同学。兄弟，你玩女号多没意思，切大号来打呗。"

我超开心哒："下注，我跟六十块钱。"

陆游器："在下兜里没钱，押点券行吗？"

返景入深林："打钱。小葵，你等会儿跟我。"

陆游器："小葵？"

我超开心哒："真是妹子？什么时候的事？"

剑气同笼："半个学期不到你竟然在那边有了妹子？小葵妹妹，快上YY，方便指挥。"

小葵花生油："好。"

时隔一个月，时景再次对她说话，哪怕他们隔着网线，见不了面，余葵的心潮还是忍不住泛起涟漪，唇角无法自控地上扬。

她复制了队友发来的YY房间号登录。几个年轻的男声出现在频道里，这些人聊天儿语气熟稔，都是北方口音，像时景转学之前的朋友。

剑气同笼："小葵妹妹，开麦开麦！让我听听景神拉来的妹子的声音是不是超可爱！"

返景入深林："你们安静点儿，别胡乱认妹妹。"

时景的声音冷淡，吐字清晰，一出现在耳机里，余葵顿时像吸了口仙气，耳朵都酥麻了。

几人真的安静了一会儿。

拨你鸽毛后知后觉地愤愤道："我们难道是带妹工具人吗？我们也是有尊严的好不好？小葵，咱们等会儿结束加个微信私聊……"

返景入深林："小葵不方便，直接进战场。"

…………

战场上十五分钟一局，等游戏结束，时间已经不知不觉地过去了两个小时。这次又是余葵像朵壁花，坐着看大家狂赢的一下午。

时景一个人已经够厉害了，当所有人都下意识地听他调配时，齐心协力的团队又多了种坚不可摧的神奇魔力。

她唯一困扰的大概就是，时景的这群朋友对她太好奇了，先问她和时景认识多久，又问他们怎么认识的……余葵下意识地不愿和别人分享两个人之间的事情，这是她和时景的秘密，但不说话又不太礼貌，好在时景大概也有同感，每次都及时截住话头。

一群人退出YY前，她隐约听见谁的麦克风还没关，远远地传来说话声。

"唉，天南地北的，景神这下有了妹子，大小姐知道怕是要发疯喽！"

"说不定大小姐立马闹着转学去昆明。"

"她家里也不可能让她转，她那成绩去一学期回来还怎么考试……"

声音到这里戛然而止。

等余葵点进YY，频道和战场云湖里都只剩她和时景两个人。冰天雪地的游戏画面里，白衣剑客和苗疆萝莉衣袂翩飞，背景音乐一遍遍地循环播放。

时景的呼吸声从耳麦里传来，近在咫尺般拍打着余葵的耳郭，她有点儿心跳不畅，下意识地动手将耳麦移开一些。

她直觉时景大概要跟她说些什么。

果然，很久之后，少年的声音从那头传来，低沉干净，带着点儿说不清的怨怼感："小葵，我每天都在想你什么时候上线。"

余葵不知该怎么形容这一刻的感觉——灵魂像是从躯壳里抽脱，晃荡在电脑"嗡嗡"的杂音里，屏幕照亮了她呆怔的脸。

她听不清周围的声音，却能清晰地感觉心脏被人温柔地抚摩了一下，像被羽毛拂过般，这些日子的焦虑不安、疲累紧张，都在这个瞬间烟消云散。

他每天都想她上线……像时景这样高高在上的少年，也会对一个人说……想她上线。

"发什么呆，不吃吗？"四饼从旁边给她递来"3＋2"饼干。

余葵恍惚地回神，抽了一块饼干咬在嘴里，努力重新组织语言，在对话框里输入回复："对不起景神，我应该先跟你打声招呼的。这段时间学习有点儿忙，今天考完试才被爸爸赶出来玩。你这段日子都在忙什么呢？"

"每天上学，没什么好忙的。"少年像对她的解释不满，回复带着一种称不上高兴的疲懒感。

相处这么久，余葵立刻觉察了他的情绪转变。她可清楚极了这句"没什么可忙的"的背后，他究竟忙了多少事——

上个月底，时景随省队去大连市参加第三十届物理竞赛决赛。月初，喜讯传来，时景荣获全国一等奖，庆祝的条幅现在还挂在附中大门口。她两耳不闻窗外事,却禁不住班里的女生一直在聊。时景现在的情况,明年排名再往前点儿,他就能进国家集训队,届时清华、北大的保送随便挑,但凡他对清北没执念,现在就可以不用来上课,有一大堆名校抢着要他。

直到现在,余葵还会偶尔怀疑——像时景这样耀眼完美到像是只能在漫画里遇见的少年,真的是她的网友吗?

和他认识越久,她越能体会到真实的他冷漠外表下的七情六欲,他会跟她分享他的生活,也会因她突然消失发小脾气,这份待遇,几乎要让她生出一种"自己是特殊的"的错觉。

想了想,余葵继续打字:"你别生气啊。真的,我这段时间谁也没联系,每天都在学习。我妈和我爸打赌,假如高三之前我能进年级前三百名,她就让我跟着我爸生活,不再争抚养权。你也知道,以我的基础,这几乎是个不可能完成的任务,我怕分心,干脆就把网断了。"

时景:"所以我和别人一样,也是你学习的干扰项?"

"当然不一样!"

敲击键盘的回弹力道大得让余葵的指尖都快抽搐了——

"没有的事!我当然想找你说话,可是每次学习结束都三更半夜了,只能克制一下自己的表达欲。"

时景松了一口气——只要不是因为他那天晚上的逾矩行为就好。没再等余葵继续解释,他纠正道:"不用克制,下次你想找我说什么,那就说,不要克制。我不觉得打扰,什么时候都一样。"

时景对"小葵"纵容得出奇,意识到这一点,余葵几乎咬紧了唇,极力忍耐才克制住这份天大的诱惑。

时景之所以对她这位网友特殊,大抵是被漫画中的"小葵"与他截然不同的人生吸引,也或者是因为他们交换了太多彼此在现实里永远对人难言的秘密,比大多数现实中的朋友多了一份宿命般的牵绊。

假如他们在现实里相识,假如他知道她的暗恋……一切或许都将荡然无存。

余葵从小就明白,得不到的东西有时就像一个心理锚点,它分明在人不可能够得着的地方,然而在想象得到它的过程里,人不断给自己编织美梦。待被现实打回原形,成倍的落差只会给心灵带来更大的遗憾与愁苦。

就像她小时候跟大人逛百货商店的中心展览区,隔着玻璃橱窗注视射灯下的天价玩具。它们看起来似乎触手可及,却是普通女孩儿终其一生无法拥有的奢侈品。

她不想在一种不平等的位置上苦苦幻想，在患得患失中挣扎，只能把注意力集中在眼下。突破了当前的困境，也许她还有机会离他更近些。再远的……她想也没用。

余葵几经犹豫，终于艰难地打出一行字——

"景神，我发誓今年必须好好努力学习，所以今天，是我考进前三百名前最后一次上线游戏。

"我们……把书包换回来好吗？周日我把书包放在附中校门口的报刊亭那儿，你直接去拿。

"至于日记……"你还想看的话，就留给你做礼物。

后半句话还没打完，沉浸在悲痛中的余葵一抬头，突然发现时景从频道里消失了。

他掉线了？什么时候的事？这些话他看到了第几句？

啊啊啊！余葵崩溃地伸手揉脸。她好不容易才痛下决心斩断牵挂，结果他竟然没看见！

屏幕另一端，少年烦乱地揉乱了黑发，靠墙坐在地面上，抓着机箱的电源插头心有余悸——就差一点儿。

没良心的小王八蛋，现实里善良无害，隔着网络心肠就硬起来了，竟然打算就此斩断两个人的联系！

书包通过报刊亭还回去，现实里的她是不打算和他相认了？

但逃避终归不是时景的风格，他正打算隐身上线QQ，想想怎么让她改变主意，刚拿起手机，信息栏便疯狂地涌进归属地为北京的未接来电。

"时景！小葵是哪儿的人呢？长得漂亮不？你们俩什么时候认识的？"

"开免提！开免提！"

"哥儿几个都好奇着呢，赶紧从实招来！"

"……"

他们七嘴八舌的，扰得时景更烦了，他说话少见地带上了情绪："别添乱，没好上。"

"少来，你什么时候主动跟女孩儿玩过？哥们儿多少年了还不了解你吗？你平时在游戏里根本不屑出今天这种风头……"

听着对方一条条细数他的反常行为，时景意外地沉默了很久。

从地毯上再坐回书桌前，他觉得胸口有什么东西在饱胀地跳跃涌动，开始膨胀。但他一想到上线，余葵或许又要和他说那些把包换回来的话，又在一瞬间兴致索然。

"我没必要骗你们。"时景冷静下来，沉声开口，"小葵，她不想再跟我联系了。"

"天哪！"

电话那头的人炸开了锅。

"这妹妹太厉害了……"

"你可是时景啊！怎么会有人不喜欢时景呢？"

"您都长成这样了，究竟是干了什么伤天害理的事，竟然让她宁愿放弃跟你这种帅哥谈恋爱的机会，也要拒绝联系？！"

时景吐槽："她不喜欢高调的。"

"……"

电话那端沉默了很久，突然"扑哧扑哧"的，几个人一声接一声爆发笑声。

"对不起，我们没想笑的。"

"这大概就是所谓的原罪吧，你想改也改不了。"

"太佩服这妹妹了，清醒、独立、不随大溜，非常有深度……景神，你节哀，我现在就去加她的联系方式。"

"他还没上线？"四饼倚着桌子边沿嚼饼干，帮余葵分析，"会不会是片区停电？你们俩的书包还换不换啊？"

"不知道。"余葵趴在电脑前，抱着鼠标虚弱地答道，"反正那些话我也没勇气给他发第二次了，要是他没看见，那就算了。"

四饼拍拍手，爱怜地摸她的脑袋："在这儿干等着还挺无聊的，要不咱们回去吧。"

又等了最后三分钟，余葵终于在失望中关上了电脑。

她将四饼送回发廊前那条街，还没有反应过来，面前突然被递过来一瓶可乐。

一个戴银链的灰发男不知什么时候凑到了她旁边，笑容流里流气："妹妹怎么称呼，交个朋友呗？"

"对不起，我爸妈不让我随便交朋友。"余葵初中时就见多了这个阵仗，乡镇街上不少街溜子爱干这种事。她垂下眼皮退后，打算绕开从旁边走。

男生却不肯罢休，跟着往左移了两步堵她："别害羞嘛！就加个QQ，我觉得你长得特别像洋娃娃。"

余葵往右，他便往左，身后几个差不多年纪的男生一窝蜂地起哄，把她出去的路堵了个严实。

"干吗呢？！"关键时刻，四饼挡在她面前大吼一声，拉着她强闯出人群，"你们闪开，哪儿有强迫人家当朋友的？没看人不愿意吗？！"

一片混乱中，余葵的手腕被人拽住了。四饼很快发现，回头重重一掌将人劈开："别没事找事！我朋友是纯附的学生，不是那种会随便跟你们谈恋爱的小女孩儿！"

说罢，她迅速将岔路口挡道的人踹向一边，趁人还没反应过来，拽着余葵一口气从小路逃了。

余葵骑车载四饼回宿舍，一边蹬脚踏板一边后怕："饼，这群人要是发现你就在发廊上班，会不会来找你的麻烦？"

四饼："就一群二流子，我天天在这儿瞧见他们，成不了什么气候。再说，我都不知道还能在发廊上几天班呢⋯⋯"

"为什么？"余葵大惊。

"我那个室友天天带男朋友回宿舍，不正经。"四饼提起这个就一脸郁闷的表情，再说多的又怕脏了余葵的耳朵，只简单提了两句，"她的男朋友就是附近城中村的，这几个晚上不回家，在我们宿舍的空床上留宿。这人毛手毛脚的，他一在，我都不敢闭眼。"

理发店给学徒租的宿舍在普通居民小区里，余葵之前去过一次，一个房间放两张高低床，根本没法儿男女混住。

余葵皱眉："你跟她商量没？不能告诉老板吗？"

四饼："商量过，她男朋友可凶了，还跟我吵了一架。老板去广州学习，得去两三个月。现在店里是店长管事，店长跟她好得穿一条裤子，我去告状就是自讨没趣。"

余葵忧心忡忡："那怎么办？要不你还是去我家住吧？"

"没事，不麻烦你了。"车已经骑到小区门口，四饼从车后座上跳了下来，挥手道别，"放心吧，我已经找到新工作了，也包吃包住，再挨几天，到月底领了工资我就走。"

余葵这才放下心："那你有事记得给我打电话。"

周一升旗结束，不少学生返回教室前，在宣传栏前驻足，橱窗里张贴了最新一次月考的表彰光荣榜。

第一名众望所归，仍然是时景，足足甩开第二名15分。

"第一梯队跟我们这边果然有壁垒,时景来这儿就是降维碾压。"

"校草真乃神人啊,缺课两周去拿一等奖,成绩竟然一点儿没落下!"

有人咬牙切齿:"这家伙到底怎么做的时间管理?我超想抄他的作息表。"

"别想了,这根本都不能算时间管理的差距,问题出在大脑结构上吧。"

……

人群中只剩仰望的感慨和不平的愤恨,还有部分人跟余葵一样,目不转睛地盯着校草的证件照,心里冒粉红泡泡。

少年刚剪了寸头,优越的头骨让他整个人看起来张力爆棚。果然寸头是检验帅哥的唯一标准啊!

余葵美滋滋地欣赏了好一会儿,才努力把视线移回自己的照片上。作为本月高二年级的进步之星,她和时景在同一个宣传栏里,虽然中间隔了串排版的麦穗,但四舍五入也算同框了!

这真是个值得纪念的历史性时刻!

余葵打定了主意,放学后要趁大家去食堂打饭,偷偷多拍几张照片留念,未料到有人和她想一块儿去了。下午,放学铃声响过十来分钟,等她鬼鬼祟祟地绕路摸到宣传栏边就发现——

橱窗玻璃的锁不知怎的被撬坏,时景名字上方贴的寸头照片已经不翼而飞。重点是,别人的照片一点儿事都没有,就丢了这一张,指向性也太明显了吧!

哪个王八蛋干的?小学课本上"独乐乐不如众乐乐"的格言都学到狗肚子里去了吗?余葵沙包大的拳头都攥紧了。

她在食堂和陈钦怡吃完饭,在去车棚的路上背着短语还愤愤不平。可惜倒霉的事不算完,她沉浸得太深,经过篮球场,一颗高速运动的篮球从天外飞来。

"闪开——"球鞋与地面摩擦出声响,球沿弧线下坠,正正地砸中余葵的后脑勺儿。

场内紧跟着有男声道歉:"对不起,对不起!你没事吧?"

余葵张嘴没发出声音,大脑因震荡罢工,颅内天旋地转。她眼冒金星,视线模模糊糊,觉得呼吸也凉凉的,下意识地抬手摸了下鼻子,才发现指尖血红一片——流鼻血了。

果然,她一路过篮球场就没好事。

她有点儿站不稳,跟跄着朝后退了两三步,眼看仰倒着就要坐到地上——千钧一发的瞬间,她总算被后面来的人接住。

落入人怀里的第一秒钟,余葵只觉得这个洗发水的味道清新得……有点儿熟悉。

时景本来已经结束下半场,洗了头坐在场边喝水。余葵出现在球场附近的第一时间,他便眼尖地发现了。

这是他时隔一个月第一次在校园里见着她。她像是长高了一点儿,宽大的冬季校服越发显得女孩儿纤瘦,白袜子包裹着纤细的小腿和脚踝,她急匆匆的步伐像是赶着去和人决斗,看得出来她最近学习真的很努力了。

球场到校门口这段林荫道长达四百米,从时景的视角一览无余。他黑沉的眼眸安静地注视着她,看着她从1栋走到6栋。他还没想好要以什么理由出现,场边那队人拼抢的篮球就以一种不可思议的角度从篮板上弹飞,往行道那边飞去。

等反应过来起身,他急速奔跑到她跟前,伸手便只接到余葵下坠的身形。

"时景?"恍惚中看清恩人那张昳丽的脸,余葵心口猛地一跳,心率直线飙升。她忙不迭地把人推开,跟跄着跌坐在场外的地砖上,生怕再出什么传闻。

这样的动作看在时景眼里,就是她晕成那样还不忘往旁边挪几厘米,与他拉开距离。

"谢谢你。"她努力聚焦涣散的瞳孔,就是不敢与之对视。

时景蹙眉,正要开口说话,那边的(8)班男生不知死活地喊他帮忙:"喂,那边的兄弟,抱歉啊,把球扔过来呗。"

时景弯腰捡球,折身……

对方都已经摆出了接球的姿势。然而时景出乎所有人意料地向下一翻掌心,球瞬间带着巨大的力道径直砸向绿色的PVC运动地板,而后重重回弹,轨迹冲向了与之南辕北辙的方向。

少年不紧不慢地拍掉掌心上的灰尘,动作带着说不出的挑衅之意,目光冰冷,轻启唇齿:"你会打球吗?眼瘸了还是手瘸了?"

"找事呢?没听见我道歉了吗?!"男生的火气"噌"的一下就上来了,他骂骂咧咧地要过来动手。

但场上时景的队友也不是吃素的,没等那人到跟前,几个人高马大的校队学长冲了过去。

双方身高、体形差异巨大,推搡对抗间,男生被劝架的朋友拽了回去。

有个戴眼镜的男生展臂拦开两方,喊道:"别冲动,别冲动。不好意思啊,哥们儿,怪我们班这同学球技烂还脾气暴,代他给各位学长道个歉,大家别跟他一般计较!"

校队的一群男生七嘴八舌:

"跟我们道歉有什么用?砸了谁跟谁鞠躬去呀!"

"他那是道歉的态度吗?没看人家女生还晕在场边?"

"有没有点儿打球的素质?"

⋯⋯⋯⋯⋯

操场上活动的学生还挺多。大家的视线本集中在两伙学生引发的骚乱上,这话一出,目光都朝余葵移过来。

此时女孩儿黑色的发梢纷乱地贴着脸,她正坐在行道的台阶上,用向阳倒的矿泉水冲脸。她还没洗净鼻下的血迹,一脸茫然的表情,莫名其妙地就成了大家眼中那个差点儿引发群架、令校草冲冠一怒的"红颜祸水"。

向阳本来也正在边上打球,冲过来的动作比时景慢了一步,就落在了后面,此时正一边倒水,一边给余葵拍后颈,手忙脚乱地试图为她止住鼻血,嘴巴还不忘耍贫:"小葵,你这后脑勺儿接球的技能,那么多年威力仍在啊!"

"少说风凉话。"余葵冷得直打哆嗦,有气无力地挥开他的手,没抬头把矿泉水瓶胡乱地举到他的脸上,"别拍了,好想吐。"

向阳有些蒙:"那怎么办?我送你去医务室吧。"

"不行,我还要去上补习班。"余葵拒绝,扶着树干起身要走。

那砸到人的男生刚好跑到她跟前道歉,话音没落,女孩儿刚立直的身子一歪,头重脚轻,在一片惊吓的喊声中再次惊险地被扶稳。

向阳被这阵仗吓了一跳:"还上什么课啊?上来,我背你!"

这座城市的11月不算冷,球场上方堆着山峦般的灰云。

时景站在远处,球衣单薄,刚刚运动过,皮肤表层散发的热量随着时间推移一点点地蒸腾,在湿冷的空气中消散。

他伫立着没动,眼眸仿佛一汪不见底的寒潭,遥遥地注视着女孩儿虚弱地爬上男生的背,向阳低声抱怨着什么,两人的背影消失在落满枯叶的林荫道尽头,举手投足间,是十几年相识的时光造就的亲密无间与熟稔。

时景不是个喜怒形于色的年轻人,此时的神情分明像是无动于衷,但唯有熟识的人或许能隐约窥见,在这看似平静的磁场之下,酝酿着比几分钟前更深更冷的情绪。

余葵到校医室吐过一回，就没那么晕了。

校医给她递了一支口服液："这段时间要静养啊，别做激烈运动，不要过度用脑，别太累。还不舒服的话就多躺会儿。"

校医嘱咐完，一掀帘子出去了。向阳进来："现在好点儿没？还晕不晕？"他递上了从班里的饮水机里接的热水。

余葵生无可恋地将被子拉过头顶，脸颊发麻，不想说话。

她一想到自己在时景面前被砸到流鼻血，就觉得十分丢脸，而且今天的事情也不知道会不会又传进谭雅匀的耳朵里……她真的好惨啊！

"小葵，你冷吗？"向阳把被子扒开一条缝，弯腰凑上脸，探出一只手摸她的额头，"幸好没烧。"

他像个老妈子一样喋喋不休："词典上'命途多舛'这个词简直就是你的真实写照，肺炎刚好又被篮球爆头……对了，你还剩哪些作业？趁现在有空，我替你写了吧。"

"不用，我自己会写。"余葵齉声齉气地拒绝。

"医生说让你少用脑子，我还不是怕你留下什么后遗症？你还不领情。"向阳说着，打开书包拉链，找她各科的作业。

一翻开笔记本，向阳怔了怔——入目的是工工整整的字迹，正确率很高，还常有老师批改时夸奖的评语。他颇感诧异地翻过来看了封皮一眼，见确实写着余葵的名字，才开口道："小葵，我都没问过你，你现在是你们班第几名啊？"

"第三名。"

"上一本线了吧？"

"差不多。"

余葵的反应称得上平淡，向阳却更觉得震撼。两个月以来，他虽然知道余葵每晚去上补习班，也确实见她努力，但从未指望过这么短的时间，一个基础薄弱的人能把分数提到多高。

毕竟在他过去的印象里，余葵对某些科目的常识甚至比不上一些城里的小学生，她几乎是没有铺垫地突然跳跃到了现在的水平。

"一本线啊！"要不是余葵头晕，向阳都想兴奋地摇她两下，"小葵，你高考打算报哪所学校？咱俩去一座城市呗，到时候我继续罩着你。"

余葵嫌弃道："算了吧，我辛辛苦苦读书，可不是为了跟你上一所学校。"

"那是为什么？"向阳问出好奇已久的问题，"从前不管我怎么催你学习,你就一心看漫画,要回镇上。怎么突然之间下定决心了?就因为姜莱?"

他们俩虽说青梅竹马,但脑回路还真是迥然不同。

"才不是呢,我管姜莱想什么。"余葵无奈地掀开脸上的被子,"你还不如说是因为谭雅匀,要不是因为她告状,我怎么会跟我妈立下军令状?"

"告状?她告你什么状?"向阳满头雾水。

"易冰家酒店周年庆,她拍到了我跟时景在桑拿酒店的照片,还把学校贴吧的那个帖子也拿给我妈看了。我妈以为我谈恋爱,来家里闹了一通,说要收回抚养权,还想给我办转学。我许诺明年考进年级前三百名,我妈才暂时放过我,现在派谭雅匀在学校盯我的梢。"

"你跟时景还去过桑拿酒店?"向阳惊奇,"你们俩什么时候这么熟了?"

"你能不能找找重点?"余葵无奈,"我到底有没有跟时景谈恋爱,你们(1)班的人不是最清楚了吗?她这不是刻意构陷吗?搞得我现在在学校里跟做贼似的,遇到时景只能绕着走。"

向阳皱眉:"可能她也误会了吧。不然你跟着你爸生活,按理她该高兴才对,告状对她又没好处,她干吗做这事?"

余葵也想问呢——世上怎么就有人专干损人不利己的事?

但她懒得再理人,一言不发地翻过身去。

医务室门外,时景准备叩门的手悬在半空中,停顿良久又放了下来。

他手上缠绕着白色的耳机线——那是刚刚余葵摔倒时从校服里掉出来的。要不是来还耳机,他恐怕永远不会从她嘴里得知事情的全貌。

她就是为这个不理他了。

等余葵发现自己丢了耳机,已经是几天后的事情了。

起初她还以为自己随手塞在了哪儿,直到把书包和抽屉彻底翻过几遍,才确定耳机真丢了,不得已从小猪存钱罐里掏钱换了副新的。

"小葵!快看贴吧!"陶桃回头兴奋地拍桌子,"首页有谭雅匀的帖子。"

物理随堂练习刚发下来,余葵的大题错了两道,她用红笔订正在边上,头也没抬地随口应道:"这不是经常的事吗?"

"这次不一样!是爆料帖,段明和的正牌女朋友亲自发的,截了段明和跟谭雅匀的消息记录,让谭雅匀以后晚上不要再给自己的男友发照片、打语音电话,让人请她喝奶茶,否则就继续传图曝光她。"

"哪个段明和？"余葵一时没反应过来。

"我跟钦怡聊的时候你不也在吗？有人传跟谭雅匀走得很近的那个连锁百货商场家的公子哥儿啊，长得很一般，已经毕业了的那个学长。楼底下的学弟学妹们都表示很幻灭，本来把谭雅匀当榜样，结果她在有钱人面前那么主动，人家都有正牌女友了，她还纠缠不休。"陶桃吃完瓜，感慨，"女神在学校自此估计得人气大跌喽！大家不就爱她的清高劲儿？结果都是假象。"

余葵认真地抬头："陶桃，你以后半夜少看点儿小说。"

"啊？"话题跳跃得太快，陶桃茫然道，"为什么？"

"千万保护好你的眼睛。"这真是好难得的一双慧眼！要不是曾跟谭雅匀住一个屋檐下，处处被针对，连余葵都不一定发现谭雅匀的本性，陶桃却总能一语道破。

不管怎样，这是个大快人心的事，不过余葵忙着学习，直到晚上睡前才想起看手机。她用浏览器打开学校贴吧，见关于谭雅匀的八卦帖还飘在首页，关于时景的那个帖子却无论如何都搜不到了。就连周一在球场发生的事情也意外地没人提，一切像她祈祷的那样风平浪静。

时景自那天游戏掉线后，就再没给她发过消息。余葵每次上线他都不在，用指尖触摸灰暗的头像，心中莫名其妙地生出一股怅然之感，但很快，心神又被第二天繁重的学习任务占据。

两人本来就是两条线，短暂地相交后又得渐行渐远。

在每天上午的课间操时间，偶尔看着时景被众星拱月地从远处走过，已经是她在学校最开心的时刻。

周五放学，余葵照例从班主任的收纳框里取回手机。

由于被篮球砸了脑袋，她这周都乘公交车上下学。随着蓝白色的人海走到校门口，她按下解锁键，忽然发现提示栏里多了两通五分钟前的未接来电——都是四饼打来的。

四饼明天就领工资了，今天没排班，在休息……

四饼没事一般不会轻易给她打电话。余葵赶紧回拨，谁料接连几次都没打通，想起上周五告别前，四饼跟她说宿舍里住着的那对"定时炸弹"，心下有点儿着急。

发廊宿舍离纯附有十几分钟车程。余葵平时骑自行车还好，但眼下校门口被接学生的私家车挤得水泄不通，公交车被堵得过不来。她只得拉紧书包背带，穿过人群顺着马路朝前跑去。

黑色的小轿车在路口等红绿灯。时景一抬头，就瞧见余葵急匆匆地从眼前跑过，风扬起她的短发。她跑得太急了，过斑马线时还差点儿被一辆右转抢道的轿车擦到。

喇叭声响起，女孩儿紧急退后两步。

成司机这才注意到那身影眼熟："哎，她不是上次搭车的那个小姑娘吗？过马路怎么慌里慌张的？"

时景搭在车门上的手紧了一瞬，松开指尖后，他状似无意地说："跟上去吧，问问她去哪儿，着急的话捎她一程。"

"好嘞！"

车子打着右转向灯，缓缓地在余葵前方停了下来。中年男人降下车窗，笑容灿烂："小同学，去哪儿呢？载你一段儿。"

四饼的电话一直不通。此时已经离学校一整条街，余葵思前想后，还是颤着心拉开车门："谢谢叔叔，把我捎到前面第三个路口就行。"

车子重新启动，窗外的风景飞快地掠过，时景的侧脸映在玻璃窗上，人俊景美，就是气场稍微冷了一些。

余葵攥紧衣角，并拢腿极力掩饰紧张，鼓起勇气小声开口："谢谢你啊，时景。"

"不用谢我，是成叔叔想帮忙。"少年说话时没抬头，仍盯着手机。

有这回事？司机茫然地抬眼，但明智地没有出声反驳，往后视镜里瞥了一眼。

穿着校服的年轻男女，泾渭分明地坐在两端，活像闹了别扭的小情侣。

男人干咳了两声，缓和氛围："同学，你叫什么名字来着？"

"叔叔，我叫余葵。"

"哦！小余葵，下次过马路一定要多加小心啊，我看你刚刚太危险了，忙着赶回家吗？"

他不问还好，一提余葵的神色又焦急了两分，她握紧拨号状态的手机，身体下意识地前倾，回答道："我有一个朋友电话打不通，我担心那边出事了，赶过去确认一下。"

"出什么事？你一个小女孩儿过去能解决吗？"

余葵三言两语地将事情讲了个大概。这位热心肠的成叔叔当过兵，听完她的描述，直接把车子开到小区外的车位上，熄了火："这样吧，叔叔帮你上去看一趟，没事我再下来。"

他刚想叮嘱时景在车上稍等一会儿,一回头,少年已经下车了。领导的孩子主意大,他没把握把人劝回去,只得吩咐两个小的跟紧自己。

余葵来过一次,熟门熟路地把人带进了单元楼。这小区里大多是回迁房,走廊逼仄,门口还有人家堆放垃圾,人员混杂。

他们乘电梯上六楼,一出轿厢就听见了隔着门板的员工宿舍里传来的摔砸声和骂声,还有女孩儿的哭喊声。

余葵赶紧上前敲门:"四饼!四饼!是你吗?"

时景把她拉到身后,换了司机上前。男人膀大腰圆,肌肉精壮,不过踹了两下门,防盗门板看起来就陷下去了一些,第三脚还没出去,门"吱呀"一声开了。

眼前站着个黄毛小子,皮肤油腻蜡黄,零零散散地长了几颗痘,裤脚高一只低一只,他张口便骂:"你谁啊?敢踹老子的门?"

"小家伙,嘴巴放干净点儿,你是谁老子?"成叔叔转了转脖颈,活动五指关节,发出清脆整齐的响声,单手把人搡到了一边。

余葵赶紧从成叔叔身后探出来叫人:"饼!你在里面吗?"

"小葵!"四饼这才开锁从卫生间奔出来,她的马尾辫被剪得只剩半截,脸上多了几个红掌印,才看见好友便哭了。

这本来是她在这儿住的最后一天,谁料午休时,她的室友又把男朋友带回了宿舍。她睡在上铺,迷迷糊糊中被人摸了几把,惊醒过来跟黄毛吵架,黄毛不承认,在和她推搡间撞到桌子,摔碎了他女朋友的化妆品——那正好是那个未接来电的时间点。

他的女朋友从卫生间洗澡出来后反咬四饼一口,要四饼赔钱。四饼哪里来的钱赔,她辩不过他们俩,就被黄毛按到地上,被女生操刀剪了头发,还被扇了几个巴掌。四饼趁人不备才逃进卫生间锁门,手机却落在外面,被女生砸了个粉碎。

社会太险恶了,见四饼抱着自己哭,余葵也快落下眼泪来了。

在成叔叔的"铁拳威慑"下,黄毛情侣缩成鹌鹑,大气不敢出地躲在边上。余葵则帮四饼收拾好行李,低声安排:"今晚你就先去我家住,明天发工资,过来领了咱们就辞职。"

"嗯。"四饼原本就是同龄人里较为坚韧的那一类,从惊慌中缓过来后,擦干净眼泪,用十几分钟收拾好了东西,拖着行李跟着几人出门。

余葵是个有礼貌的孩子,出来后几次向成叔叔道谢。

少年顾长的身形落在后方,他手插裤袋,自始至终一言不发。

直到电梯下降，他望着镜面中映出的女孩儿的模样，没有征兆地突然开口问道："余葵，你刚才叫你的朋友什么？哪个'四'？哪个'饼'？"

余葵背后的汗"唰"的一下就渗出来了，脸上的微笑扩大成僵硬的纹路。她无措地抓着校服衣角，大脑飞速运转，干涩的喉咙发声："我……她……"

"叮"，电梯到了。

四饼反应过来，抢答："是'柿子'的'柿'，'饼子'的'饼'，就是超市卖的那种柿饼。因为我家院子里有棵柿子树，大人就给我起了这名字。小葵上小学有段时间，天天蹲在我家的树底下等着天上掉柿子，哈哈哈。"柿子树的事她倒没撒谎，就是名字来源有点儿偏差。

时景的眉头微蹙起来。

余葵脚步仓促，凌乱不堪，心慌到差点儿当场昏厥。有那么一瞬间，她几乎要怀疑他已经识破了自己的身份。

幸而十几秒钟后，少年冷淡的声音如天籁般传来，他认真纠正："是'柿子'，不是'四子'。"

四饼努力捋平舌头跟读："四子。"

余葵松了一口气。她是知道时景完美强迫症有多严重的，偷偷瞥见少年眉心不着痕迹地跳动两下，他再次出口纠正："是柿子。这两个音声母不同，一个平舌，一个翘舌，一个往前抵，一个往后收。"

"哦，是这样啊！我们那边的人普通话都不太标准，讲惯了。我重来！"四饼活动了一下口腔，张大嘴巴摆出正确的口型，然后吐音，"四子！"

这次连成叔叔都脚下一个趔趄。

这世上有的朽木实在难雕，时景终于放弃了和自己过不去，默默收声。

而余葵这边见好姐妹为自己如此牺牲，内心只剩感激涕零，都恨不得趴在四饼的膝盖上喊亲姐了。

几人在公交车站挥别。

见车影远去，余葵立刻垮下背脊，擦掉手心的凉汗，捂着半晌没恢复正常心跳的胸口，怔怔地说："就差一点儿……今天多亏你了，饼。"

"别这么说，我今天才是多亏你了呢！"四饼松开行李，搂着她的肩膀，"你不知道我刚刚躲在卫生间里有多绝望，要不是你带人及时赶来，我是真的什么办法都没有了。"

公交车挤得像插筷子，两人一路颠簸到家，余葵却忘了带家门钥匙。于是程建国下班时，就见两个小萝卜头蹲在家门口的地垫上，一个念中文，一个听写单词。

孩子太乖了，做老父亲的心里柔成一摊水，饭没做好，他便给两人点了肯德基宅急送，又买了大瓶的橘子汽水，让孩子们自己聊天儿。

跟余葵一起更换床单、被罩的时候，四饼突然伸手比画了一下："小葵，你好像长高了一点儿。"

余葵："有吗？我晚上睡觉的时候倒确实经常抽筋，体重没变，我就以为没长。"

四饼："你从前高度到我的眼睛，现在都和我的眉峰齐平了，三厘米应该有了吧。"

余葵的眼睛里瞬间亮起小星星："应该不会长那么快吧，不过你一说，我的校裤最近确实短了一截，看来喝牛奶、吃钙片真的有用。"

夏秋时一直穿短裤还没发觉，现在她一连换几条长裤，比了比裤脚，果然是短了。余葵美滋滋地翻箱倒柜地找来皮尺，让四饼给自己量一下——果然已经长到165.3厘米。再努努力，她说不定以后能长得跟谭雅匀一样高。

余葵乐得嘴角都压不下去了，在床上蹦跶两下才坐下道："真是甜蜜的负担啊，又要花我爸爸的钱买新裤子了。"

房间的日光灯很亮，照得余葵皮肤都在发光，她眉眼精致，黑发低垂，歪头修理着牛仔裤上的纽扣，样子可爱极了。

四饼忍不住伸手摸摸她的鼻梁："小葵，你是怎么长的呀？咱们是一起玩到大的，怎么不知不觉你就变好看这么多呢？"

余葵也伸手摸摸脸，奇怪道："我从前不就长这样吗？"

"比在镇上的时候皮肤白了，眉眼有种少女的感觉了。不过你干吗老用刘海儿挡着眼睛？就像现在这样，用发卡别起来多好看，你是我认识的所有人里最好看的人了。"

余葵："最好看的不是时景？"

四饼不假思索地说："他不算。他属于另一个世界，跟我在电视里看那些大明星的感觉差不多，因为你的关系才见过两次，哪里能算认识？我指的好看就比方说小时候，大家为了接近你，给我送辣条、卡牌……初中的时候，为了看你，一伙儿一伙儿的人来我家的早点摊吃早点。这种待遇是漂亮女孩儿独有的，小葵，跟你做朋友，我享了不少福呀！"

"有吗？"余葵被她逗笑了，将双手垫在脑后，往床上一躺，盯着天花板陷入了回忆之中。

四饼提起的这些事,许多在余葵的脑海中已搜寻不到了。事实上,余葵上初中后还曾经在日记本上许过愿望,希望自己的长相和其他所有条件配套。

假如长相、性格、成绩和家庭都一样平凡,上课时她大抵就不会再被老师盯着提问,成绩差也只会被批评"不够努力",而不是"你是来谈恋爱的还是来学习的""别以为漂亮能当饭吃"……也不会有人在背后学她走路、说话的姿势,连她穿件颜色亮眼的衣服都罪大恶极。

四饼吃完炸鸡,擦擦手,也挨着她躺了下来:"小葵,你家附近有理发店吧?"

"有啊,就在小区门口。等会儿让大爷给你修修发尾。"余葵想起来,又愤愤地骂道,"这俩人心太坏了,怎么能剪女生的头发呢?"

四饼:"咱们一起去剪。"

意识到四饼的目的,余葵捂着刘海儿不干了:"我陪你下去,但我不剪。"

"我不理解,你不是喜欢大帅哥吗?"四饼作为世上最了解余葵的朋友,说话一针见血,"因为成绩,你不敢跟他做朋友;因为你妈,路上遇到人还得离他远远的,现在连个保护的头帘都没勇气剪掉……你拿什么吸引人家,这辈子还有希望跟他在一起吗?"

"可是……"

听余葵还想说什么,四饼打断她:"小葵,你知道吗?老师说你看起来好像对什么都不在乎,但事实上我觉得你对什么都很紧张。

"你一直在改变自己来融入环境、融入群体,想找到安全感和归属感。但群体没有你想的那么好,大多数人很笨,就像从前在镇上排挤你的人,无非是羡慕你、妒忌你。不合群不是你做错了什么,而是他们想让你被同化,成为像他们一样平庸的家伙。

"幸好你来了城里上学,看到你在附中重新开始,认真学习,也不再封闭自己了,我真的很替你开心,这才是属于你的人生。既然一切都改变了,为什么你不能打破你的固有心态,把恐惧和自卑也消灭掉呢?你学一下人家时景,在乎自己就好了,不管别人说什么。如果你把自己藏得太深,会错过很多美好的东西。"

余葵陷入了沉默。

晚饭后,她打开QQ列表,看着返景入深林灰暗的星云头像,翻了一会儿消息记录,又重新将手机息屏,埋头写生物作业。

她考虑的时间太久了，久到四饼都快以为自己白费口舌时，完成所有周末作业的她终于从卧室里出来，坐在玄关换拖鞋，随口叫上四饼："咱们去理发店吧。"

洗完头后，余葵坐在升降椅上。大爷替四饼剪完，过来给余葵罩上围布，神情是有点儿恨铁不成钢的麻木："怎么剪？还是刘海儿不动，长短修一下？"

余葵摇头："像您上次说的，把刘海儿往上修半寸。"

大爷眼睛一亮："这回舍得了？"

余葵点头："嗯。"

她与其说舍得，不如说释怀。在过去许多日子，刘海儿是她安全感的来源，是她隔绝外界伤害的屏障，是她与世界之间的一堵墙。她害怕在人群中成为焦点，因为那些指指点点总会让她忍不住怀疑自己脸上有脏东西，抑或穿错了袜子，衣服的色彩过于鲜艳……

碎发一点点地落在余葵的脸颊上、鼻子上，微痒，刺刺的，就像她的茧一点点地被剪刀剖开。

大爷修得很仔细。剪发的过程实在漫长，余葵中途睡着了，醒来后只感觉脑门儿凉凉的，抬手想摸一摸，被大爷一掌拍掉了手。

大爷退后两步，满意地端详自己的作品："这就对了嘛！你自己看看，喜不喜欢？"

等他退到一边，余葵盯着镜子里的自己大惊失色："不是半寸吗？短了这么多，都到眉毛以上了。"

"好的理发师怎么能剪千篇一律的发型？这是根据你的长相剪的，你的眉眼最精致，得露出来啊！不好看吗？"大爷皱眉，满脸写着"看来你的审美水平不行"。

余葵小声嘟囔："好看是好看，就是有点儿……太有个性了。"这个发型就像赛博朋克电影里的女主角那样，充满了简洁前卫的科幻感，精致又扎眼，加上她纤瘦的身材，和仿生人的感觉更接近了，是人群中能一眼发现的那种程度。

四饼赶紧掏钱买单，顺口安抚大爷："您别理她。这么好看的一颗头，简直是艺术品，才收八块钱，您简直是艺术大师！以后我坐公交车都得来您这儿剪。"

两人走出理发店，路上人来人往，有认识的街坊还远远招呼一声："哟！小葵，新发型真好看。"

她挽着四饼迈开步子，越走越快，身上的视线也渐渐失去重量。

勇敢也许是一瞬间的事，她觉得击溃过去的自己后，世界没有在一瞬间变得明亮，但……也远没有想象中可怕。

不论未来还会有多少个"姜莱"，既然她余葵第一次没有畏惧，以后也不应该再畏惧。如果她的长相和其他条件有差距，那么就让她的成绩、性格配得上长相好了。

就如同时景曾隔着网线对她说过的那样：强者永远都是踩着非议艰难成长的。

她想离他更近一点儿。

四饼只在余葵家借住了两天，周日下午就再次张罗着搬去新店的员工宿舍。

她的新工作是在一家美容美甲店做学徒，工资比之前的低一些，但老板娘肯手把手地教她学东西。

余葵想让她在家里多住几天，但劝不住，只能闷闷不乐地跟在她屁股后头帮忙搬行李。

新宿舍的环境跟之前的差不多，区别在于住的都是十七八岁的小姑娘，稍微干净一些。瞧余葵穿着附中的校服，四饼在美甲店里的新同事都忍不住站在边上问东问西，好奇两人怎么认识的——虽然位置没隔几条街，但纯附那些优等生的生活离她们实在太远了。

进门不到十分钟，四饼就开口赶人："你快去补习班吧，别等会儿迟到了。"明明离上课还有三个多小时。

余葵终于没忍住："饼，你是不是在我家住得不自在？"

四饼看着好友眉间的委屈，从盆里挑了个苹果递给她，揽着肩把人送下楼："我跟你讲个好消息。"

余葵："什么？"

四饼："昨儿早上我去店里领工资，店长把我骂了一通，说我离职不打招呼，扣二十天的工资，只发了四百……"

余葵大惊："这么大的事，你昨天怎么没跟我说？"

四饼继续说："你听我说完转折嘛！今天中午老板忽然给我打电话，态度客气极了，说要把那二十天的工资给我结双倍，让我大人有大量，他们小本经营，别和他们一般见识。就一天时间，态度全变了。刚刚我去店里拿剩下的工资，打听了一下，好像是市里工商部门整顿劳务市场，把我们这片划成了示范区,还开通了劳动仲裁热线。我入职的时候没跟店里签劳动合同,可能他们怕我举报他们吧。我是不是超级幸运?"

余葵也很替她开心,就是脑子里隐约有根弦,不知怎的跟另一件事搭到了一块儿——那天晚上她搭时景家的车路遇飙车党,电视上好像也很快就出了严打整治的新闻……这是巧合吗?

余葵背着书包走出两步,才意识到话题被转移了,猛地折身跑回楼梯口:"饼!"

女孩儿站在楼梯上回头。

余葵揪着衣角,神色不是很开心:"是我的错觉吗?我感觉你在疏远我。"

四饼的笑容变凝重了一些,思索了几秒钟,她放缓声音:"小葵,不是我不愿意住在你家。你家很好,你爸爸也很和善。只是这两天晚上咱们挤一张床,我知道你没睡好。晚上睡不好觉,白天怎么学习呢?我愿意当你一辈子的好朋友,但咱们的征程已经不一样了,你有你为之努力的人和事情,既然开始了,就一定要心无旁骛地努力,加油啊!"

当晚,补习班放学后,余葵正在收拾东西,张老师叫住她排课表。

她趴在桌沿上,看张老师往笔记本电脑的表格里打字:"老师,这周还是十二个课时吗?"

老师想了想,开口道:"余葵,你现在的数学已经稳定在125分以上了,如果想再往上冲一冲的话,我给你推荐一位新老师。她从前在你们纯附任教,过去这几年来,手底下每年都有高考满分的学生,课时费是比我贵了一些,但我觉得你是个有天赋也肯努力的学生,这钱花得有价值。"

这一天,像是每个人都在跟她告别。余葵走出补习班的大门,还来不及惆怅,感觉兜里的手机振动了一下。

时隔近两周,返景入深林竟然上线了,还给她发来了消息!

幽暗的车棚里落针可闻,荧荧的手机屏幕光照亮了她的脸。余葵口干舌燥,心跳如擂鼓。

时景会找她说什么呢?他会解释那天掉线的事,顺便提出交换书包吗?

她踩脚惊醒声控灯,几乎花了一分钟做心理准备,才鼓足勇气,颤着手打开对话框。

这是一段足足六十秒钟的语音,她戳下去,少年的声音便从听筒里传来。

"小葵，我考虑了一段时间，该把日记本还给你还是据为己有，直到给你发这条语音前，仍然没有得出结论。不过这段没有意义的纠结，起码令我确定了一件事情——

"日记只是媒介，我用它读完了你的过去，搭建出你的轮廓，想象你的一言一行，仿佛我们已经是密不可分的朋友。但显然，一直以来只有我单方面这样认为，你仍对我们的关系充满害怕与疑虑。

"不过没有关系，因为我有足够的时间等待你跨出下一步。

"过了今晚12点，嫦娥三号探测器就会搭乘火箭飞往地月转移轨道。

"一切顺利的话，它会在12月中旬于月表虹湾区着陆，工作一段时间，然后随着月球自转进入暗面，陷入月夜休眠模式。不知道第几个恒星月，它第几次被唤醒时，你才能考进年级前三百名，但希望那天早一点儿到来。

"在那之前，你好好努力，我会安静等待。"

少年的声音像阵风吹过耳畔，低沉、温柔，仿佛带着重力将人向下拖拽。

声控灯暗了下来。

余葵快要哭了，千头万绪在心里酸涩饱胀地涌动，她却不知该说什么。她忍不住地往下戳指尖，将语音又播放了一遍，少年的声音便又开始循环。

"余葵？你还没走呢？"她的身后传来唤声。

说话的人是余葵这段时间补习时认识的附中校友。见女生越走越近，余葵匆匆地把手机塞进口袋，蹲下来给自行车开锁。

女生推出自己的自行车和她并行："你刚才在听什么？什么月球的……有声小说吗？那个少年音跟我们班时景的声音好像啊，都好好听。声优叫什么名字？我也想回去下载来助眠。"

余葵沮丧地随口应付着："就是随便点了一下，我也没注意。"

附中宿舍。

时景将手机外放，倒扣在阳台上，倚靠在寒风中静静地听着姑姑数落："你不是想早点儿回北京吗？都已经坚持到现在了，进国家集训队就差一步，明年顺利的话，12月以后你就能拿到保送资格，为什么要放弃物理竞赛？在我看来你不是受到挫折就放弃的孩子啊，更何况是国家一等奖，只不过没进前五十名，这算什么挫折？"女人又急又气，"我真不知道你和你爸怎么想的，一个两个都不拿自己的前途当回事。"

冬季的校园已经开始萧索,但也远比北方的冬天温暖葱郁。从这个角度,他能远远瞧见4栋的高二理(15)班亮着灯,晚归的学生还未离开,余葵每天就在那间教室里读书、上课。

少年声音平静地说:"姑姑,你知道的,不需要保送,我也可以靠高考回到北京。"

"我知道你聪明,知道你成绩好,你妈都没干涉你,我不该多说的……可是小景,谁知道未来会出什么人力不可控的意外,上道双保险不好吗?姑姑就想知道,你不是也很喜欢物理吗?到底是什么原因让你做出这种决定的?"

大概因为,这座城市开始有他为之眷恋的灵魂——一个傻乎乎的小姑娘。

周五那天,他原本可以拆穿那两个人,但在电梯的镜面中,女孩儿脸上紧张、仓皇的表情被他尽收眼底。时景忽然觉得不忍心,只好假装相信了,这份纵容和耐性令他自己都觉得不可思议。

十六岁的时景,在还未明白喜欢为何物的时候,心已经不由自主地跟着对方的情绪跳动,见不得她难过,见不得她受委屈。

第三个愿望

"好,中间的男生别太严肃了,长这么帅,笑一笑嘛!来,一、二、三,准备——"

"茄子!"

照片在2014年9月的附中校园里定格,阳光灿烂,天空淡碧,教学楼的轮廓像是被镀了一层金边,光线均匀柔和地洒在年轻学子们的身上。

余葵站在时景身边,大气都不敢喘,热得满脑门儿汗,在快门声响起的前一秒钟紧张地眨了一下眼睛,又匆忙睁开。

完了!拍出来的照片里,她的眼睛不会是半闭状态吧?

她心里正嘀咕,摄影师很快地查看完屏幕,满意地和负责的老师商量:"这几张都拍得非常好。我看素材够了,让学生们都回教室吧。"

纯附今年升级招生宣传手册,为拍摄素材,学校请了专业摄影师,又选了一批长相不错、名列前茅的优等生入镜参与拍摄。

余葵在上学期期末刚考到理科年级第二百七十五名,本来是不够格的,但原定站在中间的女生去参加竞赛了,于是今早开学,主编手册的老师临时把她从后排拎到了前面,让她站在时景右边。

光线、站位、动作都是摄影师精心设计、一一指导的。拍到最后,余葵都能感受到女生们羡慕的眼神快把她的后背洞穿了。

她被选中站在中间拍摄不稀奇,稀奇的是能和时景并肩合影,这属于附中独一份。

半个小时前喝水、上厕所休息时,余葵还不小心听见别人议论,说她

"撞大运""紫微星"。事实上,余葵冲进年级前三百名,在这个假期没少听同学们议论,听多了以后,她干脆把这当成别人对自己努力的认可。

老师挥手将队伍解散,让大家各回各班,只留下时景说话。

人群散后,余葵走在前面,听到身后学弟学妹们的议论声传来。

"全校老师真的都好喜欢找时景说话啊,不管教没教他,逮着了机会都要跟他说两句,校草忒惨……"

"哈哈哈,你猜他们班上课,时景会不会天天被点名回答问题?"

"极有可能,毕竟我要是老师,站在讲台上往底下一看,也只看得到他坐在那儿。"

…………

余葵揉了揉腮边的肉。拍摄持续了两个多小时,大家也都笑了两个多小时,她的脸都快笑僵了。不过能跟时景合影留念,就算假笑出肌肉痉挛这样的工伤,她也愿意。

开学第一天,偌大的纯附校园里到处乱哄哄的。

校门口被私家车堵了半条街,宿舍区是忙里忙外给孩子搬被褥的家长,一帮新进的高一生领了校服回教室分发,从余葵眼前鱼贯而过,她只得暂停脚步等待。

这一届高一的校服换成了朱红色,款式跟漫画里那些国际高中的样式非常接近。余葵这儿正眼馋,突然见面前有个女生脚底打滑,忙出手扶了一把。对方是站稳了,就是胳膊上拎的大袋盒装新校服散了一地。

余葵四肢不勤,也经常出这种脚底打滑的状况,干脆蹲下帮人一块儿捡校服。

"谢谢学姐!"女生在捡校服期间,不住地抬头偷看了她好几次。

余葵奇怪地摸了摸脸:"我脸上有脏东西吗?"

"没有,没有!"女生连忙摆手,面色微红,结结巴巴半刻,紧张道,"其实我认识你,而且关注你好久了……学姐,我觉得你长得真好看。"

见余葵面带疑色,她连忙解释:"哦,我是从附中初中部上来的,初三的时候,我们班的女生都特别喜欢你,路上遇到了,都管你叫'(15)班小泽'。"

"小泽?"她不是叫小葵吗?名字传错了吧?

"就是日版《恶作剧之吻》里演那个最漂亮的A班学姐的演员,艺名叫小泽真珠——当然,我们没有把你当反派的意思,就是觉得你如果留长发,是跟她同等级的，可以恃靓行凶的美貌。"

捡完东西，女生小心翼翼地开口："小泽学姐，我能加你的微信吗？平时在学校里遇见你，你都戴着耳机，我们都不敢上前搭话。今天真的好幸运，竟然能跟你说上话，我保证会安安静静地躺在列表里，没事绝对不烦你！"女生竖起两根手指发誓。

"啊？哦……好。"余葵在愣神中给她报了一串数字。

"太好了！我们班同学知道我加了你好友，肯定都羡慕死了。"女生兴奋地握拳。

余葵还是第一次被女生要联系方式，转过身都还没反应过来。

过去这一年，她在班里课间操和体育课的队列位置从中段越来越靠后，这得益于她睡前坚持不懈地吃钙片，还有每天完成两百下摸高跳。

余葵长得太快，在腿上细看都能找到零星淡白色的生长纹。她也正式跨入了"一米六八俱乐部"，在全班女生中身高排第五名，成了别人口中说得出姓名的学姐。

总之，和从前淹没在人海中的女孩儿相比，余葵确实是大变样了。暑假期间，程建国带她回了一次老家，村里的叔叔伯伯们都快不敢认她了，七大姑八大姨一窝蜂地挤在外公家门口看她。

走到楼梯转角处，她还听见学妹远远地在后头喊："学姐，我在教务楼大厅的心愿墙上看到你的愿望是进（1）班，明天摸底考一定要加油呀！"

余葵脚下一个踉跄，惊险地抓紧了楼梯扶手。

她听得出这位学妹没撒谎。学妹确实是关注她很久了，她在那边的心愿墙上贴的便利贴根本没署名，这都被学妹发现了。

她之所以不敢署名，是因为这的确是个难以启齿的愿望。

她上一次的考试成绩是 620 分，从年级垫底冲进年级前三百名，至多被老师们当成差生一朝醒悟，逆风翻盘，作为鼓励学生们上进的范本，但想从附中的年级前三百名左右冲到年级前六十名，基本等同于奇迹出现。

这个阶段不再单纯考查学生的努力程度，同时也是家庭环境和学生天赋的比拼。要知道，每年高考全省文理科前五十名，纯城附中垄断式地占据半壁江山。

家长中常流传一种说法——只要高三能进入实验班的人，"清北复交"总能上一个，但凡掉出全国前十名的学校，都属于闭着眼睛考试才会出现的发挥失常。

余葵这个假期，除了回老家那趟，一天都没休息，全耗在一对一补习上，有段时间几乎都在给她补习数学的洪老师家吃住了。程建国过意不去，恨不得再给人家洪老师交笔住宿费和伙食费。

成效是有一些的——开学前一周，余葵做了几套洪老师出的卷子，分数稳定在140分左右。但要说进（1）班，余葵心里还是没底——这意味着她起码需要比高二最后一次期末考多考60分以上才行。

见余葵回到教室，周龄笑眯眯地招手把她唤过去："余葵，学校这周有黑板报大赛，这次你来负责怎么样？"

"啊？"余葵下意识地想拒绝——她还打算好好准备摸底考呢。但见班主任的慈爱溢于言表，她攥着校服袖口，又有点儿说不出口。

周龄拍板："那就这样定了，需要哪些人帮忙你自己挑，老师相信你能帮咱们（15）班拿到流动红旗！"

她教书五六年，余葵是她在职业生涯中遇到过的最令人惊喜的学生。

高二分班后，第一次在教室后排看到淋得跟落汤鸡一样瑟瑟发抖的瘦小女孩儿时，她无论如何没有料到，短短一年，这孩子会以黑马的姿态势不可当地超越因少计一科才被分配到（15）班的优等生姜莱，成为（15）班的总分第一名。

板报周三就得出完，周四就是评选时间。班主任走后，余葵叫了班上两个写字漂亮的女生："安冉、晏春，你们可以跟我一块儿出板报吗？"

高二她被姜莱在厕所围堵那次，是安冉把她骗过去的，学校公布对三人的处分后，安冉私下曾跟她道过歉，说自己是被卢雨霏威胁，才迫不得已给她们帮忙。

余葵不是个记仇的人，接受了道歉后便也没再把这事放心上。

这会儿，听到余葵问自己的意见，安冉立刻积极地应下。

一听昔日的小跟班倒戈，卢雨霏立刻阴阳怪气起来："有的人就是谁成绩好跟谁玩呗，长得好一双势利眼。从前巴巴地跟在姜莱后边，现在巴巴地跟在别人后边，贱不贱呢？"

卢雨霏就差指名道姓了，教室里瞬间安静下来。

安冉的脸涨得通红，望向余葵的眼神也变得闪躲，她迟疑道："要不，你换……"

"就出个板报而已，你管她怎么说呢？"余葵打断安冉的话，"我要是如她的愿，现在还在倒数的名次徘徊。"

见安冉还在犹豫，余葵望向卢雨霏："这是我们（15）班的黑板报，你不让别人出，不然你来？"

卢雨霏翻了个白眼："老师指定的是你，我凭什么要给你帮忙，凭你走运考了次班级第一名吗？别忘了，去年这个时候，你的分数还不如我呢！才好了几天，就尾巴翘上天，找不着东南西北，都来指派人了，你算老几？"

谢梦行本来在值日，闻言立刻不干了，摔了手里的黑板擦，回头怒道："你说什么？别以为你是女生就有挑事豁免权，再说一遍试试？"

气氛僵持，大战一触即发。

余葵怕闹出事情大家挨处分，连忙拉住他，声音平静地对卢雨霏开口："你要是不服气，也可以走大运考次班级第一名，只要你能考到，你也可以指挥我出黑板报。"

女生一口气憋在胸口，立刻没声了，眼神恨恨地转移火力："谢梦行，你这个备胎当得也太死心塌地了，人家钓鱼呢！她喜欢你吗？你就上赶着成这样？"

"无所谓啊。"谢梦行耸肩，偏要气她，"钓鱼怎么了？要是葵葵每一天都钓着我，那跟爱我又有什么区别？"

说罢，他还故意回头问余葵："葵葵，你长大以后跟人接吻，能用我送的口红吗？这样让我也有点儿参与感。"

其他人哄堂大笑。

余葵窘得饶是知道他在耍贫嘴，都忍不住弯腰捡起黑板擦朝他扔过去："擦你的黑板吧！"

余葵画画动作很快，课间在草稿本上打了底稿，最后一堂班会课开工，从颜料调色到勾线上色，只花了不到四十分钟就搞定了，剩余的版块只需要两位女生往里填充文字。

余葵在洗手间里把胳膊上的颜料冲干净。

离放学还有四五分钟，这个时间再专门回教室好像又没必要，她干脆活动几下僵硬的肩颈，在长廊里放慢步子，感受凉风从发梢和脸颊上掠过，等待放学铃声响起。

她站了那么一会儿，就听到楼上有一串略微仓促的脚步声传来。紧接着，余葵听见楼梯间里响起陌生女孩儿稍显紧绷的喊声——

"时景！你稍等，我……我能不能问你一件事？"

乍听见这个名字，余葵顿住了，下意识地往后退了两步，躲进楼梯间的视线盲区，倚在立柱上，心脏忐忑地"怦怦"狂跳起来。她很清楚，礼貌的做法应该是立刻走开，但脚像灌了铅，重得根本挪不动步子。

她太好奇了。

女生的声音落下几秒钟后，男生的回答才传来："我要去球场，你想问什么？"他的声音很淡，万事不经心般随意散漫。

女生顿了顿，像是在蓄积勇气。余葵细听，才听见她小声开口问道："我可以喜欢你吗？"

"我对你没有兴趣。"少年的回答毫不留情且利落干脆。他说罢，继续沿台阶下行。

女生瞬间带上了哭腔，却还是对着他的背影喊道："我知道！

"时景，我知道你可能从来没有注意过隔壁班有我这么一个人，但我还是喜欢你，喜欢你一年多了，我从来没奢望过能当你的女朋友，只是想把这份心意告诉你。明天就是摸底考了，我准备了很久，就是为了考进（1）班，你能为我加油吗？"

那样真挚纯粹的告白，连余葵听了都忍不住动容，然而少年的脚步并未停留，声音依旧平静，毫无波澜："与我无关。"

女生站在原地啜泣，哭声隔着一层楼板隐约传来。余葵也靠着立柱下滑，蹲在地上，掌心冰冷，内心生出一种兔死狐悲的怅然感。

她跟这个女生，何尝不是一类人呢？区别大概只在于，女生本就在离他很近的四楼，而自己在吊车尾的（15）班；女生有勇气向他讨要一句"加油"，而自己甚至连将喜欢宣之于口的勇气都没有。

也幸而她早就习惯了生命里的求而不得，几次呼吸过后，调整好心情起身，从墙后走了出来。

一步、两步……她沮丧地盯着地面朝前走着，视线里猝不及防地多了双白球鞋。

身形猛然顿住，余葵怔住，大脑空白一片。她不敢抬头，呼吸停滞了几秒钟，视线才缓缓地顺着校服裤管上移——

少年双手插兜，平静漆黑的眼睛与她的对上。

这一瞬间，余葵只恨不能化身大魔法师，挥舞魔杖凭空消失！她居然偷听喜欢的人的墙脚被对方逮了个正着……谁能告诉她，一个早该去球场的人为什么竟然还留在原地啊？！

操场那边的彤云烧红了半边天空，一轮金色圆日往地平线移动，风吹得余葵的短发"沙沙"作响。她下意识地退后两步，想转身走开。少年却抓住她的校服针织马甲，动了动口型，声音低沉，音量放得极低："跑什么?"

听到楼上的女生还在哭,余葵反应过来了,时景并不想让对方知道他还留在这儿。她立刻摆手,跟着压低声音,眼神真挚愧疚地否认:"对不起,我不是故意的,我什么也没听见。"

时景挑眉,显然不信。

余葵还要再说什么,却听到哭声停了,四周安静下来,那女生擤了下鼻涕,开始下台阶。

楼板上传来拖沓沉重的脚步声,昭示着主人此刻的心情沮丧而沉重。

撞上人家那么难堪的场面,余葵下意识地想再闪身躲起来。偏偏这次动作晚了一步,她刚才藏身的那根柱子已经被时景霸占了,立柱的宽度仅够挡住一个人的身形。

"你!"余葵气得六神无主。

她正打算要不直接出去,装出若无其事的样子跟女生擦肩而过,却猝不及防地被人握住手腕,一把带了回去。她重重地撞过去,鼻梁差点儿断在他的肋骨上。

余葵强行将痛呼声咽进肚子,泪光盈在睫毛上。她仰头,睁大眼睛看着他。

少年举手,用食指抵在唇瓣上"嘘"了一声,而后垂下天鹅般的脖颈,俊朗的眉目微敛,随手替她揉了揉鼻子。那动作自然极了,像是在哄自家的小狗。

然而余葵内心只剩一个念头——那是他刚刚还抵在唇瓣上的手指!

男生干净的气息直冲她的脑门儿,带着电流,余葵不知所措,整个心尖都在发麻震颤,手脚瘫软。

他骨节清晰,手指冰凉,指腹的触感不算柔软,带着一点儿常打球磨起的薄茧,一下一下地打圈揉着她的鼻尖时,像羽毛滑过般带着舒服的痒意。

时景手下的力道不轻不重,她却仿佛被什么压到一般,整个身子往后倒。

那个女生的脚步声已近在咫尺。

时景怕余葵露出身形,收紧臂弯,将人带回几寸,整个人的阴影将女孩儿笼罩住,两人的影子在夕阳下糅合成一团。

世上就是有人拥有致命的吸引力,像行星的重力一样无法更改。远离时景那么久,余葵原以为自己能修炼出一点儿自控力。但只是这么鼻息相闻的一瞬间,她便被本能重新俘获,五感里只剩他的存在。

过去大半年,两人在学校里说话的次数她扳着手指都能数得过来,就是再普通不过的同学关系,连中午拍合照那会儿也鲜有互动。这一刻,时景的动作却令她重新生出他们的关系较别人更亲密的错觉。

等人渐行渐远,余葵赶紧退后两步,远离时景,像刚从水里上岸的鱼,不着痕迹地使劲吸了几口空气才问:"你干吗抢我的位置?"

"还说没偷听。"少年唇角微翘,凛冽的眉眼流露出笑意。

余葵讪讪,小声道:"我就是路过,怕你们尴尬。"

时景坦然:"那我更应该躲起来,或者你想看她满脸鼻涕眼泪,下来撞见我再尴尬一次?"

"好吧,你怎么说都有道理。"余葵瞬间熄火。

放学的铃声响起,危机远去,和时景相处的紧张感也重新漫上她的心头。

学生们陆续从教室里出来,余葵怕人多眼杂,便提前往下走。

看时景还是和自己并肩而行,没有要分道扬镳的样子,余葵努力平复呼吸,试着开口:"你刚刚留在这儿听她哭,是怕她做出什么不理智的事情吗?"

"不啊。"少年耸肩,"我就想看看,你打算躲到什么时候出来。"

余葵大惊:"你什么时候发现我的?"

"她叫我等一下那会儿。"时景指了指楼梯间墙壁上的影子,风拂过时,将余葵迎风飘起的短发映得分明。

她竟然从一开始就被发现了!余葵肩膀一塌,表面勉力维持镇定,心里的小人儿差点儿要投湖自尽。她以为自己挺机灵,结果在别人眼里跟个二傻子似的。

他们走到架空层时,后头下来的学生越来越多。余葵加快脚步,离开前,时景站定,扬声唤住她:"余葵。"

时景上次念她的名字是什么时候?再次听到男生用动听而低沉的嗓音字正腔圆地吐出这两个字,余葵只觉得整个人都迷迷瞪瞪的,分不清东南西北,失神地转过头去。

夕阳给少年披上了一层柔和的金芒。

他敞着校服,身形挺拔,沉静的目光仿佛宇宙里令人沉溺的黑洞,在拖拽着她往下跳。

"你……没有什么话想跟我说吗?"

此刻，四面八方的视线向他们投来。学生们或许听不清两人交谈的内容，但像时景这样的风云人物会在校园行道上主动叫住女生、跟她说话，无须任何亲密举动便足以诱发旁人的想象。

有学妹甚至放慢脚步，余光朝这边瞥来。

他想听她说什么？她不是都道过歉了吗？余葵不解。

从 448 分到 620 分，每一个挑灯夜读、掐点做题、快要撑不下去的日子里，余葵都曾想象，假如有一天能光明正大地与时景并肩同行，自己该说些什么。

只是现在远不到那时候。时景几分钟前冷漠拒绝旁人的样子还历历在目，余葵不敢赌，也赌不起。

她垂眸，又抬起眼皮，歪头轻松地笑了笑："其实，我也想进你们（1）班，就是分数差挺多的。"

"差多少？"时景没有嘲笑她的梦想，偏头沉思片刻，仿佛真的在思考她考进（1）班的可能性，然后说，"如果你今晚有空看，我可以把纯附历年高三的实验班选拔套题借给你。"

"你们（1）班还有这种东西？！"余葵惊喜得差点儿没控制好音量。

少女唇瓣绯红，白皙的脸颊在阳光下闪耀着光彩，去年穿着还稍长的百褶裙，如今已短过膝盖——她长高了，腿细长且白，校服衬衫外面套着针织马甲，勾勒出纤细的腰肢。

余葵亭亭地立在那儿，像是一株从未受过风吹雨打的鲜嫩玫瑰，万事从未真正在她的身上留下痕迹，具有令人想要占有的坚韧稚拙、本真烂漫。

时景费了很大劲才错开目光，平静地说："老师发的，我用不上。"

四楼，（1）班。

余葵背对着教室门，帆布鞋尖尴尬地蹑着地面的瓷砖，等待时景进去给她找历年的选拔套题。

这个过程里，教室里不断有人朝门口望过去。

少女背影袅娜，腿细长而笔直，他们看不见脸，但仅瞧背影就知道是个漂亮女生。大抵以为又是哪个来找时景的大胆女孩儿，众人打量她几眼，开始挤眉弄眼。远离前门的地方，有个小组的人干脆讨论起来。

"瞧，又来一个'送快递'的。"

"才开学第一天，这些普通班的女生也太勇了，长得吃香就是大胆豪放……"

后排一个长了几颗痘的男生转着笔尖，闻言头也不抬，轻蔑地插话："都高三了，心思还不放在学习上，不知死活，景神怎么可能喜欢她们这类人？他真要谈恋爱，也得找雅匀吧。雅匀成绩好，个子又高，长得也漂亮，景神谈恋爱还能一起进步。"说罢，那人回头看了一眼："雅匀，咱们学校，也就只有你还能配得上他了。"

"魏垅，你别瞎说。"女生张口否认，又温柔地劝道，"毕业之前我不谈恋爱。明天就是分班考试了，大家都好好复习，别被这些乱七八糟的事情干扰。"

名额只有六十个，只要名次变动，掉下去的人就会被踢出实验班。在这种优胜劣汰的高压环境下，不少人在开学前失眠焦虑，胸闷痛哭，但一回到学校，立刻又各自武装好情绪，装出若无其事的样子较劲儿。比如现在，别的班的人都去食堂了，（1）班教室里愣是鲜少有人先走。

男生点头，转回身："知道啦，你怎么可能谈恋爱？我就是打个比方。真想不通贴吧那群人……像你这么好的女生都忍心编派。"

他提到贴吧，谭雅匀完美无缺的微笑滞了一瞬。

好在话题马上就被岔开，有女生掸掇她："雅匀，我听物理老师说，景神上学期好像整理了笔记，老师都想借来复印做二轮复习的参考资料。他物理那么牛，你能不能找他借借看，让我们也观摩观摩？"

谭雅匀："你怎么不自己去？"

"我不敢嘛……一到他面前说话我就发慌，万一他不借，那我多丢脸。你和他接触比较多，又是美女学委，他肯定会卖你面子。为了咱们小组能全员'上岸'，你就稍微牺牲一下美色啦……"女生挽着她的胳膊央求，大家也纷纷附和。

谭雅匀没说话，抬眸朝教室门口看了一眼，大约隔了半分钟才放下笔起身，到讲台上整理待发的资料。

她整理了鬓发的弧度，用余光掐着点，在时景经过讲台时，伸手轻轻地拽住了他的袖子。

时景回头。

她的笑容甜美而温和："大家都很焦虑明天的考试，你看起来完全不紧张啊，学神大人。"女孩儿专注地盯着他的眼睛，歪头时像在撒娇，"我能不能拜托你帮个忙？其实就是很小的一件事情，我们小组都特别想学习你的物理笔记，能不能借……"

"不能。"时景平静地打断她的话，"我已经答应给别人了。"

"啊……是这样啊，没关系。"谭雅匀勉力维持着笑意，"借给谁呢？等他看完，我们再复印也可以的。"

"不是借，是给。"时景纠正谭雅匀，"笔记就是帮她做的，还有事吗？"

少年垂眸，视线落在被她抓到的袖子上。

女生像才意识到一般松开手。

时景继续朝外走，到一组的时候停住脚步，叫了个男生："徐方正，把你复印的英语套卷借我一份。"

男生诧异地抬头："景神，你还需要这种东西？你不是闭着眼睛英语都上145分吗？"

"我有用。"少年用修长有力的白皙手指在徐方正的桌面上叩了叩，轻声催促，"快点儿。"

"这不得翻吗？压在最底下的文件夹里了，不过我刚才都见你去食堂了，怎么你绕一圈又回来了？"

徐方低头翻找半天，总算抽对了文件夹，解扣给他每样取了一份："先说好啊，这可是内部资料，难度挺大的，对平行班的学生不一定有效果。"

时景接过卷子，在桌面上理齐。

徐方正一张张瞧了个分明，好奇道："你这堆数学、理综卷子都是刚刚借的？"

"不然呢？"

徐方正"啧啧"道："真稀奇啊，老师之前把优盘拿来教室给大家拷贝的时候，你看都懒得看，是替别班的朋友借吗？男的女的？"

"别废话了。"时景把自己的饭卡扔给他，"卷子我拿了，请你吃饭。"

徐方正举手："能打四个肉菜不？"

"随你。"

"谢谢景哥，你就是我亲哥！"

余葵总算等到人出来了，他还顺便带出了走廊窗沿上一排好奇的男生脑袋。

她当然不知道这些卷子是时景在几分钟内七拼八凑地给她借齐的，只以为人家真的用不上。接过卷子，才发觉底下还有一本物理笔记，余葵奇怪道："这是？"

时景懒散地随口道："我的笔记，用不上了，送你。"

物理刚好是她理综里的弱项，余葵翻了几页笔记，两眼就开始放光——这正是她需要的笔记啊！每个单元他都归纳得清清楚楚，从解题方法到公式推导过程一目了然，重点标记了难点和易错点，尾章还有知识延伸和他自己的思考总结。

时景不愧是学神，也只有把一门课学到精通，才能这样深入浅出地写出一本堪比教辅书的课堂笔记吧。

余葵有点儿晕乎乎的，但还记得这是人家辛苦的劳动成果，腼腆道："这不好吧，不然我复印完再还给你？"

少年昳丽的眉眼间写满不在乎："本来就是上课无聊写着玩的，对我而言都是些基础的东西。你不要，那就印完扔进废纸篓里。"

余葵哪里舍得扔，美滋滋地一股脑儿抱进怀里："谢谢你啊，景神，你人真好！"

男生的神情怔了一瞬，随后他勾起唇角："你第一天知道？"他说罢，从兜里掏出支笔，"物理套卷给我一下。"

时景一手接过卷子，把笔盖放在她的掌心里。

少年就在走廊上，低颈垂眸，替她圈起了重点："这么多卷子，你今晚也看不完，就优先看我画过圈的题。今年还是居老师出题，按他的出题习惯，他肯定还会再出这类题型……"

余葵攥着笔盖，听了个开头就开始走神儿。

夕阳映在男生冷白英俊的侧脸上，他的眉骨和山根的折角起伏，像极了动画电影里完美的角色建模。在这样的美色面前，她实在把持不住，好不容易才艰难地移开目光，把视线集中在他的指骨上。

但这也无济于事，她就算不看他，脑子里也全是他的脸。

余葵的胸膛像是被"轰隆"运作的巨大蒸汽机带动，车轮越跑越快，越跑越快，以荡平一切的气势将她所有的挣扎与杂念碾碎在铁轨上。

她着魔了一般愣怔开口："时景，你对别的女生也会这么好吗？"

时景沉默了几秒钟，抬起眼皮，黑沉的眼眸看着她，漂亮的唇轻启："你觉得呢？"

被那眼眸一看，余葵恍惚回神，意识到自己方才说了什么，做错事般仓皇地低下头，惴惴道："我不知道……就是不知道，所以问你啊。你为什么对我这么好？连我妈都不相信我能考进（1）班。"

黑色的短发垂在她的面颊两侧，少女的眼神稚嫩迷惘。

时景本能地想抬手摸一摸她的头顶，开口前，还是又将冲动抑制下去。

他回答的嗓音低沉真挚："我不是说过了吗？你很像我的一个朋友——一贯地有趣，永恒地坚韧，保持着对世界的天真好奇，但又能确守不被改变,只做自己。"

余葵还是第一次听人把那么多美好的词放在自己身上,绞尽脑汁地回忆,自己和他现实相处的过往中,是不是真的暴露了那么多优点。

没等她想透彻,时景已经把画完重点的卷子还回来了。男生从她的掌心里捡起笔盖,旋转拧紧,慢条斯理地开口:"行了,你回去看题吧,考进了(1)班,记得请我吃饭。"

人一走,走廊窗户边趴着的几人接连起哄。徐方正最来劲,从桌上跳下来:"景神啊景神,搞半天是为妹子借的卷子啊!讲实话,你们暗度陈仓到哪一步了?那拉丝的眼神没有三五个月的关系,我不信。"

"真是女大十八变,高一的时候一直没瞧清向阳的小青梅长什么样,高三竟然突然长好看了,完全在我的审美点上,堪称我在附中六年见过的最好看的妹子。"

徐方正:"再好看也不是你的,人家就是天仙,跟你有什么关系?是吧,景神?"

"确实没关系。"时景一直没理他们几个,直到这句话才颇有同感地点头,"少起哄,多做事,你们忙吧,我去吃饭了。"

学神高冷淡然地走开了,留下一众男生在身后悲惨狼嚎。

"也不是一次两次了,我就说他们俩有戏吧!那帖子被删了以后,我伤心了好久呢。"

"难不成自己成绩好到极致的人,根本不关心对方考几分了?"

余葵载着一沓卷子,在骑行回家的路上,感觉浑身都是使不完的劲儿。

她分明从没喝过酒,却又莫名其妙地感受到了醉意,晚风吹来,脚底轻飘,有种踩在云端的不真实感,喜悦而快乐。

时景拒绝为另一位女生加油,却把自己亲手写的笔记送给她了,还借给她(1)班的内部资料。这样明目张胆的区别对待,让她怎么淡定?

晚上,向阳下自习课后,也敲门给她送来了几份英语卷子。

余葵转回椅子,努力克制着外泄的快乐:"你给晚了,全套卷子我都已经看得差不多了。"

"这资料只有我们班有啊,谁给你的?"

向阳将目光落在她桌面上摊开的笔记本上,神色猛地惊讶起来:"时景的字?他还给了你他的课堂笔记?"

"嗯。"余葵淡定地应着。

"我们班的人问他借,他说送人了……他不会是……?"向阳像是被雷劈了一般,愣了几秒钟,然后很快又自顾自地否定,"不对啊,你们俩一点儿都不搭,性格相差那么大,他可能就觉得你挺可爱的,想跟你做朋友……"

虽然向阳说的是实话,但余葵还是有点儿生气:"他跟我不搭,跟谁搭?你的女神谭雅匀吗?你希望他们俩在一起?"余葵把卷子扔回向阳的怀里,把人推出门,"哪儿凉快哪儿待去吧。"

向阳站在门外,直到他妈出来倒垃圾,奇怪地喊他:"你这孩子,黑漆漆的,在这儿发什么愣呢?"

夏夜的蝉鸣扰人,蛙鸣不断。向阳被风一吹,竟有一瞬间恍惚觉得:比起余葵,谭雅匀跟别人在一起,好像也没什么大不了的。

附中的分班考试规格堪比期末考,监考老师手持金属检测器在门口严阵以待。教室内被清得只剩桌椅板凳,地板光可鉴人,考生们需按上一次的成绩排名到对应的考场入座。

临近9点,雨声淅沥,城市远方一片白蒙蒙的水雾。

时景路过楼梯口几趟,仍然没在五考场门口看见余葵的身影。

倒是有学生发现校草频繁地上下楼,偷偷朝他投去目光,悄声议论。

时景不知怎的有点儿烦躁。

再回到四楼,他叫住向阳:"喂!你知不知道余葵今天为什么没来学校?"

"她没来?"向阳诧异了一瞬,"不可能啊,我早上去叫她的时候,叔叔说她已经出门了。"

时景皱着眉追问:"她今天是骑车来上学吗?"

"没有,自行车在停车棚里呢。再说今早下雨,她肯定坐公交车啊。"

8点45分,校园的林木在狂风中"哗啦"作响,大雨倾盆倒下来。

考生开始进场,而向阳终于拨通余葵的电话。背景里充斥着喧嚣嘈杂的雨声,她说话慌乱:"我坐的公交车爆胎冲进绿化带里了,司机叫了后面那趟车载着我们来医院。我刚才在急诊门口半天没打着出租车,我爸在赶来的路上,这边的路完全堵死了。"

向阳一听这话就急了:"你也受伤了?哪儿伤到了?"

"我没事,就是左胳膊被碎玻璃划到,缝了两针。怎么办?考试要迟到

217

了……"余葵听起来快哭了。

她怎么能不哭呢？准备了一整个暑假的分班考试，她昨晚还看题到凌晨1点，最后在紧张不安中合眼。谁能预料大清早还没开考就出这样的事故？第一科考语文，两个半小时，余葵向来都是掐着表写作文的，少几分钟对她的发挥都有影响，遑论以现在的堵车情况，她起码得迟到半个小时。

倘若她真是技不如人，没能考进实验班也就罢了，但现在连考场都没进，她就得被迫提前接受这个结果……

向阳深吸一口气，大脑使劲运转："你先别着急……"

话还没说完，时景从他手里接过手机，平静地开口朝对面的人道："余葵，我是时景。告诉我你的具体位置，你在哪家医院的急诊门口？"

路上喇叭声和雨声不断，积水横流，浸透了她的白鞋和裤脚。世界像是变成了一片吵闹而湿意黏稠的沼泽，少年的声音穿透了这一切，清晰地抵达她的耳畔。

余葵来不及思考他为什么会接过向阳的电话，慌乱地擦干净脸上的水迹，颤着手环视四周："我在第一附属医院，急诊左转，走出来半条街。"她换了只手撑伞，一边解释一边努力控制自己急促的呼吸，"我刚在医院听说整个片区都堵了，血站的血浆调不过来，就想先往学校的方向走走看，能不能打着车……"

时景迅速在脑海中回忆着看过的区域治安防控布点，告诉她："你先别再往前走了，保持电话畅通，到马路对面，顺着商业城那条小巷子穿过去。立交桥的起点处有个交警执勤点，到了以后，你把电话递给他们，剩下的交给我来说。"

"可是我听说立交桥上也在堵车……"

"相信我，小葵。"他将她的话打断，"你考试不会迟到。"

少年冷静的声音从话筒里传来，坚定沉稳。他刻意放缓了语速后，声音更带着安抚人心的魔力："骑警的速度很快，而且不受堵车影响，找他们帮忙，9点前你一定能进校，我保证，大家拿到考卷时，你也能拿到。"

8点48分，余葵套上雨衣，跨上了骑警的车后座。

余葵此生第一次坐这重达两百千克的重骑，又酷又帅，骑车的还是漂亮姐姐，放在平时，她肯定兴奋坏了。但此时离考试就剩十分钟了，她脑子混乱一片，不停看表。

女巡警从后视镜里观察到她的样子，安抚她："没事的妹妹，我护送过不少学生赶考试，等会儿跟门卫说一声，直接把你送到教学楼底下。你别慌，抓紧我就行，咱们现在加速了。"

余葵依言收紧胳膊，又听姐姐问："对了，刚刚和我们队长讲电话的是你的小男朋友吗？他还挺聪明冷静的，声音也好听，人帅不帅呀？"

注意力被转移，余葵戴着笨重的头盔点了点脑袋，与荣有焉："帅，超级帅！"对着往后不会再有交集的陌生人，余葵敞开心扉说了实话，"但他不是我的男朋友，只是我喜欢的人。"

"啊——还没开始啊！"骑警姐姐鼓励她，"没关系，姐姐看好你，你这么可爱，谁会不喜欢呢？现在先好好学习，等高考结束再谈恋爱。"

考试铃声响了最后一遍，骑警果然如期把她送到了教学楼下。余葵匆匆道了谢，捏着文具袋三步并作两步地往楼里赶去。

向阳竟然还等在楼梯口，第一时间拉着她的手腕往上跑，边跑边问："手疼吗？会不会影响写字？2B铅笔和橡皮擦都带了没？"

"都带了。"直到此时，她心里紧绷的那根弦总算松弛，"谢谢你，向阳。"

"跟我还说什么谢？我又没帮上什么忙。"向阳的声音有点儿怪，闷闷的。

余葵看不见他的表情，也没多想。

两人在三楼分别，她站在教室门口喊了声"报告"，五考场的监考老师刚好开始发卷，瞥她一眼，招手示意她赶紧入座。

隔着楼板，时景一直待到三楼女孩儿的说话声和脚步声越来越近，才转身上行。

两个男生在楼梯间里相逢。

向阳瞧着时景的背影，忍不住发问："时景，你跟小葵的关系什么时候突然变好了？发生了什么我不知道的事？你看起来很关心她。"

时景脚步一缓，回头瞥了向阳一眼，把手插进兜里，反问："和你有关系？"

楼梯间里暗流涌动。

向阳察觉到敌意，也较劲般加快步伐与他并行："我跟她一块儿长大的，小时候穿过一条开裆裤，随便问问不过分吧？"

"一起长大？"时景玩味地品着这四个字，唇角还翘着，但目光已经沉下来，"既然她都没告诉你，我似乎也没有回答的必要。"

余葵穿着沾血的校服和湿透的鞋子考完了语文。

好在考试结束,她一出考场,程建国已经带着干净衣服来了。

才见到她,程建国就长叹了一口气:"你吓死爸爸了。"他本想查看一下她的伤口,奈何看到她的左手肘处已经缠上了纱布,只得作罢。

余葵安慰他:"没事的爸,就缝了两针,医生说五天就能拆线,已经不怎么疼了,医药费是公交公司付的。还好没伤到右边的手,不然我今天写字的速度肯定要受影响了。"

"两针还不够?好好的胳膊留个疤,这些司机都不知道怎么开车的。"程建国心疼,"你等会儿换衣服的时候小心点儿,别擦到伤口感染了。"

余葵在厕所换完衣服,把潮湿的校服和鞋塞进袋子里递给了程建国。

在回教室的路上,程建国劝她:"小葵,爸爸当初给你报补习班的时候,想着只要你能考个普通一本,这钱就不算白花,你现在的成绩已经远远超过了我的预设,爸爸不强求你再考多高的分数,身体健康是最重要的。今晚的补习班不能上了,咱们再去做个全身体检,车损那么厉害,谁知道撞到哪儿了……"

走廊外的雨还没停。

余葵班上的一个女生匆匆跑来,目光落在程建国身上,顿了一瞬,终究还是没能忍住兴奋:"余葵,你快去看看,时景……时景他在咱们班门口找你!"

"嗡!"余葵脑袋一炸,耳朵瞬间红了。她心中又喜又怕,喜的是时景找她,不知道要干吗;怕的是以程建国的记性,他大概率还记得这个曾经从前妻口中听到过的名字。

她偷偷用余光往侧面瞥,和她爸投来的目光对了个正着,果然——

"葵啊,上次我就想问你,时景是谁?"

余葵的心"怦怦"跳,她还要强作镇定,让声音听起来没有波澜:"他是我们高三的年级第一名,跟向阳一个班,这次考试还借了我很多参考资料,估计是来要笔记的吧。"

纯附的年级第一名,妥妥的清北苗子——程建国一听这话果然放心许多,在楼梯口和她分别:"那爸爸就先回去了。有什么不舒服,你立马跟老师说,我来接你去医院。"

"嗯!"

余葵一转过身,脚步就雀跃起来。

女生羡慕道:"小葵,校草还借给你笔记!你们俩的关系这么好吗?高二那会儿贴吧里说的事是不是真的呀？你们俩真谈过吗？"

"假的。"事关校草的名誉，余葵赶紧摆手否认，"没谈！就是认识。"

女生显然不信："前段时间校草的个人贴吧里还有帖子讨论，说他很有偶像修养，不跟女生传绯闻。要是你们真没关系，以校草的性格，他怎么会借给你笔记，还来班门口找你啊？我们（15）班和（1）班又没什么交集……你其实不用瞒我的，我又不是会打小报告的人。"

余葵想解释清楚，但没说两句，就到了教室门口。

身形颀长英挺的少年转过身来，目光落在她身上。她顿时没声了，眼睛里只剩这个人。

时景先对她身畔的女生道谢："麻烦你了。"

女生受宠若惊地摆手道："小事，不用谢的，下次还有什么我能帮忙的事，尽管找我就行。"

见他的目光迟迟没移动，女生才意识到什么，退后两步："哦，你们聊，我不打扰你们了。"

等到人走远了，时景才重新看向余葵："伤在哪儿了？我看看。"

不知道是不是她的错觉，他的声音比以往轻许多。

余葵掀起校服给他展示手肘上的纱布，挠了挠短发："其实没事的，就是裹得有点儿多。今天谢谢你呀，时景，要不是你想出办法，我就赶不上考试了……"

她话没说完，尾音惊骇地在空中拐了一道弯。

啊啊啊！时景竟然直接伸手，指尖触上了她的纱布！

男生不笑的时候总让人感觉无法接近，他抬起眼皮，漆黑的眼眸注视着她："还疼吗？"

余葵的大脑只余一片空白，她动了动喉咙，把口水咽了下去："不疼。"

时景："真的？"

余葵不好意思："麻药劲过了，其实有点儿。"

淅沥的雨水从走廊斜飘进来。少年收手敛目，不着痕迹地往侧方挡了一些，声音平和，听不出情绪："余葵，我理解的朋友，遇到事情不用说谢谢，也不讲客套话，你下次直接说最后一句就成。"

他从兜里掏出一板药片递到她的手里："上次打球受伤找校医开的，下午考数学，你要是还疼就吃一颗，别吃多了。"

"就这样，你进去吧。"

余葵是早产儿，大约是小时候总发烧，身体免疫力一直跟不上。

胳膊上被缝了两针，加上又受了寒，第二天早上起来余葵就开始持续低烧。吃过退烧药，她抱着热水瓶，贴着退烧贴进了考场。

她带病考完理综，然后就把笔一扔，直接趴在桌上睡着了。巡考的教导主任进门便神情不悦，从讲台上下来敲了敲她的桌子："同学，你是几班的？这是摸底考，就算做完了，剩余时间也还够再检查两遍。"

纯附鲜少有学生在考试时睡觉，校规虽没有明文规定不能睡觉，但被巡考老师逮到的学生基本要写千字以上的检查，情节严重的有时还要遣回家反省。

见人还没醒，主任皱眉，亲自查看桌上的姓名条："（15）班？余葵，你这个学习态度很有问题啊，你必须给我写检查！"

见人还是不动，他用手轻轻推了她一下。没料就是这一推，女孩儿突然连着椅子倒地。

考场里传来那么大的声响，周边的学生都投来视线，主任吓得险些以为她在碰瓷，直到把人扶起来才发觉她脸红得不对劲。

余葵悠悠转醒，虚弱地撕下头上的退烧贴，求生欲爆发，发誓道："老师，我不是故意睡着的，就是昨天出车祸，受了点儿外伤，一不小心……"

"老师知道，老师知道。"教导主任哪里还敢说什么："王老师，你来把她送到校医室，量量体温，不行直接送到医院急诊……"

余葵的脸红扑扑的，她一直在发汗："那检查……"

主任擦汗："不用写，不用写，治病要紧，你先赶紧去看看吧！"

其实余葵就是免疫系统稍微工作了一下，抗生素起效，当晚就退烧了。第二天一早，她还帮几个住校的同学带了校门口卖的豆花米线和肉包子当早点。

她一进教室就听大家在传："昨天三楼考场上有个牛人，出了车祸还愣是身残志坚地爬到学校坚持考试，最后考到一半晕过去了，120开到教学楼下直接把人拉走了，这倒霉家伙为了分班考简直命都不要……"

车祸和晕倒？两个元素聚在一起，应该没那么巧……他们在说她吧？她眼观鼻、鼻观心地悄悄路过，把装着早点的纸饭盒摆在了他们的桌上。

"谢了啊，小葵。"

"我想吃这口好久了，爱你！班里有走读生真好！"

…………

几人把现金凑齐递了过来，余葵顺手接过，塞进文具袋里，摊开英语课本，又听他们开始聊天儿。

时间还早，班里学生不算多，纸盒盖一打开，香喷喷的肉包子味道就弥漫在整间教室里，勾得剩下的人饥肠辘辘。

"话说，今早就出成绩了，你们觉得姜莱这次能考去（1）班吗？"

"我逛她的空间，看她这个假期好像挺努力的，太厉害了，每天从早学到晚，比在学校的日程排得还满，可能上学期期末她真的被小葵刺激到了吧。"

"小葵，你呢？"有人突然转过头来，"你这次还有把握能考到你理想的分数不？能进前三百名吗？"

余葵忐忑："这次试题的难度还挺高的，其实我心里也没底……"

话没说完，同学们就大大咧咧地安慰她："没事，大家这次考得都一般，而且你毕竟胳膊负伤，情有可原嘛！楼上那人才惨，考理综的时候直接被120拉走，成绩应该是完全崩了吧，下次就十五考场见了，哈哈。"

余葵小声纠正："其实没那么夸张啦，晕了一下就醒来了，120也没来，就是坐老师的车去的医院。"

女生咀嚼完这话，抬头问："小葵，你怎么知道得那么清楚，莫非你们俩在一个考场？"

余葵怪不好意思的，弱弱地举手："我好像就是那个当事人……"

教室里静了一瞬，大家看向她的目光突然都充满了同情。

这一年，（15）班的同学们亲眼围观余葵从对姜莱放狠话到奋起直追，成为年级里势不可当的黑马……她努力这么久，好不容易打败姜莱，就争气了一次，过完暑假回来，老天爷就开始阻挠她赢下一场。

余葵能读懂大家目光里的潜台词——她没戏了。

确实，她吃完退烧药考试，脑袋又困又昏沉，浑身酸痛不舒服，喝了咖啡才把剩下两场考试坚持下来。

好在同一位老师出题有惯性，学神考前给她圈的题确实押中了几道。理综考试，单物理这科，余葵起码超水平多拿了十来分，至于其他科目，她没对答案，心里也就完全没谱儿。

早自习铃响，周龄拎着包走进教室，抽出一沓英语答题卡，逐个念分数、往下发卷子。

英语一向是（15）班的强势科目，周龄在念到第十一名时，抬起头来："余葵，124分。"

周龄一向不吝啬夸学生，微笑着在全班同学面前表扬余葵："比高二期末进步了 24 分，看得出假期很努力，尤其你这次还是带伤坚持考试，非常棒！"

余葵之前还能勉强保持淡定，老师一开始发卷子，心脏就"怦怦"地疯狂跳动起来。她掌心发凉，身上直冒汗，紧张绝望中又带有一丝期盼，直到听见分才松了口气，说不上是欣慰还是高兴——这是她的英语第一次迎来如此大跨度的进步。

在这之前，余葵拼命努力，在往返学校的路上背了无数单词、短语，有时恨不得连做梦都在写作文、做阅读理解，上半年成绩却始终在 85 到 100 分之间徘徊。漫长的瓶颈期过后，她终于迎来了希望的曙光。

余葵在裤子上蹭掉凉汗，几乎颤着手接过了答题卡。

周龄拍了拍她的肩膀，鼓励道："继续努力。"

余葵一下台，陶桃立刻转回身："班里有人开盘了，赌这次是你考班级第一名，还是姜莱重夺宝座。目前姓姜的英语 136 分，领先你 12 分，数学你肯定比她高，理综嘛……小葵，你跟我透个底，你这次有把握吗？"

余葵："你押了多少？"

陶桃舔了舔唇："不多，就五十块钱。你要是有把握，我把我准备买眼影的两百块钱都押上。"

余葵从文具袋里翻出四十块钱，又摸遍裤兜找了十块钱凑了个整，环视四周，悄悄地跟她附耳道："帮我也下一注。"

"有你这句话我就放心押了！"陶桃当即信心倍增——像余葵这种买个两块钱的大肉包都得权衡一下的实心眼儿孩子，没有十足的把握是不可能掏钱的。

余葵没把握的是考进（1）班，如果仅是超越上次的年级排名，她还是有点儿信心的。想了想，她又凑到前排和陶桃商量："陶桃，咱们押那么多，是不是就算赢了也挣不到多少？"

陶桃眯起眼，摇摆食指："大意了吧？目前赔率是三比一，她三，你一，你说能不能挣？总之，你的信心让我非常满意，姐现在就下注，我陶桃今天就把大家兜里的零花钱一网打尽！"

第三节课，最后一科理综成绩也已经出来。陶桃笑成一朵花，一一把到手揉皱的零钱理顺，俨然一副赢麻了的姿态。

所有人都没料到，仅仅一个暑假，余葵竟然能跟（15）班的众人拉出那么大的分数差。

陶桃用计算器加完余葵的分数时，周围一圈人都惊掉了下巴——数学

141 分，语文 125 分，理综 284 分，总分超过 670 分，这是历届吊车尾班级的学生听都没听说过的好成绩。

有男生直接探头过来看计算器："陶桃，你是不是按错了？"重点中学，大家都有基本的概念，从余葵上次期末的 620 分再往上，每多考一分都艰难至极。

女生反唇相讥："怎么可能？单科分数摆这儿呢，就这么几个数字，你口算算不出来吗？"

"我怎么觉得那么梦幻？余葵你要是一直奋斗到高考，这经历直接拿去拍电影都算励志了吧。从二本到复交浙科南，真牛啊！"

有人哀号："我的奶茶钱……早知道余葵这么争气，我就押她了！"

"哎，小葵，你的补习班叫什么来着？"

"对啊，科任老师都叫什么名字？有号码吗？我妈上次开家长会就让我问，我当时给忘了。"

…………

姜莱回头，远远就能看见余葵被簇拥在众人中间，春风得意。

她咬着下唇，死死握着笔。她这次的分数是 623 分，她不分昼夜地学了一整个暑假，总分进步了十几分，放在平时，家里肯定已经十分满意，但这和余葵坐火箭般的涨幅一比，突然变得不值一提。她甚至能想象这学期开完家长会后，父母回家会用怎样的语气斥责她假用功，被嘲笑过的学渣踩在脚底下还不知廉耻，丢尽了父母的颜面。

课间，隔壁班的生物课代表找来，扒在门口道："哪位是余葵？生物老师让你和你们班课代表去他的办公室一趟。"

余葵这次仍然保持着生物单科第一的成绩。老师叫她们过去的用意当然是鼓励余葵一下，顺便给课代表派发任务。

余葵进门，初时还带着笑，只是，当在老师的笔记本电脑屏幕上瞥见自己最新的年级排名的那一刻，便有点儿笑不出来了——第六十一名。

命运像在故意捉弄人，她是全年级第六十一名。只差一点儿，实验班明明已经触手可及，她却正好被卡在最后一个名额外。

女孩儿的肩膀像是失去了支撑，无精打采地塌了下去，老师后面表扬什么，她也耳朵"嗡嗡"的，没听清楚。直到上课预备铃响，老师大手一挥，放她们俩回教室，余葵才深一脚浅一脚地往外走去。

走廊外的云彩被勾勒出金边，上午的日光落在池塘上，折射出粼粼的波光，格外炫目。这分明是美极了的一天，余葵却突然感觉迷茫，不知道接下来该做什么。

她最开始努力学习，仅仅是为了进前三百名。但人总是贪心不足，当这个愿望达成，她尝到了甜头，就想要再进一步。整个假期，余葵都抱着进（1）班的信念，舍弃所有娱乐，扛过了低落、懈怠期，不知疲倦地骑车往返于补习班和家之间。

她太想跟时景在同一间教室里呼吸、上课了，渴望到脑子里但凡生出画面，便能立马克服人类基因里的惰性，头悬梁，锥刺股，自虐般"垂死梦中惊坐起"地摊开教辅资料。

她并非不能接受失败。从小到大，她独自消化了太多的失败。但这一次也许正因梦想近在咫尺，她却与希望擦肩而过，落差才叫人如此难以释怀。

"你很得意吧？"从她身后传来姜莱的声音。

余葵不想说话，便没理姜莱。但姜莱并没就此打住，反而加快脚步质问她："你不觉得很不公平吗？凭什么你舒舒服服地从小躺平到大，每天睡觉、看漫画、和男生谈恋爱，只是稍微努力一阵，就让我十几年来的努力变成了笑话？你现在心里很得意吧？"

余葵面无表情地转头："你看我脸上写'得意'这两个字了？你自己无法消解情绪为什么要拿我出气？我的心情也很糟糕，请你离我远一些，不然我怕忍不住再跟你打一架。"

"装什么？考了年级第六十一名，你还有什么不高兴的？"姜莱冷嘲。

余葵无语，终于站定。

"我不理解，在你眼里，成绩就是一切吗？"她转过身去，"从前我考倒数，在你眼里是垃圾，现在超过你了，所以有资格跟你对话，承受你的质疑，让你发泄负面情绪了？姜莱，你能不能成熟一点儿？我对人生喜怒的标准和你完全不在一套系统，不要拿你的标准来衡量所有人。"

"是，成绩就是我的一切！"姜莱握紧拳头，用愤怒掩饰哭腔，"也是我父母的一切。从小学开始，我为上纯附、上名校付出了所有时间和精力，甚至没有过过一个完整的周末。我就是不甘心，我讨厌你轻松一学就有回报，讨厌你用你的运气和天赋嘲笑我，讨厌你得了便宜还卖乖……"

她从来都在消解父母的情绪，以至自己的情绪也只能向别人发泄。她的人生完全陷入了这样的恶性循环中，哪怕她知道自己现在输不起的样子徒惹人嘲笑，冲昏头脑的不甘心却还是让她无法停下来。

看着她歇斯底里的样子，余葵突然觉得她可怜了："没有人嘲笑你，也许世上有人可以轻松成功，但那些人不包括我。我没必要向你解释为考这个分数我付出了多少心血,你迟早会明白,人生有太多付出努力却得不到回报的事情了,不只成绩。"

吵完一架再回教室,余葵终于感觉心情平静了许多。

她能快乐地长大至今,得益于强大的自我调节能力,敢于接受事实、认清现状、面对失败。

得之我幸,失之我命。既然有人比她还不开心,那她考到六十一名也算是个不错的成绩。即便地理位置还是和他隔了两层楼,起码大榜成绩排行上,他们开始无限地接近了。

"我一睁眼,就看到教导主任放大的脸,半边身子都吓麻了!还好没被罚写检讨。而且我明明是自己走到老师的车上的,年级里竟然传我是被120拉走的,谣言简直离谱儿,最可恶的是大家还信了!不都说纯附是聪明人才能进的吗?"

美甲店里,余葵诉说着自己一周的倒霉经历,易冰和四饼笑得捂肚子。

"别,别!你别抽出去,胶还没干,紫外线灯要烤三十秒钟。"四饼按下余葵的指尖,听易冰还在笑出开水壶声,又提醒:"一饼,敷面膜的时候脸上表情不要太丰富,会长皱纹。"

易冰一秒肃容:"真的假的?"

四饼:"我现在有美容师证了,你可以相信我的职业素养。"

两人说话间,余葵带着新出炉的透明美甲,又写了一道物理大题。

易冰用余光瞥见:"余葵,你真是丧心病狂。唉,现在回想高一的你,天天跟我一块儿把头埋在书后边睡觉、吃辣条,简直恍如隔世。对了,你有多久没看漫画了?《火影忍者》快完结了,你知道吗?"

"啥?"余葵惊讶过后,挠头回想半晌,放弃道,"我也记不清多久没看了。反正从前我最大的开销是买漫画,现在攒下来的零花钱差点儿把小猪罐塞爆,没想到我余葵这辈子竟然先靠学习发家致富了。"

易冰也深有同感:"当时我还不看好你读理科,现在想想,在文科班要是肯努力,提分倒是快,但分数的上限没有积累很难突破,哪里会有现在的效果震撼?理科班简直就像打开了你的王者封印……所以,你从前都是在装傻充愣吗,小葵?"

这问题答起来多少有点儿招人恨。余葵举起三根手指:"小时候大家说我笨,我信得太深,就没怎么用过脑子。不过我发誓,我也是受害者,我也被骗了!"

"嗯。"易冰信任地点头，"让我今天给你的小猪存钱罐减减负，等会儿你买单。"

"说好了你们俩今天给我做模特儿练手，怎么能收钱？"四饼拒绝。

敷完面膜，搽了水乳，易冰终于能从窄床上爬起来舒展筋骨，边活动边说："其实要我说，还好你没进（1）班，你知道那个地方有多压抑、多恐怖吗？每届都有人申请调回平行班，有人甚至直接休学回家看病、调整心理状态，普通人进去心理落差太大了。他们的教学资料跟平行班用的完全不是一套内容，你但凡哪周没跟上节奏，进度就落下了，还不如在（15）班当鸡头。"

"事到如今，我也是这么安慰自己的。"

余葵写完最后一道题，合上物理练习册，又拿出英语练习本让四饼给她听写。

"天哪！又来！"四饼头都大了，"小葵，我只是想专心给你画个图案。"

余葵："随便画一下就行，弄得太明显，老师让卸了就可惜啦！"

四饼有自己的艺术坚持："透明底、淡粉色图案，我已经尽量弄低调了，你不是说你们班主任挺宽容的吗？班里的艺术生化妆、卷发她都不管，她不会管你这个小指甲的。"

四饼确实学到了真手艺。第二天，余葵带着白皙发光的皮肤、刚修剪过的刘海儿和粉嫩的指甲走进教室时，感觉自己的人生从未如此精致过。

人状态一好，效率也特别高，整个早自习，她背了好几篇短文。

就在快打铃时，班主任周龄忽然出现在门口，招呼余葵出去。见周龄的脸色不是很好，余葵有点儿忐忑。

余葵刚在走廊上站定，便听周龄说："余葵，（1）班有位学生休学了，你是第六十一名，所以……现在收拾东西吧，一趟拿不下的话，叫两个男生帮你搬上去。"

峰回路转。

余葵缓慢地张开嘴巴："现在？"

"你今天起就得跟着他们的课程进度来啊，尽量在上第一节课前搬完东西，去吧，别耽误了。"

她总算知道周龄为什么开心不起来了——好不容易培养起来的学生，就要去实验班了，换谁能高兴得起来呢？

余葵的脑袋恍恍惚惚的，她完全被这个意外的惊喜淹没了。

回教室落座后,她才回过神来,替那位可怜的同学的心理健康祈祷了一分钟,然后欢欢喜喜地收拾起东西来。

"小葵,去了(1)班也多回来玩啊!"

"我们都会想你的。"

"要是在(1)班待得不开心,你就申请调回来。"

……

离别总是充满愁绪,同学们围过来七嘴八舌地说着话。

余葵想了想,从储物箱里把自己画的班级人物图拿出来,用直尺按着边缘,整齐地撕下来,送给相应的同学。

这是她刚来(15)班时花了大功夫画的册子,她本来想留作高中纪念的。每张画她都是用水性马克笔上色的,勾线精美,神态细致,涂色也清新漂亮。

果然,她一拿出手绘作品,众人的注意力都被转移了。

陶桃感动地赞叹:"这是我吗?那么漂亮,感觉都能直接做杂志封面了。"

余葵认真地说:"在我眼里,你比这还好看。"

女孩儿眼睛湿润了,张臂倾身拥抱她:"你真好,余葵!"

"你也很好!"余葵拍了拍陶桃的背,"放心,我会常来看你的。"

来(15)班这段日子,堪称她在附中待得最快乐的一段时间,这里班级氛围活泼,同学们也各有个性。要不是时景太好、太帅,她真舍不得这些同学。

组员们把余葵送到教室门口。

还没下早自习,谢梦行负责替她搬书上四楼。

小谢现在跟他的小姨一样,表情显而易见地不开心。

余葵小心观察他:"你是不是生气了?"

"葵葵,我对你不好吗?你这次有点儿过分了!"

余葵傻眼:"我做什么了?"

少年打开话匣子控诉:"之前橡皮印章也是,我以为全班就我和陶桃有,结果你给别人刻了十几二十个。插图也是,我以为你就画了我的,拿回家还裱起来挂在墙上了,跟我妈说这是独一无二的友情象征,结果你现在每个人都送!我难道不是你在(15)班最好的朋友吗?!"

他扔下书箱:"告别拥抱,快点儿,我也要来一个!"

余葵头上掉下一排黑线:"你跟陶桃性别都不一样,这怎么能行?我可不想明天被全校通报批评早恋。"

"唉！"他扯下发带，重新抱起箱子长吁短叹，"你走以后，我又没有同桌了。"

余葵小声鼓励他："其实只要你想，你随时能有新同桌。"

"这怎么能一样呢？你这么有意思，听你说话我能多吃两碗饭，换了没意思的人，他们挪一下椅子我都觉得吵闹。"

"哦。"余葵明白了，"原来我的作用是让你多吃两碗饭。"

四楼到了，她从少年手里接过箱子，从箱底抽出一整套十二张的手绘卡牌递上。

男生冷哼一声，没接卡牌。

余葵笑起来，掏出彩铅在封壳上写下一行字，塞到他的手里："你信我，这套真的画了好久，别人没有。"

谢梦行不情愿地瞥了一眼，见精美的封壳上写着：送给我（15）班最好的朋友谢梦行独一无二的礼物。

他的脸上总算重新有了笑意。他偷瞟她一眼，轻咳两声，又把唇角的弧度强压了下去："行吧，我暂时原谅你了。但你以后可别让我炫耀完又发现别人那里有同款，这样我很丢脸的，你知不知道？"

"行，行，行……"余葵把人送下楼，抱起箱子，转身。

她站在教室外，隔着一堵墙听着里面传来朗朗的读书声，全身战栗，心间涌起一种无法言说的澎湃和感动，千百种复杂的情绪里有紧张，有期待。

她终于来到了时景的世界，这个她一度以为自己这辈子都无法触摸的地方。值得感激的是，无论攀爬、触顶的过程怎样艰难，她都坚持下来了。

余葵深吸一口气，朝前跨出一步，身形便暴露在教室门口。

女孩儿抱着箱子进门时，整间教室的读书声微不可察地低了两个分贝，一双双陌生的眼睛朝她望过来，带着打量、审视和好奇。

从高一到现在，（1）班的成员每年都有细微调整，但大体没变。最轰动的一次，恐怕就是高二时景从北京转来，所有人的名次都往后推了一名。

这一回，来到他们班的是余葵。这个曾经在（15）班都垫底的女孩儿，靠走运补上休学同学的空缺，卡线进入了（1）班。无论怎么看，她都对任何人没有威胁，要不是模样长得实在出色，恐怕都不会有人多看她两眼。

人从他们眼前走过去后，议论声偷偷蔓延开来：

"今天过后，咱们班两大颜值担当，就是时景和这个插班生了吧。"

"从前就觉得她挺好看的，近看更惊艳，眼睛真好看，腿也长，突然感觉咱们班的平均颜值又往上升了一大截。"

"谭雅匀不也挺好看的？"

"拜托，你认真的？"几个人同时看向他。

"谭雅匀是气质型的，真比较五官的话，两个人根本没的比啊。路上同时遇到她们两个，你会看谭雅匀吗？"

"呃……话是这么说，成绩也挺重要的。她长那么漂亮，来咱们班垫底，很容易心态失衡的。你觉得她能坚持多久写转班申请？"

"确实，我赌一个月，下次月考的时候她可能就崩溃了。"

"太真实了，我这么有韧性的人，当初转班申请都填了好几次。她要是真转走了，还挺可惜，好不容易考进来个这么养眼的小姐姐。"

"希望她能撑到运动会的时候，我真的很想看她给咱班举牌。"

…………

来到纯附实验班，是一趟重塑筋骨的历程。他们中间大多数人，从小作为学霸被同学追捧崇拜，被老师关照青睐，享受学校的资源倾斜……但只要来到这里，他们就必须收起目空一切的优越感，接受总有人比自己更优秀、一懈怠就有可能掉队的事实。

（1）班的教室里有种高压磁场，阵仗比高二分班的时候可怕太多了，每个人身上都仿佛拧着一股劲儿。

但时景是不同的。

余葵一进门就看见他了——他带着天生的光环，坐在靠窗倒数第二排的位子上，懒洋洋地靠着椅背，阳光穿过香樟树的绿叶间隙洒下来，落在桌面的一角上，也落在他完美无缺的侧脸上。

注意到余葵进门，男生偏过头，两人的目光在空中交会的一瞬，少年的唇角微漾起一个弧度。

这笑容是送给她的——余葵意识到这点，心跳便立刻喧嚣鼓噪起来，血液发烫，身上每个细胞都欢欣鼓舞。

多巴胺的奖赏机制是如此令人心醉沉迷，难以戒断。

只是，余葵想到这些注视她的人里还有谭雅匀，脑子便里回荡着《火影忍者》主角战斗高光状态的BGM，努力放平肩膀，收回视线，淡然而平静地走到教室最后一排唯一的空位旁，放下纸箱。

向阳拎着把新椅子从刚后门进来，见余葵要坐下，赶紧叫住她："那椅子的螺丝松了，响声太大，我刚才去给你领了把新的。"

待在（1）班的第一天，余葵深刻地体会到了易冰那番话有多真实。

现实远比想象可怕。

（1）班老师授课的内容里，某些概念和定理远远超纲，高中从未涉及，（1）班的学生却习以为常，往往老师一道题三言两语讲解结束，问大家"懂没懂""有没有掌握"，台下除了她，都是清一色的"懂了""会了"。

余葵进退两难。这种情况，她要是举手说不会，轻则拖慢大家的进度，重则引起公愤；她要是不举手，又确实还没理解到位。

（1）班的课程节奏比起（15）班，快了起码两到三倍。

她久违地重新陷入了当初刚进附中时那种捉襟见肘、似懂非懂、反应慢半拍的窘况中。

班主任姚老师是年级组长，一个面容严肃、说话办事雷厉风行的中年女人。

下午语文课讨论，她路过余葵桌边，看到余葵的指甲，眉头一皱，当即把余葵叫到了走廊上。

上回余葵被骗到厕所，姚老师是第一个赶到的，也因此，她对余葵有深刻的印象——漂亮、和宋定初有恋爱嫌疑，总之，对老师而言不能算省心的学生。

长得漂亮，意味着学生容易受到外界诱惑，很难静心专注学习，尤其高中女生，一谈恋爱，受情绪支配，成绩就跟坐过山车似的忽上忽下。黑马意味着根基不稳，像余葵这样一年内直线升上来的学生，聪明有余，如果后劲不足，随时还有掉回去的可能。

开口时，姚老师着重劝道："爱美之心人皆有之，但高中生的主要任务还是学习，额外打扮只会分散你的注意力。余葵，你从（15）班刚来，所以这一次老师就不追究了，但再往以后，心思一定得放在学习上才行。"

余葵背着手，小鸡啄米似的点头，恨不能钻进地缝里。直到老师挥手，她才逃也似的回到教室。要不是光疗甲太牢固，她都想直接把它刮掉。

她下课后用小刀刮了几下，险些刮破手才作罢，留到晚上处理。

下了一整天雨，周五的放学铃总算响起，对面的高二教学楼传来欢呼声。

老师一出门，宋定初来便到余葵桌边，提醒她通过加入班级群的邀请。

她正收拾书包，闻言吓得差点儿当场从椅子上滑下来："已经邀请我了吗？"

宋定初疑惑地点头："怎么了？"

完蛋！她和景神可是加过QQ好友的，她偷窥了他的空间那么久，假装不认识地和他交换了那么多心事，一进群不就全暴露了？

"没……没事。"余葵咽了口唾沫，找了个借口，"就是……那账号我把密码给忘了，要不，等回家我用新号加你？你到时候再把我拉进群就行。"

"不能申诉找回吗？"

"呃……好像找不回来了呢……"她心虚地眨眼。

拔出萝卜带出泥，这倒提醒了余葵，继续使用现在的QQ号，万一以后她和时景加到共同好友，岂不是很容易露馅儿？

惊出一身冷汗，她打定了主意，等会儿回家路上就申请小号。可以的话，用小号加上向阳和宋定初，她就把他们俩从大号的列表里删除。

看着微笑的班长，余葵心里默念了声"对不起"。男生却迟迟没走，而是从包里掏出根棒棒糖放在桌上，推给她。他的目光真挚而温柔："还没恭喜你，小葵。真的很高兴你能来到（1）班，咱们又在一个班了，我就知道你一定可以的。"

"哈哈，还要多谢你借给我那些学习资料……"

余葵还没说完，向阳从隔壁伸手，把糖拆了放进嘴里，张口道歉："不好意思啊，班长，小葵胳膊受伤还没拆线，发烧感冒也没好利索。叔叔这两天让我盯着她，让她别乱吃东西，我替她代劳了吧。"

宋定初一听这话，又担心起余葵的伤势来。

陈钦怡闻言，赶紧把余葵的校服袖子撸起来，果然看见包得严严实实的纱布，还印了点儿干涸的血迹，顿时羞愧道："小葵，你怎么不早说呢？我今天挽着你的胳膊都没感觉出来。"

余葵连忙解释："其实明天就拆线了。"

…………

班级另一角，徐方正特意绕到时景边上打趣："妹子的人缘儿很不错啊！她才来第一天，桌子就被围满了，连班长这么沉稳的人都坐不住了，你咋这么淡定，长得帅有恃无恐吗？"

少年略抬眉梢，抬起睫毛，漆黑的眼眸看不出喜怒："你是不是很闲，还上不上'天梯'？"

"好，我不说。景神你大人不计小人过，这周末游戏里再带我冲一次！"

"晚了。"时景收完书包，向后推开椅子，站起身，高大的身形投下的阴影顿时将对面的人笼罩，"这周末我有事，再说吧。"

他径直走向最后一排饮水机的方向，半个教室的人不自觉地朝那边投

233

去视线。

"他该不会也要去找余葵吧?"谭雅匀的同桌忍不住惊呼出声,"等等,我想起来了,该不会周一那天,来咱班门口找时景的女生就是她吧?

"向阳这人怎么回事,之前还围着你转,朝三暮四,有没有点儿节操?这些男生,是不是只要有更漂亮的人出现,就能追着别人跑?"

谭雅匀深吸一口气,压下眸中的厌烦之色,终于抬头:"用不着一惊一乍,余葵这种人,不靠着跟男生勾勾搭搭打好关系,怎么借到内部资料,怎么进(1)班?"

女生怔了怔。同桌这么久,这还是她第一次听谭雅匀如此直白地对别人口出恶言。

谭雅匀平时脸上一贯带笑,此刻却眼神冰冷。

同桌忍不住问道:"你们是不是之前认识?"

意识到自己失言,谭雅匀低头整理着文件夹,把脸上的神色收拾好,冷静地放低声音:"不认识,我就是觉得他们这么干,对分数和余葵差不多却没考进我们班的人而言根本不公平。"

陈钦怡回头,发现时景不知什么时候走到了自己身后,膝盖一软,下意识地退开两步,给这尊大神让出空位。

余葵正弯腰从抽屉里抽课本,忽地听到陈钦怡小声地提醒自己:"小葵!"

余葵一抬头,就见时景斜背着单肩包,立在她眼前。她顿时膝盖一软,手脚发颤,差点儿再从板凳上滑下去。

这就是同班同学的待遇吗?她一抬头,随时都有机会看到他出现在眼前,这也太梦幻了吧!

高冷英俊的少年朝门那边抬了抬下巴:"走吧。"

"啊?"如此美色当前,余葵大脑混沌,一时没反应过来。

少年偏头皱眉,目光变得不悦起来:"你该不会是忘了吧?"

"啊!"余葵使劲敲了下自己的脑袋,"请客!我当然没忘,就是不知道您想哪天吃。"

她三两下把自己的作业塞进包里,跟陈钦怡等人道别后,在他们震惊的视线中小跑着追上了时景的步伐。

"你喜欢吃什么呢?"她跟着他走下台阶。

余葵兴奋坏了,一整天的崩溃郁闷情绪都在这一瞬间被一扫而光,雀跃紧张地迈着小碎步,在他身后盘点:"嗯……太贵的我可能请不起,但是三百块钱以下,你可以随便点的。我跟我爸爸报备过会请帮忙的同学吃饭,他资助了我两百……"

男生停下脚步,余葵没来得及反应,一头撞在他的背上,硬邦邦的背撞得她脑袋眩晕,头发落在鼻尖上,鼻腔发酸。

时景转身,下意识地扶了她的胳膊一把,见人站稳才松手。

从他的角度俯视,女孩儿黑色的短发凌乱地贴着脸颊,杏眼氤氲水雾,校服遮过大腿根,重重的书包险些把她瘦弱不堪的肩膀压垮。

"余葵,你的人缘儿看起来很不错。"

以为大神在夸奖她,余葵顿时也顾不得鼻子酸痛,连忙答:"还好,咱们班除了向阳是跟我一起长大的,班长和钦怡都是我从前在(9)班的同学。"

她真是个榆木脑袋……时景扫她一眼,想说什么,最终把话又咽回肚子里,但总算放缓脚步和她并肩下楼,目光又偏到她身后:"怎么背那么多课本回家,不重吗?"

"没办法,笨鸟先飞嘛!"

总算不用追他了,余葵用手背垫着书包肩带,被勒得有点儿喘不过气:"唉,你们上课太快了,我好多问题没听懂,周末还得去补习班问……"

话没说完,她突然感觉肩上轻了。

"现在轻点儿了没?"时景慢条斯理地问。

余葵仰头愣了愣,少年白皙精致的下颌近在眼前,目光再往上,就撞上了他漆黑漂亮的眼眸。两人对视不超过一秒钟,她就开始心跳加速,红晕爬满耳垂。生怕被他看出端倪,她慌乱地移开视线。

上一次帮她提书包的人,还是她爸——

小学一年级,老师发了一大堆新课本。回家路上,程建国看她人豆芽菜大的一点儿,不堪重负,还偏要自己背书包,便悄悄从后面替她减负。

她极力稳住呼吸,往楼梯栏杆边靠了靠,挣脱他拎在书包上的手。

"没事,我自己来!一点儿都不重,轻着呢!"

她挺直了背,睁着眼睛说瞎话,好像书包这样就真的变轻了一般。

时景根本不清楚他对她的刺激强度有多大,哪怕一点点普通朋友的亲密动作都极有可能令她失去理智、暴露自己的感情。她只能一遍遍在心里提醒自己,恪守同学和朋友的本分。

走廊檐下,雨淅淅沥沥地下不停。

时景低头发了一条信息，再抬起头时，余葵已经撑开伞，诧异地仰头看着他："景神，你没带伞吗？"

"出宿舍的时候没下雨。"男生把手机塞回兜里，朝她伸手，"给我吧，我来撑。"

什么情况？时景要跟她打一把伞？！余葵这一天受到的刺激太多，近距离接触每次都突如其来，已经快把她的心率玩坏了。

她颤着手把伞递上："这伞……好像有点儿小，会不会挤到您？要不我再上去借一把？"

时景挑眉颔首："也行，不过雨还没停，你问谁借？"

余葵被噎了一下，假装难受地叹气："唉，也是。"

实则她心里已经激动得快原地托马斯全转了，她现在处于一个极度矛盾的状态，像在悬崖上走钢丝，理智上知道想藏好暗恋就得和时景拉开距离，却又下意识地屈服于当前的快乐中。

一年前，第一次在机场见到他的那个暴雨天，余葵怎么能想到会有今日呢？想想看，大帅哥在替她撑伞啊！

两人近在咫尺。时景个子高，撑伞时，胳膊便落在她的脑袋后边，像是虚虚地揽着她。而余葵脚踩在地面上，像踩在棉花糖里，身体都是轻飘飘的。仿佛下一秒钟，一个激灵睁开眼，她就能看到卧室天花板上挂着的粉色捕梦网，发现一切只是一个梦。

她背地里伸手，重重地拧了自己的腰一把。皮肤传来刺痛，她咬唇忍住闷哼，嘴角却不住地上翘，总算有了几分真实感。

人只要有信念，真是什么事都有可能发生呢！

时景好香啊……空气中弥散的雨水和泥土、青草的气味，也掩不住他皮肤上传来的清爽香气。

从教学楼到校门口几百米，余葵心猿意马，脑海中的少女漫画分秒不停地翻了几十话。她再抬眸，看到少年冷淡英俊、恍若天人的脸，立刻心虚仓皇地移开视线，狠狠唾弃自己。

唉！人家心无旁骛地把她当朋友，她却在脑子里幻想这些乱七八糟的东西，实在不应该！

她悄悄地将身形往伞边缘移了一点儿，试图让那股令人面红耳赤的男生味道离鼻息远一些。

雨花溅在她的裤脚上和帆布鞋的表面，时景发现了，便尽量带着她避开水洼。见女孩儿时不时就要往伞边躲，固执地和他保持十厘米的距离，少年无奈地叹了口气:"余葵,你这样让我很为难。"

"啊?为什么?"声音一出口,连余葵自己都被吓了一跳,差点儿捂嘴——也太软了吧!这是能从她的喉咙里发出的甜妹嗓音吗?

时景慢条斯理地解释:"你老往边上走,伞要是往你那边斜着撑,我就得淋雨,要是不偏,这又是你的伞,我于心不忍。"

余葵抬头一看,少年校服的左边肩膀上,颜色果然已经变深了一大片。

她内疚得不行,连连点头:"好,那我离近点儿,伞本来就小,你不用往我这边偏的。"

雨幕将一切隔绝在伞外,世界上仿佛只剩他们两个人。

他们距离太近,行走间便不可避免地发生肢体触碰,校服布料的摩擦,每一下都在拨动她的心弦。时间仿佛被无限拉长了,余葵不停地吞咽唾沫,连自己的心脏跳动了几下都清晰可闻。

总算,公交站台到了。

两人一前一后地登上公交车,余葵刷完自己的学生卡后又使劲掏兜,从书包侧边找出纸币,往箱子里投了时景的那份。

车厢里瞬间拥进一大堆纯附的学生,将本就不多的座位占满。

余葵慢了一拍,回头便只能看着满车黑压压的脑袋叹气——今天的书包起码有五六千克,她好想有座位休息一下。

"同学们,上车往后挤挤,下一站还要上人啊。"司机师傅扯着嗓门儿吆喝。

时景听不太懂本地方言,但大概能猜出意思。

"跟我来。"少年用宽阔的臂膀在前面开道,余葵紧跟其后。头一次在周五拥挤的公交车上不费吹灰之力,不沾任何人的衣袖,如此轻松地来到后门处,她心里只剩感慨——他们能不轻松吗?美色迷人眼啊!附中的学生一看见时景,往边上挤的挤,缩的缩。沙丁鱼罐头般的车厢愣是被清出一条道,让他像个大明星一样不紧不慢地抵达车尾。

车载电视广告后方,甚至有个女孩儿站起身来给他让座:"学长,您坐这儿吧!"

时景一手拎着余葵的伞,一手抓着上方悬挂扶手的栏杆,闻言偏头看过去:"谢谢,不用了。"

女孩儿被拒绝,显得更紧张了,却还是结结巴巴地鼓起勇气说:"其实我……我是您后援贴吧的小吧主,我下一站就到,只……只剩两三百米。您拿着伞也太累了,没关系的,您就坐吧!"

她让到一边，摆了个"请"的姿势。

余葵没忍住，"扑哧"笑了一声。明明笑声极小、极短促，却还是在嘈杂混乱的车厢内被时景敏感地捕捉到了。他回头，下巴微低，凑近她，压低声问："你笑什么？"

呼吸气流仿佛就在她耳边，吹得她耳根发痒。

余葵也学着他降低音量，调侃道："学长，拿伞也太累了，您就坐吧。"

时景直起身，深深看了她一眼。

再回头，他懒洋洋地把胳膊肘搭在余葵的肩膀上，跟学妹说："我在帮这位同学拿伞。跟您商量个事，位子可不可以让给她？这样我也不会累了。"

女孩儿没反应过来，盯了余葵几秒钟后才愣道："可以……可是我能不能问问，学姐是您的女朋友吗？"

"你觉得呢？"时景饶有兴致地反问。

女孩儿的表情瞬间变得伤心欲绝："我……我知道了。"

公交车到站，后门开启，她伞也来不及打，匆匆忙忙地逃下车去。

余葵抱着书包和伞，在座位上落座。时景抓着她面前的垂直栏杆，正好把她护在里侧。感受着车厢内的目光集中在他们身上，她有点儿坐立不安。

她想跟时景说点儿什么，但他太高了，两人不在一个海拔上，她放大音量又怕被别人听见。她正打算作罢，时景将目光从线路表上移下来，正好见她张口欲言的样子。

"怎么了，这位子坐得不舒服？"

"不是……"

她的声音太小，男生弯腰也听不见，干脆屈膝蹲下，把耳朵凑到她面前，这样两人的高度就差不多齐平了。

这姿势叫余葵更惶恐了——仿佛他们真是校园情侣一般。

一眼扫过去，她能逮到好几个偷瞥的人，有学生一脸"吃到瓜"的表情，见被她发现了，干脆光明正大地看。

她赶紧和时景耳语："你刚才干吗要跟那个女孩儿那么说呀？这样其他人会误会的！"

时景歪头："误会什么？"

余葵闭眼，一狠心，说："误会我和你的关系呀！"

"什么关系？"少年似是真的不懂。

238

余葵咬唇，盯着时景白皙性感的耳垂，心"怦怦"直跳。这让她怎么说得出口呢？她只能快速地含混带过："就是……就是女……朋友的关系。"

那声"女"字细若蚊呐。

他好似没听清，反问她："难道不是？你就是我的朋友呀！"

哎呀！她跟他掰扯不清。

跟喜欢的人距离这么近，余葵心惊肉跳，只恨不得他赶紧起身。

好在时景也不逗她了，注视着她认真说："其实我都习惯了，清者自清。别人开口问这种问题，我真要解释，多半越描越黑。再者，我又凭什么要对一个不认识的人公布我的感情生活？我只是个学生，又不是偶像。"

顿了顿，他继续开口："不过你要是介意跟我传绯闻的话，我可以公开澄清一下。"

少年的神情显得有些落寞，余葵立刻就理解他了。

生得这样一副长相的时景虽不是明星，却跟明星般在周边人过度的关注中长大，一举一动都被揣测深意。他恐怕早已经厌烦了解释，所以才养成这样高冷的个性和不食人间烟火的气质吧。

从转学到纯附起，他除了作为年级第一名领奖、发言，几乎从未以任何方式在公开场合高调地露面说过话，她怎么能让他真为了这点儿小事破例呢？

想明白后，她赶紧说："你说得对，清者自清，我其实也不介意。"

刚才她特意提出来，也只是怕事情传开了，对时景的风评有影响而已。

话题告一段落，时景却仍没起身，继续随口问起："我记得这趟公交车走的就是你上下学的路线。周一那天，你就是坐这路车出事故的吗？"

余葵点头："你怎么知道？"她为这份关注深深窃喜，补充道，"不下雨的时候，我就骑自行车，不过这个月天气预报都是阴天。"

余葵表面还能平静说话，实则心里都放起了小礼花——时景竟然还记得她家住在哪里，还知道她乘哪路公交车！

时景解释："我回家也坐这趟车，到你们家后面一站才转车。"

哦，原来是因为他也坐这趟车。

公交车再一次到站，有人从前门上来。

少年语毕便起身，重新抓稳栏杆。窃喜一秒钟抽离，余葵陷入低迷状态，疲倦地扶上前座的椅背，把头靠在胳膊上，盯着沾满雾气和雨水的玻璃，在颅内伤春悲秋。

暗恋真苦啊，喜怒都只是别人一句话的事情……第一句还没想完，她忽地又听少年开口："对了，我这个月开始走读，以后上下学有空一道走吧，我学会骑车不久，还骑得不太好。"

余葵浑身突然又充满了能量，挺直腰背连连点头："好，有什么我能帮上忙的地方，你只管说！"

时景没指定吃什么，余葵干脆带他去了一家烤肉餐厅。上学期期末，她第一次考进年级前三百名，程建国就是奖励她到这儿吃饭的。

周五的中心广场，哪怕下大雨还是热闹非凡。

餐厅满座，服务员取来小票，告诉他们大约还得等半个小时。

"这么久啊？"余葵有点儿失落，擦了擦脸上的雨水，转头问："景神，你饿吗？等太久的话，要不咱们去别的地方……"

她话音还没落地，便听身后传来声音，唤时景的名字。

两人转头看过去，靠窗的 VIP 座上有对情侣在招手，年纪和他们俩差不多大，打扮却稍成熟些。男生模样一般，气质玩世不恭，女孩儿却挺漂亮，妆容十分精致。

余葵才打量了他们一眼，男生就直接热情地迎过来："小景啊，果然是你！我说呢，长这么帅，看背影都不可能认错。"

男生叫他"小景"，显然年纪比时景大，态度却异常恭敬。

时景淡淡颔首，算是打过招呼。

男生又说："你也来这儿吃饭啊，没座位了吗？不介意的话就跟我们拼一桌吧，反正那桌子也宽，省得你们花时间等。"

时景本不想答应，男生的目光又落到了余葵身上。

"哟！朋友真漂亮，你们俩都能拍电影海报了，赶明儿我家商场换模特儿就请你们去。淋坏了吧，快来先坐吧，我让服务员先给妹妹上杯热茶。"

时景瞧了眼外面的大雨，目光瞥了眼女孩儿被打湿的裤腿，终于点头，礼貌致谢："行吧，谢谢您，明和哥。"

余葵本要说什么，瞧时景没有解释的意思，又想想他刚才在车上说的那番话，最后还是作罢。只是在跟着人往座位方向走时，她忍不住落后两步，小声问时景："你们认识啊？"

时景若有若无地点了下头："周秘书家的亲戚，见过两次，叫段明和，附中的学长，你也应该听说过的。"

"是吗？"余葵觉得这名字好耳熟，却怎么也想不起来。

时景提示："传闻他和咱们班谭雅匀有关系。"

竟然是他！这也太劲爆了吧！

余葵精神一振，眼睛亮晶晶地盯着座位上的漂亮女孩儿——莫非……那位就是在贴吧写帖子，曝光谭雅匀的段明和的现任女友吗？

高一时，余葵就曾听说过这位学长的威名，他身为学生会副主席，在校三年，每逢纯附大小活动，回回都能从家里拉来大笔赞助。他去年考上北方某"双一流"高校，人不在纯附，纯附却还流传着他的传说。

余葵诧异的是，连谭雅匀都不惜放下身段讨好的对象竟对时景十分客气。

段明和的漂亮女朋友名叫黄雅，是他的大学校友，情商极高。店里服务员忙不过来，她便娴熟地照顾着所有人的碗碟和茶杯，不停地给余葵加饮料、夹烤肉。

余葵被照顾得都有点儿紧张了，又笨嘴拙舌，不好意思拒绝人家的好意，直到时景主动伸手替她盖住碗口，才算是解了围。

少年的声音冷淡低沉，他礼貌地婉拒："谢谢，我看她吃不下了。"

黄雅定定地看了他一眼，笑着收手。

"哦——年轻人好甜呢！"说着，她把果盘了推过去，"妹妹你饱了早说嘛！来，吃块水果解解腻。"

余葵赶紧道谢，戳了块最小的西瓜，刚放进嘴巴里，对面的女孩儿便倾身，托着下巴跟她聊天儿。黄雅睫毛一眨一眨的，好奇地问道："你跟小景都在（1）班的话，跟谭雅匀也是同学喽？"

余葵隐约有种马上就要听到一手新闻的预感，兴奋地点头。

黄雅："你跟她关系怎么样？"

余葵如实摇头："不怎么样。"

这个回答可以是"挺好的""还行""一般"……但余葵答的偏偏是"不怎么样"。

敌人的敌人就是朋友！女生立刻将余葵引为知己，像打仗会师一般真诚地与她握手。

交谈间，黄雅跟她提了几个没在帖子上爆出的细节，谭雅匀那欲拒还迎、极致推拉的操作，听得余葵直捂嘴，惊呼"厉害"。

"说起来，我能撞破谭雅匀这个事情，还有你们家时景阴错阳差的功劳。"

余葵的重点落在了"你们家"这三个字上，她脸红心跳地偷瞥身侧的少年一眼，生怕被他听到。

余葵见人若无所觉，才敷衍地追问了一句："什么功劳？"

"去年年底，周秘书有次把他捎过来，跟我们几个同龄人玩。段明和平时手机根本不离身的，那天小景突然喊他过去，才让我逮着机会检查，不查不知道，一查果然有问题。"

黄雅轻蔑道："我没全扔出来，权当给谭雅匀留点儿遮羞布，她要是识趣，以后就应该夹着尾巴做人。也不知道哪个王八蛋删我的帖子，要是我高中就在你们学校上学，哪里轮得到她有机会蹦跶？"

说到这儿，黄雅盯着余葵的脸："妹妹，我特别想不通，你们俩都在一个班，成绩又差不多，校花怎么能轮到她呢？我看过照片，她跟你没法儿比啊！"黄雅投过来的目光有点儿怒其不争。

余葵羞愧："也不能算差不多，还是差挺多的，她高我20来分，稳定在年级第十名左右。"

"高三一整年，你还有机会。"气打到这儿，黄雅又给余葵传授经验，"跟这种女孩儿在一个班，你可千万注意别被她撬墙脚，她要是知道时景是什么来历，估计比扑段明和这个花心大萝卜的时候更没脸没皮。男生在这方面脑子直得跟钢筋似的，被撩拨了还傻乎乎地以为是自己先动的心……"

啊？成年人谈恋爱怎么跟搞宫心计似的？余葵听得目瞪口呆。正好时景递餐巾纸过来，她顺手接过，胡乱擦了把脸，继续消化内容。

黄雅见她傻乎乎的懵懂样子，似乎被逗笑了，钻光闪烁的手指轻轻戳了戳她的脑门儿："真可爱。"

女孩儿笑完，看着余葵的目光难掩羡慕之色，干脆低下头去切着盘子里的肉，声音里多了几分缥缈低落之意："其实，我说这些话也只是提个醒，一个真正坚定喜欢你的男生，甭管别人撩拨的技巧多么高明，大抵也很难被诱惑吧。"

用餐结束，余葵去结账时，才发现单早被学长买了。

余葵哪里经历过这种阵仗，说好请客却吃白食的羞愧感写满了她的脸。收银台的姐姐就是不肯收她的钱，她只得给时景发送眼神求救信号。

少年落后一步跟来，收到余葵的眼神，不紧不慢地在手机上将餐费转了过去。

段明和不肯收："哪儿有让弟弟妹妹请吃饭的道理？何况刚才是我把你们俩拉过来的。"

话音刚落，时景微笑着平和地说："明和哥，小葵好不容易请我吃顿饭。她害羞成什么样，您都看到了吧？这次要不收，我们俩以后恐怕都不好意思再跟您吃饭了。"少年永远有自己的节奏,年纪不大,气质却矜持平和,说话克制礼貌,却不容人辩驳。

他婉拒了段明和送他们回家的提议,双方在餐馆门口告别。

时景仍旧撑着余葵的旧伞,和她一起抵达公交车站。

两人穿着校服并肩坐在站台的长椅上,隔着不远不近的距离,耳机里听着同一首《七里香》——确切地说,是时景拿走了她的另一个耳机。

雨水"噼啪"地落在站台的棚顶上,雨幕连成面将外面隔绝,世界仿佛只剩这方寸大小。

耳机里在唱——

"秋刀鱼的滋味,猫跟你都想了解。

初恋的香味就这样被我们寻回。

…………

雨下整夜,我的爱溢出就像雨水。"

快乐像浪潮,一遍遍地冲击着余葵的心灵堤坝。

这一个下午的甜头加起来,抵得上她过去一年吃的所有苦,连空气中讨人厌的湿气也全变成了棉花糖味,软绵香甜。

公交车抵达之前,她想起什么,重新从口袋里掏出现金递过去:"差点儿忘了!说好今天我请你吃饭的。"

时景漫不经心地摇头:"今天吃饭的有四个人,你要是买了单,就是请了所有人一块儿吃,不算。"

余葵急了:"那怎么才算呢?"

车越来越近。

少年瞥她一眼,起身等车:"你把钱留着吧,等下次再请我吃。"

"哦,那好吧。"余葵假装失落地收起钱,实则心里已经乐开花,内心在鄙夷自己的虚伪。

84路公交车停下。

余葵站起来才犯难,公交车停得离站台太远,隔了近两米,中间这段柏油路低洼处的积水起码有七八厘米深,踩一下鞋就被浸透了。她运动细胞不行,试了几下,实在不敢跳过去。

后边还堵了一辆车,公交车司机不耐烦地催促起来:"上不上啊?不上我关门了啊!"

时景刚想问她要不要等下一趟,就见女孩儿硬着头皮迈开步子,眼看就要落入污水中。身体快于大脑反应,他赶紧将人就要落下去的身形整个儿扶起来，扛在肩头，蹚过脏水上车。

余葵眼前天旋地转，落地踩在车厢里时还心有余悸，没搞明白状况。

时景往箱子里投币，她就这么呆呆看着他被浸透的球鞋发怔，待人转过身才追上他小声问道："你干吗扛我上来？这样你的鞋不就脏了吗？"

时景："我总不能让一个病号自己踩下去吧。"

余葵懵懂道："没有啊，我没想上车，就是想往前走两步，大点儿声告诉司机我们上不来。"

该怪他反应太快了？时景突然哭笑不得。

隔了几秒钟，他又见余葵眼眶微红地问他："你现在很难受吧，球鞋踩了脏水会报废吗？"

"没事。"时景笑起来，摇摇头，抬眸盯着她，"你把我想得很娇气啊，余葵。我是男生，天天跟朋友在露天球场上打球，有时下雨也要继续打的，这才哪儿到哪儿？"

公交车上热意涌动，余葵红着耳朵收回视线。

天像是被捅了个大窟窿，不停地漏雨，余葵到站时，雨仍在下。雨天傍晚，天色黑得早，她干脆把伞借给时景。

这次，少年一直把她送到单元门口才撑伞离开。

余葵踮脚震亮楼梯间的声控灯，刚转过身，就猝不及防地见余月如穿着白色套装站在原地，神色冷峻。

"我的妈呀！"她吓了一跳，脚底一软，往后退去，扶着楼梯才稳住身形，"妈？你怎么来了？"

"我不常来盯着你，怎么知道你有没有上进，有没有跟男生谈恋爱？"余月如冷声说完，顿了顿，又问"你爸说你出车祸，伤在哪里了？"

"胳膊上缝了两针。"

余葵低头上楼，悬着心在包里摸钥匙。

余月如："拍片了吧，还有没有其他地方有影响？"

余葵："我爸在，肯定都带我检查过了。明天就拆线，我没事。"

"刚才那个男生就是时景？你们俩现在又开始谈了？"

余葵手微颤，差点儿没抓稳钥匙。她妈果然看见了，该来的问题还是来了。

她极力控制着情绪，缓缓地抬头："我没有谈，下雨了，他只是送我回家。"

"好，没谈，这个点才到家。你们学校5点放学，现在7点半，中间这么长时间你去哪儿了？总不能是上补习班吧？余葵，我跟你说过多少次，女孩子要自爱……"

"你果然从来不相信我。"余葵开口打断她的话，看她的眼神突然溢出零星可悲之色，"在你的想象中，我会跟他去哪儿呢？KTV、校门口的小旅社还是快捷酒店？"

余月如皱眉："你这是什么态度？我在好好问你话。"

"可你心里不就是这么想的吗？因为我在村子里长大，不是你带大的，所以你不相信我有基本的价值观，你觉得我做事没规矩、品行有瑕、懒惰成性、没有廉耻心，难道不是吗？你之前说我考进纯附前三百名就不再管我，现在又算什么？"

余月如闭眼，深吸一口气："余葵，我今天不是来找你吵架的，我希望你明白，如果你不是我生的，我不会说你一个字。骂你、罚你，对你所有的管教都是为了你的前途着想。我费尽心思把你送进纯附，是希望你能成才，不想你破罐子破摔地考一个糟糕的学校，你没必要把我当仇人。你这个阶段，再努努力，明明还能往上冲，考个中游'双一流'，我不可能眼睁睁地看着你把时间浪费在谈恋爱上。"

余葵彻底平静下来，再开口，声音已经没有波澜："谭雅匀还没告诉你吧？我进（1）班了。"

余月如嘴唇微张，神情瞬间变得诧异："什么（1）班？什么时候的事？"

"妈妈，你口口声声说为我好，却从不肯花时间关心我。你的管教永远只有不问青红皂白地粗暴指责，幸好我都已经习惯了。现在，我的努力不需要你认可，我究竟有没有浪费时间，我自己清楚。"

和余月如错身而过的瞬间，她面无表情地抛出一句："你只管好你的另一个女儿就行。"

她小时候跟外婆看电视，剧里的主角们只要坚持努力，永不放弃，排除万难，总会实现人生追求，在最后一集迎来大团圆结局。

可越长大，余葵越明白，她或许可以持之以恒地努力，却做不到让那些先入为主地带有偏见的人摘掉有色眼镜，喜欢她，跟她和解。

她能做的唯有释怀而已。

余葵第一次觉得，妈妈的想法没那么重要了。

程建国出差还没到家，防盗门前的脚垫上堆着几个袋子，大概是余月如刚才拎来的,里头有两套新衣服,还有一块女式手表和一支钢笔。

静静地看了几秒钟,余葵将包装袋随手搁在玄关的柜子里,径直往里走去。

家里没人,她打开灯,客厅干净空荡。她用保鲜膜把胳膊包起来,艰难地冲了个澡。

热水拍打着面颊,蒸腾的热气充斥浴室。余葵顶着满头泡沫,回想起和校草度过的一天,又开始心潮起伏。

天底下还有比她更幸运的人吗?

她和男神共撑一把伞,听了同一首歌,一起坐公交车回家……而且时景那么爱干净的人,竟然扛着她踩了脏水洼!

在时景面前她还得强装淡定,现在无人时回味起来,她的少女心都开始批量生产粉红泡泡,她只想土拨鼠尖叫。

每个瞬间都是值得被一帧一帧载入日记的。只是考虑到漫画画起来太浪费时间,她几番努力,才强行压下右手的痒意,遗憾地叹了口气。

开始写作业前,余葵还记得答应班长的事。

她把电脑开机,建了个小号,加上宋定初和向阳的好友,顺利打入了(1)班的班级群,然后切换大号将这两个人删除,一次性地解决了后顾之忧。

余葵久违地登录QQ,列表里飘了十几条新消息。

有村里同学发来的寒暄,有(9)班的同学向她讨教进步经验,但最多的还是今天下午大家问她是什么情况。

她能有什么情况?余葵摸不着头脑,手指头忙得飞起,大致回复完一圈,才发现列表最上方,设置了消息免打扰的(15)班群里竟在讨论有关她的消息。

游曾嫒:"同学们,告诉我,余葵这个帖子还有谁没看?!"她附上了链接。

"天啊!真的假的?"

有人发了震惊的表情。

"嗷嗷嗷!!"

接下来就是十几条刷屏的震惊表情包。

宁舒:"他们俩什么时候开始的?保密工作搞得也太牛了吧!"

游曾嫒:"小葵这下成附中公敌了,好担心她家的玻璃窗被砸。"

纪慈:"校草好甜,还给她撑伞……啊啊啊!实名羡慕了。"

……………

眼看大家的谈论愈演愈烈，余葵无奈地"诈尸"："同学们，我还没退群。"

她叹了口气，敲击键盘继续发送消息："假的，没谈，校草今天没带伞。"

群里瞬间炸窝了，余葵顾不上看新消息，把消息记录滑到话题开始的那条链接，点了进去。果然，贴吧里又盖起了高楼，有关校草的风吹草动永远逃不过迷妹们的眼睛。

有人抓拍到下午放学时，两人并肩撑伞出校门的照片——竟然还是连拍拼起来的实时转播，雨水飞溅在时景的校服裤脚上，踩过水洼的瞬间，他的伞往余葵那边偏移了一些。偷拍的人太偏心，只拍到了余葵的半边肩膀，剩下的就是时景的大图。

余葵放大照片，反手就是一个保存。

她往下翻，有人还在问那目测身高一米七的短发脑袋是谁。七八层楼后，便有人把她的姓名、班级挂了上去，甚至还有好事者分享了余葵在教务系统里的证件照。

35楼："咱们学校的教务系统真是数十年如一日地垃圾，求求校领导上点儿心吧，我五分钟都不到就把管理员权限拿下来了。看证件照是个美女，可惜美则美矣，没有灵魂……不多说，给大家发点儿福利。"

万众期待中，"吃瓜"群众又刷了十几楼。

他们原以为技术流层主会发什么了不得的料，万万没想到，他竟把余葵自高一入校到高三每次月考的成绩一列列地拼图贴了上来，并在图下附言——

"哈哈，被钓鱼了吧！

"说实话，看到小姐姐入校踩着普高线进来的分数的时候，我确实是这么想的，好在退出之前手滑往下翻了一页，现在心里只感觉太励志了！"

直观看上去，高一时期，余葵在附中一直属于垫底的、毫无斗志的废物学生，从某天开始，她像是突然被打通了任督二脉，开始奋发图强，一路过五关斩六将，扶摇直上，打败无数优等生，进入顶尖强者所在的实验班。

57楼："我以为进来是吃'狗粮'的，没想到被鸡汤烫了一脸。"

59楼："敢情前十几年她都在玩呢。懂的都懂，进步速度快成这样，脑子该有多好使。"

60楼:"是我等可望而不可即的智商和毅力了,真的很好奇学姐是因为什么突然醒悟。层主是这届新进高一生,每天都被周边人太过优秀的压力折磨得睡不着觉,被焦虑驱动反复练习反复刷题,每天都枯燥乏味,好迷茫。"

71楼:"能让校草撑伞的女人,果然有两把刷子,心里突然好受多了。垃圾班黑马小可爱和清北班高冷校草,好甜。"

77楼:"我想起来了!去年校草传绯闻,也是跟这个女生吧!可惜那个帖子被删了。呜呜呜,我没有看错,校草不仅人长得帅,还是个从一而终的好男人。"

80楼:"他们俩绝对真谈了!无图,但人在现场,今天跟在校草屁股后边上的公交车,他还小心护着学姐不让人挤到,唯一的座位给学姐坐,怕学姐听不到,还蹲着跟她小声讲话,可温柔了。层主胆小,怕被发现就没敢拍照。"

....

余葵翻了几页,心里只剩感慨:发誓努力学习果然是她做过的最正确的决定!

纯附的学生慕强,成绩好坏连谈恋爱的待遇都有所不同。还记得去年第一次在贴吧被人提起,她在楼里的风评可与现在截然不同。

中秋和国庆节过后,天气很快转凉,第三次月考结束后,冬季运动会和艺术节如期而至。

开始练习队列前,姚老师在台上开了个简短的班会,大概讲了一些运动会和艺术节的时间安排、注意事项。余葵什么都没听进去,对着刚发下来的成绩单发怔。

为了保证通风良好,即便已经是11月底,教室也到处开着窗户。

四楼寒风凛冽,吹得人透心凉。

余葵进实验班两个月,两次考试均是垫底,这次考了第五十九名,却是因为班里有同学请病假缺席理综考试。

将成绩单捏在手里,饶是余葵心态再好,都忍不住开始怀疑自己,明明是一样的学习方法,为什么从前有成效,现在却寸步难进了呢?

实验班晚上常有老师来讲课,基本没有学生放弃晚自习走读,怕跟不上大家的进度。余葵也不好再搞特殊,把补课都挪到了周末,做一对一加强冲刺。

然而排名停滞不前，失去努力的红利后，她彻底陷入了瓶颈期，越焦虑越迷茫，像一只努力朝天上飞的鸟儿，加速冲刺却狠狠地撞在了天花板上。每天晚自习后半段时间，余葵就坐在教室里，看着快被她翻烂的教辅和课本思考人生。

成绩单才被放进文件夹，旁边的女生便戳了她一下："余葵，重头戏来了，你发什么怔呢？"

她茫然地抬头。

女生小声提醒："姚老师刚才提到运动会开幕式入场，在商定举班牌的人选。"

教室里吵得跟花果山似的，前排的徐方正举手："老师，大家说得有道理啊，往年都是同一个人，今年也该换个新面孔了！"

"班牌代表我们班形象，怎么能说换就换？"谭雅匀的铁杆粉丝立刻反驳。

"为什么不能换？举班牌又不是谁的特权，真在乎形象，更应该谁形象好换谁。"

两方人马争执不下，事态升级前，姚老师按下骚动："都安静，我也不偏袒谁，既然大家有分歧，那就不记名投票吧。"

余葵原想着自己来班里不过两个月，这事应该跟她没关系，万万没想到，开始唱票时，宋定初展开第一张字条，就朝她看过来——

"余葵，一票。"

接下来的几分钟里，谭雅匀获得了二十七票，文艺委员得了五票，而余葵偏偏也得了二十七票。

唱票完毕，大家看着黑板上的"正"字统计，气氛诡异地安静了下来，连姚老师都难得地沉默了几秒钟。

终于有人想起来——

"还差一票呢，时景被仪仗队叫去彩排升旗了，要不……"

说曹操曹操到，话没说完，少年穿着仪仗队白色的制服归来，站在教室门口喊了声"报告"。

"彩排结束了吗？"姚老师招手让时景进来。

"还没有，带队老师让我们先回来休息，等下节自习课音响调试好了再去操场。"时景说罢，摘下制服檐帽，往教室里走，耀眼得像一颗明亮的恒星。

毫不夸张地讲，这一秒钟，余葵直接听到了周围的人咽口水的声音。

时景高二刚转来,就因出色的外表被校领导强制征入仪仗队。往常升旗,队伍离升旗台太远,大家知道他帅,但实验班的六十个人起码五十个是近视眼,看不真切,这下近距离看着他穿着制服进门,简直被颜值暴击。

白色本是极挑人的颜色,少年的外形气质却完全压制了那通体纯白的面料,制服更衬出他完美挺拔的仪态——肩宽腰窄腿长,肌肉紧致,没有一处多余。

"来得正好,班里在投票选谁举班牌,时景你……"姚老师话说到一半,忽然意识到,假如时景此刻参与投票,等结果一出,不记名也就没了意义,顿了顿才改口道,"你要弃权吗?"

学生面皮薄,这种情况得罪人,多半会选择弃权。

时景本来已经跨下讲台,闻言站定,回头向看黑板。

谭雅匀和余葵的名字在正中并列,下面各列有五个"正'"字和多出的两画。

在这决定结果的关键时刻,全班的人都屏住了呼吸——

少年却拒绝了姚老师递来的票纸,缓缓折身,低声问计票的同学要了粉笔头,不紧不慢地在余葵的姓名最下方残缺的"正"字上画上了第三横。

刚才一瞬的宁静仿佛是错觉,教室里重归喧嚷哄闹。

即便早有预料,但时景真这么做时,底下的人还是议论纷纷。

姚老师重重拍了好几下桌子,才控制住局面:"好,既然举班牌的人选定了,我们开始下一项。"

不少人偷瞟谭雅匀的神情——太难堪了!连旁人都替她难堪。作为(1)班的门面、附中最受追捧的校园女神,谭雅匀什么时候受过这样的待遇?她就这么被拂了面子。

时景没有弃权,甚至连投票纸都没填,直接坚定地选择了刚来班里两个月的余葵。

连谭雅匀的同桌都不知该怎么安慰她:"雅匀,你……"

"没事,这有什么大不了的?反正我又不爱出这个风头,班牌从小举到大,我都举够了。"谭雅匀的脸上没有失落,她握紧笔,挺直背抬头,微笑谦和地对上所有人的注视。那模样更让支持她的人觉得不忍心。

教室后方,余葵原本还因成绩单低落,直到时景进门投票,情绪终于转晴。她咬着唇,把卷子一张张地抚平,放进文件夹内保存,极力控制上扬的唇角。

开心倒不是因为被选中举牌,余葵压根儿不在意这些。她开心的是——

从妈妈再婚那天开始,她不停地被迫和谭雅匀做对照组,从未被偏爱,从未被选择。

时景像极了上天为她的漫画量身定制的主角,撕开纸页走到了现实生活中,给她平平无奇的人生注入色彩,填满她所有的幻想与期待,尽管……尽管她只是他的朋友。

班会结束,姚老师离开教室让学生自习。

余葵刚摊开笔记本,就感觉肩膀被人拍了一下,压住笑意回头:"你干吗?"

"借修正带。"男生懒洋洋地支着下巴看着她,"老师刚讲了什么?笔记也借我看看。"

上周班里调座位,他的位子正好挪到了余葵的斜后方。时景喜欢靠窗,跟她身后的男生一商量,换了座,两人成了前后桌。

这段日子朝夕相处,余葵的演技得到大幅度提升,起码她不会因为对方不经意的触碰而心率过促,能把暗恋藏得更深一些了。但她定力再强,也架不住校草偶尔突然强行放大招,散发魅力。

比如现在——

时景用不惯修正带,三两下没搞定便没了耐性,又用他低沉的、天籁般的嗓音呼唤余葵回头,替他盖住本子上的错行。

"你学一下嘛,这又没什么难度,把修正带往下按,手上稍微用点儿力就……"余葵盖到一半,疑惑地顿住手,"咦,你这公式没代错,计算也没错,为什么要改?"

时景没料到她竟然做过这道题,嘴角的弧度停滞了零点一秒,便面不改色地解释:"根号写歪了,难看。"

见余葵还没反应,男生直接握住她手里的修正带,用力地带着它轻轻往后压。"刺啦"声响过,原本的字迹被平整的修正带覆盖。

"这就对了,我贴出来的歪歪扭扭的,谢谢你,葵儿。"

北方男生的儿化音被他低沉的嗓音懒洋洋地吐了出来,总感觉带上了几分若有若无的亲昵感,像麦芽糖拉了丝,烫耳朵。

说者无心,听者有意。

余葵差点儿没顶住,匆忙转回身,半响后心脏还在"怦怦"跳。她感觉被他的掌心触碰过的皮肤在发烫,另一只手使劲儿摩挲了几下,半响才又恼羞成怒地转回头:"你这完美强迫症什么时候才能改掉?"

余葵气哼哼地转过去,只给他留下一个背影,像只猫儿在心上挠痒痒。少年眼里漾满笑意,随意扯开领口的两粒扣子,懒散舒畅地后仰了一些,歪头观察她纤细的脖颈,还有在风中晃动的发梢。

　　因为区里的领导要来看台观礼,学校领导决定给高一到高三所有举班牌的女生都统一购买制服——清一色的白卫衣和网球裙。即便地处南方,大冬天的,女生穿短裙确实还是有点儿冷,但架不住拍照好看啊!

　　开幕式9点开始,举牌人员还得化妆,余葵把校服外套和羽绒服叠穿,裹在裙子外边,还是被冷得瑟瑟发抖,下楼去找陶桃帮忙。

　　(15)班刚排练完队列,陶桃便拎着化妆箱,把余葵带到艺术生们常用的活动教室。

　　未来大明星的工具就是齐全,箱子一打开,连化妆刷都有二十来支。余葵"哇"了一声,目光灼灼地打量起陶桃那些五颜六色的眼影盘和口红。

　　该说不说,学美术的人多多少少有点儿化妆天赋。陶桃修完眉,一边给余葵上妆,一边讲解步骤。待到上完底妆,被陶桃描了半边眉毛后,余葵便兴冲冲地自告奋勇,接过笔,自己描另外一边。

　　在纸上都能画成大美女,脸上容错率更高,余葵寥寥十来笔后,1∶1复刻的精致眉形出炉。

　　"小葵,你这天赋异禀呀!"连陶桃都对她刮目相看,"你该好好学学的,以后当了大明星,我就聘请你做我的御用化妆师。对了,要不明晚艺术节会演,你来给我帮忙吧,正好化妆的人手不够。"

　　"啊?那怎么行?"余葵赶紧摆手,"我什么也不会。"

　　"舞台妆,都是一个模子里刻出来的,你画画技术这么强,根本不用学,记住步骤就能上手。"

　　二十来分钟后,陶桃搞定妆容,退后两步,把镜子架远一些,让余葵看看满不满意,还有什么要修改的地方。

　　余葵上一次化妆还是小学三年级,脸蛋儿被抹得红扑扑的,老师还在她的额心用口红点了一颗美人痣。

　　她从未想过有效的妆容对气质竟有这么大改变——她原本的模样还能看出纯朴稚拙的学生气,上妆后,那种感觉完全消失了,眉眼精致到像电脑渲染出来的动画,更完美,也更温柔。

　　"我手艺真棒!"陶桃越看越满意,夸完自己又夸姐妹,"出去吧!今天这么美,记得多拍点儿照片,你往操场上一站,还不把学弟们迷得七荤八素！"

余葵没想迷倒谁。化完妆后，她头一次对自己的颜值信心倍增，美滋滋地只想抓紧时间到时景面前晃悠刷脸。

可惜事与愿违，直到开幕式开始，她也没在操场上找到人。

她扶着班牌站在队伍最前方，还没人挡风。她的小腿袜是去年买的，个子长到一米六八后，便只包裹到小腿肚，裸露在外的皮肤冷得直哆嗦。

直到仪仗队的进场音乐奏响时，余葵才像所有人一样，在人群中注视着作为仪仗队队员出场的时景——

他身姿挺拔，拉着国旗从她眼前目不斜视地走过。

时景走到哪个班，哪个班就响起他的小迷妹们低声惊呼的浪潮，各班班主任频频回头管控纪律，才把声音勉强压下去。

余葵心里说不上来是什么滋味，有些骄傲，又有点儿酸溜溜的——明明时景并不是她的所有物，再往深处挖掘，也许心里还有一些莫名其妙的空虚与失落。

每每觉得自己看似离他更近一步的时候，她就总会被周边的人提醒——

哦，他还是那么遥不可及。

开幕式结束，下午就是田径比赛。

时景参加了接力赛和长跑两项，迷妹们操场、主席台两头跑，一整个下午，播音员净给他念加油稿了。

"时景学长，寒风吹不灭凌云壮志，你能克学业之苦，也必能冲跑道之锋，奖牌将在你脚下铸就，我们8栋315寝室全体女生为你加油！"

"高三（1）班时景同学，你跑过的赛道是最亮丽的风景，输赢不重要，我们在终点拥抱你。"

"恭喜时景勇夺高三男子组一千五百米冠军，焦红色的跑道上，你是人群之中唯一的焦点！"

…………

校草已经冲过终点，（1）班的后援团拿着毛巾、矿泉水、巧克力，却迟迟被欢呼呐喊的学妹挤在跑道最外围。

"我就不信了！"几人不甘心地又往旁边挪了几米，试图从人少处挤进去。奈何这边人虽少，战斗力却更加强悍，长枪短炮架在最佳机位上，哪里能容人加塞儿？

余葵被人的胳膊甩到，顺着力道踉跄着退了几步，才被身边的人险险扶稳。

劳动委员叹了口气："校草的人气太可怕了，他以后不进娱乐圈真的可惜。那么多人抢着给他送水，我看他肯定不用我们管了，要不先去找班长吧，班长在沙坑那儿急行跳远呢。"

余葵倒是想留下，却又没有理由。她生无可恋地抱着几瓶脉动，回头遥看了人群好几眼，才依依不舍地跟上大部队。

她没走两步，就听到时景的声音从身后传来——

"小葵，我的水呢？"

那嗓音听上去微沉，气息也不似往常平稳。

余葵一回眸，便感觉四下的目光灼灼地落在自己身上，也顾不得多想，赶紧小跑到他跟前，递上脉动。

时景才跑完，就沿着跑道朝前走着，学生太多，一眼看过去黑压压的，都是攒动的人头。

他心知肚明，余葵在这种需要肢体拼抢的环境，是绝无可能摸到前排的，干脆从最外围开始眺望搜寻。也幸亏他眼尖，及时逮着了即将跟随班级同学离开的女孩儿。

她真是个小没良心的！

时景心里气得仰倒，还得努力平复呼吸，拨开人群朝她走过去。

以少年所在之处为中心，辐射半径两三米范围内的分贝都降了。直到远离人群后，他才拧开瓶子，仰头喝了几口饮料，气息平复后问她："我刚才要是没叫住你，你打算去哪儿？不是来看我比赛的吗？"

男生身穿一身蓝白色运动衣裤，黑发垂落在额前，薄薄的汗水缀在白皙的皮肤上，顺着瘦削精致的下巴往下滴，肌肉均匀紧致。

少年的英俊中已初具成年人的性感。

非礼勿视……余葵心里使劲儿念咒，迫使自己将视线从他的喉结上移开。

她小声答道："刚才挤不进去，大家就说先去支援跳远的同学，反正也有那么多女生给你送水。"

"跳远的同学，宋定初？"他顿住脚步，将外套甩在肩上，挑眉，无奈地问道，"余葵，他们一说，你就跟着去了？"

少年盯着她，看得余葵心里发毛。她不知怎的生出一股"红杏出墙"被逮个正着的心虚感，赶紧打哈哈："大家都走了，留我一个人更挤不进去了嘛！下次我……"

话没说完，余葵突然感觉脑门儿一痛。她双手捂上去，才意识到时景给了她一个脑瓜崩。

她诧异地缓慢睁大眼，难以置信地问道："你敲我的头干吗？"

时景不想说话，拔腿朝前走去。

女孩儿小碎步跟在他身后，边揉脑袋边叹气："我本来就不聪明，你不知道我为了保持不掉出前六十名吃了多少核桃？你弹一次我得死多少脑细胞？"

时景丝毫没有反省自己："他跳个沙坑而已，需要你在边上搀扶还是递水？"

余葵却敏感地察觉到什么："你不是生气了吧？"

话音才落，男生猝不及防地停下脚步。

余葵眼前一黑，再次结结实实地撞在时景的背上，顿时眼冒金星。她来不及喊痛，就见他的白T恤上完整地盖了个自己化妆后的脸印子，连口红印都完完整整的。

完蛋了！余葵大惊，伸手想试着轻轻擦掉印子，还没碰上他的衣服，他已经转回身。

她心虚至极，"噌"的一下收回手，背在身后，努力用无辜的眼神对上他的视线。

幸好时景并未发现。他擦掉额间的汗，沉下声道："余葵，我当然生气。那些给我递水的人我都不认识，谁知道随便喝了会不会出问题。你拿着水走了，我怎么办？下次这种情况不要随便乱跑，就站在原地别动，等我过来找你，知道了吗？"

余葵小鸡啄米般点头，见时景还要再说什么，举手保证："我知道了，我真的听进去了。恭喜你呀，跑了年级组第一！"

见她认错态度良好，少年心里总算舒坦些。

两人又说了几句，其间，余葵心不在焉，余光不停地偷窥他背后的布料，手底下比画，正紧张地不知该找什么机会下手，忽然听到主席台的学生播报自己的名字。

"高三（1）班余葵同学，听到广播，请迅速到高三女子组一千五百米起点处检录。"

广播重复了三次，余葵如遭晴空霹雳。

时景皱眉："我记得你没报名。"

余葵也慌了:"对啊,我体育那么差,怎么可能报长跑?"

两人抵达检录点,裁判老师一看人来了,叫人塞给她两块布料。

"余葵,快点儿,就差你了,脱了外套,衣服前后别上号牌,热热身,下一组准备。"

时景立刻挤到起点处,跟负责的老师交涉:"赵老师,余葵她没报这个项目,会不会是名单搞错了?"

四下哄闹,男老师置身人群中烦不胜烦,正忙着往记录表上填数据,抬头一看,才生出两分耐性,挤出笑容:"是时景啊,刚跑完怎么不去休息?这个不可能出错,名单是各班提交上来的,体育部今早反复核对后才打印交到裁判员手上的。"

另一边,余葵被稀里糊涂地别上了号牌,忽地在人群中瞥到(1)班人的身影,其中一人正是体育委员。她连忙转身把人喊住:"张逸洋!"

余葵问:"我根本没报一千五百米,名单上为什么会有我的名字呢?"

"我写的。"张逸洋坦然承认,"腿那么长,你跑一千五百米有什么难的?"

她傻眼:"不是,你给我报名,起码应该问问我的意见吧?我都没有同意,你怎么能把我的名字写上去?"

"问了你就会答应?"张逸洋冷嗤,"每班三个名额,凑不满要扣分的。班里就那么几个女生,不能因为你刚插班,就连这点儿班级荣誉感也没有吧?平时成绩拖班级平均分后腿也就算了,这点儿小事你还推三阻四。"

班里有不少男生暗恋谭雅匀,体委正是其一。话说到这里,余葵哪里还不明白——因为那天更换举班牌人选的事,自己被针对了。

此时跟张逸洋一道走的,也都是他一个宿舍的朋友,虽觉得他这样做不太好,但也都只是暗暗地拍他的肩膀,扯扯他的袖子,劝他别说了。

众目睽睽之下,余葵深吸一口气:"一千五百米我可以跑,但你必须向我道歉。"

"道歉?不就是凑个数吗?又没人指望你拿名次,你这人怎么这么较真儿?我也跑了男子一千五百米,我是不是该叫全班人给我道歉呢?"

余葵还要再说什么,手腕被人抓住,她回头一看,正是时景。

她本来没那么脆弱,不知怎么回事,这瞬间看见他来,眼眶忽然有点儿酸涩。

余葵使劲儿眨了几下眼睛,还没开口,便听他低声问:"余葵,要弃权吗?不行我去跟老师说,没关系的。"

张逸洋耳朵尖，听见了这话，不爽道："怎么没关系？有人缺赛扣三分，时景你即便拿三个冠军，也刚抵平而已。"

"我现在心情很不好，烦请你把嘴巴闭上。"少年冷飕飕地看向他，"如果不是你擅作主张，这些问题都不会出现。余葵有既往呼吸道系统病史，放心，出了问题会第一个找你追责。"

见几人都被唬愣住了，余葵心里总算出了口恶气。

在事情闹大之前，她反手抓住他的手腕，把人拽到一边，偷瞥那边一眼，小声问："你怎么知道我之前患过肺炎？"

时景咳了两声："向阳说的。"事实上，这是余葵去年那天放学被篮球砸进医务室时，他跟校医费心询问来的情报。

那时候他俩都还不算熟。

"向阳这个大嘴巴……"余葵吐槽完又解释，"其实没他说的那么严重，是轻症的，当时医生还说让我痊愈后多运动才好。这个一千五百米我可以跑，顶多累点儿，就是觉得这么去跑了憋屈。"

"那就跑吧。"

时景问检录处体育部的学妹借了根皮筋，站在余葵身后，替她把头发一缕一缕地抓起来，扎了个小鬏鬏，缓声安抚："你只管比赛，其他的事交给我。"

余葵是个运动废物，只顾着跑步紧张，没注意到这一幕有多暧昧。

旁人眼中，少女在低头调整衣服上的号牌别针，而那位向来高冷、不可一世的校草，竟然极尽温柔地替她扎起头发。

两个人肯定是在谈了，操场上那么多人都不避嫌。

不远处，（1）班某个女生眼睛一亮，连忙推搡身边的宣传部部长一下，指着两人说："看，我没骗你吧？校草不爱高调，你要是真想找他明明晚晚会主持的缺，谁劝都没用，还不如找余葵帮忙，说不定能劝动他。"

男生诧异地问："他们俩真在谈？"

"这谁知道呢？说像吧，没那么像，毕竟谈恋爱要受处分的。不过我听说，余葵跟他家在一条公交路线上，平时两个人一块儿上学、放学，很能培养感情，现在又坐前后桌，两个人就更熟了，我们都默认余葵是全校跟他关系最好的女生。"

女生顿了顿，又说道："其实时景从那种国际大都市转来，人挺傲的，跟别人都隔着点儿什么，对余葵是真的很特别。可能他在这边没个能说真心话的朋友，也挺孤单的吧。唉，这么一说，还有点儿甜……"

从初中开始,每逢体育课,余葵只要一听要长跑,就不自觉地紧张,心跳加速,手脚发软。形成惯性之后,哪怕现在每天骑车上下学,体力跟过去已经不能同日而语,她还是下意识地恐慌。

枪声一响,她起跑的动作就比旁边的人慢了半拍。

余葵这下心更慌了,咬牙使出吃奶的劲儿,大步闷头追了上去——

风从耳边掠过,跑过半圈之后,余葵恍然发现,自己靠着腿长竟然超越了大半组的人,来到了小组中游的位置。

咦?大家都这么不能跑的吗?

余葵没兴奋几秒钟,便因为前期冲得过猛开始呼吸急促,脚下力气减弱,逐渐不听使唤。第一圈跑完,她来到时景跟前时,班里一群人大声鼓励她:"小葵,你别慌,就剩两圈半了。"

还剩两圈半!余葵膝盖一软,差点儿跪倒在地,幸好时景及时伸手搀了她一把。

裁判老师赶紧提醒时景:"别碰运动员啊,咱们不兴搀着跑。"

余葵摆摆手,示意时景自己没事,有气无力地问:"帮……帮我看……看前面……还有……几个人?"

"还剩四个。"时景不放心,下意识地追出两步。

他犹豫了两秒钟,怕她再崴一回,干脆追上去,跟在内圈线外陪跑:"我知道你现在很累,小葵,但你得匀速呼吸,均衡节奏,保持现在的名次跑完就已经很棒了。"

余葵本来也想着能跑第五名也挺好的,余光瞥到心上人陪跑的身形,突然觉得这样放任自己不行——时景都在男生里跑了第一,她怎么能跑第五呢?一生要强的女人绝不认输!

于是,她咬着后槽牙,又加速往前跑了一段。

第三圈时,她前面只剩下一个同学了。

此时,她浑身已经虚得使不上劲了,连摆臂都费力,胸腔里像是在拉破风箱,"呼啦呼啦"地烧得嗓子和耳朵痛,只剩意志力在强撑着躯体机械地往前跑。

"还剩最后一百米。"少年一直如影随形。

余葵闻言,突然笑起来。这么累的时刻,她都不知道自己哪里来的力气扬起唇角,喘息着告诉他:"这……这是我从小,第……第一……次跑……倒数……以外的……名次……"

少年眉头微皱:"别说话,说话会岔气。"

"我不。"余葵上气不接下气地拒绝道,"得……说,我……我跑第一,你……能……不能答应……我一个……事?"

时景被她逗笑了,无奈地答应:"行,你先试试看,别强求。"你跑第二,我也答应你。

话音刚落,余葵用尽所有的意念驱动,向五米开外的第一名发起冲刺。

事实上,她浑身已经榨不出一丁点儿余力,但在过去这一年里,就是这股不服输的劲头撑着她忍受漫长的痛苦,在成山成海的题册中度过无数个枯燥疲惫的夜晚。

每往前迈一步,她就告诉自己——她离喜欢的人更近了一点儿。

最终,她抢先第二名半个身位撞过终点线,跑道两旁猛然爆发(1)班同学的欢呼声。

余葵偏头看了一眼满脸惊诧的第二名,唇角的笑容扩大,淡定地继续往前走了两步,再然后——身子一歪,屁股不受控地坐在了绿茵坪上。

欢呼变惊呼。

时景赶紧伸手扶她:"刚跑完不能坐,你快起来。"

余葵整个人都往后仰,浑身的骨头跟散了架似的,没有一处不痛。她只能耍赖,艰难地喘息:"我人……都快……没了,还管他……能不能坐?"

女孩儿的小鬏鬏散了一些碎发下来,沾了汗水贴在白皙的颈上,细小的绒毛在夕阳下缀着金光,随呼吸一起一伏,妆也花了,眼睛弯弯的,眼线晕了一些在眼角,像只小小的熊猫。

但时景就是觉得她现在特别可爱。

他站着偏头笑够了,才在她对面蹲下:"说吧,你刚才想让我答应的事是什么?"

余葵颤巍巍地抱着瓶子喝水的手顿住。

"我说了你可别生气。"

"你先说来看看。"

余葵张口欲言,但还是忍住:"我就当你答应我了啊……"

朝夕相处了这段时间,她对校草的了解与日俱增,知道他多少是有点儿洁癖和偶像包袱的。他每天上学,自行车架都要擦得一尘不染,打完篮球会立刻洗头洗澡,要让他知道自己的T恤衫背后有个人脸粉底印子,他还穿着满操场跑……

少年用指骨抵住下巴遮挡笑意,清了清嗓子肃正脸色:"君子一言驷马难道,你只管说。"

余葵组织了几秒钟语言,突然一闭眼睛,双手护住额头,蔫巴道:"对不起,我刚才就应该告诉你的,你的T恤背后现在有个我的脸印儿——听说是防水粉底液,用洗衣粉可能搓不干净。我错了,错得很离谱儿,下次走路会记得带眼睛。你别生气,我愿意付干洗费!"

她一口气说完,对面的人却半晌没声。她悄悄从指缝中睁开一只眼睛。

校草确实抬起了手,但脑瓜崩不知道怎的,迟迟没落下来。

她大着胆子放下手:"你不生气吧?"

时景是不常笑也不爱笑的,但跟余葵待在一块儿,那个阀门总是容易失控。此刻,他终于不再掩饰笑意,探过手,替她理顺毛茸茸的乱发。

"你呀你——"他呼出的热气在冷空气中氤氲弥散。

男生的笑容带着温柔又清朗的少年感,让人如沐春风,低沉上扬的尾音,很容易叫人听出几分没有边界感的纵容。就连冬天校园灰扑扑的背景,都因他而带上了青春电影的滤镜,鲜活盎然,让人心动。

他漆黑的眼眸清晰地映出了她的影子。

余葵的血液流速又开始不受控了。这一瞬间,她总觉得自己似乎隐隐触碰到了什么,但若要再往前,又潜意识地胆怯止步。

"你说,校草是不是喜欢你?"当晚,陶桃隔着电话猝不及防地问起这个问题。

余葵心头狂跳,喉咙干渴,扯着电话线,半天才吐出回复:"他说我跟他的一个朋友很像,大概是因为这个有亲切感吧。"

陶桃:"那你喜欢他吗?"

余葵又哑了,想了想,给了一个模棱两可的答案:"我们现在只是朋友。"

陶桃经验丰富,立刻意会:"你就问他呗,到底喜不喜欢你——用开玩笑的方式。他不喜欢你就算了,你们俩继续当普通朋友。"

这操作听起来简单,陶桃轻描淡写,可惜余葵根本没勇气。

想想看,大城市来的天之骄子时景,有多大的概率会喜欢小镇长大的姑娘?

少年的人生从容开阔,一路上有荣耀和光环加持,从未尝过因无知而怯懦,因清贫而瑟缩的滋味。

而余葵在巴掌大的村子里长大,从村子的街头跑到街尾只需要两分钟。

同学们聊欧洲旅行、聊竞赛加分、聊托福雅思、美本预科……她半个字都插不上，别的女孩儿从小学跳舞、弹钢琴，被艺术熏陶，她小时候只懂怎么在田埂上抓蚂蚱。

学校把他们放在同一环境里，校服无限地掩藏了人与人表面的不同。但实际上，余葵太清楚，他们彼此的人生有着多大的差距。

她处心积虑地铺垫那么久，付出常人无法想象的努力，好不容易来到（1）班、好不容易离他近在咫尺……

人越在乎，便越畏惧。

因为无法笃定结果，所以她也无法承担吐露心声，捅破那层薄膜后功亏一篑的代价。相比起来，在当前的局面里，她能跟喜欢的人没有隔阂地朝夕相处，哪怕是以朋友的身份，也已经令她心满意足。

"算了。"余葵心烦意乱地把这个问题抛开不想，"陶桃，你刚才要跟我说什么来着？"

"哦，是许舟齐的事。"陶桃总算想起正事，"明晚艺术晚会的男主持人家里有丧事突然回去奔丧了，许舟齐是宣传部部长嘛，负责这事，就想请时景帮忙救救场。之前找文艺部的负责老师去说，校草没答应。小葵，你能不能再帮我们问问，劝劝他？时景普通话那么标准，拿着卡片上去念念串词，就冲那张脸，气氛就能把屋顶掀翻。"

余葵犹豫道："我试试吧。但我也不确定他会不会答应，成不成的，等我问完给你回电话。"

陶桃兴奋地应下："好嘞！爱你小葵。"

时间已过11点40分。

程建国在卧室里专心地画图纸，余葵偷瞥一眼，悄悄地裹上外套，拿着手机走出家门，在漆黑的楼道里拨通了时景的电话。

电话才响了四五声，那边的人便接了。

"葵儿，干吗？"时景的声音和往常不大一样，从听筒里传来，带着些湿漉漉的回声。

余葵小心翼翼地试探："你不会在洗澡吧？"

对面的人沉默了几秒钟，余葵都险些以为电话已经挂断，拿下来看了一眼，才重新听话筒里传来回音——

"刚洗完，手机在洗手台上，看见就顺手接了。"

事实是，时景刚洗到一半。

他强装淡定，擦净脸上的水，把手机夹在下巴和肩膀间，边系浴袍边问她:"你平时从来不给我打电话,今晚怎么了?"

听筒清晰地记录了那边布料摩擦的轻微响动,男生的声音带着潮意,慵懒而性感,画面感扑面而来。

像余葵这种漫画小天才,脸"唰"一下就红了,羞意烧到了耳根。

黑暗中,她可以肆无忌惮地放任脸上出现任何表情。带着满面春色,她在拐角的最后一级台阶上坐定,用膝盖紧抵心脏,定了定神,把陶桃的请托说了一遍,最后说:"要是实在不行,就算了,我等下找……"

"他们挺聪明,还知道来找你说情。"他突然笑起来,打断她,荡漾的尾音仿佛长出枝蔓,将人的心尖包裹,缠绕着往下拖拽。

余葵的耳朵像过了电,连拖鞋里的脚指头都蜷了起来,最后一丝理智拉扯着她的神经,她勉强记得解释:"(1)班的人里,陶桃就只认识我嘛……"

"行吧,我答应了。"他懒洋洋地拖长调子,"谁让他们找你了呢?不过——你得回答我一个问题。"

余葵点头,又意识到他并不能看见,便强压笑意问:"什么?"

"在纯附你所有的朋友当中,我们现在是关系最亲近的了吧?"

她难以想象,以高岭之花形象闻名附中的高冷校草,还会问出这么幼稚的问题。

余葵哪怕是傻瓜,这时候也知道该怎么答:"当然!"

"和易冰比呢?"

"人家是女孩儿啊……"

"那换个男的,向阳?"

余葵回头看了一眼向阳家的大门,心虚道:"好吧,跟你最好。"

"宋定初呢?要是我们一块儿跑一千五百米,你给谁送水?"

她眼睛一闭,完全不要羞耻心了:"给你送,给你送!"

两人的对话像极了小孩子们过家家的玩笑,时景却仿佛真的被取悦了。听筒那边传来他低沉轻浅的笑声,勾人耳朵。

笑声停了,他才一字一顿地开口:"我真开心,葵儿。"

就这么一句话,把余葵震得头皮发麻。

她的感官和灵魂都瞬间迷失了,她察觉不到冷,心情雀跃地膨胀成汪洋,一种无法言喻的感觉浸透了全身。她生怕发出声响,只能抿住嘴巴,身形却开心到颤起来,手指紧紧抓着楼梯间冰凉的栏杆摇晃。

城市另一端，时景家。

时景擦干头发后，便注视着铺在床上的T恤上的脸印儿出神。

想起余葵从指缝里偷瞥他有没有生气的样子，时景又不自觉地笑出声来，伸出五指覆上去比对——脸还没有他的巴掌大。

她真可爱。

想了想，他把衣服折叠起来——脸印儿那面朝上——从柜底抽出密封袋，扔了袋干燥剂进去，抽空保存。然后他打开手机，查看班级群里今天上传的所有照片。

女孩儿穿着白羽绒服，一颦一笑都有令人轻松舒展的魔力。但凡余葵出镜的照片，他每张都放大欣赏半响，又逐一保存进本地相册。

整个过程丝滑流畅，令人着迷。

直到把照片都存完了，他突然后知后觉，自己现在的举动简直像个痴汉，比变态好不到哪里去——暗恋怎么会让人变得这么肉麻可怕？

少年面壁反省，匆匆把手机扔进抽屉里，捏着鼻梁思考起这个注定无解的哲学问题。

不到片刻，手机又响了。不到两秒钟，他敏捷灵活地翻身拉开抽屉，直接接通电话。

只是这次打来电话的并非余葵，而是他在北京的哥们儿陆游岐——

"景神，给你提个醒，大小姐离家出走喽！今天下午人不见了，我估摸着她肯定去找你了。"

"她找我干吗？"时景深深皱眉。

"你说能干吗？她都快把你视作她的私有物了，你们纯附贴吧、你个人有什么动向，她肯定了如指掌。要我说，她能忍到现在才跑，修身养性的功夫已经算是得到了长足的进步，当然……"

对面的人沉默片刻。

时景不耐烦他卖关子："当然什么？说完！"

"也有可能是她在憋大招……总之你多小心点儿。"陆游岐顿了顿，没忍住问道，"不过，你们学校贴吧传的那事是真的吗？你跟那个叫小葵的妹子进展到哪一步了？你们俩下次打游戏也拉上我呗，求你了，我都快好奇死了。"

"她现在要学习，没空打游戏。"少年头痛，干脆插兜立起身，在窗边眺望城市远处的灯火。

陆游岐叹气："唉，没空打游戏，那也没空谈恋爱喽！你怎么想的？都放弃竞赛了，到现在还没进展。你做事情不是一向很有效率的吗？"

"不知道。"时景的声音冷下来，难得带了点儿烦躁，"我也觉得我现在优柔寡断，不像我自己。高考完再说吧，这个关口，我不想她留遗憾。"

陆游岐："你怎么也跟电影里学'爱是克制'那套？要是我，我才不管那么多，年轻就该谈恋爱。"

"为了一己私欲毁掉她、改变她的人生，我办不到。等你真正喜欢一个人，你会懂的。"

翌日，早自习。

余葵才到班里便觉得气氛凝重，好几个人不在座位上，一直到下早自习都不见人影，班主任也破天荒地没来巡视。

等到操场上集合，向阳才告诉她一个八卦消息——

"听说没？昨晚张逸洋他们宿舍的人翻墙出去玩被宿管发现了，今天一早就叫了家长，估计最轻也得人手一个警告处分。我今早去办公室交笔记，见老姚脸都绿了。"

余葵正咬着吸管喝豆浆，闻言愣了愣。不知怎的，她猛然想起了昨天开跑前，时景对她说："你只管比赛，其他的事交给我。"

这是巧合吗？那几个人昨天正好都在操场上目睹了她被张逸洋冷嘲的画面。

她远眺操场，很快便在篮球场上找见少年奔跑弹跳的身影，他将外套搭在篮球架上，正跟校队的几个男生激烈拼抢篮球。

这事应该……不是时景干的吧。

临近午饭时间，张逸洋几个人总算垂头丧气地从办公室出来，宣传栏里贴上了他们崭新的违纪通报公告。

一回到操场上，张逸洋便四下张望，在找到班里一个平日没什么存在感的男生后，怒气冲冲地走了过去，连推带搡地质问："杨楷，是不是你告的？"

男生踉跄着后退了几步："我不知道你是什么意思。"

"还装傻！"张逸洋踹翻面前的椅子，"我们那层楼的宿管从不起夜，怎么可能凌晨1点突然来我们宿舍敲门？我们翻墙出去就只有你撞见了，不是你告的黑状还能是鬼？我不就是问你借过两百块钱没还，你还怀恨在心了。以为都像你这么穷，谁稀罕你那两百块钱？！"

他从包里掏出纸币，羞辱般地直接扔在了杨楷的脸上。杨楷是地级市上来的学生，平日沉默寡言，此刻唇色气得发紫，嗫嚅着愣是说不出话。

吵闹声引来了班里人的注意，却没人敢上前劝架，毕竟体育委员高大健硕，还正在气头上。连余葵在一旁戴着耳机做听力都听见了动静，摘下耳机转回身，望着眼前的一幕，刚皱起眉便见时景正好从 PVC 球场那边回来。

少年仿佛压根儿没注意到班级区域吓人的氛围，左手抱着球，慢条斯理地路过战场正中，顶着张逸洋快要吃人的视线，缓缓停下脚步，弯腰扶正椅子。

旁人以为时景要劝架，谁料他开口便笑着问张逸洋："你找别人闹什么，不是你们翻的墙？"

见张逸洋还要说话，时景顺手搭上他的肩膀，不紧不慢地拍了两下："见好就收吧，体委，现在是警告处分，等会儿加上欺凌同学这条，不记大过可解决不了问题。"

他的声音听似懒散随意，细品却带着几分叫人害怕的威势。

张逸洋忌惮地偏头看去，然而少年淡漠漆黑的瞳孔近在咫尺，他没在里面找到任何东西。

他们已经是高三生，纯附的处分很难撤销，事惹大了，记在档案里对升学或多或少有影响。已经背了个警告处分在身上，哪怕张逸洋横惯了，此时也只得夹着尾巴借坡下驴，深吸一口气："行，看在你的面子上，我今天就不跟他计较了。"

一场风波消弭于无形。

别人夸时景路见不平、正直仗义，余葵心里却隐隐觉得哪里不对。

换作从前，她肯定不会多想。在纯附多数人眼中，校草高冷自持，与普通人有着天然的距离感，像一个遥远的、梦幻的、让人不敢相信其真实存在的偶像。大家对他有敬仰、崇拜、迷恋、妒忌……唯独欠缺了解。

若不是因缘巧合，余葵幸运地隔着网络跟他成为网友，在现实里比别人多接触了几回，恐怕和旁人也没什么不同——只能肤浅地暗恋着他的皮囊，以及一个用幻想构建出来的优等生模板。

直到她进入（1）班，在跟他近距离朝夕相处的这段日子里，时景的整个形象缺的最后几块拼图才算在她心中彻底填补完整。少年在她面前展示的一言一行、嬉笑怒骂……丰满了余葵曾幻想不到的细枝末节。

喜欢的人从被她仰望的云端走下来，真正变成了一个复杂立体、近在咫尺的人。

别人看他高冷，只是因为他不屑把时间花在无用的社交上。倘若对方有他欣赏之处，他同样能跟人打成一片，亲如兄弟，比如球场上他的那群校队的朋友。

他双商很高，内心强大，洞察入微，低调谨慎，条理清晰且善于反省自己。他做事力求完美，老师布置的小组任务，但凡在他的能力范围内，他从不假他人之手，倘若真的需要团队，他也能很好地协调所有人。换句话说，他有着超龄的成熟，也有着超龄的城府。

午饭时，她实在没忍住在校园里找了一圈，在超市外的遮阳伞桌椅那边看见了正在吃泡面的杨楷。

杨楷平时在班里存在感不高，因为瘦弱常受一些男生排挤。

此刻，见班里最漂亮的女生突然在自己对面坐下来，他惊诧中带了点儿慌乱，叉子一颤，脱手滑进了汤里："余……余葵？你找我有什么事吗？"

她不知怎么开口，沉默片刻，组织语言："杨楷，我就是想问问你，那个……举报他们的事是你做的吗？你别误会，我没其他意思，张逸洋之前也没经我同意，就把我的名字填在了长跑报名表上……"

"是我举报的。"听到她问的是这件事，男生抬头，注视着她的眼睛直言，"他们太欺负人了。"

余葵松了口气，暗怪自己多心，向杨楷保证："谢谢你告诉我实话，你放心，我不会告诉任何人的。"

起身没走两步，她又听男生的声音从身后传来——

"余葵，你跟时景关系好，替我向他道声谢吧。如果不是他，我还不知道要继续忍气吞声多久，也谢谢他刚才帮忙解围。"

噢！余葵叹口气，抬手抚额。

第二声谢，他是谢时景解围，那么第一声谢，他还能谢什么？

她再不济，也是语文考 120 分的人，那句"如果不是他，我还不知道要继续忍气吞声多久"很有灵性。

艺术节汇报演出 7 点开始，大礼堂后台 6 点钟就忙得热火朝天。

余葵跟着陶桃在后台帮人化舞台妆。陶桃一开始只叫余葵打底，后来流程熟练了，见她动作挺快的，干脆把眉笔和眼影盘也交给了她。

在通道里一口气化了二十来张脸，余葵擦掉掌心里的汗，扭扭手腕，想进化妆室休息会儿。才进门，她便见文艺部的女部长拿着刚拆出来的修眉刀，苦口婆心地劝着彩排完从前台下来的主持人——

"景神，我们都觉得你很帅，你不化妆也很帅，但舞台光太强了，淡妆肯定更上镜嘛……"

"你打算在我脸上动刀子？"时景拧眉，心情欠佳，"我爸告诉我男人不能涂脂抹粉，我真接受不了把脸交给别人描来描去。不然你们还是换个主持人吧。"

"这怎么行？咱们学校还有谁能代替你？"女部长一脸为难的表情，拿着修眉刀快急得跺脚了。

余葵赶紧上前打圆场。

"景神！"她从镜子后探出脑袋跟他打招呼，笑嘻嘻道，"要不我给你随便化两下？陶桃那儿有卸妆油和洗面奶，等晚会一结束，我带你去洗掉，保证是淡妆，保证服务周到。"

说话间，她绕过桌子，来到人跟前。

时景不情不愿地被她扳正了脸。

见余葵伸手要修眉刀，女部长怔了一下："你学化妆多久了？"

余葵实话实说："刚学的呀。"

"啊？刚学的，你给时景修眉？"女部长吓得往后缩了缩手，"他那么完美的一张脸，万一让你修坏了怎么办呢？"

余葵叹了口气："我总不能把他的脸刮破，您放心，我心里有数。"

见正主都闭着眼睛无动于衷，女部长也只能交出修眉刀："那好吧，不用大修，刮一下多余的那几根就行。"

余葵也是这么想的。

时景的眉眼天生就长得很漂亮，小说里写的"剑眉星目"大概就是这个样子吧。刮完眉毛，她用餐巾纸替他把脸擦干净，给那白皙有光泽的皮肤上了层水乳。

时景大概觉得痒，睫毛颤了几下，睁开眼看她。

呼吸扑在脸上，漆黑的眼眸近在咫尺，余葵连心肝都颤了几下。

无论再适应多久，她可能还是没办法近距离面对这张脸的暴击，拿着海绵蛋仓促退开了两步："你老实一点儿嘛，你这样我怎么化？"

"痒。你刚刚给我涂了什么东西？黏糊糊的。"

"妆前乳。"余葵拿起瓶子看了一眼，"我看陶桃刚才就是这个步骤，你适应一下就习惯了。"

"那我能睁着眼睛吗？"平常冷漠的少年此刻乖巧地问她。

"不能。"余葵假公济私。

他只要一睁眼，她的心就"扑通扑通"直跳，化妆还怎么继续？

时景果然又把眼睛合上了。

从眉眼到额骨，从鼻梁到下巴，余葵一寸一寸地精准丈量着它们的长宽比例，连眼尾的睫毛丛里一颗棕褐色的小痣都原模原样地刻画在了心里。

余葵开始用唇刷给他的嘴巴上色时，手臂肌肉都不受控地紧张起来。

那漂亮的唇瓣就在她的手底下，软度叫人心魂都荡漾起来。

多完美的一张脸啊，多巴胺如浪潮般冲击着她的神志，灵魂在欲念带来的痛苦和快乐中煎熬。

人一辈子，能有几次这样被幸运垂青的机会？她无耻地享受着这一刻。

时景问："你是不是累了，怎么在颤？"

"刚才手抬太久了。"余葵哑着声，应下了他给自己找的借口。

时景皱眉："别人的事，你干吗那么累？"

"陶桃也帮过我很多忙啊。"

说到这儿，余葵心念一动，低声缓慢开口："时景，张逸洋他们宿舍的人被记警告处分，你是不是推波助澜了？"

她能感觉到手底下的眼皮弹了一下。

少年沉默了几秒钟，坦然承认："他既然不肯跟你道歉，总要让他知道欺负人要付出代价，不管欺负的是你，还是别人。我只不过跟杨楷聊了几句。"

余葵明白他的意思——决定是杨楷自己做的，所以不能算插手，他只是操纵人心罢了。

听她半晌没说话，时景睁开眼睛，冷静地凝视她："你会不会觉得我可怕？"

"闭上。"余葵将沾了散粉的粉扑举起来，给他的眼睛定妆。

在他看不见的地方，她才一字一顿地轻声说："哪里可怕？我觉得你很好。"

少年紧绷的肌肉总算松弛了，唇角翘起不易察觉的弧度。

余葵是个简单的人，从来都本能地排斥复杂的东西。但很奇怪，她知道了时景这么做，半点儿没有影响她喜欢他。大概因为她总能笃定，时景内心善良，和谭雅匀有本质上的不同——他做事的方式有底线，出发点起码是正义的。

和所有人预料的差不多。请到时景做主持人，晚会便已经成功了一半，长达三个小时的演出，每次校草一上台念串词，迷妹们的尖叫声就像过山车,一次次冲破云霄。

学校电视台的摄像头直对着他的脸拍。

大礼堂的座位席上,同学们的闪光灯亮个不停。

闭幕前,四个主持人一起上台念结束词。

听着台下的尖叫声一浪高过一浪,扒在幕布后偷看的陶桃用手撞了撞余葵:"喂,小葵,采访一下,你兴奋不?跟大明星做朋友是什么体验?"

余葵点头,笑意又定在唇角:"体验就是,他的荣光,你心里与有荣焉,但你又清晰地明白,这实际上跟你无关。"

晚会结束时已经 11 点了。

余葵履诺,拿着卸妆油和洗面奶,到礼堂二楼的洗手间给时景卸妆。

一楼太挤,二楼通往洗手间的路上只有一盏昏暗的廊灯,没有几个人上来——学生们大概都怕黑。

余葵胆战心惊地一口气跑到卫生间,时景果然在等她。换下来的礼服被他折叠好放在洗手台上,他斜挎着单肩包,开着水龙头,正在跟睫毛上的膏体死磕。

"别揉,睫毛膏防水,冷水洗不掉。"

余葵觉得校草怪可爱的,忍笑赶紧倒出卸妆液,踮脚给他贴在眼睛上:"在脸上敷十秒钟就好。"

将所有的脂粉冲洗干净后,水龙头底下重新露出一张清爽无瑕的俊脸,就是额间还翘着几簇被水打湿的呆毛,余葵用手捋顺,从包里给他抽了张面巾纸擦脸。

男生全程乖乖地让她摆弄。十来分钟后,余葵抱着要归还的礼服,跟他并肩走出洗手间。

楼道里还是那么黑,但跟来时不同,余葵不再害怕了,少年高大的身形走在身侧,让她充满安全感。

他们默契地没有开口,空气中流动着静谧和温馨的气息,有种松弛自然的快乐在心里发酵。

下楼梯那一段,两人经过二楼的露台,走到中途,余葵忽地在那光线昏暗处扫到两道模糊的人影,是一男一女。

余葵心头一跳,赶紧拉着时景加快脚步。

他奇怪地回头看去:"怎么了?"

余葵心乱如麻,又拽着他走出一段路,直到汇入人群,才慌乱地压低声说:"那男生是陶桃的……但女生不是陶桃。"

这一晚还没结束。

余葵还没想好究竟要怎么跟陶桃说这件事,两人骑车到了校门口。他们一前一后刚过保安亭时,时景便被一个女声唤住——

"时景,我都到这儿了,你还没看见我吗?"

那像撒娇又像抱怨的声音很好听,吐字还是字正腔圆的普通话,余葵回头看过去,呼吸停了一瞬。

路灯下,说话的女生个子足有一米七,穿着巴宝莉风衣,是个让人没法儿移开目光的大美女。女生脸型流畅,五官夺目,头发是海藻般浓密的波浪卷,耳朵上的钻石在灯光下闪烁。

最重要的是,她脸上有着与生俱来的自信神采,那是绝对富足的家庭才能培养出的千金小姐,眉宇间是往外溢的高贵淡定和颐指气使。

只一眼,余葵便确定——那女生是和时景一个世界的人。

女生自始至终没分给余葵一个眼神,嘟着嘴抱怨,径直朝时景走去:"我穿着高跟鞋从机场到这儿,等了你几个小时,门卫就是不肯放我进去,这破地方真烦!还好,我终于等到你了。我好想你啊!"

女孩儿又说了什么,后两句话音量不大,因为距离稍远,余葵没听清,只看到女生亲昵地挽上了时景的胳膊,也不管人还在车上,脑袋就要往他的肩膀上靠。

少年皱眉,肩膀微偏,把胳膊从她的手里抽了出来:"裴姝,你今年几岁?矜持点儿。"

"好啦,好啦!不给碰就不给碰嘛……你别生气,我从小就是这样啊,你又不是不知道。"裴姝终于站直了身。

她好奇地围着他的自行车打量了一圈:"我还没见过你骑自行车呢,真帅!我要坐你的后座。"

她说完,果真坐了上去,像是电影里体验生活的大小姐,兴奋地扬起声:"咱们出发吧。"

"你想去哪儿?"时景的腿支在地上没动,声音听不出情绪。

裴姝:"我就是来找你的,你去哪儿,我就去哪儿……"

女孩儿的言行无不向人透露着他们的熟稔。

扭头看了太久,余葵脖颈酸痛,缓缓地转回头,整个人有点儿发蒙,突然感觉自己在这儿有点儿多余。

她猛地想起去年跟时景的朋友们打游戏时，大家曾提到过的"大小姐"。

在见到这个女孩儿之前，她从未想过那个头衔竟然能如此贴切精准地安在一个人身上，以至于仅仅一个照面，她便立刻从脑海中挖掘出了那段记忆。

刹车握久了，松开时，指尖连着小臂肌肉细微发颤，余葵放弃了打声招呼再走的想法，正要往前蹬脚踏板，便听时景扬声叫住她——

"小葵，帮我个忙。"

余葵认识的高端酒店不多，她只能把人带到补习班附近的一家五星级宾馆。

大堂的水晶灯和明亮的地板辉映，地面光洁得几乎能照见人影。然而进门没走两步，大小姐便嫌弃地皱了皱鼻子，打量着富丽堂皇的酒店大厅："什么味？这地方也太俗太旧了。"

余葵一时不知怎么应，脚步一顿，便落后在大堂的感应门外，低头看了看自己在操场上跑了一天脏掉的帆布鞋。她没跟进去，只告诉时景车没锁，自己在门口喷泉那儿等他。

感应玻璃门缓缓合上，夜幕和少女都被关在了门外。

少年再回头，眼神冷漠地警告裴姝："裴姝，这里不是北京，没人会惯着你的毛病。你不住可以，自己找地方。"

"你看你，我还没说什么呢，你又凶我！"裴姝跺脚。

在前台办理入住手续时，她终于忍不住委屈地啜泣："我一个人在这边，怎么敢住啊？我千里迢迢来找你，就是想多看看你……"

人长得漂亮，连哭都能让客人和前台人员多瞧几眼，然而时景只是面无表情地低头看着表："收声，哭对我没用。"

他掏卡付了房费："现在是 11 点半，明天早上 8 点你准时下楼，会有人送你去机场，回家以后老实待着，别再来了。裴姝，这次是因为你妈给我打电话，下一次，我不会再管你。"

"时景！"裴姝果然不哭了，仰头愠怒地看向他，"我又是转车又是坐飞机，折腾一整天就为了来找你，你一见面就想把我送回去不说，连让她在外面等几分钟都不高兴，冲我发脾气。"

时景的耐性已经到了临界点，脸色彻底沉了下来。

裴姝明知他不高兴，却气不过，偏要硬支着脑袋往下说："之前看你们学校的贴吧，我还不信——你时景怎么可能跟这种小城市的姑娘扯上关系？现在看来是真的，你眼睛真的瞎了。她是会什么蛊术吗？她到底给你喂了什么迷魂汤？她穿拼错英文的鞋子，我看一眼都觉得穷酸不舒服，你竟然跟这种底层人做朋友，让我输给她，我讨厌你，讨厌死……"

时景眉头紧蹙，打断裴姝的话："我从前只觉得你蛮横任性，现在看来，你连教养都很有问题。你评价别人的时候有没有想过，不是每个人都生来有你的环境？抛开家庭给你的光环，你还有什么比她值得称道的地方？"

少年说罢，头也不回地转身朝外走去。

女孩儿心中绞痛，眼泪又流了出来——这次是真心的，从来没有人敢这么对她。

然而看着少年冷漠的背影，裴姝还是没出息地小跑着追上去，声音里带着哭腔，偏执地拉住他的手腕："可我们明明就是一种人，你不是也傲气得很吗？时景，承认吧，你就是在维护那个人，为喜欢上她找理由，你现在就是脑子一热被蒙蔽了，早晚会后悔的！"

时景用力甩开裴姝，冷冷地说："我记得我告诉过你不止一次，我的人生怎么样是我的事，跟你没关系。裴姝，人的忍耐是有限度的，请你下次别再做这种一拍脑门儿给别人惹麻烦的事，世界并不围着你转。"

时景出了酒店，环视一圈才发现余葵正坐在喷泉台阶上。她形单影只，低头看着地面，柔顺的黑色短发下露出白皙的下巴，不知在想什么。喷泉斑驳的灯光落在她身上，宽大的校服更衬得她细瘦荏弱。

仅仅是这样看着她，时景便觉得心里轻轻跟着抽了一下。

年幼识字时，在词典上看到"怜爱"一词，时景怎么也无法理解那究竟是种什么样的感情。自小养大的猫被父亲送人那天，他懂得了这个词的前半部分——会有保护欲，会有责任感，会设身处地地想象对方的处境。

直到刚刚，裴姝说余葵不好的时候，他好像第一次体会到这个词的真正含义。

那是一种直抵人大脑深层的情感，看到她跟不好的一切沾边，大脑的疼痛网络便被激活，神经元无暇分辨这是她的痛苦还是他的痛苦，只剩没来由的心疼、没来由的纵容，只想对她更温柔一点儿，就像他一直以来下意识做的那样。

幸好那些话她没听见。

时景走近，才见她脚边的地砖上有群搬食物的蚂蚁，她正用小树枝在为它们清理小石子。

她在日记里就常常画到这些关于小动物的琐事，现在人都高三了，还是没变，可见人童真有趣起来，是不以环境为转移的。他只觉得心都化成了水，撑着膝盖弯下腰："你要看它们搬完吗？"

余葵正入神，闻声赶紧丢开树枝，背着手假装什么也没干："你……你什么时候出来的？这么快就好了呀？"

"只是办个入住手续而已，用不了多长时间。"时景起身推车，偏头看向她，"小葵，你刚才怎么不进来？"

"我的车没锁，我还得看车嘛！"余葵不自然地挠了挠短发。

骑行回家的路上，时景突然提起来："裴姝是我妈妈的朋友的孩子，昨天下午离家出走，家里人找她一天了，我没想到她任性到这种程度，还连累你跟着晚回家。"

余葵连忙道："没事的，能帮上忙就好。其实我也离家出走过。"

时景的轻嗤声从风里传来："她和你怎么能一样？"

余葵在骑车，没法儿回头，无从辨认他的神情，也判断不出他话里的"不一样"究竟是哪重意思。

她忍不住问："你们认识很久了吗？"

"算是吧。"

自行车拐过右转道，便抵达余葵家所在的家属小区。时景用脚支着地面，目送着她推车过了保安亭，跟她挥手道别后才动身离开。

余葵转过身，笑容便像化掉的雪糕，彻底垮了下来。

其实她中途进过大堂——

酒店保安指挥泊车，顺带让她把自行车往边上挪一挪。把车停好后，她看两个人像是起了争执，便拜托保安小哥帮忙看一会儿车，鼓起勇气踏进了自动感应门。

只是人还没走到跟前，她便远远地模糊听到了裴姝说出"她穿拼错英文的鞋子"这几个字。

余葵甚至不确定那是不是在形容自己，就本能地躲到柱子后，逃也似的又跑了出来。她不知道是不是听错了，毕竟没头没尾的，只是听到了那一句；又或者其实是她的自卑心在作祟，老觉得别人在议论她。

余葵唯一能确定的，是她的鼻子真的很酸，羞窘、难受快把她淹没了。

时景说得没错，她们确实不一样，和那个叫裴姝的女孩儿比起来，她青涩得像颗没发育的果子。

那女孩儿不屑一顾的宾馆，最便宜的标间价格一晚上千元。余葵之前补课每天都路过那儿，却从不会踏足——因为那是不属于她的世界，住一晚的价格够她吃喝两个月。

脚上的帆布鞋,她知道那串英文正确的拼写,但外婆不知道。

这双鞋是她暑假回老家那趟,为奖励她考进前三百名,外婆拉着她上街赶集买的。平时买五毛钱的小菜都嫌贵的乡下老人,见外孙女穿着好看,砍价十来分钟,最后数了一百六十块钱给摊主。

余葵开门,进玄关。她脱了鞋,泄愤般把它使劲塞进鞋柜里,但蛮力非但没把它塞进去,反而让整格的旧鞋"哗啦啦"地掉了出来。

程建国在卧室里画图纸,闻声出来:"小葵,饿不饿?桌上还有番茄炒鸡蛋,要不我给你下碗面条吃?"

余葵背对着他,悄悄擦掉眼泪,缓了缓才说:"我不饿,不吃了爸爸。"

"你们学校今晚的表演怎么样,有意思吗?"

"嗯,很有意思。"

程建国又说:"这么开心的日子,老师应该没布置作业吧?今晚你可以早点儿睡觉了。"

余葵的视线已经完全模糊了,但她还是强忍着眼眶的酸胀,机械地把鞋一双双理好,整齐地放回去。

"嗯,我把鞋洗了就睡。"

她接了盆水,借着昏暗的阳台光线,一边打肥皂,一边流泪,使劲搓了满盆的泡泡,把整双鞋刷得干干净净,直至筋疲力尽。

雪白的鞋被晾在阳台上,夜风吹了进来。

她突然发现,自己讨厌的并非这双鞋,也并不羡慕大小姐的物质生活,只是妒忌那个女生足以跟时景般配而已——真正的、并非大家起哄的、无须任何一方将就的、任谁看了都觉得两个人天造地设的那种般配。

余葵清早起床,镜子照出她眼皮微肿。

生怕被人看出哭过的痕迹,出门时,她特意从餐桌上顺了个鸡蛋,边走边滚,推车走到保安亭,熟门熟路地敲了两下玻璃窗。

荣大爷推开窗,暖气立刻从里头逸出来。

余葵探身,就看见小狸花猫正慵懒地趴在小太阳边上取暖,沙发上还播着 DVD——《抗日奇侠2之终极任务》,主角战斗正酣,猫瞳竖直地盯紧屏幕,仿佛它真能看懂般目不转睛。

她心情好了一些,笑起来说:"多谢你啊,大爷,我昨天回来得太晚,到小区的时候你已经换班了,又麻烦你把物理抱回去。"

她递上贿赂大爷的豆浆和包子，又低头在书包里翻找一阵，把猫罐头一块儿塞进去："今天给物理加个餐。"

荣大爷推拒了两声才接下："谢啥子？我一天坐在这儿无聊得很，也就是逗逗猫打发时间……哦，对了，小葵，明天周五，我要回老家一趟，孙子结婚。我今天等到你下晚自习，把物理还你，你领它两天。"

余葵没多想，点头答应。

这一年多来，物理从可以被揣在兜里的小奶猫长成了肥胖的青年猫，颈上三层肉，还没被程建国发现，荣大爷功不可没。老头儿每天照顾它、逗它玩，巡视小区时带它出去遛圈儿，而余葵每天要上学，只能用结余的零花钱给它买猫粮、猫罐头，可以说是非常不尽职的铲屎官了。

心里挂着这事，余葵在操场上刷了一天的物理题。

晚自习班里放电影，片子是《白日梦想家》——

内向自卑的上班族男主人公为了寻找一张缺失的底片，踏上了寻找摄影师的冒险之旅。余葵看到他在格陵兰岛登上醉鬼驾驶的直升机，跳进大海里和鲨鱼游泳竞赛，在被咬穿的前一秒钟被人险险地救上小船。

漆黑的教室里，前门忽然热闹起来。座位在门旁的生活委员兴奋地回头喊了一嗓子："余葵，有人找！"

余葵诧异地起身出门，借着走廊的灯光才看清楚，是群不认识的男生。

在周边的起哄声中，中间那个皮肤白皙的男生从身后掏出了一束花——向日葵中间还搭了几朵香槟玫瑰，包装得极漂亮——把塞到余葵的怀里。

他的肢体动作写满紧张，他却还是大着胆子开口："余葵你好，我是高三（4）班的李峻介。花其实是今早就买的，本来想白天去操场找你，但你一直在做题，我就没好意思上前打扰。"

（1）班的同学都堵在教室门口看热闹。

余葵环视一圈，又是紧张又是窘迫，刚要开口，男生仿佛看穿她的意图，赶紧接着说："我知道，你学习很努力，可能没空。我一点儿都没有想让你难堪的意思，只是想让你先认识我，咱们先从朋友做起，可以吗？"

他的态度十分诚恳，但余葵忍了忍，还是压低声拒绝："谢谢你，我……"

男生小声接过话头："你有男朋友了吗？还是有喜欢的人？是谁，我认识吗？"

"这——"余葵支着脑袋，一时不知该往哪个方向动。

假如她承认有喜欢的人，却坚持不肯说出名字，班里人很难不往时景身上猜，这是她最不愿见的结果。

想了想，她缓慢地摇头："我没有男朋友，也没有喜欢的人。"

男生还没来得及扬起唇角，就见她垂眸："但同学，我还是不能答应你，现阶段我不想为任何学习以外的事情分心。"

男生失落极了，周边的起哄声也降了下来。

"其实来之前我预料过结果，但真的听见你亲口拒绝，还是很伤心。"他努力挤出一个笑容，"没关系，我理解你，我可以等高考结束，你想考哪所学校呢？我会努力离你近一点儿。"

这次，不等余葵开口，她就听见后面有冷淡疏离的男声传来——

"小葵，徐方正的水洒在你的桌上了。"

余葵回头一看，刚才堵得严严实实的门口不知什么时候被清出了一条道，时景独自插兜，立在那儿通知她。

"什么？"她心头一跳，怀疑自己听错了。

时景淡定重复："有水洒在你的桌上了，一整桌。"

余葵大惊失色——她桌上还放着今天没写完的物理卷子呢！

少年身后，徐方正慌张地从门里探头，哭号："余葵！我对不起你，刚刚乌漆墨黑的，我接水回来不知道被哪个龟孙儿绊了一脚，水刚好泼到你桌上，把你的卷子搞湿了。我有罪，我的那张还没写，不然我把我的赔给你！"

余葵匆忙转身进教室，跟时景擦身而过的瞬间，被他顺手抽走了怀里的向日葵花束。那动作太过自然，以至于她跑出去两步才意识到怀里一空，仓促地回头，诧异地看了时景一眼。

余葵来不及多言，满心惦记着自己被水打湿的卷子，抄起多媒体柜上的抹布就摸黑儿继续往讲台下跑。

桌子上果然都是水迹，但卷子被人及时拎起来了，她对着幕布光源把卷子举起来检查，字是晕开了一些，但晾干后补补还能交。

余葵松了口气，开始补救。她先抽出几张餐巾纸吸了一下水，又用文具袋压着，把卷子晾在窗台上的风口处。徐方正打着手机的电筒，将附近瓷砖上的积水拖干。

她再回头，就见时景已经回到座位上，神情辨不出喜怒，没忍住问："花呢？"

"你想收？"时景在黑暗中拧眉，顿了几秒钟，漫不经心地说，"恐怕不行，我让他带走了。这会儿人应该刚走到楼梯间，后悔的话，你也可以追上去。"

这一刻，少年的声音冷淡平静，听上去跟平常和普通同学说话的语气也没什么不同。

余葵分明不是这个意思，但不知道为什么，经历了昨晚的事情，又听他这么冷淡地对自己说话，心里就是堵得慌。她几乎称得上是仓皇地转回身，抿紧唇，使劲盯着电影幕布，不敢眨眼。

她告诉自己要忍住，早上眼睛才消肿，电影又没有泪点，要是哭了，同学们肯定会觉得莫名其妙。

这看在时景眼里，余葵扭头一言不发，显然是为他自作主张处理掉她的礼物生气了。

少年执拗地盯着那颗漆黑的脑袋，等她什么时候转回来。

五秒钟、十秒钟……余葵始终没回头。

整整五分钟过去，直到旁边有脚步声传来，他才把视线往上移了一些，表面云淡风轻，心里已经焦躁又恼怒。

即便是排队，也得讲究先来后到吧？倘若随便一个人想插队就插队，那他一个人遵守规则又有什么意义？

时景不是个容易生气的人，大多数事情很难在他心里掀起波澜。但刚才那一瞬间，看余葵抱着陌生人送的花，垂眸低声跟对方说话的样子，他很难劝服自己冷静。一股无名的妒火迅速蔓延，灼痛了他的神经。

余葵的态度，更把他的怒气拔高一层。如果他没出去叫人，她还要跟那个男生继续聊多久？事情发展到最后，她是不是还得无可奈何地交出社交账号？

最让时景无可奈何的是，他很清楚自己压根儿没有立场管她。

无论余葵跟谁在一起、考上什么样的学校，都是她自己的选择。从网络到现实世界，她从未向他承诺过任何事情——她刚刚亲口向对方承认自己没有喜欢的人。

整场电影，余葵看得心不在焉，快到结局时还沉浸在低落的情绪中。班主任不知道什么时候从后门进来，轻轻地叩了几下她的桌子，示意余葵跟自己出去谈一谈。

余葵上一次被单独约谈，还是因为刚来（1）班时涂了指甲油。她第一反应就是刚才的表白被老师知道了。

姚老师的执教风格非常严厉，余葵不安地攥着手，深一脚浅一脚地跟在老师身后，心里七上八下，只剩惶恐。

到了楼梯间，姚老师抱着臂，开门见山："余葵，到（1）班也两个月了，你觉得自己目前的学习状态怎么样？"

余葵不知道老师想听什么答案，紧张地攥紧校服的衣摆，顿了几秒钟，低头诚实地回答："不太好，上课有些地方听不太懂。（1）班的教学节奏和竞争压力跟（15）班差别挺大的，同学们都很厉害，我跟他们还有很大差距，还在适应中。"

姚老师点头："确实，你从普通班突然转到重点班，需要有强大的心理素质和耐挫能力。我在想，如果你还是没办法适应的话，或许可以试试申请离开重点班，去一个节奏相对慢一些的班级。"

余葵霍地抬起头，注视着老师的眼睛。

"这并不丢人，你可以回去跟家长商量一下，好好考虑考虑。"姚老师解释，"我看了你从高二到现在的月考成绩，一直在进步，突然停下来了，一定是有原因的。已经高三了，如果你把时间都花在适应上，迟迟不能进入学习状态，学进去的东西都潦草、不扎实，那么进入（1）班对你来说反而不是什么好事。平行班的老师也很优秀，如果你想调班，无论去哪个班，我都可以替你申请。"

姚老师并不想她留在（1）班——这个认知让余葵心尖一绞。自成绩进入急速上升期后，她已经好久没体会过这种自尊心掉在地上的感觉了。

她沉默了很久，试探着开口问道："老师，您劝我申请调班，还有其他原因吗？"

女人没想到她这么敏感，但也不屑于撒谎，直言："主要是为你的成绩考虑，但也确实有另外的一些参考项。余葵，你挺聪明的，也很努力，但现在的状态有些浮躁，你很急，这会导致你静不下心来。再者，你是个漂亮的女生，会受到比别人更多的干扰，在一个不恰当的环境里学习，这种浮躁和焦虑会被放大，也会影响周边的人。"

余葵努力让自己的声音听上去不那么无助："影响到周边的人？您是指？"

"有男孩子喜欢你，你自己应该也有感觉。当然，老师并不是在指责你交友，你没错，但在你们这个年纪，老师显然不可能三言两语把每个人骂醒。如果你想排除这些干扰项，就要学会取舍。老师不是在逼你，如果你愿意留在（1）班，我也尊重你的决定，但会给你调座位……"

谈话持续了近二十分钟才结束。

余葵脑子"嗡嗡"的,隐约明白班主任的意思了——大概因为她和男生总有花边传闻,老师觉得影响了风气。

她每天跟时景一起上下学,绯闻在贴吧里盖楼;从前跟姜莱因为宋定初打过架,这事还是姚老师参与解决的;向阳又和她青梅竹马……综合种种原因,班主任认为这些关系对她的成绩或多或少产生了干扰。

在经历了举班牌的人选表决还有今晚的告白事件后……姚老师更坚定了找她谈话的决心。

其实余葵明白,当老师的,或多或少会对扰乱班级秩序的学生有些看法,尤其像自己这样成绩没有好到足以让老师为她改变偏见的学生。

在姚老师说完许久后,她松开紧咬的唇,极力平静地开口:"谢谢老师,我会好好考虑的。"

当晚,她和时景还是一同骑行回家。非机动车道上,两人一前一后的车影在路灯下被拉长。

余葵一直使劲蹬车,还沉浸在老师的话里,默不作声。

时景以为她还在生气,几次张口欲言,直到到了家属院小区门口,才在道别时叫住她:"余葵!"

她回头,见少年长腿支地,英俊的轮廓被昏黄的路灯照亮。他无措地抓了把头发,黑发外缘被镀上了金色的光晕,在夜风中熠熠生辉。

"你要是实在不高兴,那花我送你一束。你别生我的气了,成吗?"

周五就是运动会闭幕式。

余葵出门上学前,趴在卧室的床底,准备好水和猫粮,又用大胶带把房间里的猫毛都清理了一遍,撸着物理的猫头叮嘱它:"你要乖一点儿啊,千万别乱叫被发现,知道吗?撑到我放学回家,我就带你去'放风'。"

余葵昨晚没怎么睡好,老师的话一直萦绕在她的脑子里。她昏昏沉沉地考虑了大半夜转班的事,最后才在疲惫中合眼。

冬天夜长,天亮得晚。

她摸黑儿到车棚,蹲身给自行车开锁时,隐约听见车棚栅栏外有人在说话,还提到了她爸的名字。声控灯暗了下来,余葵还没把钥匙捅进锁芯,动作便顿住。

"要我说,王晓蕊跟他挺般配的。建国是工程师,人家是中级会计,都是技术人才,又都在一个单位,好事!"

"是啊,建国年纪又不大,从前援建的时候没地儿找,既然回来了,有个女人帮衬着,日子肯定比现在舒心,起码不用又当爹又当妈,加班回来还要给小葵煮饭吃。唉,我听说王晓蕊那边也是个女儿?"

"比小葵小两岁,上回单位搞运动会我见过,挺乖的。唉,今天下班你家老陆请客,把他们俩叫着再吃顿饭,成了必须让建国给你家老陆这个媒人发大红包。"

…………

余葵听声就把人认出来了,而两个阿姨提到的"老陆",是她爸的单位里管人事的主任。

默默等到两人走远了,她才开锁起身,出车棚时不知踩到谁扔在伸缩门地面滑轨上的瓜皮,重重地绊了一跤。饶是她衣服穿得厚,膝盖上还是青了一块。

余葵放下裤腿,没再管伤口。她觉得累极了,推着车往前走时,肩膀往下塌,有种从灵魂深处涌上来的无力感,有种说不出的灰心丧气。

无论再刷多少张卷子,她仍然和暗恋的人有难以逾越的落差。

无论她再怎么挣扎,父母离婚是既定事实,她爸才四十岁出头,早晚会和余月如一样重组家庭。

无论她再怎么努力想向老师证明自己,旁人十几年的知识储备她根本不可能靠连轴转在一朝一夕间补足,她依旧无法撼动老师心中的成见。

所有的问题堆积到一块儿,哪怕她日思夜想、大声哭号,世界也不可能因为一个孩子的内心崩塌而有所改变,她微渺得像只弱小的蚊虫,束手无策地看着人生滑向命运的既定轨道。

下午闭幕式结束,男生们从大本营往教室里搬桌子,搬到余葵那桌时,突然有件包装精美的礼物从抽屉里滑出来,盒子落在地面上的瞬间,发出了一声玻璃碎裂的闷响声。

两个男生面面相觑,尴尬地跟刚刚回到大本营的余葵道歉:"我们都没想到里头装着东西,对不起啊,余葵。"

余葵纳闷,蹲下晃了晃盒子:"这也不是我的呀。"

其中一个男生说:"既然塞到你的抽屉里了,说不准是哪个男生送你的呗,昨晚不是还有人给你送花吗?"

余葵迟疑地拉开礼物的丝带,将包装一层层剥开,里面是个看起来就精致昂贵的大盒子。

在打开盒子的瞬间，她呼吸一滞。

宝蓝色的天鹅绒布间是一束鲜活美丽的永生花，香槟玫瑰和向日葵被小圆叶尤加利和雪叶菊簇拥包裹，原本的玻璃罩碎成小片，星星点点地缀在花草的枝叶里。

主花跟昨天那束是差不多的搭配，但又比那束精巧了十倍不止。

回想昨晚在路灯下告别时时景的那番话，她猜到了这是谁送的礼物。

她今天去（15）班跟陶桃和小谢玩了一整天的游戏机和斗地主，估计时景到处没找着她，干脆把东西直接塞进了她的抽屉里。

余葵都不知该哭还是该笑，暗恋的人第一次送她的礼物，竟然阴错阳差地被摔碎了。

5点30分，直到班主任开完班会，宣布放学，被仪仗队叫走的时景还是没回教室。

临走前，余葵站在储物柜前发怔。她犹豫片刻，最终还是没拿课本——不只课本，她还把科任老师布置的周末作业和卷子一股脑儿地塞了进去，"砰"地合上了柜门。

她的背包里只剩印着转班申请的A4纸和满盒玻璃碴子的永生花。一年多来，她肩膀上的重量头一次如此轻，她像小鸟一样轻快地飞出校园。

路过学校街口的报刊亭，她大手一挥，斥三十元"巨款"抢下了刚出的《火影忍者》第71卷。

没抢到的学生不满，对摊主发脾气："我先来的，凭什么给她？"

"同学，买东西当然是以付款时间为准，谁先给钱书就是谁的，天经地义嘛！"

摊主笑眯眯地解释完，回头问余葵："小同学，好久不见你来了。72卷大结局你要吗？明年2月份出，你要的话我多订一本。"

"行！"余葵想了想，爽快地从兜里掏出了十块钱订金。

她在林荫道下铆足劲骑行，打定了主意，到家就把杂物间里封箱的漫画全拆出来，她这个周末要废寝忘食，把这一年没看的漫画全补上！

学习那么难，她既然已经摸到天花板，考个普通"双一流"也挺好的。想想从前的快乐日子，与其每天在实力配不上野心的痛苦中焦虑，她还不如舒服地"躺平"，做一条咸鱼，胸无大志的人生多轻松啊。

余葵轻快的脚步在回到自家楼下时戛然而止。

单元楼门口，有三两个大爷大妈正仰头指着楼上的阳台外壁说着什么，她跟着一抬头，视线落在自家四楼时，吓得魂飞魄散。

她出门时关得好好的卧室窗户不知道怎么开了，物理从飘窗里跳出来，此刻正缩在窗户外壁凸出的装饰墙面上，一动不敢动。

那排空心砖砌出来的窗户台面大约只有两分米宽，猫既没有其他缓冲点往下跳，也没地方借力再跃回房间。

她三步并作两步，飞奔上楼开锁。

卧室的门敞着，程建国大约中午回了趟家，顺手给她的卧室开门窗通风，不料却把猫给放出去了。

余葵把书包一扔，努力平复着呼吸。她趴在窗边，几次想办法尝试把猫弄上来。然而不论她往笼子里放罐头还是放猫粮，物理通通不为所动。

它被吓坏了，任凭余葵千呼万唤，还是不敢往里钻。

楼下的大爷大妈七嘴八舌地给她出主意，有人让用杆子把它赶进笼里，有人让用绳子打活扣把小猫套头拎上来……所有的办法余葵都尝试了个遍，小猫甚至还往后退了退，后腿没踩稳，差点儿从台面边缘滑下去。

看到小猫险险爬上去后，楼下的人都捏了把汗。

直到余葵弯腰把手够出去时，它才大着胆子，往她的手的方向走了两步。但人的胳膊长度始终有限，她扒着窗，根本不可能把猫拽上来。

想了想，余葵一咬牙，做出了一个大胆的决定。她从杂物间里找来了程建国单位消防演练时发的安全绳，把一端绑在飘窗栏杆上，另一端绑在自己身上。

确认把绳子绑结实以后，余葵深吸一口气，小心翼翼地爬出窗户。

她踩着台面的边缘，一步、两步……她轻声细语地一遍遍把物理唤过来，瞅准时机，手疾眼快地一把把它逮到怀里，从窗口扔回了卧室。

余葵扶着窗户边缘，正要翻回去时往下瞥了一眼，在单元楼门口的人群中瞥见了程建国的身形。

他怎么会回来得这么早，不是要跟再婚对象和陆主任他们吃饭吗？

余葵大惊，脚下不自觉地发飘，深吸一口气，便听她爸沉声大喊——

"余葵，你扒紧窗户不准动，别乱爬，小心脚滑，我现在就上去！"

一分半钟不到，男人就从一楼跑上四楼，开门进屋。

他探身从窗户里环紧女儿的腰，咬牙使劲地把人抱了进去。直到确认孩子安全落地，浑身没有受伤的地方，男人才脱力般滑坐在地板上。

程建国一把挥掉满头的汗，整个手掌都在发颤。

余葵低头，嗫嚅着道歉："对不起，爸爸。"

程建国平日脾气好得不得了，此时却一言不发，颓丧地在地上坐了很久后才费力地爬起来。他环视一圈卧室，看着地上的宠物笼子和藏在窗帘后的猫罐头，有气无力地问："这猫哪儿来的？"

余葵攥紧背着的手，指甲都要嵌进肉里，弱弱地开口道："我捡的。"

"我说怎么晚上老听见小猫叫……捡来多久了？"

"一年多。"

"为什么不告诉我？"

"你从前说过，家里不让养猫。"

程建国被余葵气得原地打转："我说不让养，所以你就不说。余葵，你是十七岁的大姑娘了，怎么一点儿安全意识都没有呢？你有没有想过，万一你出了三长两短，爸爸要怎么活？

"在楼下看到你站在外面抓猫的那瞬间，爸爸脑子一片空白，差点儿连站都站不起来，我还不敢出声，生怕吓到你脚打滑。就为了一只猫，你打算连命都豁出去吗？"

这是余葵记忆中，程建国第一次这么严厉地批评她。

余葵咬唇，低头小声解释："爸爸，我绑了安全绳。"

"这都多少年前的绳子了，你确定它不会断？外面的装饰台面，你确认过它能承受你的重量，不会中途裂开？小葵，爸爸一直以为你是个有分寸的孩子，你这次太让我失望了。"

余葵闻言，缓缓抬起头，极力忍着眼中的泪光："对不起，我捡它的时候，它已经快饿死了，我当时没有想那么多，只想它能活下来。之前不敢告诉你，就是怕你对我失望，觉得我不务正业、玩物丧志。"

程建国心中不忍，火气消了下去，但为了让她长记性，还是沉着脸："所以你就自作主张，瞒着我偷偷养，我该说你什么好？你对爸爸连这点儿信任都没有吗？这一年多时间，无论你哪天告诉我，今天的危险都不会发生。还是你觉得告诉我之后，我会不顾你的意愿把这猫扔到大街上？"

父母离婚太早，程建国在外援建多年，余葵对父母的认知大多是从她妈那儿得来的。因为知道不会被满足，所以她不敢对大人提过分的要求，也从没有过高的期待。程建国确实是个好爸爸，也正因为他很好，她才更害怕自己过界，失去这种纵容。

从某种意义上讲，她确实对父母缺乏信任。

杂乱的情绪在余葵的胸口冲撞，她理不清、剪不断，偏偏又说不明白，只能边擦眼泪，边啜泣着吐出了她最在意的事："你不也有事瞒着我吗？你对我也没有信任。"

程建国被她的反咬一口逗笑了："你说说看，我瞒着你什么？"

"你想再婚，却从来没跟我商量过。"

程建国顿了顿："谁跟你说我想再婚？"

余葵："我还知道你今天下午跟同事介绍的对象吃饭去了。"

程建国无奈："八字没一撇的事……你消息还挺灵通啊，从哪儿听来的？"

余葵低头没吭声。

程建国深吸口气："那顿饭我没吃，开席之前也跟大家说明白了，我没有再婚的意思。你是爸爸最亲的人，即便真有那么一天，我也不可能瞒着你。"

男人又静坐了很久才起身，走到门口没忍住，深深地叹了口气："余葵，我现在觉得自己很失败，身为一个父亲，没有在孩子心中建立起可以信任、依赖的情感联结。而且你心里有什么疑虑，可以直接跟爸爸沟通的。"

余葵羞愧得要死。看着程建国的背影进了客厅，她才鼓起勇气追到门口："爸，我可以回趟老家吗？"

她填完的调班申请只剩家长签字一栏，吃过饭，趁程建国洗碗时，她把它压在他卧室书桌上的台灯底下。

刚刚吵完架，她一时也不知该怎么跟爸爸相处。收拾好买给外公外婆的礼物，她站在门口别扭地道了声别，倒了两趟公交车，抵达客运站，独自坐上了回乡的大巴。

从昆明到镇上的客车开了两个半小时，她望着窗外绵延的山脉在夜色中逐渐暗下来，放下窗帘，晕头晕脑地往座位上一靠。

余葵做出决定以后，一直紧绷的弦终于放松了。很奇怪，此刻的她心里空荡荡的，说不出地失落怅然，但好在离村子越近，这种情绪渐渐被回家的喜悦填满。

现在，她打算回去看看她未来要继承的漫画店！

晚上9点，大客车在熟悉的小镇街道上停稳后，余葵摸黑儿下车，定了定神，突然发现镇上似乎正在搞拆迁。

她沿着路灯朝前走，一路商铺的卷帘门上都写满了鲜红的"拆"字。等走到街尾的中学门口，余葵停下脚步，发现自己的漫画店已经被拆了。

校门附近的烧烤摊主还记得她，招呼余葵吃烤串

"镇街道扩建嘛，响应国家号召。以后这条街就有十米宽了，是不是很宽敞？"

余葵吃不下，摆手拒绝了摊主递来的小肉串："那些不愿意拆的人怎

么办？"

摊主艳羡道："哪家会不愿意啊？赔那么大一笔拆迁款。"

仰头看着夜色中孤零零的钢架结构和满地瓦砾，余葵只觉得嗓子哽住，拳头硬了——不是说好漫画店给她继承的吗？老头儿怎么拿了拆迁款就不守信用呢？！

她越想越气，胸口拱着一团火不知道往哪里发。这辈子没被信任的人这么欺骗过，她受不了这种委屈，于是怒气冲冲地往漫画店老板的家走去。

她在心里和那个背信弃义的老头儿对峙，想象着见了面要怎么谴责他。想着想着，手中的大包小包都不重了，她健步如飞地跑了起来。

余葵冲上楼，敲了门。

她气沉丹田，在开门的瞬间先声夺人："老伯，你也太……"

她话没说完，白眉毛老头儿一见她，抬手指了指旁边扎成捆的、堆积如山的漫画："送你了。"

"这……不太好吧？"余葵愣了三秒钟。

"我拿了拆迁款，先富带动后富嘛！答应你了却没做到，这些漫画书就当赔礼，反正以后也没地方卖了。"

余葵美滋滋地给村里的二表哥拨号，通知他骑三轮车来街上替自己搬书。

老头儿抽着六块钱一包的白云烟，蹲在水泥地上，问起她的学习情况："现在能考多少分啊？"

"670分左右。"她低头翻着书，随口答了一句。

老头儿怔了怔："真嘞？没吹牛？这怕不是能上个人大、交大的哟！"

余葵生气，抬头道："您怎么还看不起人呀？士别三日，我早就不是吴下阿蒙了好吗？"

"我信你，不过咱们县中学能上600分的，一年也出不了几个。"老头儿弹了弹烟灰，面带钦佩之色，"好好学，你外公外婆就靠你光宗耀祖了。"

回到乡下，余葵久违的自信回来了！她突然不再觉得考（1）班倒数第一名是什么丢人的事。因为所有人一听她能考670分，都是一副不敢相信的样子，就连跟她关系最好的二表哥，也觉得这事是天方夜谭。

他中午喝了半杯高粱酒，现在还没缓过来，车头老往阴沟那边歪，嘴里还嚷嚷："高考的时候不说670分，小葵你哪怕上600分，我们全村就敲锣打鼓送你去上大学。对了，升学宴我给你宰头羊！"

"表哥，下次你这样就别骑车了。"余葵打着手电筒，在后面胆战心惊的。

她一边提醒他往回打方向，一边用手机录音留证据："羊就算了，我不爱吃羊，还是猪吧，表哥你看行吗？"

"成！"

外公外婆睡得早，二表哥蹬着三轮车把她和书送到家时，老两口儿听见门响又披着衣服从床上爬起来，张罗着要给余葵热晚饭。

在全家的热烈欢迎下，余葵分发了礼物，吃了一大碗汤圆。

虽然曾经的梦想破灭了，但她可是年纪轻轻拥有几百本漫画藏书的年轻人。临睡前，她拿起圆珠笔，力透纸背地在每本漫画的扉页上签下了自己的大名，宣示主权。

她签到手腕酸痛才仰倒下闭眼休息，却听桌上的手机振动了几下。

余葵翻身摸到手机，随意滑开屏幕，下一秒——机身差点儿砸在她的脸上。

时隔一年没联系，只在游戏里偶尔给她送装备、替她挂号的网友时景，竟点赞了她在漫画店废墟上拍照发的说说，还发来了消息！

大爷送的漫画单行本加上期刊合计有三百本出头，有新的，也有滞销的库存，刚清点完数量那会儿，余葵心情实在激荡，动手发了说说。

"确认是起起伏伏峰回路转的一天了，成为漫画店老板的梦想因拆迁队彻底破灭，但意外继承了上任店主经营多年的漫画库存。感谢家乡父老的抬爱，以后请叫我'葵大户'！"

时景登录账号，特别关心的小窗立刻弹出来。

他点开动态——小葵花生油发的照片里，书店的残垣断壁远处是起伏的白色校舍和一望无际的田坝、密林，小镇深蓝色的夜空中稀疏地点缀着几颗星，月亮皎洁朦胧，清辉洒在大地上，安然温柔。不像在城里，林立的高楼和霓虹灯抢走了月亮的颜色，嘈杂的汽车鸣笛和人声掩盖了蛙声与虫吟。

原来这就是她长大的地方。

他偏头，凝视照片半响，仿佛透过时空窥到了她的世界的一角。

在那里，她每天背着书包上下学，偶尔在路边摘一把黑莓或狗尾巴草；遇到做糖人的老头儿，就蹲在人家的摊边目不转睛地看人家画半个小时；遗失了取奶卡，惶惶地在院外的墙根打转，害怕回家被外婆责骂。

少年的唇角不知不觉翘了起来，指尖悬在键盘上，他克制了半响，终究没忍住开始打字。

返景入深林:"真漂亮,别的地方万物凋零,你的冬天却还是绿色。"

就这么一句话,像往池塘里扔了粒小石子,轻而易举地在她的心房里荡起快乐的涟漪。

余葵咬唇,屏住呼吸,故作轻松地和他寒暄:"景神,最近好吗?你还没睡呀?"

返景入深林:"不太好,你断网这么久,一条消息也没发来,我在想,究竟是因为还没考进年级前三百名,还是你早就忘了跟我约定的事情。"

这次她的手机真砸脸上了。网络世界里口无遮拦打直球的时景可真让人吃不消!

余葵揉着吃痛的鼻子,擦掉浸出的泪花,无措地把息屏的手机捂在"怦怦"跳动的胸口上,感受着胸口的起伏,静静享受这一刻的悸动雀跃。

整个暑假,她其实犹豫过许多次要不要告诉时景这个好消息,只是转到(1)班以后,这个念头便被彻底掐死在腹中。

理由很简单——从时景的角度,她觉得自己的行为有点儿过分,无论网上还是现实里,他毫无保留,她却在明知真相的情况下,有所隐瞒地用双重身份与他相处。

她本就不是思维缜密、心细如发的人,万一哪天玩脱了,说漏嘴被发现,很难想象时景届时会是什么心情。事情还没发生,她就先充满了负罪感。

"小葵,几点了,还不睡?"外婆撩起窗帘,在隔壁房间喊了一嗓子。

余葵抬手关了灯,坐在床上。漆黑的卧室里,手机屏幕是唯一的光源,照亮她的脸。

小葵花生油:"其实我考到理想的名次了,但是又出现了一些新的问题。"

时景:"什么?"

小葵花生油:"不管我怎样努力,成绩就像卡进了一段漫长又狭窄的瓶颈里。就算我把每天所有时间都用来学习,也看不到突破的迹象。我现在每次坐在书桌前,就开始低落烦躁。如果没有登上更高的地方,就不会有实力无法匹配野心的痛苦。唉,景神,像你们天生聪明的人,应该从没体验过这样的感觉吧?"

时景的指尖顿了顿,他问:"你觉得自己不是天生聪明的人?"

余葵挠头:"我从前觉得自己很笨,成绩开始进步之后,我很少再那么认为,直到进步停下来。我想,如果每个人的天赋有上限的话,这大概就是我的上限吧。"

时景很久没回复,再发来消息时,抛出了一张去年两人的对话截图。

她那天在书店胡乱淘来的数学习题册的尾章,发现一道超级难的题目,便拍照发给他看。时景当时在忙,用语音大致讲了解题思路,匆匆讲完问她懂了没,她答"懂了"。

二十分钟后,她把解出的答案拍照给他看,他回了一个竖着大拇指的表情。

余葵疑惑地看着截图,反复思考他的用意,对面的人终于发来文字。

返景入深林:"你知道我那天在语音里讲了什么吗?"

不等她回复,他继续打字——

"是菲赫金哥尔茨《微积分学教程》的内容。

"其实讲完我没抱任何期待,但出乎意料,在当时数学成绩从没上过100分的情况下,仅听别人用寥寥数语讲了一遍概念,你解出了这道题。

"我要重申一遍,你比大多数同龄人聪明得多,高中生学的东西,绝不是你的上限。

"你只是被自己想象的困难吓住了而已。"

一股豪气在余葵的胸口冲撞,不知道为什么,时景总能把话说到她的心坎里。她被鼓励到了,吸了吸鼻子,干脆将困扰自己好几天的烦恼一口气倒了出来。

小葵花生油:"可是连老师也不看好我,我在现在的班级里成绩吊车尾,她认为我太浮躁了。"

时景:"你认可她的话吗?"

小葵花生油:"有点儿吧,我现在确实有种不知道该往哪里努力的感觉,也许是现在的环境让我有了焦虑和紧迫感,换个环境也许会好些。"

时景直言:"人在迷茫的时候,很容易把任何人的评价当作金科玉律,换个环境,你就确定不会遇到眼前的瓶颈?

"成绩进步不像打游戏,努力立刻就能得到'经验+1'的反馈。

"现实里,没人知道自己解锁下一个等级还需要多少经验,究竟得付出多少时间和精力才能填满头顶不知深浅的经验条,大多数人沉浸在努力却没有收获的无望和痛苦中,放弃了从量变到质变的累积。

"他们不会明白,再坚持一下,升级其实只剩一步之遥。"

余葵看着这段话,久久不能回神,半晌才问:"你为什么放弃了物理竞赛呢?"

时景隔着屏幕挑眉:"你怎么知道我放弃了竞赛?"

余葵的脑瓜"嗡"地一响。

完了!她果然是个笨蛋!这明明就是现实中的余葵才知道的事情!

电光石火间,她急中生智地答道:"我在你的空间留言板上看见的,有人觉得很遗憾。"

这倒确有其事,连时景都佩服她脑子转得快。想象着她在对面惊魂未定的表情,他翘起唇角。

"和你不一样,我学习没有特别强大的核心驱动,小时候努力是为了让大家承认我比我哥更厉害,现在保持排名,只是惯性使然。我对竞赛没有执念,坚持或放弃,对我的人生不会发生任何影响。"

"所以你现在赶超他了吗?"这话问出口,她恍然想起自己似乎提过相同的问题。

但这一次,时景给出了不一样的答案:"在他去世后,这个目标就变成了一个伪命题——我不可能超越一个已经去世的人。"

什么?时景的哥哥去世了?

今晚的冲击真是一浪接着一浪,余葵心中震荡,不知该如何安慰手机对面的人,只能无措地问:"他是你的亲哥哥吗?"

时景陷入了短暂的沉默。

"他是我父亲的战友的孩子,烈士遗孤。我父母收养他之后,对他视若己出,商量好了不生孩子,我是意外来到这个世上的。我爸在第一个儿子身上倾注了太多的心血,到我出生后,他的工作越来越忙,我妈是外科医生,一样没空管我,大多时候他们把我扔给姑姑。"

余葵惊讶地张开了嘴。

这就是现实中的时景总跟人有着距离感的原因吗?因为他连跟自己的父母都做不到亲密无间,所以对任何人也都无法敞开心扉。难以想象,别人眼中高高在上、完美无缺的时景,竟和她一样,是有父母缺失童年的孩子。她已经完全将自己的烦恼抛之脑后,只剩心疼。

"发生了什么?他为什么去世了呢?"

"我哥比我大十岁,我上初中时,他已经从军校毕业被授衔。在执行任务途中,他为了救几个落水的孩子被江水冲走了,遗体打捞了三天,找到的时候,我父母都很难辨认他的模样了。"

"你那时候一定很伤心吧。"余葵有点儿想哭了。

"我当时刚参加完一个竞赛,上台领奖前听到消息,脑子蒙了一下,没

289

什么特别的情绪。只是灯光打在我身上的时候,我感觉眼前的一切好像突然失去意义了。"

他的语言轻描淡写,但余葵立刻透过文字领悟到了他对哥哥矛盾又复杂的深厚感情。倘若时景真的讨厌一个人,必不会耿耿于怀,把那人当作追赶的目标,持之以恒地努力。

这一刻,她感觉自己突然离他近了很多,他身上许多在旁人看来神秘且超乎年龄的成熟之处,在她这里忽然都有了解释。

他们已是掌握彼此生命脉络的朋友。

余葵清早起床,从漫画里挑了两三本塞进书包,吃了一大碗米汤泡饭,坐上了返城的大客车。

外婆把她送到客运站,连着瓜果蔬菜一起搬上车,嘀咕道:"没良心的小东西,跟你妈差不多,好不容易回来一趟,屁股都没焐热呢,住一晚上就走。"

"外婆,我下次再回来看你,我昨天跟我爸吵架了,还没跟他道歉呢。"

老太太瞪眼:"记得和你爸爸道歉,回来之前你咋不道?睡一晚上就想通了?浪费车票钱。"

余葵像煞有介事地点头:"对啊,我昨晚听一个朋友说了他爸爸的事,突然觉得我爸爸挺好的,宁愿放弃晋升的机会也要回来照顾我上高中。"

"知道就好,你爸爸现在供你吃供你喝,你少惹他生气。"

大客车启动,余葵扒在车后窗上,看着外婆的身影在汽车站前越来越远,直到消失,才转身坐稳,系好安全带,打了个哈欠。

昨晚跟时景聊到很晚,最后实在顶不住困意,她才抱着手机睡着了。

回到老家这一夜,她睡得很踏实。

程建国现在还没打电话来,大概率还没注意到她压在台灯底下的转班申请,压的时候她折了两折,位置不太显眼。

时景提醒得挺对的,班主任说她浮躁,可她并没有因为浮躁不努力,成绩虽然没有进步,但也没有退步啊!即便她适应得慢了些,但老师讲课时她听不懂的内容越来越少了,这不就是她可以在压力下成长的最好证明?

和(1)班的同学比起来,余葵确实欠缺了太多,但她也清楚自己薄弱的地方在哪儿。

有句话说,学霸考满分是因为卷面只有满分。她第一次听见这种说法时羞愧至极，现在换个角度想，在应试教育的框架下这不正是她的优势吗？

她现在无比庆幸自己当初选择了理科。

离高考只剩七个月，她大可不必拥有远超过满分的实力和宽广的知识领域，只需要尽可能地掌握高考体系内的知识，持之以恒地努力刷高卷面分数就好。

至于姚老师的想法——管他呢！她余葵从小经历了那么多偏见，不也一样在非议中不偏不倚地长大了吗？

昨晚时景拍照给她看，是她自己日记里画过的漫画。

时间太久，她自己都忘了这回事——那是幼儿园毕业考试，她考了50分。她不懂这个分值的含义，还傻乎乎的，开心地挥舞着卷子，路过田坝跑回家，对每个问她分数的大人自豪地报出："考了50分！"

出卷子的老师是对门的姐姐，吃了余葵的外婆塞的两枚土鸡蛋，为保她顺利升上一年级，特地提前一晚辅导她写过一张一模一样的卷子。可惜余葵太小，不争气，只记得小黄虫和蚂蚱有几条腿，写过的卷子完全没在她脑海中留下痕迹。

村口的叔伯阿姨们笑得直不起腰来，直言余葵长大后唯一出人头地的途径，大概只能是给有钱人做老婆了。

回想起来，倘若她真是容易被别人的评价激怒的人，十多年前就该好好学习的。

现在，她要回家，趁程建国还没发现撕了那张转班申请。

她凭本事进的（1）班，凭什么要转走？

漫画里的主人公绝不认输！

余葵从出租车的后备厢里费力地抱出瓜果蔬菜，正犯愁怎么拎回家，就碰见向阳打球回来。

"你忽然回老家了，怎么也不跟我说一声？"向阳随手把球搁在门卫室里，替她提着大包小包上楼。

向阳走在前面，在余葵看不到的地方，神情有点儿怅然："小葵，你现在人在（1）班，我反而觉得跟你相处的时间更少了。"

余葵反驳："我前几天晚上不是还跟你一起做卷子吗？"

"那怎么能一样？我们从前一块儿上下学，现在连荣大爷都眼熟时景了，你跟他一块儿玩之后，都不搭理我了。"向阳闷闷不乐。

"你又不是小学生，干吗还纠结朋友跟谁多玩一会儿，跟谁少玩一

291

会儿？"

余葵开门，在玄关换了鞋。她叫了两声，发现程建国不在家后，喜出望外地直冲主卧，顺利把那张转班申请从台灯下抽出来塞进兜里。

办完这事，她心里总算松了口气，叫了物理一圈，甚至都趴到床底下找了，却始终没见猫的踪影。

物理该不会被抱走送人了吧？她心里空落落的，沮丧地塌下肩膀，步伐沉重地从卧室走出来，直到她路过电脑桌，脚步一顿——

客厅的角落里有个崭新的猫砂盆和喂粮碗，包装盒都还堆在那儿没扔，看小票是程建国昨晚买的，选的还是粉红色。

阳台上晾晒着她前两天换下的衣服。她最喜欢的那件白棉衣，上周，胸口的小恐龙图案不知在哪儿被刮出一道缝，棉絮露头，此时也被程建国用颜色相近的蓝棉线精细地缝补了起来。

余葵想笑，但眼睛又有点儿酸，哪怕昨天刚吵完架，哪怕被她的质疑伤透了心，男人仍然默默地做了这些事情。

近12点，程建国抱着猫到了家。

余葵歪头从厨房里探出脑袋："爸爸，你去哪儿了？"

程建国见她回来得这么早，明显诧异了一瞬，把龇牙咧嘴的物理放到地上。

"我问了社区办事处的小肖，他说养猫得打疫苗，我带它去打了一针。这小崽子还挺记仇，出门还好好的，回来就把我恨上了。"

他见余葵在煮东西，忙进来洗手，自然地系上围裙，接过锅铲："你去玩吧，这里我来。"

揭开锅盖一看，他奇怪："哎？哪儿来的饺子？"

余葵："外婆今早包的饺子，让我带回来别冻，直接煮了吃。"

程建国动作一顿："你外婆真好，你以后要好好孝顺她。"

本地人没有特意包饺子的习惯，程建国年少丧父，远离故土，这饺子是余葵的外婆包给他这个前女婿的。见饺子还没浮起来，他干脆趁这会儿炒两个菜，动作麻利地切好了黄瓜丝，却见余葵磨蹭半晌还在厨房里。

"怎么了？"他问。

余葵嗫嚅半晌，鼓起勇气说："对不起，爸爸，我错了。"

男人什么也没说，把火调小，从外套口袋里掏出一管夹心糖递给她："回来的时候在超市里买的，我看你常吃的是草莓味。"

余葵更愧疚了，接过糖发誓："以后再遇到同样的事，我一定不会再瞒着你了。"

"爸爸相信你,事情都过去了。不过小葵,你这辈子可千万不能有做这么莽撞危险的行为了。生命很珍贵,大家都不知道会在什么时候失去它,有的事情是来不及后悔的。"

"嗯!"余葵点了点头,蹲在墙角给爸爸剥蒜。

父女俩长久以来的第一次矛盾,在平淡温馨的日常中无声无息地被化解了。

余葵意识到,越长大,自己越敏感地拒绝与大人进行深层次交流。但程建国对孩子的好,直白简单到只需一个"好爸爸"的褒奖,便能让他感动落泪,他对她的人生没提过任何要求,只希望她健康平安。

是她想错了——世上总有父母,对孩子的爱是宽容无私又深切厚重的。

周日,余葵大清早起床就开始眼皮跳。

离校的时候豪气冲天,现在她想起柜子里那一大沓卷子就心神不宁。

像所有赶着抄作业的学渣一样,她吃过早饭就赶到了学校,拉开柜门,卷子和教辅资料"稀里哗啦"地掉出来落在地上。

余葵戴上耳机,铺平卷子。她用有史以来最快的速度,三个小时写完了一套理综卷和一套数学卷子,剩下的两个小时,又把教辅书上零散勾出来的题都写了,抄完错题笔记,写了两篇英语作文。

把记录本上的待办事项一条条画掉时,已经是下午 6 点半,她一路小跑到二楼,站在(15)班门口叫人。

陶桃正在教室后面的插座那儿用卷发棒帮别人卷头发。

余葵把她拉到走廊尽头的阳台上:"陶桃,我犹豫了几天,还是决定该告诉你。我接下来跟你说的话,你不要太伤心……"

陶桃被她的严肃样子逗笑了:"到底什么事啊?整得神神秘秘的。"

余葵深吸一口气:"许舟齐,他是个花心大萝卜,文艺表演那天晚上,他背着你和文艺部的女部长在一起。"

"你确定是他?"

"我确定,那是表演结束的时候,在大礼堂的二楼,我和时景正好路过。"

看着陶桃的笑意在脸上龟裂,神情从惊诧变得脆弱,余葵也开始惶惶——刚上初中那会儿,班里有个女孩儿对她特别好,每次抬头都冲她笑,请她喝过汽水,排队打饭不忘给余葵带一份。

女孩儿是优等生，在意的人却是年级里有名的混混。余葵偶然发现那个混混在四饼家的摊子附近和别人拉拉扯扯，上早读时第一时间告诉了女孩儿。女孩儿却不相信，觉得她在挑拨离间。即便后来那女孩儿确实抓到了男方和其他人不清不楚的证据，两人的友情却再也不复从前。女孩儿大概觉得没法儿面对她，毕竟被她见证了自己不愿示人的羞窘和难堪。

人心是世上最难揣摩的功课。

她是冒着失去朋友的风险，才鼓起勇气将一切和盘托出的。

陶桃仰着头开始流眼泪了。

"对不起。"余葵手足无措地递上纸巾，忽然觉得自己很残忍。在（15）班的一年，她看见了陶桃有多在乎许舟齐。多少个没有老师值守的晚自习，陶桃都会面上带笑地跟她诉说自己和他的琐事……

发生这样的事，连她都觉得颠覆，更别提陶桃了。

女孩儿边擦眼泪边擤鼻涕，生气道："又不关你的事，你跟我说对不起干什么？"

余葵连忙点头附和："对，千错万错都是他的错！你别伤心就好。你打算怎么办？你怎么做我都支持你，不然咱们去把他的自行车胎捅了吧！"

陶桃哭得更大声了。等她把第一张纸巾完全哭湿了，余葵又递上了新的纸巾。

等到哭累了，眼睛肿成个大桃子，陶桃才想起来问道："那个部长的成绩很好吗？"

余葵回忆了一下："我之前在年级大榜上见过她一次，她好像是年级第九十多名吧。"

陶桃哭得上气不接下气，脱力地坐下来："我就知道，他就是嫌我笨，觉得我才考400多分，配不上他。"

"谁说你笨？"余葵赶紧跟着蹲下，给她拍背，"你是艺考生，只是花了比较多的时间维护美貌。你要是把这个时间花在学习上，说不定比他考的分还高，比他还厉害。"

"像你一样吗？"陶桃泪眼蒙眬地看着她。

余葵不知道从什么时候开始，在朋友眼里已经跻身"厉害"的行列，但此时她来不及多想，看着女孩儿投来的目光坚定点头："和我一样。"

陶桃静默了几秒钟，又逃避地把头埋进膝盖里："我觉得我不行，今年好多院校都要提分，A类考我不是最漂亮的，B类考我不是文化分最高的。我也想上一本线让家里人开心，可没有你们那么聪明，甚至还做不到你们那么自律。"

"你试过吗？都没试过，你怎么知道不行呢？"看着她仍在哭，余葵叹了一口气，"我也曾经每天抄作业，把答案3B抄成38，被数学老师罚到教室角落站了一整天，二十四个小时中十六个小时用来看小说和漫画。期末大家都在复习，我第一次翻开课本，乡镇中学全年级三百多人，我考第二百三十名，老师都在劝我去念职高算了。"

她在陶桃身边坐了下来："你之前说，你喜欢许舟齐，是喜欢许舟齐身上有你缺失的品质，觉得许舟齐自律又聪明。我是不是从来没告诉过你，我下定决心努力学习，也是因为有了暗恋的男生？我想变成他那样的人，离他近一点儿，近到有一天，我的暗恋被人发现的时候，不会被人嘲笑自不量力、异想天开。"

陶桃抽噎着，不自觉地抬头："竟然不是因为姜莱吗？"

"她最多算催化剂吧，刚开始的时候，我没想那么远，只想考到前三百名而已，一晃就到今天了。陶桃，你只是被想象中的困难吓住了。人生虽然复杂，但只要你下定决心改变，什么时候都有机会力挽狂澜。"

小时候看了太多的童话，以至于余葵一度真的以为自己是世界的主角，这种错觉在她开始接触漫画后抵达了巅峰——她坚信自己像漫画主角一样，一定生来带着神圣的使命。

父母离婚，她被送到乡镇上，被同学们嘲笑，身体病弱，考试倒数……一切磨难一定都是因为她和《火影忍者》里的主角鸣人一样，身上被封印了"九尾狐妖"，总有一天，她能凭借自信和勇气，打败困难和反派，拯救世界，变成大明星救世主。

直到班主任为中考分流，叫了她的家长。

她扒在办公室门口，看见外公坚定地摇头："不可能，我不能让这孩子去上职高。老师，她的父母都是大学生，哪怕她再笨，考个普通的民办大学我也认了……"

其实随着岁月渐长，十五岁的余葵内心已经隐约认清现实，觉得自己只是个普通的中学生。失去小时候的信念之后，她真的变成了一个越来越普通的人，不敢对事情抱有期待，因为怕太志得意满而无法接受最后平庸的结局，用最多的时间幻想而不是实践，因为害怕失败以后无法接受自己。

那天，等待家长会结束的下午，余葵趴在校园的草坪上找了很久的四叶草，眼睛都看花了，总算扒拉出一朵，欣喜若狂地贴进日记里，许下了愿望——

她想第一次行使做主角的权利，毕竟主角都会在世界毁灭前的最后一刻力挽狂澜。

结局嘛，她的中考成绩称不上太好，运气倒确实挺好的。她侥幸进了纯附，再次开始浑浑噩噩的垫底生涯。

幸好她遇见了时景。

枕着三百多本漫画入睡的那一夜，她终于想明白了，普通人和漫画主角的区别只在于执着与否。无论在《火影忍者》的世界还是现实世界里，那种像傻子一样倔强付出所有也绝不退步、让人流泪的偏执，才是主角们能力挽狂澜、拯救世界的根本。

2015 年 3 月，余葵终于等来订购四个月才到货的《火影忍者》72 卷结局篇。当天，一模统考的成绩也刚好发到手上。

"英语 133 分，数学 142 分，语文 123 分，理综 289 分……"向阳按完计算器，呆滞了一会儿。

余葵迟迟没等到总分，偏头凑过去看。

"687 分。"男生报出分数，"小葵，你这次考得比我还高 5 分。"

余葵无所谓地耸肩："比我进咱们班的时候不就多了十来分吗？"

"卷子难度不一样啊。"向阳抓狂，"一模是最接近高考难度的，按往届来说，一模的名次跟高考的名次差别不会很大。当时一模考完，我看咱们班好多人脸色很差，不信你瞧，等排名统计出来，你这次肯定进步很大。"

预备铃响起，余葵收起答题卡回座位："麻烦让一下。"

谭雅匀没动，余葵又重复了一遍。见谭雅匀还在戴着耳机装没听见，余葵只能跟后排同学商量，对方熟练地把桌子往后挪了一下，让她借道挤了进去。

不是冤家不聚头。上学期她撕掉转班申请后，姚老师给她换了座位，新同桌就是谭雅匀这个讨厌鬼。

谭雅匀在班里从不跟人交恶，余葵算是第一个让她把讨厌写在脸上的人。做了几个月同桌，两人几乎从没有交流，中间的界线还是泾渭分明。

她们俩不对付现在可以算尽人皆知了。

余葵本来还不爽，在用余光敏锐瞥见谭雅匀案头的草稿纸上几个三位数加出来的总分竟然和自己的一模一样时，瞬间兴奋起来。

刚才向阳说的时候，她还不信——谭雅匀向来保持年级十几名左右的水准。

于是当天还没放学，体育课上，余葵便沮丧地开始给她爸编辑信息："爸爸，我觉得，我已经变成了自己从前最讨厌的那种人。"

程建国正在开会，瞧见短信，眉头瞬间皱了起来。他抿唇看了一眼旁边，把手机挪到桌底下回复："乖女儿，不管你考第几名，爸爸都永远爱你。"

见余葵半晌未应，他又问："你最讨厌哪种人？"

余葵沉痛地答："聪明还上进的人。我这次分数竟然考得和谭雅匀一模一样，也太讨厌啦！"

"扑哧——"程建国实在没忍住。

"程工，你笑什么？我刚才讲的哪个数据不对吗？"发言那人拨开话筒小声问。

程建国抱歉地摆手："都对，都对，我没笑，就是没忍住咳了一声。"

大榜在晚自习更新，余葵这次和谭雅匀并列排在理科年级第十五名。

放学时，时景放了个盒子在余葵的自行车筐里："奖励。"

她打开盒盖，借着路灯的灯光一看，竟然是十几块形色各异的漂亮橡皮——搜集橡皮擦是余葵不为人知的小爱好。

余葵的嘴角扬了一整晚，此时她没忍住，又翘上去几分："时景，你这么周到，显得我很没礼貌啊。你每次考第一名，我是不是也该送你点儿什么？"

"你不是送了吗？"时景骑车率先通过保安岗。

3月，草长莺飞，风掠过脸庞。

余葵死活想不起这事，使劲蹬脚踏板上坡："什么时候？我送了你什么？"

她送了他一个奇迹——拿错包致电航司那天，时景从包里翻出那本日记，第一次摊开它，就看到了她想成为救世主的愿望。

他那时只觉得这个孩子傻得可爱。可谁能想到呢，从乡镇学校垫底的学生到重点中学的清北苗子，她确实一步一步，简单稚拙地在漫画之外的世界，成了不折不扣的热血主角。